ДМИТРИЙ ГЛУХОВСКИЙ

ДМИТРИЙ ГЛУХОВСКИЙ

роман

ИЗДАТЕЛЬСТВО АСТ
МОСКВА

УДК 821.161.1-312.4
ББК 84(2Рос=Рус)6-44
Г55

За помощь в работе над романом автор благодарит
Владимира Ивановича, Александра Ч., Андрея Б.,
Сергея Х. и Ларису Смирнову

Глуховский, Дмитрий Алексеевич.

Г55 Текст: [роман] / Дмитрий Алексеевич Глуховский — Москва: Издательство АСТ, 2020. — 320 с. (Бестселлеры Дмитрия Глуховского).

ISBN 978-5-17-121776-1

Студенту филфака МГУ Илье Горюнову молодой полицейский оперативник подбрасывает наркотики, чтобы наказать за строптивость. Отбыв семилетний срок, Илья хочет просто вернуться к нормальной жизни — но вместо этого примеряет на себя жизнь человека, который искалечил ему судьбу...

«Текст» — это роман о сегодняшней Москве, о сегодняшней России, о каждом из нас. О нашем бесправии перед «органами», о нашей зависимости от мобильных, о мести и о прощении, о невозможной любви и несбыточных мечтах. Настоящий новый русский роман, которого не появлялось так давно.

Всего через два года после выхода в свет «Текст» уже переведен более чем на 20 языков мира, французская и немецкая пресса сравнивают роман с «Преступлением и наказанием», в Московском театре Ермоловой по нему поставлен идущий с аншлагами спектакль и недавно снят фильм с главными молодыми звездами российского кино.

УДК 821.161.1-312.4
ББК 84(2Рос=Рус)6-44

ISBN 978-5-17-121776-1

1.

Окно показывало смазанные ели, белый шум ноябрьской пурги; телеграфные столбы мельтешили, как поползшие рамки кадра в черно-белом кино. Показывали в окне Россию, которая от самого Соликамска вот вся такая была: елки, снег, столбы, потом прогалина с пришибленными избами, потом вокзал с силикатными авитаминозными двухэтажками, и опять — елок миллион густо и непроходимо натыкано вдоль путей — как колючкой обвито, не продерешься. Но в этой нескончаемости и одинаковости природной застройки заоконной России и были вся ее мощь, величие и красота. Красотища, бляха!

— И что будешь делать?

— Жить буду. А ты что бы сделал?

— Убил бы его.

— Ну вот. А я его простил. Я пожить теперь хочу. Можно мне еще телефон на секунду? Мать не подходит что-то.

* * *

Ярославский вокзал шибал свежестью и тепловозной гарью. После прокисшего плацкартного пара, после прокуренного железа тамбуров, подслащенного мочой, — тут воздух был слишком огромный: кислорода чересчур, и он сразу чифирем бил в голову.

Москвы тоже было слишком, после елочных коридоров она приезжим распахивалась как космос. Укутанные люди прыгали из вагонов через ров на платформу, выгружали перехваченные липкой лентой сине-клетчатые китайские баулы, хватали их в обе руки и разгонялись по перронам в перспективу, как штурмовики на взлет по аэродромным полосам. Перспектива была дымной, и в дымке приехавшим людям брезжили дворцы, замки и высотки.

Илья больше других не спешил, в потоке не греб — давал себя нести. Нюхал московское небо, присматривался отвыкшими глазами к дали, удивлялся молча. Было ярко, как в детстве. Тусклая ноябрьская Москва резала глаза.

Приехать он в Москву приехал, но попасть еще не попал. Вокзал был еще пока территорией окружной, просоленной и засаленной России. Как бангладешское посольство является во всех смыслах территорией государства Бангладеш.

В конце платформы было сделано сито. Илья его уже издалека привычно разглядел поверх чужих голов. Серая форма, отъеденные морды, глаза рыщущие, цепкие. Наметанные. Раз, раз, раз. И даже собака служебная на цепи: полное сходство. Тут, понятно, она не для того. Тут она просто нюхает себе наркотики, взрывчатку, наверное. Но ведь она и страх может унюхать.

Илья стал смотреть в пустоту, чтобы мимо цепких глаз, чтобы не примагнититься к ним. Стал думать ни о чем, чтобы ничем не пахнуть.

— Молодой человек!

Он тут же застыл послушно. Как они его узнали? По оттенку кожи? По ссутуленной спине? По голове пригнутой? Как собака зверя узнает?

— Подойдите. Документы.

Он отдал паспорт. Листнули на прописку, цыкнули.

— Откуда возвращаетесь?

Врать или правду говорить? Не будут же они проверять. Ездил... Ездил куда-нибудь. Отдыхать. К бабке. В командировку. Как они проверят?

— Отбывал. Наказание.

— Справку об освобождении.

Сразу другим тоном с ним. Хозяйским.

Достал ему справку. Лейтенант отвернулся с ней, побурчал в рацию, послушал, что ему в ответ побурчали; Илья стоял молча, не спорил. Все у него было чисто. От звонка до звонка: в УДО отказано.

— Перевоспитался, Илья Львович? — лейтенант наконец обернулся к нему, но справку не возвращал, зачем-то складывал ее пополам.

Москва отъезжала вдаль за его спиной, кукожилась, небо ее мелело и сворачивалось; гам людей и рык машин глохли. Лейтенант своим пузом, своей пятнистой грудиной, своей харей замещал всю Москву. Илья вроде бы знал: ничего он ему не сделает. Просто нужно сейчас ему дать, позволить почувствовать власть. И его тогда отпустит, а он отпустит Илью. Он тут за этим стоит, за этим на службу пошел.

— Так точно, гражданин начальник.

— Следуешь к месту проживания?

— В Лобню.

— Адрес по прописке?

— Деповская, дом шесть.

Лейтенант сверился с паспортом, смяв без необходимости попутные страницы. Был он, наверное, такого же возраста, как и Илья, но погоны делали его старше. Хотя это Илье, а не ему, последние семь лет каждый год за три шел.

— Домой едешь. Имеешь право, — хмыкнул он. — Двести двадцать восьма-ая, — прочитал он. — Точка один. Это что? Точка один. Напомни.

— Приготовление. И сбыт. У меня только подготовка к сбыту, гражданин начальник.

Илья смотрел ему чуть пониже подбородка — есть такая особая точка, куда следует смотреть сотрудникам во время разговора. Не в глаза и не в пол.

Мусор тянул время, ему нравилось, что он может время гнуть, как проволоку.

Тут собака вдруг взлаяла на загнанного таджика с клетчатой, как у всех, сумкой.

— Ладно. На учет не забудь встать. — Лейтенант сунул Илье его справку. — И не торгуй больше.

Илья кивнул, отошел в сторону, убрал бумаги во внутренний теплый карман, где и сам отсиживался, пока допрос длился. Лейтенант уже увлекся таджиком, таджик был более перспективный.

Просеялся.

Контуженный мир помаленьку пришел в чувство, начал разговаривать.

Но теперь, подойдя к Москве поближе, Илья видел в ней везде только то, чего издалека, из поезда было не разглядеть: ментов. На вокзальной площади, у входа в метро, в павильонах и на станциях. Стаями, все с овчарочьими глазами. Хотя, может, это не в Москве было дело, а в Илье.

* * *

Забирали его из лета, выпустили в самый конец осени. И Москва, в которую его выпустили, не была похожа на ту, из которой его забирали.

Москва стояла сейчас как голое ноябрьское дерево — влажная, темная; раньше вся она была обросшая яркими вывесками, киосками для торговли чем попало — а теперь посуровела, стряхнула с себя разноцветицу, разделась до гранита.

А Илья обожал ее раньше, когда она притворялась сплошным галдящим базаром — ему казалось, что на этом базаре он сможет купить себе любое будущее. Он приезжал тогда в Москву из своей Лобни электричкой — в университет, в клубы, на концерты — и каждый раз воображал себе себя москвичом. Надо было только доучиться, найти работу в центре и снять с друзьями квартиру. В Москве земля была волшебная, удобренная гормонами роста: ткни в нее свои желания — вырастут и работа денежная, и модные друзья, и девушки самые красивые. Москва и сама была от себя пьяная, и всех своим хмелем угощала. В ней все было возможно. И от Москвы не убыло бы, если б Илья отщипнул от ее пухнущего сладкого теста свой кусочек счастья.

А сейчас она как будто ему снилась — она ведь часто снилась ему там, на зоне. Она стала строже и прилизанней, серьезней, официальнее — и выглядела от этого по-понедельничному похмельной. Он узнавал ее и не узнавал; чувствовал себя в ней чужим, туристом. Туристом из Соликамска, и еще из прошлого.

Немного постоял на площади трех вокзалов: среди других обалдевших иногородних его, приезжего из зоны, тут было не так заметно. Можно было сделать вдох и проморгаться.

Проморгался и пошел.

Он ступал по Москве осторожно, чтобы она от слишком широких взмахов и слишком уверенных шагов и в самом деле не оказалась бы сном и не рассеялась бы; чтобы не очнуться от нее в масляной серой тюремной хате, в зябкой духоте, среди шконок и тычущихся в тупик жизней, в запахе носков и вечном страхе ошибиться.

Но Москва стояла надежно. Она была взаправду и навсегда.

Его освободили. Точно освободили.

Илья купил на предпоследние деньги билет в метро и поехал под землю. Ему навстречу конвейером вынимало из недр московских людей — и тут можно было посмотреть им на лица. Люди за семь лет успели приодеться, даже таджики. Вперед и вверх они глядели решительно, многие взбирались по ступеням, не могли дотерпеть полминуты: наверху безотлагательные дела. Москвичи очень спешат жить, вспомнил Илья. А колония безвременью учит.

Из всех встречных — а там были и обнимающиеся любовно старики, и поп в телефоне, и не сдающийся возрасту панк — Илья запинался только о женщин. Так он за эти годы отвык от них. Так забыл, до чего они на людей не похожи, до чего их прекрасней!

И если вдруг одна из них отвечала Илье на его взгляд своим взглядом, то он за эту ее блесну цеплялся, и она рвала и тащила его в свой противоток — за собой, на поверхность.

Потом какая-то поморщилась, фыркнула неслышно, и Илья сразу осел, сжался: ведь они в нем могут понять недавнего арестанта. У него на лбу это написано сизым, бритвой вырезано на землистой коже. Куртка на нем сидит как роба. Женщины чуют опасность в мужчине, чуют голод и ненадежность — это в них звериное, безошибочное.

Дальше Илья за ними подглядывал исподтишка, стеснительно, чтобы больше никто его не разоблачил. Подглядывал — и в каждой искал сходство с Верой. Само собой так получалось.

Вере он решил ни за что не звонить.

Простить ей все и не звонить ей. Разговор этот ничего не даст ему, даже если она и согласится на разговор. Голос ее услышать только? Зачем? Он сам с собой уже столько раз все за нее проговаривал по ролям: и вопросы, и ответы. Уговоры, упреки. Воображаемая Вера всегда ускользала.

Настоящая Вера все ему разъяснила одним звонком, на второй уже год. Извинилась, как могла покаялась. Сказала, что не хочет врать. Что встретила человека. Что имеет право быть счастливой. Повторила это, как будто Илья с ней спорил. А он с ней при людях спорить не мог.

Не навещала его ни разу.

Поэтому он спорил с Верой воображаемой — еще пять лет. Но и воображаемую Веру не мог переубедить.

В вагоне метро он мог людей разглядывать безбоязненно, даже сидящих ровно напротив. В вагоне он никому не был нужен: все утопли в своих телефонах. Тетки крашеные крашеными ногтями, раскосые гастарбайтеры — мозолями, школьники своими пальчиками-спичками, все разгребают в экранах что-то, у всех какая-то внутри стеклышек другая, более настоящая и интересная жизнь. Раньше смартфоны были только у продвинутых, у молодых. А пока Илья сидел, сделали и басурманский интернет, и для стариков свой какой-то, и для молокососов.

У них на хате был один только телефон. Конечно, не у Ильи. Илье приходилось выторговывать себе секунды звонков и минуты во «ВКонтакте» за сигареты из маминых передач. Деньги бы отобрали сразу, а сигареты только ополовинивали, когда потрошили посылку: пошлина. И связь была дорогая. Так что и секунд маминого голоса, и минут на Вериной страничке оставалось — в обрез. Хотя Вера туда фотографий почти не выкладывала, одни ссылки на клипы какие-то, на личностные тесты, на бессмысленную дрянь. Может, понимала, что Илья из тюрьмы смотрит на нее, и не хотела, чтобы видел.

И все-таки Илья иногда выкраивал себе немного времени, чтобы на Суку посмотреть. Как там у него? Как жизнь идет. Как звания растут. Как он в Тае отдыхает. Как в Европе. Какой «Инфинити» он себе купил. Каких девушек обнимает.

Жизнь у Суки шла парадно. У Ильи горло крючьями драло, когда он Сучьи фотографии разглядывал; сердце ножом скоблило. Не мог смотреть на это — и не смотреть не мог: как человек вместо него живет.

А на остальную часть мира Илье уже трафика не хватало. В долг на зоне попадать было нельзя, там вся жизнь была только в дебет.

Ничего, привык без телефона. Хотя до посадки только о нем и мечтал, матери за год на день рождения заказывал, в универе на парту выкладывал сразу, как приходил на пару, чтобы девчонки восторгались диагональю экрана.

Это не самое еще такое, к чему там привыкать пришлось.

Вышел на «Савеловской».

Опять менты. Всюду менты.

Через Третье кольцо медленно проворачивали миллион автомобилей, фары горели днем, грязь из-под колес была взвешена в воздухе, люди выкипали из подземных переходов, Москва ворочалась и дышала. Живая. Илье хотелось трогать ее, трогать все подряд, гладить. Он семь лет хотел потрогать ее, Москву.

— Мне до Лобни.

Электрички поменялись сильно.

Он их помнил замызганными, зелеными, с исцарапанными стеклами, с изрисованными боками, с деревянными общими скамейками, пол в подсолнечной шелухе, пиво пролитое испаряется медленно, и все этим пивом пропахло. А теперь: белые новые поезда с желтыми стрелами на бортах, сиденья мягкие: каждому — свое. Пассажиры сидели чинно. Белые поезда их облагородили.

— Не хочешь со мной на Навку сходить? Ледовое шоу, — говорила одна ухайдоканная тетка другой. — Я тот раз была, феерия.

— Может, и сходила бы. Навка-то за этого выскочила, с усами, ну? Который путинский секретарь. Ничего мужчина, — отвечала та, более чем пятидесятилетняя, оштукатуренная поверх измождения. — Импозантный.

— Да ну его, — отмахивалась первая. — Навка и получше бы себе могла. Мне вот знаешь кто нравится? Лавров. Лавров хороший. Я бы с Лавровым лично. Он и порешительней твоего усатого будет.

Илья слушал и ничего не понимал. Поезд медлил. Пустые кишки урчали, под ложечкой сосало. На привокзальный чебурек он денег пожалел: цены в ларьке были московскими, а транспортные ему выдавали соликамскими. Зачем тратиться на чебурек, когда скоро мамины щи горячие?

Очень захотелось этих щей. Трехдневных. Со сметанкой. Хлеба туда сухого покрошить, как в детстве, как дед показывал. Баланду навести. Притопить корки в супе, но не до мякиша, а чтобы чуть-чуть еще хрустко было, подышать щами — и, обжигаясь, ложку в рот.

Слюна пошла.

А мать будет сидеть углом к нему за их полуметровым столиком — и реветь, небось. Столько не виделись.

Первые четыре года она ездила к нему каждые шесть месяцев: все, что могла отложить со своей зарплаты, тратила на дорогу до Соликамска, на гостинцы к свиданиям. Потом стало шкалить давление, Илья в колонии вроде как обжился — и стал отговаривать ее от этих поездок. Стали обходиться звонками, хотя мать все порывалась приехать.

А последний год разговоры часто ее слезами кончались. Хотя чего уж было плакать, когда всего ничего оставалось, в сравнении с отбытым. А что он может ей сказать, когда рядом или вертухай, или, хуже, блатной, у которого Илья свою маму на минуту откупил? Так что, как только она — в слезы, Илья сразу отбой давал. Нельзя было иначе. Понимает она это?

Ничего, сегодня пускай наплачется. Сегодня можно. Все кончилось.

* * *

— Станция Лобня!

На одном пути остановилась электричка, другой был по горизонт занят товарным составом: заиндевевшие цистерны с нефтепродуктами. Поверх инея шла роспись пальцем — «Крым наш», «Обама чмо», «14/88», «Виталик + Даша», «Мая радзiма — Мiнск» и что-то еще. Илья читал механически, пока шагал к переходу. Крым случился, когда Илья был на зоне, и случился как-то мимо него. Зэки к Крыму были равнодушны, завоевания вертухайского государства их не колыхали. Зэки — оппозиция по определению. Поэтому колониям на выборах и голоса не дают.

До дома от станции решил пройти ногами. Нужно было все это в первый раз ногами пройти. Хотелось. Да и быстрей получится, чем маршрутку ждать.

В Лобне погода была другая. Это Москва жаром дышала, растопленная машинной гарью. В Лобне воздух был прозрачней, морозней; с неба тут сыпало холодной солью, секло щеки. Тротуары не протаяли, вместо асфальта был всюду утоптанный снег. Облепленные машины месили колесами бурую смесь. Блочные дома швами наружу стояли обветренные, невеселые. Люди были настороже. Накрашенные бледные женщины чесали с решимостью куда-то, студя обтянутые колготками ноги.

Полчаса всего электричкой от Москвы, а казалось — в Соликамск приехал.

Москва за семь лет постарела, а Лобня вот не изменилась ничуть: та же, что и когда забирали Илью. Та же, что и в его детстве. И Илья в Лобне был родной.

С Ленина свернул на Чехова. Там три улицы шли обрезками, с одной стороны в Ленина упираясь, а с другой — в Промышленную: Чехова, Маяковского и Некрасова. На Чехова стояла материна школа, восьмая. Материна — и его, Ильи.

Она его, конечно, к себе устроила, хотя рядом с домом — во дворах — была другая школа, четвертая. Туда удобнее было бы, ближе: до восьмой детскими шагами полчаса. Но мамка взяла под крыло. До седьмого класса вместе до школы ходили. Потом девчонки начали смеяться, и Илья стал сбегать из дома на десять минут раньше матери, чтобы доказать взрослость и независимость. С сигаретами тогда же началось.

Напротив школьного подъезда Илья замер. Желто-белая, блочная, трехэтажная, окна трехчастные, как дети у домиков рисуют — такая же школа, как у всех остальных в стране. Ее, кажется, ни разу не ремонтировали за последние лет двадцать, хранили для Ильи в первозданном виде. Чтобы легче все вспомнить было.

Дохнул поглубже. Посмотрел на окна: во втором этаже мелкие бегали. Продленка. Времени было три дня.

Мать из школы уже ушла.

Можно было бы прямо тут ее встретить, у ограды, если б поезд пораньше прибывал. И вместе обратно до дома по снегу, обычной дорогой — по шоссе, через переезд.

Но вместе с ней бы ведь и другие училки выходили бы. Завуч, мымра. Узнали бы Илью, конечно, несмотря на землистую кожу и обритые волосы. Столько лет вдалбливали ему в голову свои буквы и цифры... Узнали бы точно.

И что тогда? Как мать своим коллегам его посадку объясняла? Как он сам ей объяснил? Ей-то пришлось поверить: не в то же верить, что сын — наркоман и наркотиками торгует. А теткам всем этим школьным... Им верить в него без надобности. В глаза — покивают, поохают, а за глаза? Опозорил он мать перед всеми? Стали бы они с ним здороваться? А Илья — с ними?

Сунул руки в карманы, нахохлился, заспешил дальше. Чтобы не увидели, в самом деле. Встретимся попозже с ними со всеми, когда придумаем, что говорить и как себя подавать. Встретимся рано или поздно. Маленький город — Лобня.

По Промышленной вдоль русских бетонных заборов он выбрался на Букинское шоссе и двинул по обочине наперекор снегу, оскальзываясь, но не падая. Брезжил сквозь снег МФЮА, Вера тут училась.

У двадцать седьмого дома остановился еще раз.

Верин.

Серая шестнадцатиэтажка с желтыми застекленными лоджиями: так люди балконы называют, когда пытаются себе у жизни еще пару квадратных метров урвать. Илья насчитал седьмой этаж. Там Вера еще, интересно? Или уехала в Москву, как собиралась? Ей сейчас двадцать семь, как и Илье. Вряд ли еще с родителями живет.

Таких обшарпанных панельных шестнадцатиэтажек, как Верина, тут было три, они стояли особняком на краю массива. Снизу к ним прилепилось похожее на самострой небольшое красное кирпичное здание: совершенно неуместный здесь театр. Поверх второго этажа шли огромные, почему-то готические буквы — «КАМЕРНАЯ СЦЕНА». Илья прощупал их взглядом. Криво улыбнулся новому смыслу старого названия.

Театр всегда тут торчал и всегда так назывался, сколько Илья себя помнил, сколько ходил к этому дому Веру провожать и встречать. Репертуар: «Ваал», «Пришел мужчина к женщине», «Пять вечеров». Скоро новогодние елки.

Поежился. Среди этих панельных-кирпичных декораций накатывало его застиранное прошлое в полном цвете. Четче вспоминалось, чем хотелось бы вспомнить.

В десятом классе, в апреле, он сюда Веру пригласил. На «Горе от ума». Родители отпустили. Весь спектакль он гладил ее по коленке, слушал, как она дышит — рвано. Слушал и плыл. Сердце колотилось. Актеры бубнили что-то неслышно.

А Вера отвела его ладонь и в искупление этого сцепилась с ним пальцами. Сладкие духи были у нее, со специей какой-то острой. Позже он узнал: эта острота в приторном коктейле — это она сама была, Вера, ее мускус. Карету мне, карету.

И потом в подъезде ее глупо поцеловал. Пахло кошками и текущим паровым отоплением: уют. На вкус ее язык оказался такой же, как и его собственный. Поцелуй ничем на книжные похож не был. Ломило внизу живота, было стыдно за это, и не было сил остановиться. Вера шептала. Когда ее крикнул в лестничный колодец с седьмого этажа отец, Илья ключом накарябал на том самом месте: «Вера + Илья». Наверное, никуда это признание с тех пор не делось. Ходит она мимо него каждый день — и плевать.

А после каникул, когда все уже очень повзрослели, она позвала его к себе в гости. Родителей не было. «Давай уроки поделаем». Диван полосатый, продавленный. Мускус. Оказывается, не духи. Светло было, и от света очень неловко. На полу стояла полная наполовину двухлитровая бутылка «Фанты». Потом они — потные, тощие — пили жадно по очереди оранжевое колючее и смотрели друг на друга, не зная, как дальше жить.

Ну и дальше. Дальше все-таки как-то еще три года. Жили-были.

Илья прищурился на ее балкон, на окна: не мелькнет силуэт? Было непроглядно. Да нет там Веры, наверное. Уехала в Москву. Пустой безглазый балкон. Стекло мутное, а за ним — велосипед, банки с соленьями, удочки отцовские.

Перешагнул через переезд, двинул дальше по Букинскому, пытаясь нарисовать себе на снежном темнеющем шоссе лето и летние их с Верой тем же маршрутом гулянья. Не рисовалось. Вместо этого назойливо, как сигаретный дым, который рукой не разогнать, висела перед глазами картина из «Рая». Той ночью. Танцпол. Сука. Все, что случилось. Висела и выедала глаза дымом, до слез. Все он правильно тогда сделал? Да. Да? А она потом? И все равно — да?

Ничего. Теперь все кончилось. Скоро семь лет забудутся. Будет обычная жизнь.

Он оставил по левую руку лобненский скверик: четыре скамейки квадратом у подножия гигантской опоры ЛЭП и кучкующиеся неподалеку березки, чахлые и калечные от соседства с высоким напряжением. Несмотря на ледяную соль, на скамейках дежурили мамочки с колясками, питали младенцев кислородом.

Свернул на Батарейную.

Прошел памятник самой Батарее, которая Лобню обороняла во время войны: постамент с древней зениткой, установленный как будто в обложенный гранитом огромный окоп. По внутренним стенам окопа — таблички с фамилиями павших героев. Один туда узенький заход с улицы, а больше окопного нутра ниоткуда не видно. Тут с Серегой курили обычно после школы, а рядом бомжи травились водкой с нечеткими этикетками. Илья с Серегой читали фамилии на табличках, искали: у кого ржачней, тот выиграл. Бомжи трудно говорили о жизни в своей параллельной вселенной. Илья запоминал слова. Потом шли к Сереге рубиться в плейстейшн, пока родаки не вернутся. А потом еще по улице ходил один, выветривал дым. Если бы мать поймала его на куреве, хана бы ему была.

От Батареи перебежал улицу — и вот уже начало Деповской. Защемило.

Двор сложен из хрущевок: бурый кирпич, белые рамы. Перекошенная карусель припорошена. Голые березы шестиэтажные.

Уже и дом показался, Илья даже окно свое нашел, торцевое. А мать видит его сейчас? Ведь бегает наверняка смотреть его, пока еда греется. Он ей помахал.

Прошел гаражами.

Помойка разрисована персонажами «Союзмультфильма»: Львенок, Черепаха, Винни-Пух, Пятачок. Поблекли, шелушатся, смеются. Над гаражами колючка натянута: там сзади — территория железнодорожного депо, в честь которого и улица. Старуха крошит замерзшим помоечным голубям хлеб и за бесплатный хлеб их воспитывает. Девчонка незнакомая выбежала в плюшевом домашнем костюме мусор вынести. Заметила Илью: пришлось бы встретиться у мусорных баков. Развернулась от греха подальше и засеменила через холод на дальнюю свалку со своими пакетами. Илья только руки в карманы поглубже засунул.

Подъезд.

Поднял палец к кнопкам домофона. Голова закружилась. Кнопки были те же, что и семь лет назад. Дверь та же была. Палец вот был другой совсем. Но подъезд — внутри — он ведь такой же? И квартира. И мама.

Нажал: ноль, один, один. Вызов. Заверещало. И заворочалось сердце. Не думал, что будет волноваться. Чего волноваться?

Он столько себе этот день представлял. Столько думал о нем. Когда приходилось в колонии терпеть — думал об этом подъезде, об этом домофоне. О возвращении. Были вещи, которые приходилось жрать — ради того, чтобы вернуться. Чтобы снова стать нормальным.

Как?

Доучиваться пойти. Мать по телефону говорила: ты не должен им позволить себя искалечить. Они у тебя отобрали столько лет, но ты все еще молодой. Мы все наладим. Один раз смог без взятки в МГУ поступить, подготовились мы с тобой как-то, сможешь и вернуться. Не филфак, не МГУ, так другое что-нибудь. Ты талантливый, у тебя ум гибкий, ты только не дай ему окостенеть, закоснеть. Не позволяй себе озвереть. У тебя защитный слой. Он все отталкивает, всю мерзость. Что бы там с тобой ни происходило, в тюрьме, не пускай внутрь. Пусть это не ты там как будто. Как будто это роль, которую ты должен играть. А настоящий ты во внутреннем кармане спрятался и пересиживаешь. Не пытайся только, ради бога, там героя играть. Делай, что сказано. А то сломают, Илюша. Сломают или совсем убьют. Систему не перебороть, а зато можно незаметным сделаться, и она про тебя забудет. Надо переждать, перетерпеть. Вернешься, и мы уж все наладим. Соседи косо смотреть будут — переедем в твою чаянную Москву. Там никто никого не знает в лицо, там у людей памяти на один день хватает. И девушку еще найдешь себе, ладно с ней, с Веркой, ведь и ее понять можно. Только живым вернись, только здоровым. Да хоть рисовать, ладно с тобой, иди уж! Двадцать семь лет — все только начинается!

Домофон молчал.

Так, еще раз. Ноль. Один. Один. Может, за продуктами вышла? Сметаны нету или хлеба. Илья растерянно оглянулся: ключа от дома у него не было. Без матери он назад попасть не мог.

Подергал за ледяную ручку.

Отступил на несколько шагов назад. Нашел свое окно на третьем. Форточка открыта черным провалом — проветривает кухню, — а в остальных стеклах небо текучим цементом отражается. Густеет. Не пора свет зажечь? У соседей вон уже загорелось.

— Ма! Мааам!

Вышла все-таки, что ли? И сколько ему теперь стоять тут? Или надо обходить все окрестные продуктовые? Нет хлеба — и черт бы с ним! Можно было дождаться его, он и сам бы сбегал. Двое суток в пути, башка чешется, живот скручен, да к тому же еще и приспичило, пока от станции шел.

— Мам! Ма-ма!!! Ты дома?!

Окна были свинцовые.

Стало вдруг страшно.

Ноль-двенадцать.

— Кто? — сипло оттуда.

Слава богу.

— Теть Ир! Это я! Илья! Горюнов! Да! Мать не открывает что-то! Вернулся! Отпустили! Все отбыл! Откроете?

Соседка сначала разглядела его в дверной глазок. Илья специально под лампочку встал, чтобы тетя Ира могла его сердцевину опознать сквозь наросшие годовые кольца.

Скрежетнул замок. Она вышла на площадку: брюки, остриженные волосы, отечное лицо, дамская сигаретка. Деповский бухгалтер.

— Илья. Илюшка. Как тебя они.

— А мама — не знаете где? Дозвониться не могу, и сейчас вот...

Тетя Ира чиркнула зажигалкой. Чиркнула еще. Запали щеки. Посмотрела на мусоропровод между этажами — мимо Илюшиных глаз.

— Позавчера она... С сердцем ей плохо стало. Куришь?

— Курю. А то я звоню... В больницу увезли, да? В какую? А телефон не взяла с собой?

Тетя Ира выдала ему тонкую белую сигарету с золотым ободком.

— «Скорая» сказала — инфаркт. Обширный.

Она втянула в себя с треском всю сигаретку. Прикурила одну от другой.

— Это... — Илья мотнул головой. Курить воздуха не хватало. — Это?.. В реанимации? Поэтому?

— И тут они ее... В общем, пытались. Но ехали долго. Хотя ехать-то тут.

Она помолчала. Не хотела вслух говорить, хотела, чтобы Илья сам все понял.

— Мы же только... Мы же с ней позавчера как раз говорили... Я когда выходил... Позвонил ей... Она говорит... В обед примерно...

— Вот, в обед. А я около пяти, наверное, к ней стучусь... В мясной шла. Думала, может, ей захватить чего. Ну и... Дверь не заперта, она на полу сидит, в одежде. Я сразу давай в «скорую» звонить!

— Ее нет больше? Теть Ир!

Илья прислонился к стене.

— Я им говорю: что же вы медленно ехали так! — Соседка повысила голос. — Ведь вас когда вызывали! А они — был другой вызов, тоже срочный, как нам разорваться? Магнитная буря, все старички в отключке. А я им: старички-то тут при чем? Вы бы постыдились! Женщине всего-то шестьдесят! И шестидесяти нету!

— А где. Куда увезли.

— Да в нашу, тут. В городскую. Поедешь? Надо ведь забрать будет. С похоронами как-то придумать. Это хлопотное дело, похороны, ты-то не знаешь, а я вот сестру старшую хоронила когда, ты не представляешь себе. Тем дай, этим дай, всем дай!

— Поеду. Не сейчас. Я... Потом.

— Ну да, ты с дороги ведь! Зайдешь, может? Голодный?

— А как я домой попаду?

— Да как... Открыто там. Кто ее знает, где у ней ключи. Зайдешь?

— Нет.

Илья повернулся к своей двери. Послушал, что там. Тетя Ира не думала уходить к себе, ей было интересно. А Илья пока не мог взяться за ручку.

— Я же с ней позавчера разговаривал.

— Ну вот так вот, знаешь, и бывает. Был человек — и нету. Она ведь на сердце-то частенько жаловалась. Но таблеточку под язык рассосет, глядишь, и отпустит. Да кто сейчас здоровый! Я и сама — вроде ничего так-то, а как погода что — голова трещать начинает.

— Я потом зайду. За «скорую»... От души.

Илья толкнул дверь. Вошел в квартиру. Включил в прихожей свет. Расстегнул куртку. Повесил на крючок. Закрыл дверь. Сунул ноги в тапки. Тапки ждали. Постоял. Надо было идти дальше.

— Мам? — сказал он шепотом. — Ма.

Сделал шаг и оказался в ее спальне. Постель смята, матрас съехал.

Фотография Ильи в рамке опрокинута, лежит Илья навзничь. Улыбается — гордый собой, прыщавый, веселый. На филфак зачислили. Все говорили — если не занести, не возьмут, но с таким ЕГЭ отказать не посмели. Мать подготовила.

Ящик в комоде выдвинут. Тот, где у нее касса. Заглянул — денег нет. Все выгребли.

Прошел в свою комнату.

Пусто. Мамы там нет, Ильи тоже.

Книги на полках стоят не тем порядком, фантастика с классикой перемешаны, как будто и в книгах заначки искали. Но на столе — рисунок его старый, карандашом иллюстрации рисовал к Кафке. К «Превращению». Карандаш тут же положен. Это он перед той ночью сидел, рисовал. Перед тем, как забрали. Семь лет тут этот листок пролежал, да и все, кроме книг, хранилось так, словно Илья просто в универе.

Осталось на кухне посмотреть. Если и на кухне нет, тогда вообще нигде нет.

В кухне было холодно. Занавеска пузырилась от сквозняка. Черствый батон на израненной цветочной клеенке, нож на все случаи, заветрившаяся «Любительская» с белым жиром, колбасная кожура сморщенным колечком. На неживой конфорке — огромная эмалированная кастрюля.

Илья поднял крышку.

Щи. Полная кастрюля щей.

В туалете стоял в темноте. Сначала не мог. Потом пошла струя — и ему показалось, льется кровь. Не сукровица, какая бывает, когда почки отобьют, а черная венозная кровь, густая и выдохшаяся. Не легчало. Посмотрел в унитаз — нет, ничего. Руки мылил дважды. Потом умылся ледяным.

Положил себе половником сваренных матерью стылых щей, как было, греть не стал. Раскрошил ножом усохшую горбушку, намешал баланды.

Включил телевизор. Шел «Камеди».

— Какой пароль? А попробуй «Шойгу»!

— О! Подходит!

— Ну конечно! Шойгу везде подходит!

Зал белозубо хохотал. Красивые молодые женщины смеялись. Загорелые ухоженные мужчины смеялись. Илья моргнул. Он ничего не понимал. Не понимал ни одной шутки.

Сунул в рот ложку холодного супа. Протолкнул в глотку. Еще одну. В глотку. Еще. Еще. Еще. За маму.

Водки нужно было купить. Водки, вот что.

2.

Кто бы ни обчистил квартиру — соседи, воры или врачи «скорой» — всех материных заначек они не знали. В комоде нашли деньги, в прыщавой фотографии — нашли, а под ламинатом за кроватью даже не искали. Там было целых пять тысяч одной купюрой. Дай денег, мам?

Илья рассмотрел эту пятерку внимательно. Надолго ли ее хватит? Пока сидел, рубль ополовинился. Метро было двадцать пять, а стало полтинник. Деньги беречь нет смысла: их все равно время по песчинке из рук вымывает. Да и нет никакого завтрашнего дня, ради которого стоило бы их копить. Жизнь всегда на сегодняшнем обрывается.

Ключей нигде не было. Может, у мамы в карманах.

Странно, что дом нельзя было запереть. Он тогда как будто и не дом.

Выклянчил у соседки открывашку от подъезда, добрел до «Магнита» через улицу, загреб себе бутылку, потом добавил к ней вторую. Раскосый кассир его новую пятерку три раза через сканер прокатал, слишком уж Илья ей не соответствовал, но вслух сомневаться не стал. Деньги были подлинные, учительские.

Бутылки звенели в пакете теми самыми волшебными колокольчиками, которые у гребаной птицы-тройки на хомутах для веселья развешены. Илья шагал через Московскую к Деповской, впервые нес водку домой открыто: не надо было ни от кого прятать ее, и врать было некому.

Встретить бы Серегу случайно. Чтобы были не поминки, а за встречу. Чтобы можно было чокаясь пить. Но хорошие случайности все другим доставались. Может, Серега тоже уехал — с Московской в Москву?

Поднялся к себе. Было открыто.

Сел за стол. Из горла не стал, налил в пыльную стопку из буфета.

Поднял. Опрокинул. Ожегся. Жиром колбасным ожог заврачевал. Сразу плеснул по новой. Еще. Нужно. Необходимо. По трезвости смерть слишком непостижима. Она, как и любовь, только пьяным настоящей кажется.

Последний разговор был короткий. «Я — все, мам. Я вышел. Я выезжаю». — «Ну, слава богу, Илюша. Я тебя жду. Слава богу».

Как же это могло случиться? Почему он не успел? Зачем она так поторопилась? Всего два дня разрыва. Теперь ей не выплакаться, а ему не укорять ее за напрасные слезы. Ей не выспрашивать у него про тюремную жизнь, а ему не отмалчиваться. Ей не рисовать ему человеческое будущее, а ему не морщиться устало.

Умерла.

Умерла. Надо было приучать себя к этому.

Схватил бутылку, перекочевал в детскую, как мать его комнату звала. Он ругался на нее за это, она обещала перестать, но забывала.

Их квартира была — пятьдесят метров, как у людей. Для двоих — самое то, одному слишком свободно. Пол ламинатный, стены обойные, мебель коричневая, кухня шестиметровая, ванная кафельная, сортир уютный: обклеен резиновыми кирпичиками. Лоджия.

Окно у него выходило на депо. На его ангары, на брошенные вагончики и игрушечные локомотивчики. В детстве это была его, Ильи, собственная железная дорога. Подарок от никого. Лучший вид в городе. Его можно было созерцать часами.

В депо откуда-то приходили и тут оканчивались ржавые рельсы: это был тупик. Но Илья в этом тупике проживал, так что его перспектива была вывернута наизнанку. Депо для него являлось точкой отправления, началом пути, который по шпалам вел за горизонт.

Ну вот — съездил он теплушкой по железной дороге на другую сторону России. Отбыл семь лет в зазеркальном отражении Москвы. Вернулся домой: все-таки тупик. Конечная.

Чокнулся с депо.

Полистал без интереса свои старые книжки; раньше думал, в них правда о взрослой жизни, но правда оказалась непечатной. Выпил со Стругацкими, выпил с Платоновым, выпил с Есениным.

Мать литературу преподавала и русский.

Илья перешагнул в ее спальню. Встал на колени перед маминой кроватью. Положил лицо на ее подушку. Вдохнул. Ничего: никто не смотрит. Когда никто не смотрит, не стыдно.

Пахло кислым. Одиночеством, упрямством, подступающей старостью. Судьба мамина тут прокисла. Родила Илью в тридцать два по случаю. Про отца даже не стала ему байки сочинять, как он на них ни намекал: нет и нет, не у всех бывает. Так что мужчиной в доме был он.

В ней раньше просто было нарваться на эту сталь: будто трескаешь сочную котлету и вдруг, не рассчитав, вилку со всей дури кусаешь, до звезд в глазах. В классе она его только по фамилии звала. Горюнов, к доске. Три, Горюнов. Садись. Позоришь.

В суде она вся была из стали. Когда приговор бубнили, из стали была. И в начале срока. А потом стала крошиться: перекалили.

Мужчиной в доме.

А были у нее другие мужчины? Одно точно: к себе она не приводила никого. Вопросы его отсекала. Намеки высмеивала. Но ведь она живой человек, как же ей без любви? Неужели все ему? В Илью вся материна любовь не влезала, но было не отвертеться. И за эту любовь она с него много спрашивала.

Он попытался понять, была ли мать красивой. А вместо этого понял, что толком не может вспомнить ее лица. Испугался этого. Пошарил в комоде, отыскал фотоальбом.

И вот только тут его ледяным окатило.

Только тут он ее увидел. Только тут понял, что больше не увидит никогда. Хлебнул из горла.

Стал листать. Свежих фото не было. Все снимки в альбоме были совместные: Илья с ней в школе, Илья с ней в Коктебеле, Илья с ней на даче у подруги. Когда Илью забрали, она и фотографироваться перестала. Начались годы, которые лучше было не фотографировать.

Еще приложился.

В конце альбома шел уже просто Илья. С университетскими друзьями, потом с Верой. Где-то она нашла у него их с Верой снимки. Те, которые он успел распечатать. Потому что телефон со всем нераспечатанным у него изъяли и приобщили к делу. А что там приобщать было? Веру голую, спящую? Серегу с Саньком на крыше высотки, на самом головокружительном краю? Пьяный августовский скейтинг на ВДНХ?

Это почему?!

Почему так с ним?! Он что такого сделал, чтобы с ним — так?!

Приговор схавал, зону схавал, Верину измену схавал, прилежно рисовал вертухайскому начальству стенгазету. Но все схавать не вышло. От всего нельзя было отвернуться. А может, нужно? Нужно было, как мать сказала, до конца в этом ебаном кармашке сидеть? Приехал бы на полгода раньше!

У водки вкус пропал. Превратилась чудом в воду. Воздух и тот горше был.

Илья сидел, глядел на домашний телефон. Комната от жары таяла. Вера смотрела из маминого альбома на него весело; мама, выходит, простила ее. Не стала выпалывать Веру из его жизни.

Он взял трубку — просто послушать, есть гудок? Гудок был.

Ныл, напрашивался.

Три номера он помнил наизусть. Мамин. Верин. Серегин.

Даже не умом помнил. Большой палец сам сплясал на кнопках джигу, Илье оставалось только на него смотреть. Приложил холодную трубку к уху. Хотел оторвать ее, пока не поздно, но она вросла. Сердце колотилось.

Как будто это не Серега сидел на краю крыши, а Илья. Болтал ногами и наклонялся вперед, чтобы бездну лучше разглядеть.

— Але.

Она. Сорвался.

— Але, кто это?

Стерла его домашний номер. А может, потеряла телефон со всеми контактами. Потеряла или стерла? Все сейчас от этого зависело.

— Вера?

— Кто это?

— Вер. Это я, Илья.

— Какой Илья?

— Твой Илья. Ну... Горюнов. Меня выпустили. То есть... Я отбыл. Я вышел, Вер.

— Ты пьяный? Господи, шесть вечера же.

— При чем тут! Вер... Да. Ты в Москве? Ты уехала?

— Какая разница? Да. Почему ты спрашиваешь? Ты... Ты правда вышел?

Неправду говорят, что водка оглушает: глупит она — да, думать слаженно мешает, выстраивать разговор, беречься собеседника. Но слух от нее лучше становится. И себя лучше слышно, и другого человека — как бы он со своим трезвым умом ни прятал от тебя свои чувства за словами. Водка — рентген.

В Верином голосе слышен был страх. Страх и недовольство. Она спрашивала: ты правда вышел? И хотела, чтоб Илья ей сказал: шутка.

— Правда.

— И что ты от меня хочешь?

— Я... Я думал, мы... встретиться... Ну, повидаться? Могли бы?

— Нет. Илья, нет. Нет, извини.

— Вер... Подожди... Вера! Ну ты понимаешь... Я семь лет там... Семь. Ты — тут, а я — там, понимаешь?

— У меня своя жизнь, Илья. Своя. Давно уже.

— Ясно, что своя. У тебя. А я на зоне. И вот вернулся.

Она это уже усвоила, добавлять ничего не стала. Просто молчала. Даже и не дышала как будто.

— Он... Он хороший? Клевый он? Да?

Вера не отвечала, но и трубку не вешала. Могла повесить, могла отключить Илью с его пьяным бубнежом, но почему-то отвечала ему. Может, понимала, что должна ему этот разговор. Со всеми процентами, набежавшими за семь лет. А может, давала Илье билет в обратный конец?

— Слушай! — наконец сказала она решительно. — Ты на зоне, а я тут, да. Только не надо все это на меня вешать, ясно? И давить на меня не нужно... Я не просила тебя тогда. В клубе. Ты сам влез.

— Ты моей девушкой была! Я мог по-другому что-то сделать?! Я что, терпила?!

— Не ори на меня. Ничего бы он мне не сделал тогда. Что он мог сделать? Вокруг были другие люди. Это ты, ты не должен был соваться. И ничего бы тогда не случилось.

— Соваться?! Ты не помнишь, как ты тогда...

— Ну и что. Ну и что! Надо было думать. Я девчонкой была.

— А я — кем был?!

— Илья. Ты пьян. Проспись. Это очень старая история. Я уже три года встречаюсь с другим мужчиной. Я выхожу замуж.

Он потряс тяжелой головой. Посчитал неспешно, потер лоб; губы поползли в стороны, вверх.

— Три? То есть даже не за того, ради которого ты меня бросила?..

— А я что, должна была все твои семь лет тебя ждать?! Почему?! Потому что ты тогда один раз за меня влез? Так в кино только бывает, понял? А у меня жизнь настоящая! Она одна, понял?! Лучшие годы!

— Лучшие?

— Я не буду отчитываться! Не собираюсь!

Илья проглотил. Нет, он ведь не хотел, чтобы этот разговор так повернулся. Он не хотел обвинять ее ни в чем, он решил давно, что прощает ее. Несколько лет назад решил. По-другому нужно было... Как?

— Вера... Верочка. Я не... Я и не говорю ничего.

— Нет, ты говоришь! — Она кричала, а водка высвечивала у нее слезы. — Ты говоришь!

— Я просто... Я вот смотрел наши фотки. Я очень соскучился. Мы можем... Просто увидеться? Я в центр приехал бы. В Москву.

— Нет.

— Пожалуйста?

— Нет. Я беременна, Илья. У меня ребенок будет. Все.

Он растерялся. Взял паузу: опрокинул бутылку. Подышал. Посмотрел на Верины веснушки, на ее витые рыжие волосы-проволочки, в ее светлые глаза. Ребенок будет. Похожий на какого-нибудь коммерса московского. Да не важно, на кого. Беременность такое дело — это ему приговор.

— А у меня мать умерла.

Вера подышала. Илья сжал трубку крепко-крепко, слушал.

— Что? Тамара Павловна? Ужас какой... Я... Соболезную.

— Да. Да. Послушай... Может, просто на кофе? В «Кофехаузе» каком-нибудь, где тебе там удобно, у работы или...

— Ладно, Илья. Я больше не могу разговаривать. Давай.

— Постой!

Но трубка уже оглохла.

— Вера!

Он тут же набрал еще раз. Пошли гудки — и шли бесконечно, а потом женский голос ровно сообщил ему, что абонент недоступен. Еще набрал. Зря. Еще. Нет. Еще. На что надеялся? Что на пятый раз ответит? Что на десятый?

Вере было насрать.

— Шмара!

Илья сжал кулак и снизу неуклюже в ухо себя ударил.

Зачем он ей это сказал? Про материну смерть?

Звенело. Было больно, но из-за водки — недостаточно больно. Он ударил себя еще.

* * *

— Ну ты как?

— Сдал! Сдал я этот злоебучий синтаксис! И русский как иностранный! Русский на пять, иностранных шпионов могу смело обучать, может, на лето подработку найду! А синтаксис на четыре, но от Малахова уже звонили, говорят: где тут у вас тот самый уникальный мальчик, у которого не вскипел мозг от синтаксиса в современном русском? Веришь, Вер? Все! Я теперь свободный человек! Сессия закрыта! Айда в город сегодня?

— А что там?

— Чуваки в «Рай» идут. С потока, наши.

— Что за рай?

— Улет! На «Красном Октябре», где раньше шоколадная фабрика была. Привозят какого-то супермодного шведа, а посреди клуба, прикинь на секунду, бассейн, в котором резвится олимпийская сборная России по синхронному плаванию! Правда, женская, зато олимпийская! Масштаб, да? Поехали?

— А нас пустят? Там фейс-контроль же и все такое.

— Ну ты свой фейс в зеркале видела? Ты же будешь у них главной звездой, шведа затмишь играючи! Они молиться на тебя будут, ниц пред тобою падут! Ну а я под юбку к тебе спрячусь и тоже проползу как-нибудь.

— Я в мини вообще-то собиралась, — Вера хихикнула наконец.

— Да... Беда. Под мини я могу весь не влезть. Но попробовать нужно обязательно! Удача любит храбрых! Да не, не паникуй, там ребята проходку сделают, у меня плюс один.

«Клинского» купили на станции, чокались зеленым стеклом и смеялись сами себе. Вглядывались в синий вечер, ждали из его глубины дмитровскую электричку. Под фонарями порхали мотыльки, железнодорожный бриз гладил щеки прохладной рукой, веяло мазутом и копчеными рельсами, проходившие мимо товарняки старались попасть стуком своих колес в бит «Касты», которую они с Верой слушали на двоих через одни наушники, и хорошо было, что Вера не могла отойти от Ильи дальше, чем проводок пускал.

Очень нужно было именно в этот вечер поехать в Москву предночной пивной электричкой, набитой такими же областными клабберами, переглядывающимися между собой незнакомцами с общим предвкушением.

Очень нужно было позволить себе это после июньской сессии, когда уже невозможно думать, когда забита оперативка и некуда запоминать, когда от мела астма, от профессорского жужжания мушино-далекого с последних парт — мигрень, а на входе к экзекуторам-экзаменаторам — тремор. Почувствовать, что этот душный предбанник пройден, и впереди — уже настоящее лето, лето-приключение, лето-путешествие, лето-любовь, самые долгие каникулы, как в школе. Нужно было нырнуть в танцующую толпу, в хмель, нахлебаться радости до тошноты, и завтракать в семь утра с гулкой и звонкой головой в каком-нибудь «Кофехаузе», и криком шептать друг другу банальные прозрения, пьяные откровения.

Нечесаные барды пели за сальные десятирублевки фальшивые баллады и неясный шансон, перекрикивая гул вагонов. Торговали люминесцентными палочками чахоточные, цыганки требовали милостыню, а Вера с Ильей целовались. Купили палочки, фехтовали, потом скрепили в браслеты и сцепились ими. Электричку все быстрей втягивало в ночную Москву, как в черную дыру, и из самой середины ее, из клуба «Рай», из-за горизонта событий, вопреки всем законам физики долетали могучие басы растущей музыки, от которых зудело тело и лихорадило сердце.

Это нужно было Илье и нужно Вере.

Он был на филфаке МГУ, а она — по названию в Московской финансово-юридической академии, но по географии — в Лобне и на Промышленной улице. Он на мечтателя учился, она на прагматика. Ей — основы бухучета и финансовой грамотности, ему — европейская литература двадцатого столетия.

Илье в сокурсницы — истомившиеся по любви шестнадцатилетки, распущенные цветы росянки, хулиганки-москвички. Они для того только за языками и литературой в филологию идут, чтобы из книжного шелка и романо-германского придыхания наткать серебристой паутины женских чар. И редкие мальчики с потока для них — первые мушки, даром что балованные: такая школа злей и вернее.

Вере в однокашники — стриженые подмосковные крепыши с челками, как у ризеншнауцеров, и с песьими повадками, будущие чиновники-кооператоры. С такими всегда знаешь, как разговор пойдет: все их реплики известны вперед, можно и не заговаривать. И роман весь наперед понятен, и замужество, и пенсия.

Ему Москва, ей тоска.

А школьная любовь — комнатная, станешь ее пересаживать из горшка во взрослую жизнь — сорняки забьют.

Вера его к Москве, конечно, ревновала; но он ей с Москвой не изменял. В двадцать лет настоящее слишком настоящее, чтобы будущее проектировать или прошлое мусолить. Но когда он себя в Москве взрослым представлял — Вера была где-то рядом, а остальное было не в фокусе. Большего от пацана требовать нельзя и не имеет смысла. А девушке такая близорукость невообразима.

И тут ребята с курса предложили Илье снять квартиру на троих в одной автобусной остановке от факультета. Это значило — с Верой теперь видеться только на выходных.

Поэтому важно было сейчас оказаться им в этом поезде, который обоих их вез бы в одном направлении. А могли одни на двоих наушники и сцепленные светящиеся браслетики удержать вместе двух людей, которых вселенская гравитация растаскивала по разным орбитам? Неизвестно.

Электричка въезжала на тот самый Савеловский.

Летняя Москва днем — микроволновка. Крутится медленно поднос Третьего, Садового, Кольцевой линии в метро, варят тебя невидимыми лучами через облака, через пыльный воздух, сквозь сто метров рыжей глины. Все время в клейкой испарине. Дождем промоют нутро, слепят в комки дорожную пыль, сваляют из тополиного снега грязную вату и снова — парить.

Но когда кончат облучать, дадут продых, разбавят воздух, закатят солнце — становится Москва лучшим городом планеты.

В тот вечер в Москву нагнали облаков: сделали попрохладней. По Вериной бледной, не умеющей загорать коже бежали мурашки, Илья скинул толстовку и спрятал в нее свою Веру. Они шли от метро к шоколадному полуострову «Октября» — и когда тесная двухэтажная Полянка вывела их на простор, захотелось зажмуриться. Кремль сиял ослепительно, подсвеченный снизу, и не было ни единого здания на набережной, которое не пыталось бы ему вторить. Облака подзаряжались земным электричеством и флюоресцировали. Москва — сама себе светило, ей звезды не нужны.

Подступы к «Октябрю» были закупорены. Машины втискивались, толкаясь, в единственный на полуострове транспортный капилляр. Те, кто спешил, спешивались. Веселая толпа брала болотные мосты, окружала клубы, шла на приступ. Переминались в очередях нимфетки в мини, пыжились их пажи. Клубный улей возбужденно гудел, истекал медом. Начинающие люди летели сюда со всех краев города, с дальних его форпостов, чтобы тут наконец разделаться понадежней со своей осточертевшей невинностью.

Прощание с ней начиналось маленьким унижением на фейс-контроле.

Долгая очередь приходила к привратнику, который мог оглядывать голоногих девочек в свое удовольствие, как будто придирчиво, а мог обидно в упор смотреть сквозь них, как евнух. Мальчикам пялился в глаза, заставлял терпеть и улыбаться: дескать, проверка на дружелюбие, нам быдла в клубе не надо. Мог, разглядев все до мурашек, сообщить: вы не попадаете. А мог, заставив терпеть, умолять, выслушивать шиканье очереди, помиловать и небрежно мотнуть головой: ладно уж. Приятного вечера. И ничего, терпели. Главное, что пропустил, а унижение сейчас быстренько заполируем. Больше того, радовались, что прошли, как сданному экзамену: честно заслужили угар.

Илья думал, пацаны с курса проведут его — но они не дождались, написали эсэмэску: встретимся внутри.

Вера нервничала.

Достал из кармана два сдутых воздушных шарика. Сказал Вере — сейчас мы закладываем важную традицию, которую будем блюсти обязательно всю жизнь. Торжественно снял с ее руки флуоресцентный браслет — и со своей. Распрямил, пропихнул внутрь шаров, надул, завязал — получились плавучие фонари.

Подошли к парапету — внизу река.

— Поцелуй меня.

Взял шарики и спустил их на воду. Они сели рядом и неспешно поплыли парочкой по темной поблескивающей реке: внутри зеленого и красного — светляки. Было красиво. Вера с Ильей их проводили.

— Вместе плывут, — сказала Вера.

— В следующем году в этот же день запускаем! — объявил Илья. — Ну ладно, в выходные.

Взял ее за руку.

Из-за дверей клуба сочились басы, и, когда распахивались створы, выплескивался захлебывающийся в музыке смех. Внутри, кажется, в розлив торговали счастьем. Хотелось нахлестаться его до потери памяти.

Выдержали очередь.

Пары, говорят, на входе отсеивали — пары меньше тратят, им спаивать друг друга бессмысленно. Нужно было притвориться одиночками, чтобы полуторачасовое путешествие из Лобни не оказалось напрасным. Но Илья не мог предать Веру и отпустить ее руку. Ну... Верней, не мог ей сказать, что так надо — и ради чего.

Простояли долгие минуты у самого входа, пританцовывая. Друзья к телефону не подходили. Громко внутри было, наверное.

— Что улыбаетесь, молодой человек? — спросил фейсконтрольщик.

— Сессию закрыл! — сказал Илья.

И «архангел», который и сам когда-то был человеком, припомнил это и пустил их обоих в «Рай». В облака сладкого дыма, в долбящую по ушам музыку, в блаженство.

Тут же нашлись и сокурсники — радостные, искренние. Хлопали по плечу, танцевали кругом. У них в руках было по коктейлю, они угощали Веру из своих трубочек. Вера соглашалась, смеялась.

— Хочешь что-нибудь? — спросил у нее Илья. — Пиво там, или...

— Не надо! — отмахнулась стеснительно Вера.

Но он все же пошел к бару. Себе решил не брать, можно в уборной из-под крана напиться, как обычно. На баре мялся, выспрашивал цены, в конце концов решился на «отвертку»: разумное качество по разумной цене. Какие-то девушки махали ему с другого конца стойки, и он только на мгновение пожалел, что влюблен.

Вера ждала его, «отвертке» обрадовалась, смешно морщилась водке, угостила друзей, Илью тоже, танцы сделались веселей. Минут через сорок наконец и вправду стал проходить спазм. Славно было оглохнуть!

Илья любовался: Вера волосы распушила, лифа под обтягивающей футболкой не было, вместо мини надела черные лосины, вышло и невинней, и порочней. Она тут была все-таки лучше почти всех.

Олимпийская сборная вышла в бассейн, крутили кульбиты под бит, из многоэтажных золотых лож сыто глядели на совершенные бедра неизвестные боги, сновали вокруг них пресмыкающиеся-официанты, смертные терлись друг о друга на танцполе, добывали огонь. Горячие, целовались по углам, постанывали в ненадежно запертых кабинках. Все говорили, никто не слышал. Клуб был чем-то обратным от земной жизни; может, и раем, а что? Эдем с зелеными лужайками, белыми шмотками и арфой — не рай, а какой-то буржуйский дом престарелых. Двадцатилетним в таком умирать беспонтово.

Заработал стробоскоп, нарезая телевизионную картинку реальности на рваные монохромные кадры хроники. Поэтому, когда все началось, поверилось не сразу. В толпе завелись люди в шапках-масках, в бронежилетах, но это могло быть частью шоу, ведь были уже пляшущие карлики с пристяжными фаллосами, была олимпийская гордость страны в лягушатнике, был боди-арт на толстухах — почему б теперь и не маскарад?

Потом эти бойцы прорвались к рубке и отняли у диджея звук.

— Работает наркоконтроль! Всем оставаться на местах!

Обалдевший стробоскоп еще попытался проморгаться, потом его выдернули из розетки, врубили слепящий верхний свет. Это было как раздеть всех догола под дулами. Этого люди наконец испугались. Схлынули с танцпола, потекли к выходам — но там их встречали. Ложи уже были пусты.

— Всем соблюдать спокойствие! Оставаться на местах!

Черные гребнем пошли через зал, выбирая и уволакивая куда-то самых отчаянных, продолжавших пляски под немыми колонками. Илья схватил Веру, потащил ее подальше от надвигающихся зубцов.

— Стоять! Куда?!

Вера взвизгнула. Застряла.

— О, глянь, какая хорошая!

В запястье ей вцепился человек. Курчавый, молодой, гладкощекий. В штатском; поэтому Илья рванул Веру на себя. Но хватка у того была бульдожья.

— Ты че?!

— Отпусти ее!

— Илья! Илья!

— Фээскаэн! Она задержана! Прошу не препятствовать!

Вера — беспомощная, потерянная — только мотала головой, глядя на Илью.

— Предъявите удостоверение! — потребовал Илья, дав петуха.

— Удостоверение тебе? — Штатский хоркнул носом; глаза у него были бешеные, навыкате.

— Да! Как положено!

— На! — Тот мельком сунул Илье под нос ксиву: младший лейтенант какой-то. — Все?! Отпустил ее живо, или я тебя тоже приму сейчас!

— А на каких основаниях?! — Илья не расцеплял пальцев.

— Ты че, ах-хуел, «основания»?! — заплетаясь, заорал лейтенант. — Я наркомана задерживаю, сейчас на освидетельствование поведем! Руки убрал!

— Неправда! — Вера разрыдалась.

— Не имеете права! Я свидетелей... Пацаны! Лех, ты где? Это незаконно! Ты к девушке моей просто пристаешь!

— Я имею право, я при исполнении, а ты препятствуешь! Сержант! Омельчук! — Курчавый кликнул черных с нашивками «ФСКН», к нему протиснулись двое. — Так, этого придержите. А ты со мной! — Он дернул Веру.

Друзья-сокурсники, которые пока еще стояли рядом, от черных как от чумных отшатнулись и канули в толпу. Вокруг оплешивело, посреди прогалины стояли только Илья с Верой — и эти.

— Не смей трогать ее! Она не наркоман! Не смей! Слышь ты, гондон! — крикнул оглохший Илья. — Да ты сам обдолбанный!

Курчавый разжал Верину ручку. Шагнул вплотную к Илье. Наклонился к его уху. Зашептал:

— Ты мне указывать тут будешь? Ты, животное? Да что ты мне сделаешь? Знаешь, где телочки у себя пакетики прячут? Вот я ее сейчас харей в пол уложу...

Он рыгнул Илье в ухо и продолжил. Илья, не дослушав, толкнул его — ладонями — от себя. Курчавый качнулся, но устоял. Кивнул Илье. Скривился.

— Омельчук! Нападение на сотрудника! Задерживаем! А вы, ладно, свободны, — махнул он всхлипывающей Вере. — Иди, че встала?!

— Иди, Вер!

И Вера пошла.

— Сопротивление при задержании! — сказал черному штатский.

Илья дернулся, но налетел один оперативник, другой, заломили ему руки, склонили, согнули его. И потащили куда-то, сжав с обеих сторон.

— Вы его зачем? — храбро чирикнул кто-то из однокурсников.

— Ты стой здесь, ща за тобой вернемся! — рыкнул на него человек с нашивкой — и тот рассеялся.

Илья все крутил головой — успела Вера потеряться? За себя не было страшно — что ему сделают? Он траву один раз на школьных каникулах пробовал, больше наркоты не касался никогда. Он чистый, к нему не прилипнет. И Вера чистая — но ее измарать курчавому куда проще. Если Вера выскользнула от них — то Илья будет держаться гордо. Твердо решил держаться с достоинством.

Его выгнали на улицу, загнали в фургон, где какие-то ошалевшие малолетки были, люди в халатах, усатый командир. Отпустили.

— Так! Выворачивай карманы! — хоркнул лейтенант. — Доставай давай, что там есть у тебя! И паспорт!

Илья пожал плечами. Сунул руку в карман — выудил ключи от дома. Кошелек. Мягкое что-то... Дробное. Достал, сощурился.

— Это...

— Так, Павел Филиппович. Глядите, что у нас.

Черный пакетик. Завернуто в него что-то. Илья еще не хотел понимать что.

— На стол кладите. Клади на стол! — приказал усатый. — Это что?

— Это не мое!

— Так, пинцетик есть у кого? И понятые нам нужны. Понятых давай, Петя, — велел лейтенанту командир.

— А вот ребята сидят, давайте их припряжем, чего далеко ходить, Павел Филиппыч? — курчавый Петя кивнул на ошалевших.

— Ну... Молодежь! Есть тут паспорта у кого? А ты присаживайся, присаживайся, не торопись, — усатый зажурчал Илье. — Куда тебе спешить...

— Это не мое!

Он уже понимал, но еще не мог поверить, протестовал, но не мог говорить, его как будто пичкали, наталкивали ему в рот густой безвкусной овсянки, заставляли глотать и еще пихали в глотку, он давился этими их словами, давился своей беспомощностью, дергался, топ в зыбучем, а они пока что быстро делали свою работу — привычную, механическую.

— Так. Раскрываем.

Расшелушили черный тонкий целлофан, а в нем — маленькие на пластиковых застежках пакетики-кармашки с мукой.

— О как. Расфасовано уже. Подготовлено к продаже, значит. Ну, считаем. Так, молодежь, при вас все! Один, два, три...

Понятые тяжко ворочали белками глаз, послушно следили за тем, как лейтенант перекладывал пинцетом пакетики с порошком на весы. Не спорили: Илье на весы накладывали, а с их весов сгружали. Каждый за себя.

— Мне подбросили! Это он подбросил! — наконец сглотнул овсянку Илья. — Что там?! Что в пакетиках?!

— А это мы сейчас у специалистов спросим.

Что там было, Илья потом узнал: жизнь его, перетертая в порошок, вот что. Статья двести двадцать восьмая, точка один. Приготовление к сбыту наркотических веществ. Кокаин.

— Так! Понятые. Расписываемся. Петр! Вещдок аккуратненько убираем. Там пальчики его, не потри случайно. Все, давай бойцов сюда.

— Это не мое! Почему меня не освидетельствуют?! У вас же вот тут врачи! Пускай анализы возьмут! Пускай кровь у меня возьмут! Я чистый!

— Потом возьмут, не переживайте так, — пообещал ему усатый. — Мы же и сами видим, что вы в норме. Но только это не имеет значения. Вы, дилеры, вы же тут на работе, при исполнении, так сказать? Вам холодный ум нужен. И чистые руки! Совсем как нам. Все, Петя, давай его, у нас там еще невпроворот! — Он своими толстыми пальцами, голосом своим толстым — взял и умял Илью в воронку мясорубки, в лоток для мяса, заправил нежно и надежно его, вырывающегося и пищащего, в спираль мясорубочного шнека, а Петя-лейтенант крутанул ручку.

Когда вели к машине, Петя тянул заломленные Илюшины руки повыше. И разговаривал сам с собой.

— Вот так тебе, паскуда. Вот так тебе, уебок. Семь лет тебе впаяют, щенку. Погреешь нары, ума наберешься. Будешь знать, как связываться. На зоне людям расскажешь, у кого какие права.

— Суд будет! На суде ничего не докажешь! Я чистый! Я никогда наркотиков не употреблял! И не делал никогда! — сам с собой разговаривал Илья.

* * *

Но судье не нужно было всего этого знать. Ей другого хватило: шести пакетиков по два грамма, черной обертки с отпечатками пальцев, показаний понятых и курчавого лейтенанта. Младшего лейтенанта Федеральной службы по контролю за оборотом наркотиков Хазина Петра Юрьевича. Имя мама через адвокатов из дела уточнила. Адвокаты говорили: занесите, подумают. Но маме нечего было заносить.

Насчет семи лет лейтенант точно угадал.

— Сука! — кричал ему Илья шепотом через слезы, когда оглашали приговор; и когда кассационную жалобу отклонили. — Сссука-а.

Хазин на суде не появился: Илья ему больше не был интересен, служба шла дальше. Судья справилась и без него. Все делали план.

Разобрались быстро, и поехал в Соликамск.

3.

Больше не лезло.

Не смог даже половины выпить. Сидел на кухне, смотрел телевизор. Телевизор не отказывался с ним разговаривать. Телевизор как сумасшедший сосед: пересекся взглядом — не заткнешь и не сбежишь. Балаболил, кривлялся, жуть наводил. Но Илья сейчас был рад этому буйству, этому чужому гною. Пускай подвывает. В тишине становилось слышно себя, так было еще хуже.

Илья хотел бы уснуть, но водка не позволяла. Водка стала для него каркасом, натянула его шкуру на себя, таращила его глаза на мельтешащий экран, двигала челюстями, набивала его чучело черствым хлебом, безвкусной бурой колбасой. Водка чего-то от него хотела, но Илья боялся даже думать чего.

Потом ноги понесли его обратно к телефону.

Набрал материн номер. Мобильный, который она взяла с собой. Прождал семь гудков, десять. Очень хотел дозвониться. Потом бросил трубку. Сказал: «Ххыыыыхххххх». Сушило глаза.

Пойти к ней? Забрать домой? Заказать хотя бы перевозку. Тут недалеко ведь. Нельзя же там оставлять ее?

Нет. Он не мог сейчас. Потом, попозже. Сейчас не было сил, чтобы во всем удостовериться. Боялся заменить память трупом.

Оставался номер, который он еще не пробовал набирать. Серегин.

Кнопки вдавливал тяжело, медленно. Кроме Сереги, звонить было больше некуда. Тут нельзя было промахнуться.

Серега ответил сразу.

— Здравствуйте, Тамар Пална.

— Серег.

— Это кто? Илья, ты? Ты вышел, что ли?

— Я вышел. Ты... Ты тут, в Лобне? Или уехал?

— Да тут я! Куда я?

— А мы... Зайдешь ко мне? Я тут... Один я. Сегодня только... Приехал.

— Ты бухаешь там? Ого. Ладно, камрад, дай у жены спрошусь. У нас мелкий температурит что-то... Но тут раз такое дело! Я перезвоню, погоди.

Пообещал — и перезвонил. И через полчаса стоял уже в прихожей.

Он странный был. Загорелый, стриженный как-то удивительно: по бокам сбрито, посреди чуб. Ко всему шла ухоженная борода; отродясь у Сереги не росло ничего на лице, а тут — борода.

Обнялись. Он пах бодрым сладким одеколоном. Борода благоухала чем-то своим, отдельным, и щекоталась.

— А Тамара Павловна где?

— Ее нет. Пошли на кухню.

Налил стопку. Серега опрокинул сразу, не стал жеманничать.

— Где ты так загорел?

— Да мы тут... На Шри-Ланку гоняли. Лето все провафлили, мелкий непривитый был, отсиделись на дачах, охренели там от русского колорита, конечно, ну и Стася заставила меня на день рождения ей Шри-Ланку устроить. Какая-то там подруга летала со своим мужем и очень там ее ого-го, так что рекомендуем и все такое. У нас деньги все равно отложены были, а сейчас как раз рубль отскочил чуток, так что норм. Оставили нашего чувачка ее родителям, он с ними, по ходу, на одной волне, и рванули вдвоем на серфе кататься. Ну и все как подруга говорила. Вторая молодость, не поверишь. Две недели как один день. То есть пока ты там, кажется, что полгода прошло, время тянется еле-еле. А когда домой прилетаешь в Шарик, выходишь распаренный и веселый, а тут под ногами реагент плещется, в лицо то ли снег, то ли дождь, кожу сразу щипать начинает, ну и родиной так характерно попахивает... И ты такой: блин блинский, может, мне вся эта Ланка приснилась вообще? Загар тут тоже держится недолго, наше-то солнце, по ходу, витамин Дэ из кожи обратно высасывает. Плесни еще, что ли?

Илья плеснул. Серега вылил в себя вторую стопку, пошарил взглядом по столу, поискал закуску, но к колбасе притрагиваться не стал.

— Потом с работой еще завал, начальство вообще не очень разделяет отпуск в ноябре, говорят — месяц подождать не мог до праздников? Ага, а на праздники там билеты на самолет уже распроданы все, и на эйрбиэнби прайс конский, тем более мы хотели посерфить спокойненько, форму восстановить, без свидетелей, а на Новый год там не океан, а борщ с австралийцами, это же не только наш Новый год, а международный. В общем, я ему такой: а не шли бы вы лесом, товарищ командир, — то есть не сказал, конечно, но громко подумал. А теперь мне говорят, план продаж у тебя за ноябрь никуда не делся, в оставшуюся неделю можешь тут у нас ночевать, если хочешь, но чтобы цифра была. И тут мелкий из сада приносит свою какую-то детсадовскую чумку, лбом можно арматурины сваривать, такой кипяток. Стася сразу мозг себе вывихнула, я на полчаса всего с работы опоздаю — и начинается: мы тут с Темой, а ты там, а мы с Темой тут, а ты там, да тебе все равно, да ты вообще не человек, ну сам можешь догадаться. Мне Тему самому жалко — парню два года, температура под тридцать девять, а он не плачет, а смеется, бредит, что ли... В общем, какая уже Шри-Ланка там, как будто и не летал никуда. Ну а ты-то... Ты как?

Серега спросил у него — а посмотрел в телевизор. Потом на хлебные крошки. Потом в окно. Ни разу он еще ему прямо в глаза не поглядел, подумал Илья. И даже просто с лица его Серега срывался, дольше секунды не мог удержаться. Скользкое, видно, стало у Ильи лицо.

— Я как? Ну, вышел.
— Сколько лет-то прошло?
— Семь.
— Да, точно. Семь.

Илья налил еще по одной. Он хотел бы, наверное, подружиться с этим Серегой, как когда-то дружил с тем. Спаяться с ним краешками. Водка как ацетон, она у человечков краешки оплавить может, и этими краешками им можно краткосрочно соединиться.

— А... — Серега уставился Илье в лоб. — А как на зоне там?
— Как. Обычно. Зона и зона.
— Ну да.

Хотел бы, но не мог.

— Слышь, — сказал он Сереге. — Дай мобилу на минуту.
— Что? А. Да. Конечно.

Он сунул руку в карман джинсов — торопливо. Достал тонкое серое зеркало.

— Седьмой, — прозвучало так, словно Серега извинялся. — Погоди... Тут код, — он занес уже палец над очерченными кружками-кнопками. Потом спохватился. — А, тут отпечатком же можно. Вот.

Отдал Илье будто нехотя. Тот пригляделся к новым иконкам.

— Вот это звонить, это сообщения, Вотсапп и так далее, а это интернет, — видя, как Илья мешкает, проскакал по кнопкам Серега.
— Да в курсе я! Че, думаешь, совсем дикий?

Илья погладил пальцем стекло — и, промахиваясь между тесно посаженных клавиш, набрал осторожно.

— Але?
— Вера! — Илья отодвинулся, стул опрокинулся и стал падать, но падать в этой кухне было некуда, и он перекошенно повис.

Илья вышагнул из кухни, громко закрыл дверь.

— Кто? Илья?!
— Знаешь, что мне этот хер тогда сказал в клубе? Что мне эта сука сказала тогда, падаль эта?! Вот что: я твоей ба-

бе в щели во все влезу и там поищу товар, а ты постоишь и посмотришь!

— Это все не имеет значения уже.

— Не имеет! А че имеет?! Чтобы он тебя как плечевую там отжарил?! Чтобы он тебе пилоточку разломал твою?!

— Ты сделал, что сделал, Илья. — Вера говорила твердо. — Спасибо. Все равно. Я тебя не люблю давно. Я, может, тварь. Но и это значения не имеет. Я к тебе никогда не вернусь. Не звони мне больше. Ни с каких номеров. Прости.

Илья повесил трубку сам. Что-то услышал в Вере такое, от чего больше не смог требовать с нее любви. В ушах звенело. От ее «прости» ему не полегчало. А стало так: будто наркоз прошел. Прошел наркоз, а вместо руки — культя. Кончено. Не схватишься.

Повесил спокойно.

А потом развернулся и влепил телефону с размаху, так что тот слетел к чертям со своего насеста на материну кровать, провалился в подушки.

— Разливай до конца, — брякнул он Сереге. — На́ мобилу свою, не ссы.

— Вера?

— Лей, мля, рогомёт. Вера, не Вера... Не хера тут уши греть. Я что надо, сам расскажу.

— Да ладно, — Серега послушно разлил остатки: вышло с горкой. — Илюх... Тебя подставили же?

Илья очнулся.

— А ты... Ты сам-то как думаешь? Ты-то как думаешь?!

— Я? Ну, думаю... Невиновен. Но мы с тобой же последний год-полтора редко когда... Как ты в универ поступил...

— Дай барабан еще. Телефон дай на минуту, говорю.

Серега послушно пододвинул ему свое зеркальце обратно. Илья завис над иконками, неуверенно помотал их вправо-влево, потом ткнул.

— «ВКонтакте» есть у тебя?

— Да, вот... Ага. А что, вам можно там было и во «ВКонтакте» сидеть? Не знал, что у нас гуманно так...

— У всего цена, понял? А у барабана особая. За барабан только знай шелести... — Илья вник.

Телевизор работал без звука. Внутри разевала рот ведущая новостей. Было похоже на огромную рыбину в аквариуме со спущенной водой. Рыба торопилась рассказать, как хорошо живется без кислорода. Серега смотрел в рыбью харю, пытался читать вранье по губам. Посидели в тишине.

Но Серега скоро заерзал, как будто у него тоже воздух заканчивался. Ему тоже нужно было болтать.

— А помнишь, как мы с тобой в голубятню влезли на Букинском? Когда это было, в седьмом классе? Эта, которая рядом с Веркиным домом, у желдорпутей? Когда нас хозяин запалил и из окна по нам начал из духового ружья пулять? Я вот все пытаюсь вспомнить, зачем мы туда полезли. Не жарить же мы этих голубей собирались! Отпустить на волю, может? Или использовать как почтовых? Не помнишь? Прямо буквально перед глазами стоит. Мне тогда в задницу прилетело. На излете уже, даже джинсы не пробило, но синячина остался...

— На. Зырь.

На телефонном экране была открыта фотография: кудрявый темнобровый парень с гладкой румяной кожей в ярко-синем пиджаке и накрахмаленной рубашке борцовским захватом жмет к себе девицу с раздутыми губами и ресницами-опахалами. Рубашечный манжет лопается от желтых часов.

Глаз у парня был сытый и небрежный, но прищур давал понять: этот из тех, кто жрет и не добреет. Ртом он улыбался. За спиной хохотали расплывчатые люди: синие мужчины и красные женщины.

Под фотографией было подписано: «Сегодня с друзьями в "Эрвине", потом в "Хулиган", кто с нами?!))»

— Вот. Вот эта мразь меня закатала. Все слепил.

— За что?

— За что. Обдолбан он был, а я ему это на вид поставил. Спорить стал. Им знаешь что нравится? Чтобы им в рот смотрели. Чтобы все у них сосали взаглот. Ни за что, бля. Потому что может. Вот это тачка его. Полистай, полистай. На, гляди: тут он тоже смуглый, как ты прям. Пока им начальство давало, в Тай гонял. Ранеток порол там, небось, барсуков всяких. Бельма зырь, бельма. Не бельма, а шары. Накумаренный, стопудняк. Во житуха, а? Майор теперь. Скоро подполковник, наверное, станет.

— Им... Им можно прямо вот так в соцсети все? Я думал, ментам прикрутили это дело... — отозвался осторожно Серега.

— Смотря кому. Раньше он под своим именем тут сидел вообще... Сейчас на погоняло поменял. Но я-то старый подписчик. «Хулиган», сука. Че за «Хулиган»?

— На Рочдельской. «Трехгорная мануфактура». Такое место... Было модное прошлым летом. Там много всякого рядом, это бывшая фабрика, большая территория. Сейчас переделывают под офисы, рестораны и всякое этакое.

— Рестораны и всякое такое... — повторил за ним Илья. — А я — баланду хавай. Кому пальмы, а кому пальма, бляха. Под руку попал. На. Терпи. В кармашке. Между теми и этими. Не вылазь. Все им. На задних лапках. Секцию им. Газету эту. Потом тем обоснуй, чтобы не покоцали. Только б УДО дали. Только б пораньше. Поскорей чтоб. Может, и надо было. На лапках. Может, тогда и успел бы. А кем бы тогда приехал? Зато успел бы. А если б не уезжал... Мразь. Сука.

Он вскочил и сграбастал вторую бутылку, свернул ей головку на раз, первым ливанул себе — через край.

— Ой, слушай... — побледнел Серега. — Я это... Я не могу. Меня Стаська не поймет. Мне нужно уже. Давай, мы...

— Сиди! — Илья перевел бутылку, плеснул на стол, стал лить в Серегину рюмку.

— Нет, правда. Точно. Она еще мелкому «Панадол» купить сказала, у нас кончился. Я... Давай мы завтра с тобой. Ну или там на выходных на следующих. Как раз пацан поправится.

Илья, не отвечая, кинул в себя водки. Взял пульт, добавил громкости.

— Я... На посошок только, — Серега пригубил. — Телефон заберу?

Он выбрался в прихожую, натянул там свою курточку, сам нашарил замок.

— На связи, да? Ты ляг поспи, Илюх!

Илья сделал еще громче.

* * *

Холода не чувствовал.

Туманная темнота кислотой подточила дома, обволокла, стала переваривать. Фонари работали скупо, берегли энергию. Окна на панельных высотках кровили светом — вразброс, как будто их шилом вслепую натыкали. Неверная земля скользила. Снег иссяк, но без него ветер стал злее. Люди попрятались. На остановках только хохлились какие-то пингвины в ожидании ржавых снегоходов.

Ноги вышагивали сами, Лобню откручивало назад.

Близорукие машины гудели, замечая Илью на обочине в последний момент.

Изнутри тоже бурчала кислота.

Та же, которая в первый год ему на душе всю слизистую сожгла. Так жгла, что он ее смирением защелочил. Но и щелочь душу ела. Сказал тогда соседу в плацкарте, что простил Суку, но это было полправды. Это он как будто бы Суке сделку предлагал: ты прощен, если я могу в жизнь вернуться. В начало. А вернулся в тупик.

Один только Серега его дождался, но Серегу он сам больше видеть не мог, аж трясло. Ненавидел его за то, что стал ему чужим. За то, что тот семь лет жил вверх, пока сам Илья — вглубь. И за жалость Серегину он ненавидел его отдельно. Пора было его тоже ампутировать, пока всю кровь не заразил. Вообще все отрезать. Пусть везде будет культя.

Но Серега хотя бы свою жизнь жил, не ворованную.

Тут спрос был с другого человека. С Пети Хазина. С Суки.

С кого, как не с него? Судья человек безмозглый и бессердечный, ей когда мантию выдают, грудину полой делают. Суд так устроен, что оправдать никого нельзя: за оправдание оправдываться придется. Если до суда дошло — точно приговорят. У судей глаза искусственные, им живыми глазами на обвиняемых глядеть противопоказано. Вся защита у обвиняемого — от следователя. Если до суда дело не развалить, хана. А от судей защиты нет, так что и мстить им без смысла. Это Илья теперь знал: в колонии научили.

У станции дежурила патрульная машина, но менты грелись внутри, щадили щеки. И народу сюда стеклось со всей

Лобни, из этого варева Илью было сразу не подцепить, не зачерпнуть.

На нем были сапоги, была человеческая куртка: его же, студенческих времен. Сидела она странно: была ему теперь великовата, хоть он из нее и вырос. Был он в ней похож на человека? Если не видеть, как идет, если со спины хотя бы — похож?

На платформе был лед, продырявленный реагентом, ветер толкал Илью под колеса обмороженных товарняков, пассажирские мелькали мимо, их окна склеивались в один экран, в котором шел клип средней русской жизни. Нудела в голове какая-то танцевальная музычка, Илья цыкал ей в такт.

— За что ты меня, мразь? Раскрываемость поднять? За облом оттоптаться? От скуки? Для чего?

Дмитровская электричка медлила, давала Илье время одуматься. Даже если он найдет Суку, что он скажет ему? Как заставит выслушать? Станет тот отчитываться перед ним по делу семилетней давности? Вспомнит вообще?

Вспомнит. Станет.

Только у него ответы.

Можешь ради своего моментного удовольствия забрать у человека молодость, из жизни выкромсать ради ничего самый яркий кусок — плати. Не можешь себя бугром почувствовать без того, чтобы другого в пыль стереть, — плати. Умеешь сбить машиной дурака и дальше себе мчать, не оглядываясь, — свой хребет тоже наготове держи. Думаешь, тебя твоя блядская система панцирем защитит, думаешь, гидра твоя тебя прикроет, не даст своему башку откусить. А только бывает по-всякому.

Наконец на платформе оживились: из мрака подали нужный поезд. Илья вошел в него, сощурился, начал оттаивать. На сиденьях жалась молодежь, ехала в Москву гулять. Сосали пивко, хихикали и целовались. Илья глядел на них и не узнавал себя.

Электричка застучала по рельсам, город сгинул, теперь за окном был только этот же вагон в черном цвете, и сойти с поезда стало некуда. Да Илья и не собирался сходить. Его затягивало в Москву гравитацией, он вспотел: падал в Солнце. Ему нужно было туда, нужно было что-то там сделать. Дома нельзя было оставаться, там было слишком пусто. Жизнь вся одномоментно стала порожней, в ней не за что было держаться.

Заходили в вагоны барды, пели свои серенады одиноким кряжистым теткам, очкастый умелец с акустической колонкой на спине сыграл на весь поезд на свирели что-то нездешнее. Потом занырнул шмыгающий гитарист с амбразурными глазами, приложил пальцы к струнам и принялся давить пахучий тюремный шансон. Пел слепо, а зрачками шнырял по рядам: искал своих. Илью узнал сразу, как и Илья его. Мимо всех молодых прошел, мимо пивных мужиков тоже, прямиком к нему, несмотря на студенческую куртку.

— Бывшего арестанта не огорчишь? — протянул руку, а на ней — ожог от химии, татуировку сводил.

Илья сунул ему сотку, лишь бы дальше двигал, и отвернулся. Тот зашаркал к другому пассажиру — обритому, смурному. Знал, на чьих струнах играет. Дело хлебное: полстраны сидело.

Нет, не за этим ехал. Хазинские ответы на свои вопросы Илья и сам знал.

На зоне помогли их понять: там-то таких было в избытке. Зона из таких Хазиных и составлена. Одних сачком ловят, как красноглазых слюнявых собак, и пхают внутрь кирзачом; а другие приходят туда сами, по доброй воле, потому что где еще можно уничтожать людей и получать за это паек?

А вот наказать за то, что мать умерла, больше некого было. И за то, что Вера разлюбила. Что Серега на непонятный язык перешел. За то, что Илья приехал из Соликамска в кирпичную стену харей.

И что он там сделает? Что сделает с Хазиным?

Водка перекрикивала, не давала ответить самому себе. Водка шумела в ушах, жглась в венах, давала в долг злость и упрямство. Водка орала, где можно было шептать. Ей было в Илюшиной шкурке тесно. Она его выворачивала изнанкой наружу. Снаружи шкурку он чистой сохранил, а подкладка была вся в наколках. Подкладку в тюрьме никому не сберечь.

Прибыли к Савеловскому бану, московскому КПП.

В Москве туман стоял, моросило. Москва тоже потела, нервничала.

Проскочил с толпой, поймал желтую машину. В метро пьяным ему нельзя, это он даже пьяным знал. Теперь такси в Москве стали желтые и с шашечками, как при советской власти. Все как раньше опять становилось: так ясней.

Таксист по-русски болтал довольно бойко, но у Ильи своя пластинка крутилась, отвечать он не мог. Разжился у него, правда, куревом, водка затребовала.

Москва днем казалась гордой, а ночью — несчастной.

На улицах только фонари тлели, а дома стояли черными перфокартами, как в Лобне. Померкло зарево над городом: фасады лишили электричества, рекламы осталось мало. Вообще мало стало света и много — темноты. Люди бежали, ссутулившись, словно их в спину тычками гнали. Гребли осенними ботинками по ледяному желе. А настоящая зима еще только подкатывала.

Водка надышала Илье на стекло, за стеклом все расплывалось теперь.

Одно всего здание горело — гостиница «Украина», сталинский подарочный торт с мясом и железобетоном. Но от его яркого пламени тени вокруг еще черней делались. Медленная река боролась со льдом, но от переохлаждения уже засыпала и скоро должна была околеть. Впереди половина неба была заставлена башнями Сити. За семь лет их прибавилось — беспорядочно, случайно, как будто сталагмитов наросло. Или полипов. Город их пока как-то держал.

Потом свернули с берега вбок и остановились.

— Рочдельская вот это вот, — сообщил таксист. — «Трехгорка». Тута вылазьте.

Тут то же самое было, что семь лет назад — на «Октябре»: заторы на подступах, бурление в воротах. Девчонки в колготках на тонких ножках для тепла обнимают сами себя, бегут стайками. Парни подтягиваются, допивая на ходу из горла. Отключили Москве свет, пришибли в ней взрослых, ввели строгий режим, но молодняка это все как будто и не касалось. Им надо было жить срочно, влюбляться прямо тут же, немедленно, дурманить себя и неотложно отдаваться. У них каждая секунда на счету была; и все нужно было прожечь.

Что тут раньше производили, на этой мануфактуре, неизвестно. Может, робы шили, а может, системы наведения для ракет отлаживали. А может — оба цеха бок о бок, для конспирации. Теперь по конверсии на «Трехгорке» днем делали цифры, буквы и упаковку для фантазий. А в ночную смену — угар, тщеславие и половые гормоны. Кирпичные здания разной высотности были расставлены как попало, у одних окна были выбиты, у других заколочены, третьи сияли свежевымытыми стеклами — мануфактура перестраивалась. Лоснящиеся лимузины и мятые строительные контейнеры с обломками стояли подряд.

Люди поступали в ворота и разбредались по бессветным трехгорным закоулкам. Клубы и рестораны яркими витринами и фонариками фейсконтрольщиков очищали себе от тьмы немного места, а где не было заведений — хоть глаз выколи. Люди бродили между светом и тенью, шумные, ломились и скреблись в двери, смеялись и дрались, громко флиртовали и расставались. Тут все были пьяны, не только Илья; и тут он мог ждать сколько угодно. На улице, в тени он был за своего. А внутрь ему и не надо — внутри шумно, а у него разговор.

Хорошее место «Трехгорная мануфактура».

Стоял и думал: на воле воздух очень разреженный. Места тут чересчур, плотность населения слишком низкая. На зоне вот по сто пятьдесят человек в бараке, на тюрьме по пятьдесят в хате, нары в три яруса, до чужой судьбы полметра; и у каждого вместо судьбы — открытый перелом, острыми обломками наружу. Нельзя не наткнуться на другого, нельзя не распороть себя об него, не обмазаться в мясных лохмотьях. Лезут друг другу в глаза, в нос своими потрохами вонючими, членом тычут. Некуда друг от друга деваться. Сначала жутко от этого, потом тошно до блевоты, потом привыкаешь, а потом без этого даже и пусто. На воле с чужими людьми в разных квартирах живешь, стенкой от них отделяешься, в метро каждый в своем пузыре едет. Как чай из пакетиков после чифиря — так на воле. Сидишь, кажется — только снаружи все подлинное. Выходишь — фальшак. Жизнь в зоне — морок, а ничего более настоящего нет.

Стоял и думал: а если не придет? Если баба увезет его в какое-нибудь караоке? Тогда как? Домой ехать? С чем? Какое там завтра?

Не было завтра никакого. Все кончалось сегодня.

Холода не чувствовал. Кислота грела.

* * *

Когда увидел, сам не поверил.

Ноги отмерзли уже к этому, кололись и звенели. Кирпичная стена поддерживала спину. Водка от холодного воздуха начинала отступать. Но отступать было поздно.

Хазин шел, шатаясь, кричал что-то в телефон, тащил рывками за руку сисястую бабу, баба спотыкалась на своих ходулях, истошно его материла. Та самая, с лощеной сегодняшней картинки во «ВКонтакте».

— Че ты выкаблучиваешься-то? Пошлю я ее! Сказал, что пошлю! — Петя обернулся наконец к своей женщине.

— Вот когда пошлешь, тогда и будем разговаривать! Я на вторых ролях всю жизнь не подписывалась! — визгнула та.

Она выдернула руку и закрутила бедрами, как паровоз поршнями, прочь от майора. К шлагбауму, к выходу из кирпичного лабиринта, из Петиного тупика.

— Про́глядь! — харкнул ей Хазин.

Взъерошил волосы, покрутился на месте, но тормозить ее не стал. Уставился в телефон, стал искать, может, кого еще вызвать. Натыкал кого-то; приложил трубку к уху, посмотрел на небо.

— Эу. Малыш. Не хочешь пылесосиками сегодня поработать? Да, я груженый. Нет? Ну какая дача! Подумай! Ой, ну и хер бы тогда с тобой.

Выключил этого человека зло, снова стал рыскать в мобильном. Что-то зудело у него, нужно было язву расчесать какую-то; и Илья уже знал какую.

Тут Сука полез в карман и замер.

— Опа...

Принялся судорожно себя обшаривать. Достал ключи, позвенел, еще что-то неразличимое. Потом в телефоне крутанул звонки, приставил трубку к уху.

— Да! Здравствуйте! Сидели сейчас у вас с девушкой. Бумажник не забывал? Черно-серый, в шашечку, «Луивуитон»? Нашли? Слава богу. Да, сейчас вернусь.

Пора было. Больше нельзя ждать.

— Петь! — крикнул его сипло Илья. — Петюнь!

Майор поднял голову, повел глазными дрелями по кирпичной тени — искал, откуда голос, где сверлить. Илья сделал шаг ему навстречу. Хазин прищурился, но не опознал его. Серега-то — бывший родной — его опознал еле-еле.

— Не угостишь?

— Чем тебя угостить? — Петя скривился. — Ты кто, дядь?

— На диско знакомились, — Илья сосредоточился. — Ты меня первым угощал. Супер было. Я Илья. Помнишь? Месяца полтора назад.

— Это... Это в «Квартире»? — вспомнил кого-то Хазин.

— Да... — Илья рискнул. — В сортире. Можно еще такого?

— Илья. Вроде... Да. В «Квартире», точно. Окей. Сколько возьмешь?

— Сколько есть?

— Давай-ка отойдем, что мы на публике-то...

Илья показал, куда идти, — майор последовал, как крыса за дудочкой. За углом был выщербленный подъезд — из дома выгребали труху, чтобы набить его деньгами. Сюда, в подъезд.

— Ну?

— Ну че ну... Двести за грамм. Качество как у Эскобара. «Наркос» смотришь?

— Не видел еще. — Илья опустил руку в карман, поискал — вытащил рубли.

Вот какой к Суке вопрос: он вообще помнит, что какому-то пацану семь лет назад жизнь переехал? Крутилось на языке, но все хотелось дождаться верного момента. Рядом пьяно смеялись. Могли и сюда забрести.

— Посмотри при случае. Школа колумбийской жизни! — Петя сунул руку под лацкан, к сердцу. А вынул ксиву. — Читай, уебок. Приехал ты. На телефон все пишется.

Илья убрал растерянно бумажки обратно в карман, сказал: «Да я же ничего не делал...» и из кармана сразу, снизу вверх острием, ударил Пете в мягкий подбородок маминым колбасным ножом — узким и за одинокий вечер наточенным. Петя булькнул и потек. Попытался заткнуть рукой дырку.

— Помнишь меня? — спросил у него Илья. — Я семь лет назад уже раз приехал так с тобой.

Петя попытался поспорить с Ильей. Обвинить или оправдать. Может, просто сказать, что нет, не помнит. Но голос пропал. Он хотел выйти из подъезда, а Илья не пустил, оттолкнул. Сука присел на корточки, достал из подплечной кобуры ствол, но пальцы не гнулись толком. Илья просто отобрал у него пистолет. Петя поплыл. Собрался, вспомнил про телефон. Вцепился в него, пытался отпечатком разблокировать, но палец был в крови замазан, телефон Петю не узнавал. Илья опустился рядом. Мир вибрировал, сердце клинило. Нельзя было оторваться от сучьей смерти. Было страшно от бесповоротности и сладко неясно от чего; от мести — и жутко от нее же, и от того, что сладко оказалось.

— Ну что скажешь? — спросил он у Суки.

Петя стал жать пальцами в кнопки, подбирать пароль. Верхний ряд прошел цифру за цифрой, потом нижний. Один, два, три. Семь, восемь, девять. Сипел, присвистывал, булькал — и жал как заведенный. Пальцы скользили, айфон дурил. Илья смотрел на него выпученными глазами, пока глаза не заболели. Потом отнял и телефон. У Пети закружилась голова, он шатнулся, ткнулся лбом в стену, потом в пол.

Вот тут стало реально. И дико.

Затрясло.

Захотелось провалиться.

Он выскочил из подъезда. Вернулся. Петя мелко дрожал, сучил ногами. Тут ничего было нельзя отменить.

В складке между зданиями в асфальте был приотставший чугунный блин канализации. Илья оторвал его, подтащил

Петю за ноги и макушкой вниз спровадил его в черноту. Петя упал глухо, мешком; Илья вытер нож, кинул следом. Закрыл за Сукой, запер. Подумал медленно и рвано. Набрал снега в руки, стал затирать расплесканное Петей в подъезде; а с улицы расходящийся дождь смывал.

Этого было не переделать. Ничего было не переделать.

* * *

Идущие впереди машины распыляли дорожную грязь по лобовому стеклу, прямо по глазной роговице. Дворники скребли и скрипели, вырезали из грязи узкую дугу, но машины впереди тут же опять заливали эту смотровую щель бурой мутью.

— Ни хрена в этой вашей Москве не видно! — сказал таксист.

Илья сидел молча, глаза его были забиты грязью. Тер их: тщетно.

Ни от чего не легчало. Ни с кем не складывался разговор. Никто ни на один вопрос Илье не мог ответить. Сожаления не было. Страха не было. Удовлетворения не было. Снаружи был вакуум, и внутри был вакуум тоже. Безвоздушное бездушное. Домой ехал, только потому что надо было ехать куда-то. Приехать и лечь спать. Проспаться и вскрыть себе вены. Ничего в этом сложного не было, на зоне научили. Ничего в жизни сложного не было: и умирать легко, и убивать — запросто. Но ни от одного легче не станет, ни от другого.

— А знаешь, зачем пиндосам Украина? — фоном работал таксист. — Потому что у них Йеллоустон рванет не сегодня-завтра. По всем прогнозам. Они, конечно, по телику своему об этом не говорят, чтобы панику не вызывать. Но готовятся. И вот их этот Госдеп спонсирует фашистов на Майдане, чтобы те передали им своих хохлов тепленькими. Примут их, дебилов, в НАТО, введут танки и авианосцы свои, потом генным оружием их хуяк, и пизда им всем. А там — колонистов пришлют и освоят их целину. Знают, что Путин к себе их не пустит нипочем, потому что он всех их Ротшильдов на хую вертел. Про Ротшильдов-то хоть знаешь? Эй!

— Нет.

— Да ты вообще откуда вылез такой темный? Ротшильдам принадлежит американская резервная система. Которая доллары печатает. А доллар, между прочим, с 15 мая 1971 года ничем не обеспечен, кроме голой жопы. Де Голля знаешь за что убрали? Что он у американцев потребовал их доллары золотом обналичить, все, как по Бреттон-Вудскому соглашению! Посылал в Форт-Нокс самолеты с долларами, а возвращались они с американским золотом. Ну, Ротшильды быстро сообразили, что как, и убрали нашего Шарля, ибо не хуй. Не веришь? А что им де Голль! Они ведь и Наполеона убрали в свое время. Реально говорю, у кого хочешь спроси. По радио объясняли. Британская корона, думаешь, самостоятельная? Монархия ихняя по самое не могу в долгах, корону эту самую уже жидам трижды заложили. Короче, вся суть-то войны 1812 года в чем была? Что Ротшильды на Наполеона наших натравили, потому что он бизнес делать мешал. И сейчас такая же петрушка. Доллар переоценен в восемь раз, бюджетный дефицит знаешь какой у Штатов? Семнадцать триллионов — и растет. Обама, Трамп — всем на руку. Печатают бумажки, покупают на них нашу нефть, газ, лес, а мы и рады стеклянным бусам! Вот им-то война и нужна, Ротшильдам, чтобы внимание от доллара отвлечь только. По нам ударить, потому что у нас-то тут реальная экономика, понял? У кого лес-то? Углероды эти все! У нас! Вот и все, сходится как дважды два.

Мутило. Но сблевать Господь не разрешал.

Довезли Илью почти до самого дома. Пришлось почти все деньги отдать.

— Слы, а чем они тут перемазаны? Кровь, что ли?

— Поцапался там, — сказал Илья. — От души, брат.

Остановился у помойки, задрал голову. Окна их квартиры горели. Уютно. Спешил выйти на улицу, забыл потушить. Теперь казалось, что можно туда вернуться. Казалось, что мать не спит, ждет его с гулянки. С той, которая началась летом девятого года, а кончилась только вот сегодня.

Поднялся по лестнице, толкнул незапертую дверь. Вошел в ванную. Посмотрел в зеркало. Там в синей студенческой курточке сидело неизвестное насекомое, шевелило жвалами. Руки были в сохлой юшке. Куртка в бурых бороздах.

Мыть не стал: чем отмыть?

Сел в кухне, налил себе водки: анестезия. Порвал остатки колбасы пальцами. Затолкал себе в рот. Еще приложился. Хорошо повело. Может, скоро отключит. Утро вечера мудренее.

В телевизоре мычали.

Зажужжала муха о стекло. Отчаянно, еще и еще, через равные промежутки. Мерзкий звук. Илья встал, чтобы раздавить ее до зеленых кишок большим пальцем, но мухи на черном окне не было. Мухи не было, а жужжание шло. Кто-то просился, невидимый, настырно, чтобы его выпустили отсюда, из этой камерной квартирки, на волю стылую. Кто-то тут с Ильей застрял и хотел освободиться.

Илья подвигал тяжелую башку вправо и влево, потом догадался сунуть руку в карман куртки. Удивился и достал оттуда сначала черный «ПМ», а потом черный айфон. Мобильный только кончил звонить.

И тут же на испачканном бурым экране возникло: «Whatsapp: С тобой все в порядке? Беспокоюсь. Мама».

Мир скукожился.

Илья ногтем поскреб с кнопки «домой» тонкую корочку, с пьяной уверенностью набрал подсмотренный код: сначала весь верхний ряд, потом весь нижний по порядку. Попал сразу в сообщения. И большим пальцем медленно, тихо выговорил в ответ: «Привет, ма. Я соскучился».

На экран капало соленое, размачивало сухую кровь.

4.

Солнце лезло в окно. Бледное, мелкое, втиралось под веки.

Илья вспомнил сразу. Сел в постели — в своей, прежней. Одетый, только сапоги стащил. Голова была тугая, наполненная какой-то густой дрянью — мазутом, что ли. Язык клеился к нёбу. Веки срослись.

Посмотрел на свои ладони. Ладони были белые. У ногтей только темные каемки. От каемок этих тошнило. Без них можно было бы убедить себя, что все приснилось. Но просыпался он не из сна про «Трехгорку», а из мазутной ямы.

В коридоре что-то будто еле пищало, дробно и невнятно. На кухне телевизор сам с собой разговаривал.

Илья осторожно, как не у себя дома, прошел туда.

Чужой телефон лежал на столе. И рядом — «макаров». На скатерти были следы от пальцев. Как в бане кипятка с камней вдохнул. Сел, потому что не устоял. Стал тереть лоб. Навалилась тоска.

Навалилось похмелье от убийства.

Вчера было разложено перед ним полароидными снимками — расплывчатыми, сбитыми. Он потасовал их отупело. Петя булькал дыркой в шее. Валился в люк. Жирная полоса на бетонном полу. Потом снова стоял живой, хитрый. Спрашивал, смотрел ли Илья кино какое-то. Потом отдавал ему свой пистолет ватными пальцами. Глаза его. Беспомощный, потерянный. Земная ось Пете в горло всажена, мир юлой. Небоскребы маяками в тумане. Не туда вывели. Все в тумане. Красные деньги. Таксист нахмуренный.

Илья налил себе воды из-под крана: шла ржавая, на вкус была — как будто зуб выбили. Распахнул окно, а то тут воздух скис.

Зачем? Что это переменит? Зачем?!

Ошибка. Ошибка!

И никак не попасть во вчера, не схватить себя вчерашнего за руку, не удержать дома. Он подобрал со стола телефон. Прочесть новости: нашли уже Суку? О таком точно должны написать. Пароль торчал в голове, не забывался.

Хотел и боялся новостей — а открылось на переписке с Петиной матерью.

Только сейчас вспомнил про то, как вчера ей писал. А что писал? Что ты ей писал, мудло?!

«Привет, ма. Я соскучился».

«Ты уверен, что все хорошо?»

«Да. Я просто напился. Завтра созвонимся».

«Хорошо. Спокойной ночи».

Метнулся обратно, посмотрел — пропущенных звонков нет. Ждала, пока он выспится. Подождите еще. Дайте с мыслями собраться! Сплю. Сплю! Сейчас!

В Яндексе поискал: Рочдельская, убийство. Трехгорная мануфактура, нападение. Каждый раз набирал — пальцы прыгали. А если сейчас выловит? Тогда что? Тогда все.

Сколько времени сейчас? Одиннадцать. Неужели дождь отстирал асфальт как следует за ночь? А подъезд? В подъезде кровь была. Илья размазал ее грязным снегом, но при дневном свете она зажжется, будет глаза печь. Сегодня суббота. Может, по субботам там не работают?

Труп. Хазин. Клуб «Хулиган». Полицейский.

Нет; пока не нашли. Или нашли, а не успели еще доложить газетчикам. Но это ничего не значит. Как только родные Суки хватятся — тут же на Илью выйдут.

Не хотелось об этом думать; но и увильнуть от этих мыслей было нельзя.

Отыщут его быстро. Видео с камер наблюдения поднимут. В Москве этих камер — сто тридцать тысяч, пока Илья сидел, всюду понатыкали. Среди вновь прибывших в колонию много было таких, кого по камерам и засекали, и обвиняли, и приговаривали. Каждый городской подъезд пялится в тебя одноглазо, лезет в жизнь, на всех трассах камеры развешаны — следят, запоминают. Раньше, говорят, они хотя бы видели плохо, а теперь прозрели. О чем вчера думал?!

Ни о чем. О том, чтобы Хазину расчет дать.

Илья глянул себе внутрь, в муть. Жалости к Суке там не было. Раскаяния в том, что убил, не было тоже. Не горчило от греха. Хотелось бы почувствовать торжество справедливости: это ведь единственный раз с ним в жизни, когда бог отвернулся и Илья успел по-своему справедливость навести. Расплата, ма? Нет, ничто там вчера не восторжествовало. Просто подонок сдох. Брезгливость к Суке у Ильи была от того, как Петя некрасиво умирал; и к себе брезгливость — от того, что он его смерть через трубочку, как клубничный коктейль из Макдака, втягивал. И злость оставалась на Суку за то, что тот не смог с Ильей переговорить по-человечески из-за своего дырявого горла.

А главное у Ильи было такое чувство: конец ему.

Никуда не деться.

Люк откроют, таксистов допросят, и все, на следующий день постучатся. Ему еще на учет в полиции вставать положено, не встанет — участковый придет. Даже если б и не Илья убил Суку, все равно бы на него повесили. Откинувшиеся с зоны — первые под подозрением, а тут еще и мотив.

Вот он — вроде дома сидит. Но это как еще один полароидный снимок. Выхваченный из темноты миг. А в следующий миг будут Илью швырять мордой в пол, мять ему лицо, ломать руки, тащить его, отечного, на тюрьму. Кончилась свобода, не успев начаться. Херово Илья ею распорядился.

Можно купить водки и ждать, пока придут. Можно самому явиться с повинной, чистосердечное написать.

Что будет? В лучшем случае — поедет обратно по железной дороге. Безвозвратно. За месть менту пожизненное дадут. Пока срок был исчислимый, можно было в себе человечка поддерживать, поддувать на него, чтобы тлел. Будет срок бессчетный — скоро потухнет. На зоне человечек очень мешает. Его для воли берегут. А не будет воли — лучше самому погасить, пока блатные его в моче не утопили.

Если и не пожизненное, а, скажем, двадцать лет... Пятнадцать! Кто тогда вместо Ильи выйдет с зоны? Куда выйдет?

Из окна пахло зимой. Опять после дождливой ночи заморозки схватили. Илья высунулся за кислородом. Снаружи были перемены: белое небо поднялось, мир раздвинулся. Стало ясно, что над Лобней есть еще другие этажи, что тут ничего не кончается. В мире дел было на сто лет вперед.

Видно стало рельсы, видно депо, и посреди депо — кирпичную водонапорную башню, про которую он дошкольником думал, что она — остаток крепости. А за ней теперь — в дневной прозрачности — возникли незнакомые новостройки в двадцать пять этажей. Нет, Лобня была не та. Не окаменела она, когда Илью забрали. Шевелилась, росла. Чужой это был город — уже. А через двадцать лет все будет вообще инопланетное.

Нельзя вернуться никуда.

Но главное — не возвращаться б на зону.

Дико, дико страшно стало ему вдруг оказаться запертым в масляном-решетчатом кирпичном ящике навсегда, страшно лишиться пространства, воздуха, вида на многоэтажки, права ехать в поезде, ходить по улицам, смотреть на человеческие лица, права видеть девушек, права еще раз оказаться дома, дух этот домашний втянуть в себя. Только щербатые хари, серые робы, беспросветная мразота вместо ума и сердца, злые хитрые правила блатной жизни, леской, паутиной через каждую секунду натянутые: только и хотят, чтобы ты случайно встрял, запутался, задергался, чтобы можно было тебя обобрать, напихать в рот тебе грязных тряпок и изнасиловать, обгадить и поржать над тобой, ухая, гнилозубо. Только так человек может справиться с унижением и уничтожением себя: передавая унижение дальше, вмазывая в дерьмо других; иначе его не отпустит.

Но за убийство легавого другая зона положена: пожизненное, особый режим. Специально придуманная так, чтобы человека до самоубийства довести — в камерах слепящий свет круглые сутки, воздуха в день полчаса, передачи раз в год, обыски постоянно, даже с сокамерниками свыкнуться не дают — перетряхивают все время, из камеры выход харей в пол, руками вверх, всегда бегом — а убить себя и никогда не позволят.

Вчера казалось, воля неуютная.

Сегодня от одной мысли о зоне жуть такая была, как будто пакетом душат.

Бежать. Сейчас на поезд прыгнуть, пока паспорт еще не внесли в розыск. Соскочить где-нибудь... Под Ярославлем или... Там в деревне потеряться. В каком-нибудь заброшенном доме. Или машиной надежней. Но дороже будет, кто его за так повезет? Надо... Надо одеться. Пока не поздно.

Снова увидел свою измазанную куртку; ее нельзя было. Что-нибудь другое, теплое... Зима. И продуктов с собой. Рюкзак... Есть у матери рюкзак?!

Но, пока рылся в шкафу, потерял веру. Прятаться не у кого. В деревнях все как на ладони, чужаков сразу видно. В городах без денег и двух дней не протянешь. А деньги на исходе уже.

Снова выглянул в окно: нет полицейских машин? Снова в интернет кинулся: Рочдельская, «Трехгорка», Хазин, убийство. Еще телефон! Могут ведь проследить по телефону? Могут, конечно. Запеленгуют в два счета. Выбросить его? Выключить, выбросить. Идиот, как о таком-то вчера не подумал?!

Вчера было все равно. А сегодня такое чувство было: что вылетел за рулем хлипкой китайской легковушки на гололеде за ограду Москвы-реки, нырнул в темную воду, электрику заклинило, двери заперты, и из решеток воздуховода хлынуло ледяное крошево. Вроде ты и живой еще, но уже и мертвый, льдом захлебнувшийся.

Не выбраться. Не сбежать.

Вдруг телефон затрясся в руках. Беззвучно; но от этого еще хлеще пришлось Илье по заголенным нервам.

МАМА.

Он пялился в экран. Хотелось сунуть телефон в мусорку или под воду, чтобы он там захлебнулся и замолчал. Подойти? Прошептать что-нибудь? На заседании. На встрече.

У начальства. Суббота сегодня, какая встреча? Илья быстро-быстро попытался вспомнить Петин голос, Петино произношение. Было оно какое-то особое? Чуть вроде грассировал он, и голос у него был выше.

— Ма... — попробовал вхолостую Илья. — Я не могу сейчас.

Фальшак.

Телефон все дрожал, дрожал, как Петя вчера мелкой дрожью кончался, когда сосуды у него стали без горючего дрябнуть. И точно так же Илья стоял и смотрел, околдованный и бессильный, на это.

Прозвонил, сколько оператор позволял до автоответчика — и затих.

Илья вытер со лба клей; стал ровнять пульс. Если бы ответил — дал бы петуха. Вот что было страшно: поговорить за мертвеца с его матерью, покривляться тонким голосом. Вот тут бы не сорваться.

Прозвенел звоночек — у вас голосовое сообщение. Илья набрал номер, который было сказано. Сделал телевизор потише.

— Петюш, ты спишь еще? Набери, пожалуйста. Хотела поговорить с тобой. Папин день рождения обсудить. Ладно?

Голос у нее был совсем на материн не похож. Надтреснутый, заискивающий какой-то; стыдно было его таким слышать. Автоответчик спросил чеканно, не желает ли Илья повторить сообщение. Илья сказал, повторить. И еще. Осколки чего-то громадного, вдребезги разбитого кололись в этих ее коротких словах. У Суки с его матерью были совсем другие отношения, чем у Ильи со своей.

Илья отнял наконец телефон.

Все.

Только зачем ждать, пока за ним придут?

Илья потянулся, взял со стола пистолет.

Повертел, нашел, как обойму достать. Заряжен. Ну вот и хорошо. Оборвалась струнка в голове, зазвенела. Насрать на вас на всех. Пока.

Он разделся, пошел в душ. Включил там погорячей: вчера не мерз, а сегодня не мог согреться. Где-то наверху завыли трубы. Под ванной дежурил таракан, усы торчали. Ждал, пока Илья вышибет себе мозги, чтобы отвести его душу в ад.

Терся губкой тщательно. Двое суток поезда надо было отскрести, семь лет зоны и еще вчерашний целый день. Лилось слабо, толчками, как из вскрытой вены. Жалели там ему воды. Намекали ему. Не хотели, чтобы он чистеньким отходил.

Как там, на «макарове»? Передернул, патрон в патронник, с предохранителя снять — и все. Жесткий спуск у него, интересно? Было интересно так — отвлеченно, как будто это Ильи не очень касалось.

Стреляться все равно быстрей, чем вешаться и чем прыгать. Вешаться — пока задохнешься, и обделаешься уже, и намучаешься, и передумаешь, а рассказать об этом некому будет. А прыгать — с третьего? Ментов только смешить.

Случился раз на второй год, когда Илью на зоне в угол загнали. Он тогда ляпнул маме по телефону — мол, готов покончить с собой. Она сказала ему строго: чтоб не смел. Самоубийцы навсегда в ад идут, мы с тобой больше не встретимся. Ну и перетерпел, не смог матери ослушаться. А все равно не встретимся, ма, так и так.

Тер ребра, ползал бессмысленно взглядом по разлинованной на квадраты стене. Стало равнодушно. Решился уже, остается сделать.

Швы между кафелем были где темными от плесени, а где белыми.

Странно. Как будто мать стала отмывать, но не домыла и бросила. Может, так и было? Может, на этой ванной и перенапряглась. К его приезду убиралась, готовилась, и...

Илья застрял.

Мама.

А если он сейчас застрелится, что с ней будет? Кто ее заберет? Кто похоронит? Где? Что вообще делают с мертвыми, у которых своих живых нет? Зарывают на каком-нибудь муниципальном кладбище? Сжигают из экономии? А что вместо надгробия? Табличка на деревянной палке? Ничего?

Поддал еще горячей. Не спасло.

Нет, нельзя. Так нельзя с ней.

Вылез мокрый — полотенце забыл. Таракан отступился, спрятался до поры. Илья прошлепал в комнату, нашел у мамы чистое полотенце, обтерся. Похоронить ее сначала по-человечески, а потом что угодно.

В коридоре все еще пульсировало-пищало придавленно. Наверное, у соседей что-то, за стенкой.

Но на что хоронить, если все истрачено?

Он вернулся в кухню. Закрыл окно. Убрал пистолет с глаз. Заварил чаю из трех пакетиков. Сел. Ты же здесь, Сука! Я тебе глотку продырявил, но ты тут, твоя душа сидит в этом черном зеркале, ты тут забэкапился и смеешься надо мной! Смотришь на меня через глазок камеры, ждешь, пока прибегут из твоей сучьей корпорации меня давить!! Тут ты!

Илья сжал телефон в руках — чтобы задушить его. Нет. Нельзя душить и нельзя выбрасывать! Надо Петину маму успокоить сначала. Надо было что-то написать ей... Написать ей, чтобы она не звонила пока! Чтобы дала ему подумать. Но как ее об этом попросить?

Говори, Сука! Отвечай! Я от твоей памяти пароль подглядел: раз-два-три! Семь-восемь-девять! Детский идиотский пароль! Ты тут теперь у меня в клетке! Не дам тебе покоя, пока ты меня врать не научишь! Пока не выручишь меня, падла! Ты мне должен! Ты! Мне! Должен! И жидкой своей юшкой ничего не отдал!

Илья влез в Сучью с матерью переписку.

«Да. Я просто напился. Завтра созвонимся».

«Хорошо. Спокойной ночи».

Стал отматывать разговор вверх — туда, где вступал вместо Ильи сам Петя. О чем они там писали друг другу? За что можно уцепиться?

«Приедешь на выходных?»

«Мать! У меня служба без выходных! Сколько объяснять?!»

Так. Так. Еще говори.

«Ты ведь у нас уже сколько не был!»

«Сама знаешь, кому надо сказать спасибо!!»

Поднялся еще выше, еще дальше в прошлое. Петина мама писала старательно, расставляла все знаки препинания, и часто представлялась Пете заново, будто не понимала, что ее номер определяется.

«Петя, это мама. У тебя все кончилось? Тебе можно позвонить?»

«Мать! Я сам наберу, когда можно будет! Пока буковками!»

«Ладно. Напиши хотя бы Нине. Она места себе не находит».

«Сам разберусь!»

Что кончилось? Илья покрутил еще в прошедшее время, но ответов там никаких не нашел. Но бывало, кажется, так, что Петя переставал подходить к телефону и сам звонить не мог. Собрания? Или спецоперации? Он же оперативник, а не кабинетная крыса, так? Надо найти его переписку с другими ментами. Там подскажут правильные слова.

Выскочил в список контактов. Пустые чужие имена, фотографий нет, званий нет, людей за номерами не увидеть. Стал смотреть внимательней. Можно начальство найти: начальство по имени-отчеству до́лжно называть.

Таких сложносоставных людей у Суки в телефоне было немало. Но эти люди, видно, любили говорить своим голосом, да чтобы их слушали внимательно, а утруждать себя азбукой они не хотели. Алексеи Алексеевичи, Роберты Арамовичи, Михаилы Марковичи, Антоны Константиновичи — все были будто неграмотны.

Нашел только какого-то: «Игорь К. Работа».

Работа. А что теперь делать? У кого-то такая, у кого — кадилом махать. Вертухаи вон на зоне тоже работают: завтракают с семьей, бутерброды собирают, детей в макушку чмокают, садятся в «Ниву» и едут недалеко от дома сторожить упырей; а из залетных граждан — упырей лепить, потому что только упырий язык знают и других учить не хотят. Возвращаются, перекошенные, домой, накатывают водяры, гоняют жен и детей порют: призвание. Вот и Сука своей работе себя, наверное, целиком отдавал.

Игорь К. печатал телеграфным стилем: как будто из блиндажа радисту надиктовывал. Но диктовал так, чтобы враг, если перехватит, не разгадал: «Хазин закладка ок?», «Хазин! ДС говорит внедр через нед», «Хазин вызывают упр». Петя отвечал ему так же односложно: «Понял», «Принято».

Илья потер виски.

Надо было пытаться, пока она тревогу не подняла.

Стал набирать ей: «Ма, не переживай...», но осекся. Посмотрел, каким тоном Сука с ней сношался; исправил «Ма» на «Мать». Перечитал еще Петины рявканья, попробовал, как он.

«Мать! Работа. Срочно вызвали в управление. Дело какое-то. Не могу говорить!»

Было неловко втыкать в маму восклицательные знаки, но Петя так делал. Надо было за ним повторять, чтобы она подлога не заметила. Отправил и замер. Включил звук. «Упр» — это ведь управление? Все он правильно у Игоря К. разобрал? Или в чем-то ошибся? Сколько вообще мать про Петину работу знает?

Через долгую минуту тренькнуло.

«Ты ведь помнишь про отцовский юбилей??»

Вот оно. Голос она не признала бы, а текст спутала. В тексте дыхания нет.

«Все я помню».

«Жду твоего звонка!»

Сообщения от нее приходили не сразу, как будто шли медным кабелем из Америки. Медленно она писала. Мать у Ильи тоже набирала сообщения трудно, неуверенно, тыкалась в кнопки полуслепо.

Отцовский юбилей. Что же он сам не позвонит? Сюрприз для него готовят, что ли? Илья поискал в контактах «Папу». Не было папы там. Поискал «Отца». И отца не было. Как же это?

Умер, может? Может, это и не юбилей, а годовщина?

Стал бы сам Илья из памяти стирать номер своего умершего отца? Или оставил бы в телефонной книге? Оставить — глупо: номер ведь отдадут другому безвестному человеку, который на звонки покойному будет раздражаться, клясть и прежнего хозяина, и всех звонящих. Вон и могилы-то через пятьдесят лет свежим мертвецам передают, а уж телефон....

А стирать? Жестоко, что ли. Материн номер Илья точно не смог бы стереть, если б и было откуда. Но про отца — неясно. У Ильи отец умереть не мог, потому что он никогда и не жил.

Так. Сейчас Петина мама подождет немного, пока Сука на собрании. В управлении. Есть час, есть два, может. За эти два часа нужно исхитриться еще хоть день у нее отыграть.

Весь Вотсапп под завязку был забит кляузами от застуканных и посаженных на привязь нариков, которые, чтобы только не присесть самим, наперебой закладывали своих, друг друга, дилеров и родных. Тут можно было потеряться.

Поверх всех имен была пустая строка с лупой. Поиск. Илья эту строку начал заполнять: «Управ...» — понять, о чем там может пойти разговор.

Вывело его на какого-то Синицына.

Синицын писал: «За эту тему надо будет в управление еще заслать, учти». Хазин отвечал: «Не учи ученого». Была, значит, какая-то тема. Но к Илье это касательства не имело. Что еще там у Игоря? «Внедр.»

Ему откопало тут же несколько разговоров. Люди-инициалы слали Хазину свои шифрограммы. Но Илья не к ним обратился.

Нина.

«Я же объяснял, у меня внедрение, я не смогу...»

Кто эта Нина? Та базарная баба с «Трехгорки»?

Он открыл переписку: нескончаемую. Если бы телефонный экран эту переписку не отсекал с обоих концов, можно было бы, наверное, ее от земли до неба раскатать.

Скользнула фотография: с вытянутой руки девушка снимала себя сама. Нет, не та губастая, которую Петя золотыми котлами к себе притягивал. Точеная девчонка, каштановые волосы дерзким каре, круглые очки со стекляшками вместо линз, пальто нарочито великое, будто парус на ветру. Красивая, юная. Кажется непорченой какой-то; что такой с Петей Хазиным делать?

В добавление к восклицательным знакам в каждом Нинином сообщении были круглые рожицы, картиночки, человечки. Они от этого казались детскими, будто изрисованными цветным карандашом. Как открытки, которые Илья маме в садике делал ко всем штатным праздникам.

Мать у Суки телефоном пользовалась наивно, неуверенно. Товарищи по работе как в рацию в него буквами лаяли. Но Нина здесь была в своей стихии.

«Тебе нравится пальто? Не слишком весеннее?»

«Нормально».

«Дико хочется зиму проскочить, и чтобы уже весна. В общем, я его купила!»

Петя с ней вдруг тоже позволял себе — то желтый кружок с улыбкой, то какую-то придурковатую пиктограмму. Илью чуть кольнуло в зареберье. Странное было чувство: как будто подсматриваешь за целующимися.

Подожди, Нина. Не забалтывай.

Там про внедрение было что-то.

«То есть ты опять пропадешь? Даже говорить не сможешь?»

«Я буду писать. Там люди будут вокруг. Я же объяснял, что это такое! Все время будут. Писать смогу. Может, позвоню, если получится».

Внедрение. Опер косит под дилера или в группу заходит с легендой. Восьмерит под воров. Берет в разработку, чтобы ниточки все в грибнице выследить, ни одной случайно не порвать. Известная схема: те, кто реально сидел по двести двадцать восьмой, рассказывали.

Когда это было? Полгода назад. Родина может и снова назначить.

А что другие про это говорили? Поточнее бы, не бабьим диалектом.

Но к мужикам Илья возвратился не сразу, хоть и торопился. Не выдержал. Мотнул ленту вверх: есть там?.. Было. Нина зеркало фотографировала, а в зеркале была она сама — загорелая, худенькая, под ребра живот буквой Л втянут, пупок пуговичный, рукой обнимает грудь, прикрывает, но руки не хватает — запястье слишком тонкое, а там сок, там поспело все, там уже распирает, и коричневый сосок между пальцев глядит любопытно, как в замочную скважину; ключицы выступают, а где ключицы сходятся — там, вместо колье, почему-то квадратный штрих-код черной свежей татуировкой. Стоит вполоборота: поджарая, но выточенная ласково, без углов; глаз не отвести, и ни одной ее линии лучше не вычертить.

Хороша, сучка.

Прислала себя этой мрази, чтоб он по ней честнее скучал.

Захотелось еще ее найти, полюбоваться. Пульс разогнался. И идиотская ревность к Хазину резанула. Пока он бикс вокзальных к себе придавливал, было терпимо. Но эта как к нему попалась?

Еле отрезвел. За уши оттянул себя от замочной скважины. Смешно, конечно: завтрашний мертвец ко вчерашнему мертвецу живую женщину ревнует. Юную совсем женщину, весеннюю не к месту, будущую еще долго-долго жить, уже когда и от Пети, и от Ильи одна гниль останется.

Черт. Ладно. Нет времени.

Внедрение, и... Опять вышел на Синицына.

«С внедр все. Сворачивай!» — кричал тот.

«Шлю группу», — откликался Хазин через секунду.

Продолжали уже спустя несколько часов — спокойнее, размеренней, выдерживая паузы.

«Приняли груза двадцать, пять можно в сторону», — докладывал Синицын.

«Давай в сигнал про это, Вась», — перебивал Хазин.

«У меня не установлен».

«Так установи, балда!»

«Вотсапп шифруется же».

«Хер твой шифруется, все ключи на Лубянке давно».

Потом уже только о встречах договаривались: Петя опаздывал, Синицын психовал. Но груз больше всуе не поминали.

Можно пять в сторону. Приняли двадцать. Конфисковали, что ли? Что еще за секреты у этих могут быть?

Сигнал. Илья вышел в меню, пошерстил иконки. Петин телефон был замусорен самым невообразимым, набитые черт-те чем папки громоздились завалами. Фоном к ним шел внедорожник «Мазератти» на морском побережье. Еле отыскал какой-то Signal в тайнике, заложенный между аркадными игрушками.

Вошел. Тут не так тесно было, как в Вотсаппе, сюда не всех звали. Но Синицын здесь околачивался. Илья заглянул ему в нутро.

«Что твой абрек? Будет брать?»

«Не торопи, Вась! Серьезный чел, нельзя давить. Я скажу, когда».

«Долго не могу ждать. Че если фэсэры?»

«Не ссы».

Илья отстал от Синицына. Правильно он все про Петю понял? Конфискат налево толкал? Правильно. Он отодвинул телефон. Глотнул черного передержанного чая. Положил три ложки сахара, размешал. Сахар в холодном чае кружил как пурга за полярным кругом. Не желал таять.

Тут Сука Илью не разочаровал.

На это Илья и ловил его там, на «Трехгорке». И подловил.

Ничего в этом такого, что мусора у одних товар принимают, а другим сами спихивают. На зоне это тоже по двести двадцать восьмой рассказывали. Илья всегда слушал, как боком причастный. Должен же у людей и бизнес быть, как им на один оклад существовать? Только что контроль за оборотом наркотиков ментам отдали. До этого была отдельная служба: ФСКН. А до того, как ее переименовали в ФСКН, она называлась — ГНК. Госнаркоконтроль. Но уже тогда шутили: Госнаркокартель. Смешно.

Не Илье Петю судить.

Все одно, кончились его дела. И Илье недолго оставалось, чтобы свои завершить. Надо было им друг друга отпустить, а за кем какие секреты от прошлой жизни еще тащились — важно ли?

Или важно.

Подумал, закрутил сахарный вихрь против часовой. Переписка совсем недавняя была. Пара дней ей. Вряд ли все случилось уже. Груз, значит, у Синицына этого где-то. А деньги у абрека. Все ждут обмена. Но без Суки у них ничего не выйдет. А Сука лежит лицом в сточной воде.

Илья поискал в сообщениях еще «груз» и «товар». Какие-то старые перепалки выскакивали, находило в архивах «грузишь!» и «нетоварный», осадок всякий взбалтывало со дна Петиного телефона. Абрек, ясное дело, в контактах так зваться не мог. Илья тогда поехал алфавитом прочесывать все мусульманское. Многое вытянул, но в месседжах ничего подходящего не было.

Посмотрел в Вотсаппе, посмотрел в Сигнале.

Вяз в каких-то терках с чеченами, помогал освободить пузатых азербайджанцев, принятых в клубе с порошком. Но это все несвежие были истории, только по недоразумению или для хроники не удаленные. А нового, после того, как двадцать конфисковали, — ничего.

Попробовать?!

Надежда — идиотская, дерзкая — пухла в нем, набиралась соков.

Что Илье терять? Нечего. Кому долго жить — у того ставка высокая, а Илья ставил на кон всего-то день или два. Все, что было.

Договориться за Суку с абреком. Перехватить деньги — сколько там полагается за двадцать неизвестно чего. Товар пускай он с Синицына этого спрашивает. Соединить их, разберутся как-нибудь. Или перережут друг другу глотки.

Им эти деньги зачем? На «Мазератти» на какое-нибудь. Шмарам в топку закидывать, чтоб любовь не гасла. На море синее поехать. К дому добавить этаж. Шелуха. Илье нужнее: ему мать пристроить надо.

Можно ведь успеть. Место нормальное выкупить, гроб приличный, что там еще положено, спросить у тети Иры, опытного человека. Венки. Попросить за все прощения. Расцеловаться. И сгинуть. Если деньгами заливать, все успеть можно. Последнее волшебство в мире осталось — деньги.

Уже кончался завод, но провернули Илье ключ в спине, дали еще немножко куража побегать. Скажи ему неделю назад кто, что он от такого расклада окрылится, он бы такого человека зубами загрыз. Но вот: сейчас ходил по квартирке в полотенце на бедрах широким шагом, тер руки, пытался подумать, как сложить мозаику. Хотелось выручить маму.

— Ну давай, Сука, побазарь со мной! Кому ты хотел кумар свой сбагрить?

Молчит.

Илья разболтал упрямый сахар, вылил в себя весь стакан; и сахар расшевелил окостеневший ум. Придумал, как разговорить Петю.

«Приехал ты. На телефон все пишется».

Он перебрал приложения: отыскал диктофон. Если Хазин Илью просто из азарта писал — незнакомого взять в оборот, чтобы пятничный вечер зря не пропадал, то партнеров он и подавно должен был всех себе в диктофон упаковывать. Для подстраховки.

Последний файл был и вправду Илье посвящен.

Включил. Подождал.

— Помнишь меня? — спросил у Суки Илья. — Я семь лет назад уже раз приехал так с тобой.

Петя шептал что-то в ответ, но сейчас опять не было времени разбираться. Запись была четыре минуты. Кончалась, когда Сука нагадал пароль и хотел кому-то за помощью звонить; но срок истек.

Точно: файлов тут была длинная цепь. Стал слушать один за другим.

— О, Хазин. Прикрой-ка дверь. Все сделано?

— Да, Денис Сергеевич. Но ждем пока. Телятся.

— Ну, когда готово будет, ты не затягивай. Я там почти договорился на твой счет уже. Можешь красивый бокал готовить. Поглубже. Чтобы прочувствовать момент.

— Так точно!

— И еще просят немного натурой.

— Принято. Беру на себя.

— Лучше с собой бери. Там шашлычок намечается. Я введу в курс. Бывай. И не затягивай, понял?

— Всего доброго, Денис Сергеевич.

Оборвалось. Илья открыл следующий файл — все по номерам, ни один не назван.

— Ты, паскуда, не знаешь, что это? Я даже знаю! Это оборудование, уебок! Для гровинга оборудование! Что ты тут, помидоры голландские разводишь?! Да тут у тебя теплица целая! Хера себе! Свет... Эй, Костомаров! Живо опергруппу внутрь!

— Товарищ милиционер... Слышьте... Давайте это самое... Да че... Это я мяту... К чаю... Чего группу... Давайте пообщаемся...

— Ты мяту у меня всю сожрешь сейчас, говно! Усек ты?! Ты взятку мне, что ли, суешь?! Ты ах-херел?! Тебе еще за дачу взятки впаяют... Костомаров! Берем этих укурков и все тут опечатываем! И энтэвэшников давай сюда, пускай снимают улов!

Дальше было еще на час бубнежа, соплей, мычания — но слушать было ни к чему: не то дело. Скорей, что тут еще?! Еще, еще — допросы, очные ставки, разговоры за обедом. Убитый час.

— Мага, ты?

— Салам, товарищ милицанер.

— Ты когда расчехлишься?

— Э! Пиши в Телеграм. Кто такое по телефону говорит! Сам знаешь, все слушают. Или ты сам меня палишь?

— Ладно, сиди ровно. Напишу в твой Телеграм тебе.

Еще один мессенджер. Так поискал, сяк. Наконец нашел-таки в Телеграме Магомеда-дворника: «Короч пацаны говорят бабки будут через неделю по месту поговорим то старое больше не катит». Сообщение вчерашнее. Неделя.

Хазина это устраивало. Илью — нет.

Неделю сумеет он ломать комедию, кривлять из себя Суку, Петю Хазина?

Илья встал, прошелся: два шага в один конец коридора, два в другой.

Снова писк. В уши по капле. На натянутых нервах пиликало.

Взял аккуратно телефон, написал Петиной матери: «Срочно отправляют. Внедрение. Неделю без связи».

Она попыталась позвонить, но он не подошел. Мать бросила трубку посреди гудков — может, боялась при начальстве вызывать сына на разговор. Потом накарябала:

«Ты не можешь отказаться?»

«Нет, мать! Не могу! Это служба!» — это Илье непросто далось.

«Хотя бы эсэмэски сможешь писать?!»

Илья выдохнул. Нельзя сейчас перегнуть. Она чувствует что-то, да все она чувствует; пусть только думает, что эта тревога — из-за того, что грядет, а не от того, что уже стряслось. Осторожно, боясь спугнуть ее, вывел на экране: «смс — да».

«Черт бы проклял твою службу!»

Это — пожалуйста.

В первый раз за утро набрал полную грудь воздуха.

Умылся холодным. Поставил щи на огонь.

5.

Удобно Пете жилось с телефоном.

Илье вот приходилось все в себе держать: Веру нагую в солнечном луче, снежки после школы, экспедицию с Серегой и Саньком в депо, пьяный концерт «Сплина» в «Б-2», подглядывание за девчонками в школьном туалете, последнюю поездку с мамой к бабушке в Омск, тарзанку на дачных прудах, травмпункт на Восьмое марта, когда картошку мясным ножом чистил, чтобы мать впечатлить, щенка, которого нельзя оказалось оставить, драки за гаражами, бутылку «Фанты» на полу, вкус Верин, вкус — вина и вины — Киры с филфака, которая на второй сентябрь позвала его к себе после универа пропущенную лекцию отфоткать, плейстейшн с парнями в новогодние праздники до утра, до опухоли мозга, санки до продуктового, ограбленную голубятню на Букинском, побег от матери из пансионата на дискотеку в Симферополе, строительный котлован с зыбучим песком, рассвет в четыре утра, белые шортики на белозубых девчонках в ультрафиолете, жирное зеленое море, крымское шампанское и крымское солнце, полынь и кипарисы, ночное купание в волнах, в шторм, и еще разного миллион.

Говорят: встает перед глазами. Но это неправда, конечно. Вспыхивает на мгновение. Удержать невозможно. Нельзя разглядеть в подробностях. Нельзя вспомнить, что за минуту до было, что после. Образы-обрывки, пятна на сетчатке, не картины, а ощущения. Где их видишь на самом деле? Где они вообще? И куда тают?

Илья тренировал дряблый человеческий мозг, отвернувшись лицом к стене на своих нарах. Тормошил его, выуживал из складок провалившиеся детальки. Стучал себе по крышке, чтобы в цветах показывали и без шума. Мозг старался: сначала был как засохший пластилин, но Илья на него дышал, разминал, и мозг делался помягче, потеплей. Перед Ильей всегда была стена, покрашенная масляной краской в зеленый цвет. Хороший был экран. Но нормально все равно это телевидение работало только по ночам. Так мощно иной раз шарашило, что потом еще все утро нужно было в себя приходить. Сны отлично прошлое показывают. До слез.

У Суки все в телефоне хранилось; все в высокой четкости, все в максимальной яркости. Фотографии и видео. Память у Суки была — 128 гигабайт. Жизнь умещалась целиком, и еще оставалось место для музыки. Думаешь, ты свое прошлое помнишь, а помнишь на самом деле снимки, которые и так сохранены в мобильнике.

За семь лет телефоны и зорче стали, и памятливей — в шестнадцать раз. Теперь телефон такое в людях видел, что человек бы не разглядел. Можно стало вернуться, проверить себя. Удобно Пете: не надо лишним забивать голову. Удобно и Илье: можно чужие сны смотреть.

В фотографии зашел за Ниной.

Проскочил какие-то отчеты с места аварий, натюрморты из кальянных, групповые снимки с мордатыми мужиками в штатском, темные автопортреты со смазанными биксами, патриотические мемы, синяки на задержанных, фотки в «Мазератти», так сделанные, чтобы не был виден автосалон.

Среди них нашлись — отправленные, наверное, самой Ниной — дурашливые картинки: тут она губы дует, тут жмет к себе кота, потом с каким-то ребенком, совсем не похожим на нее. Илья задерживался на них — но проматывал дальше. Искал другого. Хотел еще ключиц, еще впадину уголком под ребрами аркой, губ отверстых водоворота, надеялся, что рука поднимется, откроет ему скрытое. Шалости, и дерзости, и испуга от собственной дерзости, и нахальства, с которым предлагают себя, и томного топкого ожидания нахального ответа. Глаз и губ. Того, чем не любоваться можно, а в чем можно пропасть и забыть себя. Еще такого.

Это чужое, не Ильи, но и пускай чужое. Своего нет и не будет.

Остается что? Остается — так.

Вышел в папку с видео. Отмотал в прошлое. Зацепился за ее лицо. Открыл — с отдыха. С какого-то моря. Плей.

Отмерзли волны, стал шуршать в динамике ветер, ожила под ветром осока высокая вдоль широкой белопесчаной полосы. Прыгнула закатная панорама. В кадре оказалась — Нина. Волосы сплетались, летели на этом ветру, она убирала их с лица, смеялась. Сидели на пляже, на полотенцах.

Татуировки у нее еще не было.

— Пойдем купаться? — спрашивал ее своим высоким голосом невидимый Петя.

— Если ты пойдешь, я пойду, — отвечала Нина.

— А телефон тут бросить?

— Ну и что. Меньше сидеть в нем будешь.

— У меня там вся работа!

— У тебя вот тут вся работа, — Нина тянулась куда-то пальчиком — к Петиному лбу. — В голове! Всегда! А ты сейчас на отдыхе! В от-пус-ке!

Вскакивала — песок фонтаном — и убегала в взволнованную воду: ярко-желтый купальник на почти черной от солнца коже. Петя не мог оторваться от нее — снимал, как она, визжа, упрямо входит в брызги — потом телефон падал навзничь, смотрел долго, как паралитик, в алые облака, записывал Петино: «Я к тебе!», и потом — смех. Оба смеялись.

Хорошо, что Пети не было видно тут.

Еще вечерний разговор — из какого-то кафе. Полосатые восточные подушки, кальянный дым, музыка нудная, коктейльные бокалы, в них что-то с апельсинами и взбитыми сливками. Нина — в глазах бумажные фонарики — облизывает сливки с трубочки, смотрит в глаза, спрашивает:

— Ну, а ты вот как себе представляешь себя через пять лет?

— Вопросики твои, — отвечает за Илью Петя. — Как-как... Это с подвохом, да?

— Нет, почему? Ну хочешь, я первая, если ты такой сложный. Я вот, например, буду пилотом.

— Чего?! — Петя ржет.

— Буду пилотировать самолеты.

— Думаешь, тебя пустят туда? В «Аэрофлоте» баб только в обслуживание пускают!

— А почему «Аэрофлот»? Я в частную авиацию пойду! Буду на «Гольфстримах» летать или на «Бомбардье»!

— Зачем?

— Во-первых, это красиво. И ты зря смеешься! — Нина хмурилась и грозила пальцем. — В этой профессии не так мало девушек.

— Ну да. Их берут, небось, в расчете на то, что можно будет в какую-нибудь Ниццу со своим самоваром слетать. Пузаны всякие, у которых только на форму уже и стоит.

— Ладно-ладно! Теперь ты давай. Через пять лет.

— Ну... Я, наверное, буду... Подполковником точно буду. А может, и полковником, если все грамотно делать.

— Ясно. Полковником. А у тебя будет жена? Дети? — Нина делала бровки домиком.

— Это допрос, что ли? На камеру? Не знаю я... Жена... — Петя сердился.

— Ну, значит, у тебя тоже только на форму стоит? — смеялась Нина, но необидно.

— Ах ты, зараза... Иди сюда, я тебе покажу...

— Нет, стой! Давай заспорим, что я стану пилотом раньше, чем ты — своим подполковником!

— Ха! Да на что угодно!

И опять видео комкалось и останавливалось. Илья посмотрел — год этому ролику. А у них уже были отношения в самом разгаре, кажется.

— Ну... — сказал он Нине. — Вот так вот.

Год назад он подавал на УДО. А через пять лет — как угадать, Нин.

Возникла перед глазами табличка: «Аккумулятор разряжен. Осталось 20%». Где-то надо было срочно искать зарядку от нового айфона, нельзя было пропадать... Петина мать поверила ему про внедрение, а остальные? Сколько эта зарядка стоит? Сколько у него осталось? Неделя еще впереди.

И почему-то — вместо того, чтобы одеваться, мусолить денежные остатки, скатываться по лестнице и искать сотовый ларек, Илья подтолкнул в телефоне галерейную ленту. Поводил пальцем над иконками, как медиум над буквами, примагнитился к одной.

Это был гостиничный номер. Просторный, крем с золотом, альков за расшитыми занавесками, канделябры. Нина была в белом кружеве... Смеялась. Она все время смеялась, когда он снимал ее.

— Иди! Тут и на тебя есть.

— Я сегодня не на белом, а на красном! — Нина отмахнулась, подняла полный виноградной сукровицы бокал.

— Ну как хочешь... — Телефон отвернулся, Петя всхлипнул, ахнул, помолчал. — Твой ход.

— Давай. Желание или правда?

— Желание.

— Так. Хочу, чтобы ты... Чтобы ты меня вот тут поцеловал.

— Покажи еще раз. Покажи на камеру. — Камера навелась на Нину, на загорелое плечо, на белую лямочку, на место, где после разгона наклонного взмывает вверх шея.

— Сюда.

Илья смотрел завороженно. Нельзя было оторваться. Нина играла, но не переигрывала. В ней не было ни жеманности, ни подделки. Затмила Нина полностью его вчерашний день, хотя б и на минуты.

— Теперь твоя очередь. Правда или желание?

— Окей. — Нина отвела глаза, думала. — Правда. Что ты хочешь знать?

— Скучно же правду, — сказал Петя чужим голосом. — Точно не желание? Ну ладно! Ты мне когда-нибудь изменяла?

— Дурак! Вот я так и думала! — рассердилась сквозь смех Нина. — Во-первых, ты сам знаешь. А во-вторых —

зачем? У меня теория есть на эту тему. Вот у меня есть вся моя энергия, да? И я ее хочу отдавать только тебе. Потому что ты мой. И пока я ее всю тебе отдаю, у нас с тобой все будет хорошо. Мы будем вместе, и с тобой ничего плохого не случится. Это как такое защитное поле в фантастике. Как невидимый купол над нами. Над тобой. А если я начну отдавать еще кому-то частичку своей энергии, то это поле сразу ослабнет. Нас и друг к другу не будет притягивать, и в куполе будут трещины. И тогда он может рухнуть нам на головы. Мне — и тебе. А я этого не хочу. Я этого боюсь. Я ведь тебя люблю все-таки.

— Ой, опять этот бабский бред начался. Ладно, засчитано. Я тогда тоже выбираю правду.

— А ты меня все-таки любишь?

— Я-то тебя? Иди ко мне давай, я тебе покажу...

Конец.

Молоденькая. Сколько ей лет? Двадцать и немножко. Верит, интересно, сама в то, что говорит? В двадцать и немножко может верить. Пока люди не искусают, на мир любую красивую теорию примерить можно. Любую сопливую. А потом уже верится только в то, что с тобой до сих пор бывало. Нину, видно, еще не кусали. Или она укусы тональным кремом замазала?

Илья поставил другое видео проигрывать. Опять из-за нижнего белья.

— Ну поставь нормальное только что-нибудь! У меня там есть Джеймс Блейк и Риза! Тейк э фолл!

— Ща, постой... Где тут... Во. Готово.

Заиграло: какой-то тенорок субтильный цыплячьей грудиной постанывал стильно, сверху шипело, и черный нарубал смело этот ручей речитативом. Вместе получалось странно томительно и пряно.

Нина с первым битом, с первым стоном выплыла в центр комнаты — другой какой-то, не в той дворцовой гостинице. Пеньюар атласный короткий, только кружево и тени прикрыть. Сначала плечико вперед, потом другое, волной по телу вниз, до колен, в ритм тенору, а когда вступил негр — ему уже бедрами поддакивала, навстречу двигалась, качала ими всего чуть-чуть, но качка доходила до Ильи и ему кружила голову, и его укачивала.

Потом упала бретелька с плеча, сама. Он приблизил экран, чтобы Нина заняла все его поле зрения, чтобы детская его комната, в которую он больше не помещался и из которой ему было уже не вырасти, не давила.

Из второй бретельки и из всего атласа Нина выскользнула, тот сполз лишней чешуей; на секунду позволила Илье увидеть цельно загорелые груди, как будто замешкавшись, а потом сразу отвернулась; одни трусики остались — черные нитяные; и дальше — стон, стон, губастый рваный стих нагнетает, подхлестывает, подстегивает, по спине стегает, по заднице, и под этой плеткой Нина расходится; пальцы, забывшись, — под резинку, потянула с одной стороны вниз, ткань нехотя, кокетка, огибает косточку, тянется, копит напряжение — чтобы потом сорваться.

— Вот... Вот... А ты не хотела... Я тебе же сказал... От этого таким будет... Зажжешь... Зажжешься... Будешь вся гореть... Чувству... Чувствуешь? — плел Сука своим чужим голосом. — Иди... Иди еще давай...

В горле пересохло. Ломило в паху. Молотило в голову. Сбилось дыхание. Илья съезжал взглядом по Нининой спине, по позвоночнику-змейке, вниз. Вниз. В самое змеиное логово.

Тут Нина, подтянув к себе стул, чтоб оседлать его, попыталась сбросить с мыска упавшее уже кружево, махнула ногой — запуталась, и, стреноженная, полетела на пол, хватаясь за стул, с грохотом и воплем. Петя загоготал, она тоже — лежа на боку — хохотала и плакала.

— Тейк... Главное — тейк э фолл... фор ми...

Илья тоже засмеялся. Смеялся так: в глазах горькие слезы, в портках — стальная пружина. Смеялся, пока не закашлялся. Потом перхал еще минуту, не мог уняться.

«Аккумулятор разряжен. Осталось 10%», — написал телефон.

Заставил себя встать. Накинул холодную куртку, в которой приехал из Соликамска. Пересчитал деньги: почти три тысячи осталось. Можно жить.

— Сейчас все решим, — сказал он Нине.

* * *

Прояснилось.

Солнце разожглось. Воздух был свеж. Ветер не сек, а поглаживал.

Илья вышел из подъезда и жмурился. На этом воздухе можно было принять вчерашнее за морок. Надо было идти к станции, наверное, искать по пути «Евросеть» какую-нибудь, но Илья вместо этого повернул вправо — там за домами начинался лесной клок, вроде парка.

Прошаркал сквозь соседние дома: в одном общество ветеранов-чернобыльцев квартирует, в другом какое-то казачество засело: полстены георгиевской лентой раскрашено, и еще рисунок: черный всадник в фуражке пешему мальцу наследие вручает. Казаков в Лобне раньше не водилось, это их за семь лет тут наросло.

За домами негусто поднимались сосны, за ними на просвет маячил очередной силикат, туда, к другому микрорайону шла дорожка, начало ее было отмечено табличкой: «Экологическая тропа 400 м». Илье от этой лобненской гордости стало глупо и мило. Пошел по экологической тропе — когда еще по ней прогуляешься?

Шагал и сравнивал Нину с Верой. С кем еще?

Столько лет Веру берег для себя, уже когда она и бросила его. Если бы Вера тогда осталась с ним, сказала хотя бы, что остается, то она бы все семь лет ему иконой была в этой темени.

А кроме — молиться не на кого было. Только в каптерке — на измочаленные другими картинки, где сквозь румяные сиськи — печатные буквы и реклама виагры. Сначала мерзко, глупо и стыдно, а потом ничего. Иначе бесов из себя не изгнать. Без этого дела они и святого одолеют.

Без Веры тяжко стало, когда Илью забрали. И совсем невыносимо — когда она ему объявила на второй год, что от него уходит. Вот тут ему стало казаться, что он ее истинно любит и что не сможет без нее жить.

Это арест так полюсы поменял: до него Илья сам думал уйти от нее, освободиться от лобненского бремени и переехать в Москву всей душой. Думал, но уйти смелости недобирал. У Веры вся кожа была, как у детей на веках, тонкая и нежная, ее легко поранить было, ей и натирало — сразу в кровь. И она была очень мнительная: как только Илья влюбился в Москву, все ждала, что он ее бросит. Во всем видела признаки и знаки. Весь последний год говорила Илье, что он должен определиться. Определяться следовало так, чтобы Вера не пострадала. И чем больше она говорила об этом, тем больше одиночество казалось ему свободой.

Как бы он ее раньше в будущем рядом с собой ни представлял, в настоящем с собой в Москву навсегда взять не мог. А мог на ночь, на танцы.

Это он ей долг возвращал, а Вера, может, думала, это аванс.

В тот вечер сидели в электричке, соединенные наушниками, и Илья заранее знал, что проводок их не удержит. Был ласков с ней и упредителен, как с любимой кошкой, которую везут усыплять. В ухо ему от Веры текла по проводу вина, а что Вера там в своем наушнике слышала, он не знал. Наверное, надежду.

Много вообще думал о ее чувствах. Привыкаешь о них слишком много думать, когда один у матери растешь.

А теперь доходило: когда она канючила у него общее будущее, ей просто в настоящем одной застревать не хотелось. Потом Илья в прошлое попал, а Вере потребовалось двигать дальше вперед. Можно ее понять? Можно. Мать вот поняла ее по-женски и Илью понять просила. Все на свете можно понять.

Шел Илья по короткой тропе — по ломкому снегу, по чужим следам, по сухим иглам, и открывал: его тюремная любовь к Вере была от безвыходности.

Он не Веру мечтал бы любить.

Вера вся сжатая была, стесненная. Всегда Илья ее должен был расшучивать, разбалтывать, расшевеливать. Как это она решила ему отдаться в одиннадцатом классе? Именно — решила.

В школе казалось, Вера упоительна. Сейчас думал: просто опоили, их обоих опоили — гормонами. Могла, наверное, и не Вера у него быть. И у Веры мог быть кто угодно. Доказано.

Так получается: что тебе в раздаточном окошке черпаком плеснули в миску, то дальше и расхлебывай. А мог бы потребовать вместо стынущей баланды — кипятка-любви.

Надо было влюбиться в кого-то такого, как Нина.

Всегда хотелось такую: смешливую, живую, электрическую. Чтобы только дотронулся — сразу искра и волосы дыбом. А Вера ток не проводила.

Прощаю, Вера. И ты прости. Пока.

Ясно думалось на свежем воздухе — как с высоты птичьего полета все видел. А в бараке вот воспарить не удавалось.

Интересно стало представить себе свою жизнь не с Верой, а с такой, как Нина: вечный драйв? Приключение? Как бы все сложилось? Начал представлять.

Жалко, тропа кончилась.

* * *

Пока ждал своей очереди к стойке, шло время.

На что он его тратит? На то, чтобы чужую бабу посмотреть. А мог бы — пойти сейчас вместо этого к своей матери.

Надо ведь навестить. Посмотреть на нее. Поздороваться.

Но не моглось Илье к ней идти. Придет, а ему скажут: забирайте-ка домой. У нас бесплатное хранение кончилось. Куда забирать? В тепло?

Вот, придумал себе объяснение. А на самом деле — не хотел ее видеть мертвой, хотел, чтобы она для него еще немного пожила. Увидишь — распишешься.

Глупо. Трусливо.

А пересилить себя не смог. Стал выталкивать ее из головы. Потом позвонит, потом подумает. Обязательно.

— У вас какой? — спросил желтый продавец.

— Айфон. Новый.

— Есть китай-лицензия за две, вот такой вот веселенький заводской китай за тысячу семьсот и китай-китай за тысячу.

— Сколько? — Илья не поверил.

— Штука. Но на него люди жалуются, говорят, батарею сжигает. Оригинальные только у яблочников, но они все равно же китай, просто фоксконновский. Вот заводской бодро берут.

— А на сколько китай-китая хватит?

— Две недели на обмен товара. Но меняем только зарядку, мобильный на вашей совести.

— Говно полное, — сипло сообщила сзади девушка с синими волосами, за Ильей следующая.

— Давайте его. Подождите, я проверю.

Илья выпустил на минуту телефон из кармана, примерил к нему неаккуратный, в заусенцах черный провод. Половину денег надо было отдать.

— Да подходит он, подходит! — хмыкнул продавец. — Ты просто приглядывай за ним, чтоб он квартиру тебе не спалил. Кейс не нужен к нему? Тут модные привезли. На безопасности сэкономили, можно в стиль вложиться.

— Не нужен. — Илья сунул телефон обратно в карман, отдал тысячу. — Не борзей.

Заиграла музыка: что-то лирическое, но ритмичное, как будто латинское, с кастаньетами и неведомыми мексиканскими погремушками. Кончилось вступление, вышел на сцену испанский баритон, под гитарные струны начал страстный рассказ. Пел придушенно, приглушенно. Но не замолкал.

Продавец смотрел на Илью выжидающе.

— Потанцуем? — предложила девушка с синими волосами.

— Это не у вас звонит? — спросил у Ильи продавец.

Илья пошарил в кармане — телефон тут же заорал в просвет сильней, как будто кто очнулся в чужом багажнике на посту ДПС и цеплялся за последний шанс, мразь.

Не доставая его, сжал все боковые кнопки, и он заткнулся.

Продавец схарчил его предпоследнюю тысячу и пожевал еще губами, озирая Илью, уже делая выводы насчет того, откуда у того мог взяться такой аппарат.

— Приятного пользования! Мобильником.

Илья пырнул его глазами и вышел.

Отошел на десяток шагов и, оглянувшись через плечо на сотовую стекляшку, выдернул телефон наружу. Посмотрел — пропущен звонок с неизвестного номера. Ввел наспех код — проверить, кто — может, есть сообщения от него? А эта дрянь от холода взяла и отключилась.

Домой бежал бегом.

Заперся.

Телефон долго не приходил в себя: китай-китай скверно контачил. Пришлось пошерудить, попритереть штекер в гнезде. Наконец очнулся, выкатил яблоко. Илья потерпел еще несколько секунд, потом влез в пропущенные.

Какой-то мобильный. Незнакомый. Сообщений с него Сука раньше не получал — ни в один мессенджер.

Что сделать? Перезвонить?

Илья набрал неизвестному «Это кто?», но не отправил.

Ведь могло так быть, что как раз знакомый, и очень хорошо знакомый? И что сообщения от него стирались сразу, как прочитывались? Могло вполне.

Или просто ошиблись номером. Надо будет — перезвонят.

Стал смотреть еще Нину — и вдруг наткнулся на совсем частное.

Почему-то сбился, застеснялся. И закрыл. Это же, кажется, и надеялся на самом деле найти? Но слишком стыдно стало видеть, как ее зарезанный Петя ласкает. И стыдно за свое непотребство при неживой матери. Вдруг смотрит?

Вдруг спросит — чей это телефон?

Когда-то в детстве полез с пацанами на стройку. Санек сказал, рабочие в котловане строительные патроны забыли, а их можно было как гранаты подвзорвать. Скинулись на камано-магано, спускаться вниз выпало Илье. Котлован был сделан из рыжего песка, глубины такой, что два этажа в него закопать было можно. Стены у него были вроде и пологими, но топкими и неверными — это Илья понял уже на спуске. Остальные дежурили наверху, если строители явятся. Выходной был, субботний вечер с переходом в ночь. Спустился трудно — в конце землю повезло, и Илья спрыгнул, чуть ногу не вывихнул. Патронов в котловане, разумеется, никаких не обнаружилось. Нужно было выбираться. А выбраться оказалось невозможно. Песок полз навстречу, все шаги получались на одном месте, уцепиться было не за что: только рыхлая влажная ржа. Крикнул пацанов — а они перепугались, им чудился возвращающийся сторож и милицейская охрана, они друг другу уже рассказали, что менты на стройках в воров могут стрелять, а тут еще темнота с неба опустилась. Илье стало страшно тоже. А если завтра придут рабочие и первым делом начнут бульдозером котлован заваливать, даже не поглядят, кто внутри? Тогда почему-то очень верилось в такое. Санек с Серегой уговаривали себя сбежать. А он убеждал их не ссать и остаться, помочь ему вылезти. Рвался, рвался вверх — и все равно оказывался на дне воронки.

Они говорили, родителей позовут — но этого-то он боялся еще больше. Если мать узнала бы, во что он влип... Даже и быть засыпанным в котловане казалось не так страшно.

А как тогда за то, что убил человека, матери отвечать? Лучше просто ничего не говорить ей про это вообще.

Отложил в сторону телефон — руку жгло.

Зарядка паленая.

К вечеру тревога скопилась в каком-то особом пузыре у Ильи внутри, давила на потроха и просила исхода. Перещелкивал с канала на канал одержимый телевизор, подбегал к своим книгам, перелистывал любимую раньше фантастику. Внутри были одни бессвязные закорючки.

Выключил звонок, а потом снова включил. Подходил проверять десять раз, нет ли пропущенного. А что с пропущенным делать — так и не решил. Отошел от него — вернулся.

Проверил новости с Рочдельской. Нет. Пока был день, Суку не нашли, а ночь его еще лучше спрячет.

Жгло руку. Чужой телефон.

Как будто он Петю недоубил. А теперь и не мог ничего уже с ним сделать. Теперь его кормить нужно было.

* * *

Вечером взял его с собой в постель. Чтобы сразу отвечать, если сообщения будут. И не зря: пока заставлял себя уснуть, тренькнуло. Открыл.

«Петенька, напиши все-таки Нине. Мама».

«Ладно».

Пусть знает, что жив-здоров.

Открыл переписку с Ниной. Добавил в хвост: «У меня все в порядке. Как ты?»

Нина не отвечала ничего. Последнее сообщение было от нее в пятницу утром. Такое же благостное, как он ей сейчас отправил.

«У меня все просто супер», — сказала Нина.

«Тогда на связи», — сказал Петя.

А вечером сфотографировался с размалеванной бабой из ресторана и вывесил в открытом доступе. Рассчитывал, что не увидит? Пьян был, забыл стереть?

Хорошо бы, если бы они расстались. Проще бы.

Вспомнил, как Нина танцевала для него, раздевалась. Увидел ясно ее груди — летним соком налитые: загорелые без проблесков. Поворочался-поворочался, поглядел в стену; потом одним глазом, одним пальцем отыскал дорогу в видео.

Не мог ей больше сопротивляться.

Попал в квартиру. В Петину, наверное: просторная гостиная, широченный телевизор с книжку толщиной, диван на двадцать человек, голая похабень на стенах в черных рамках, какие-то милицейские грамоты, шест для стриптиза, и открытый бар бутылочным янтарем светит.

Нина сидела рядом на диване. В телевизоре мельтешила синюшная порнуха, кто-то стонал, сдавленный плоским экраном. Нина смотрела в синее без неловкости, бойко комментировала. Петина камера парила, переводилась с Нины на телесное месиво. Оба были пьяны. Нина белую мужскую футболку натянула на голые коленки. Полумрак мерцал: когда в телевизоре был свет, и в комнате рассветало.

— Мне кажется, эта вон вообще фригидная. Давай, я сама выберу нормальное что-нибудь, что ты мне все время мальчик-девочка-девочка ставишь? Давай лучше мальчик-девочка-мальчик? Камон, я не против тройничков, но я за справедливость!

— Тебе не хватит одного, думаешь? — Петин язык опять болтался тряпкой.

— Ну мы же в теории говорим, а не на практике, нет?

— Мы? Мы — в теории.

— Или на практике? — Нина посмотрела прямо в камеру, прямо в Илью, нагло.

— Ты меня решила завести? — Петя засмеялся, но осип.

— Ну, а что мы все разговариваем об этом... Может, ты просто посмотреть хочешь? А? Хотел бы посмотреть? На меня... Как меня...

— Я снять бы хотел. Можно, я буду снимать?

— Я не против. Можно, я тоже сниму?

Нина стянула через голову футболку с Губкой Бобом, под ней — ничего. Скользнула на пол, встала перед ним на колени. Потянулась к ремню, лязгнула пряжкой, расхомутала. Запустила руки. Камера теряла фокус: Нина слишком близко была.

— Ай.

Илья больше не мог.

Должен был чувствовать то, что Сука чувствовал. Не было Нининых пальчиков нежных — пришлось своими, неуклюжими. Содрал с себя брюки, застиранные трусы. Схватился за себя — холодным за горячее. Зажмурился. Открыл глаза — Петины.

— Давай... Хорошо...

Нина откинула со лба волосы набок — хотела, чтобы он ее видел. Он изгибался, заплетался, у нее была над ним власть, ей эта власть тоже кровь разгоняла.

— Нравится?

— Иди... Хватит. Ко мне иди!

Он дернул с нее вниз трусики-нитки, вскочил с дивана, выключил подвывающий телевизор, пропал лишний звук, остались только вдвоем. Свет капал на них теперь только янтарный, от бара.

— А тебе точно меня одной хватит?

— Заткнись.

Прошуршали-прозвенели брюки; хрипло дышалось, фокус скакал, вместо черт были очертания, бутылочные блики на коже, короткие всхлипы. Кажется, поставил Нину спиной к себе, наклонил ее вперед.

— Аааааx. Подожди... Подожди...

Не стал ждать. Отвел руку с телефоном в сторону — снимать с ней себя от третьего лица. Хотелось запомнить это: как она себя отдавала, как разрешила записывать свое бесстыдство, как от этого ей еще слаще становилось... Жизнь-пар кипящий в этот момент через них под давлением в десять атмосфер неслась, рвала трубы. Вот сейчас была самая жизнь! Пытался ухватить ее, в телефон ужать, но не мог толком. Уже не были они людьми, плохо руки их слушались, вместо слов в горле бессмысленное клекотало. Тела в густеющей желтой смоле, в вязком янтаре сцепились, терлись остервенело друг о друга, зло долбились, маятник расходился, время ускорялось. Потом он отшвырнул телефон на диван, хотел Нину обеими ладонями грабастать, мять, обеими руками к себе тащить, влезать в нее настойчиво и грубо.

— Волосы... За волосы меня возьми...

— Да... Ты... Ты такая... Сучка... Сладкая...

— Я? Я сучка. Чья я сучка?... Скажи! Твоя! Твоя сучка... Твоя?!

— Моя. Моя маленькая. Драная...

Потом одни хрипы, одни всхлипы.

Крик.

Молнией поразило. Продернули раскаленную проволоку из живота через слипшиеся канальцы; как будто кровью кончал. Вывернули Илью нутром наружу. Попал в прибой, в ночной шторм, опрокинуло волной, вынесло на берег, и еще потом оглаживало соленое море, давало отдышаться.

Телефон отыграл.

Снова стал собой.

Сжал-разжал руку — не кровь. Липко, тепло, глупо. Пельменями пахнет или хлоркой. Почему любовь этим вот идиотским клейстером кончается? Поплелся в ванную отмываться — увядший, прозревший и опустошенный.

Нырнул под одеяло. Дрожал долго: все тепло отдал, отогреться было нечем.

Потом провалился.

* * *

Как будто в камере.

Открылось окошко, охранник поместил в него свое толстое лицо, позвал Илью подойти. Илья подчинился. На остальных нарах сидели с испитыми харями и исколотыми руками, глаза вытравленные, чуть не бельма. Повернулись ушами к двери, как будто их касалось. Камера была маленькая. Тюрьма.

В окошке Илье объявили, что ему предоставлено положенное раз в год свидание. Илья ярко, по-дневному удивился, потому что знал: некому приезжать сюда. Во сне это не Соликамск был, а поселок в тундре, Илья название услышал: Потьма. Раз в год, задумался он. Это особый режим.

Сокамерники зашипели, захихикали. Они почему-то знали уже, с кем у Ильи свидание и для чего. Илья выбежал из камеры, расставил ноги широко, задрал руки так высоко, как будто его за них под потолок подвесили, макушкой уперся в стену, лицо в пол обернул. Щелкнули наручниками, повели по серым коридорам с одинаковыми дверьми без номеров. Как они знают, кто у них где сидит?

Коридор петлял все время, а Илья загривком старался нащупать — не наставят ли ему в затылок ствол, потому что вот так и казнят — в переходе, на лестнице, обнадежив свиданием или заморочив переводом в другую камеру. Вроде напомнил сам себе, что нет, уже нет казни, а в затылке все равно свербело.

Но потом коридор кончился — подъездной железной дверью с кодовым замком. У Ильи спросили сзади — код знаешь? Он попробовал: 123-678. Подошло. Замок пискнул, разжал челюсти. Охрана осталась позади. Дверь хлопнула. Дальше — один.

В подъезде стояло лето.

Такое лето — когда на улице июльский жар, а внутри чуть влажная бетонная прохлада, и даже из шахты лифта приятно тянет, как из бабушкиного погреба. С улицы были слышны крики — веселые. Кто-то там играл, дети.

Илья пошел наверх пешком, хотя лифт вот стоял, приглашал. Но внутри у него все было черное, будто он выгорел.

Лучше пешком. Поднялся, куда нужно: в пятьдесят третью квартиру. Верину. Позвонил в звонок.

Открыла — Нина. Бросилась Илье на шею, исцеловала. Она в переднике была, как будто что-то готовила. С кухни пахло сладким тестом, печеными яблоками. Нина сыпала белую пудру на пышную шарлотку. Окна были распахнуты, лето вдувало занавески внутрь, пудра из портсигара летела по столу, Нина чихала смешно и легко, как кошка. Стала втыкать свечки в пирог. Получилось пятнадцать.

Он спросил у нее, что празднуют, почему такое странное число? Она отмахнулась: «Ну тебя с твоими дурацкими вопросами. Число и число, ничего не значит. Это вообще отвальная. Мы ведь уезжаем с тобой сегодня». — «Постой, куда уезжаем, это же свидание, я на пожизненном тут». — «Глупый, какое еще пожизненное, уже все чемоданы собраны, сам посмотри. Летим в Америку, у нас там машина снята, "Мустанг" без крыши, поедем из Майами в Сан-Франциско через всю страну, месяц в дороге, как мечтали. Вон и визы стоят в паспортах — сам посмотри».

Он проверил — и точно: есть и загранпаспорт, и виза. Фотография в загране его, Ильи, — и в то же время словно и не его. Щеки гладкие, без оспин, волосы на висках обриты, а сверху чуб — уложен, как феном. Глаза тоже чужие. Блестящие. «Меня по этому не пустят, Нин, ты что — я тут сам на себя не похож». — «Пустят, конечно, ты такой и есть». Он вошел в ванную, стер с черного зеркала испарину — и в нем, точно, был веселый, на пять лет самого себя моложе, гладкий и аккуратно уложенный.

«А за мной точно не придут сейчас?» — спросил он ее осторожно, чтобы совсем уже за сумасшедшего не сойти. «Таксист если только, — сказала Нина. — Давай скорее! Чай стынет, и шарлотку надо нежной есть, а то будет невкусно».

Она была в белой рубашке, до третьей пуговицы расстегнута. Свежая, воздушная, очень взаправдашняя. Татуировка — квадраты в квадрате — уже выцвела немного, была синей, а не сочно-черной. «Что она означает?» — поинтересовался Илья. «Это кью-ар код, — объяснила Нина. — Мне вместо крестика. Сканируешь его телефоном и попадаешь на сайт Бога. На него просто так не зайти, он луковый, только по ссылке с кода и только из Тора. Правда, Бог там админ, ему только в саппорт писать можно, зато на сайте висит чат-бот, который знает ответы на все вопросы».

Илья поднял телефон, хотел сосканировать, как Нина его научила, но в руках был тюремный, кнопочный, в котором и камеры-то не было. Он его бросил в окно. Дети какие-то подобрали, приняли эстафету. «Успеешь еще, — сказала Нина. — Я же никуда от тебя не денусь. А теперь уже бежать надо. Такси ждет. Переодевайся скорее — там вон джинсы чистые, футболка и панама — и погнали!»

И теплой живой щекой потерлась о его щеку.

Пахла какими-то цветочными духами.

* * *

Он ведь понимал, что сон.

И поэтому хитрил, изворачивался, ускользал, как мог, чтобы не проснуться из него. Оглох, ослеп, чтобы реальный мир ничем его из волшебства не мог выцепить. И все равно: кончилось.

Валялся прибалдевший и совсем влюбленный, обнимал подушку, как человека. Ничто в материной квартире не пахло так, как Нина благоухала во сне. Но это был очень подлинный запах. Если бы Илья встретил его в жизни, сразу бы узнал. И все остальное там показывали неподдельное, кроме паспорта: заграна у Ильи отродясь не бывало.

Он нашарил телефон — посмотреть, не ответила ли Нина. Был час ночи.

Нет, не ответила.

На экране маячило другое: пять пропущенных звонков от человека, который искал его днем.

6.

Почему не слышно было звонка?!

Вспотел, закрутил подлый телефон в пальцах. Ты почему это со мной делаешь, сука?! Рычажок включения звука был повернут к Илье, громкость выставлена на максимум... Все в порядке! Почему не звонит?! Эта тварь просто утаивала от Ильи звонки, хранила верность старому хозяину и пыталась сгубить нового.

Успокоиться.

Кто мог так настойчиво названивать субботней ночью? Какая-нибудь размечтавшаяся телочка, которой Хазин обещал устроить аттракцион? Или друг упоротый упорно набирает из гудящего клуба, чтобы затащить Петю в вертеп? Или сделка? Сделка, на которую он не пришел?

Номер не определяется — и сообщений нет. Может быть, любовница. Друг — вряд ли, почему бы не записать друга по имени, для чего стирать переписку? А сделка... Все партнеры у Суки были разложены по папочкам, по полочкам, даже у Магомеда-дворника было свое место.

Последний звонок был всего пятнадцать минут назад. Кому еще он может понадобиться в такое время? Поднимет этот человек тревогу? Ждать дальше нет смысла.

Может, Сука просто чью-то машину заблокировал своей на парковке? Оставил под стеклом телефон, и вот ему звонят обозленные соседи, отчаявшись выбраться?

Лучше поговорить. Ночью голос другой. Ноябрь, простуда ходит. Осип, и все тут. Лучше самому перезвонить. И там по ходу пьесы... Поймем. Наверное. Что говорить? Что говорить каждому из них? Походил по комнате, потом заперся в сортире. Раз, два, три. Набрал.

Если машину запер, то что? Как он ее уберет сейчас?

Трубку сдернули сразу: ждали.

— Хазин, ты где?!

Мужской голос. И это не друга голос был. Не родного человека. Этому про внедрение лучше не врать. А что врать тогда?

— Я... Мне плохо что-то, — шепотом-хрипом выдавил Илья. — Я спал...

— Тебя тут люди ждут вообще-то! Ты меня со своего номера вынуждаешь звонить!

— Я помню... — дыхание сбилось. — А сколько времени?

— Что значит «плохо»?!

Нет... Если встреча была назначена, простуда Илью не оправдает. Перелом даже не оправдает: почему не позвонил, не отменил, не перенес?

— Траванулся чем-то... — он медленно нащупывал правильные слова. — Блюю. И температура.

— Точно траванулся? — там сомневались. — Ты не обдолбанный ли?

— Какое... — простонал Илья. — Еле вообще... До толчка дополз...

— Ты где? Дома? Прислать кого, может?

Не спрашивали, а требовали. С работы? Или по бизнесу партнеры? Какие там еще люди ждут в час ночи? Для чего? Знают, где Петин дом?!

— Нет... Я... Тут в гостях...

— У телки завис, что ли?! Хазин, едрить! Ты про шашлыки помнишь вообще?! Тут люди были, с которыми я тебя познакомить хотел! Ты помнишь, что мне обещал?!

Илья вцепился зубами в палец. Что там про шашлыки было? Что там было про шашлыки?! На диктофоне...

— Да... Так точно... Обещал привезти... Ну... Натурой... Угощение?..

— Угощение, Хазин! Именно! И оно тут было заявлено! А ты где?! Ставишь в неудобное положение! Все разъезжаются уже!

— Я... Еле живой тут... Наверное, грипп этот... Кишечный... — Нужно было что-то еще сказать. Нужно было! — Меня... Сейчас...

Бросил телефон на коврик, встал перед унитазом на колени, сунул два пальца в рот. Вышло. Черт улыбнулся, умилился Илюшиным кривляньям, помог.

Илья постоял еще коленопреклоненный, подержался за холодный фаянс. Горло саднило, во рту было кисло и паскудно. Унитаз был обметан заглоченной, пережеванной, но никак не переваренной чужой жизнью.

— Господи! Тебе, кажись, там и правда не до шашлыков. Хазин... Ладно, хрен с тобой... — гундосила с пола трубка. — К понедельнику хоть оклемаешься?

— Благодарю. Я... Буду стараться...

— Не стараться, а чтоб как штык был! Тьфу ты... Ладно. Поправляйся.

Погасло. Илья слил воду. Опустил крышку. Сел верхом. Познабливало. Слабость накрывала. Отравление.

На двери висел календарь: лубяная деревня в голубом снегу, окошки желтые, дым из труб, месяц серпом, тройка лубочная в сани запряжена. Две тысячи шестнадцатый.

До понедельника один день был, до пятницы — пять. Дальше время не пойдет. На шестнадцатом году все и остановится.

* * *

У матери в шкафу нашел кофе в гранулах: ссохшуюся коричневую пыль комками. Развел его кипятком, сел в кухне пучить глаза в айфон. От сна ничего не осталось. Унесли поездку на «Мустанге» с летней Ниной через несбыточную Америку грязные воды в унитазное жерло.

Отбился! Надо теперь разобраться, кому и что врал.

Ум после судороги оцепенел. Илья намешал кислого сахара в кофе.

Кто это звонил? Что он знает? Что понял? Почему его номер у Хазина в контакты не занесен? Что Илья еще пропустил, кроме звонков?

Нашел ту диктофонную запись — разговор, подслушанный Сукой в чьем-то кабинете. Открыл приложение, отыскал файл.

«Прикрой дверь», «Все сделано?», «Да, Денис Сергеевич», «Я там почти договорился на твой счет уже. Можешь красивый бокал готовить», «И еще просят немного натурой», «Там шашлычок намечается».

Денис Сергеевич. Договорился на хазинский счет. Начальник его? О чем договорился? Почему в контактах его нет?

Вошел в один мессенджер, в другой.

В Вотсаппе маячило неотвеченное: «Педро! Пересекатор сегодня? Я в Дюране, очень хочется взбодриться!» — какой-то Гоша домогался. Пришло тоже всего полчаса назад; и его тоже сучий телефон от Ильи упрятал.

А вот в Сигнале целая цепочка висела — от того самого номера, который Илью в сортире допрашивал. «Хазин! Напоминаю про сегодня», «Хазин, едешь?!», «Людям обещано, ты где, сукин ты сын?!», «Я не понял!», «Тебя пора искать?!».

Это все ровно между звонками было размазано. От этого от всего Илья, будем считать, сумел уже отбрехаться. Но еще одно пришло совсем свежее — от него же:

«Отцу привет». Те пролистывал, на этом застрял.

Отцу привет.

Выходит, этот Денис Сергеевич с хазинским отцом знаком? А отец должен знать от матери про вымышленное Петино внедрение. Значит, если забеспокоятся, отец к Денису Сергеевичу может обратиться, уточнить? А тот вместо внедрения — отравление от Ильи получил.

И в понедельник, когда Хазин на службу не выйдет, Денис Сергеевич может сам его отцу набрать и спросить: как там, не стало вашему сыну получше? В субботу-то чуть не кончался, работу загнул.

Снова влип в липкое, ввяз в вязкое.

Затрепыхалось внутри: разоблачат, раскроют! Стал шагать по дому.

Стал обжигаться кофе, чтобы придумать, как выпутаться. Тут надо было со всеми родными и близкими поговорить, разобраться, кто кем кому приходится. Тут надо было подумать, спокойно подумать! Теперь ночь, добрые люди спят, у Ильи фора. К утру успеет, распотрошит Пете его электродушу, подберет правильные пароли и к Денису Сергеевичу, и к отцу.

Записал Дениса Сергеевича телефон, чтобы тот его больше врасплох не застал.

Зашел снова в Вотсапп — а там новое сообщение. Еще. Опять.

Гоша: «Братиш! Почему ты оставил меня?)))»

Перед этим тоже ответить надо за Петю. Этого — чем пичкать? Отравлением или секретной операцией? Что он знает про Суку? Почему Хазин ему сейчас занадобился? Что ему отвечать — или ничего?

Кто ты, Гоша? Кто вы все такие?! Что вам от меня надо?!

О чем мы с тобой раньше говорили? Как тебе ответить, чтобы ты подмены не заметил? Поднял переписку с Гошей.

«Педро! Было здорово повидаться! Прям как в старые давние!»

«На связи».

Суховато прощается. Брат он ему или не брат? Илья полез дальше в прошедшее — разбираться.

«Слушай... Ну прости, погорячился! Уот эбаут э ланч? На мне! Как тебе “Недальний Восток?”» — мельчил Гоша.

«Параша твой Восток».

«Ну хочешь, сам выбирай место... — ничуть не смущался этим Гоша; Петя молчал — и тут же, не получив ответа, Гоша добавлял поспешно: — Погоди, я наберу тебе!»

Кошка какая-то, значит, пробежала между ними. За что-то Гоша заглаживал тут. Надо было понять, за что, — иначе как подстроиться?

«Ты че не подходишь, братиш?!» — нервничал или давил Гоша.

«А о чем с тобой разговаривать? Будет бабло, обращайся».

«Ну нету сейчас! Будет пятнадцатого!»

«Нет ручек, нет и мороженки. Я, блядь, не мать Тереза — всех выручать».

«Ты меня не можешь вот так взять и слить, ясно?!!» — вопил Гоша.

«Я-то могу. Я-то тебе ничего не должен», — писал Хазин.

«Я бы не хотел никому рассказывать, у кого я что беру, братиш», — через несколько медленных минут выдавливал Гоша.

Илья перечитал. Угроза?

«Малыш. Ты думаешь, я бы таким занимался, если бы не был правильно вписан? Пикнешь кому — тебя самого закроют. Я вытаскивать тебя не буду. И уже никто не вытащит. Попробуй, если хочешь», — живо отвечал Хазин.

На этом и осекалось. А еще раньше? Нужно было прошлое еще немного в проявителе подержать: вырисовывалось уже что-то приблизительное, серое, но контуров еще было не различить.

«Педро! Ар ви хевинг э пати?» — за несколько недель до того стучался Гоша.

«Я семейный человек, сам знаешь, — улыбался ему Петя. — Какие тусовки!»

«Да ладно, семейный он... Знаем, плавали... — Гоша смеялся. — Мне бонус капнул, хочу отметить! И заодно подзаправиться!»

«Окей, подскочу. Давай только у тебя. Ты месседжи трешь, балда?»

«Так точно, товарищ капитан! Как было приказано!»

«Уже майор!»

А до того было — одно, другое, третье — похожее, будто под копирку: «Ты в городе сегодня? Пересекатор?» от Гоши, а Хазин ему, обождав, назначал встречу — там и тогда, как ему, Хазину, было удобно.

Илья отматывал дальше, дальше назад. Вдруг еще есть что-то, чего нельзя забыть, когда Гоше отвечаешь?

«Братиш! Ты на нашу встречу выпускников собираешься?» — спрашивал Петя Хазин когда-то совсем уж давно.

«О, привет. Неожиданно. Не, вряд ли. Что я там забыл?» — ломался Гоша.

«Да ты что! Десять лет выпуска же! Надо! Айда!»

«Думаешь, там за десять лет кто-то человеком, что ли, стал?»

«Ну и тем более! Прийти позырить на весь этот зверинец! Мы-то с тобой стали!» — беззвучно, скобочками, ржал Хазин.

«Ты просто Симонову увидеть хочешь».

«Не увидеть, братиш! Чего мы там не видали? Эту принцеску надо наконец дернуть!»

«А я-то тебе зачем? Мы с Наткой в театр собирались».

«За компанию! Там кроме тебя и поговорить-то не с кем! Обещаю потом турне по клубам и вообще культурную программу! Ну и вообще — сколько лет, сколько зим, все дела!»

«Блин. Ладно, дай день на переговоры», — уступал Гоша.

«Жду, подкаблучник!»

Три желтых Сучьих рожицы: до слез хохочут. Чем кончилась эта история? Илья опустился ниже.

«Ну че ты? Очухался?» — первым писал Хазин следующим вечером.

«Кстати, нормально! — Гоша слал большой палец. — Никаких отходняков!»

«Потому что ка-чес-тво! Доверяй профессионалам своего дела!»

«А ты? Симонова капитулировала?»

«Без вариантов! Как флаг в Рейхстаг!»

«И как она?»

«Как мартовская кошка!» — победной скобкой — одной — улыбнулся Петя.

Теперь Гоша рожицами засмеялся: так же, как Сука до того — тремя желтыми, до слез веселыми. Такой вот разговор.

Значит, одноклассник. Илья примерил на себя. Кем Серега ему приходится, тем Гоша этот — Хазину. Школьный друг. У каждого, однако, дружба из школы своим маршрутом едет.

Допил залпом кофе.

Потрогал пальцем пустую строку, в которую нужно было вбить Гоше ответ. Набрал: «Ломает». Послал.

Хотел вернуться к Денису Сергеевичу, но не получилось. Гоша упрямился. Отправил фотографию: сидит на диване рядом с двумя цыпами с перекроенными лицами, цыпы дуют губки в камеру. Сам Гоша — отечный, красноглазый, под глазами — круги. Улыбка у него, как у волчьего чучела в музее: растянутая и заклеенная. И цыпы — чучельные.

«Тут все тебя очень ждут!»

И там тоже ждут. Всюду-то дожидаются Петю Хазина. Везде-то он нужен. А может, мелькнуло у Ильи, не нужно неделю терпеть?

«На сколько у тебя денег есть?» — спросил он у Гоши.

«Братиш! Настоящая дружба — это ведь не про товарно-денежные отношения! Дружба — она про натуральный обмен! — снова заулыбался ему тот. — Мы тебе нимф, ты нам — хорошее настроение?»

Улыбался так, что щеки ему сводило, наверное. Из всех сил. Хвостом бы вилял, если б не сидел на нем.

А Илья его — поводком с нахлестом: рраз по ляжкам! Рраз по хребту! Как Петя завещал. Чтоб заверещал.

«Бабло будет — пиши. Все. Отвлекаешь».

Отхлестал, а сам в телефон: будет Гоша скулить? Будет руки ему лизать? Или попытается опять за пальцы цапнуть? Смотрел в его слезящиеся глаза, гипнотизировал. Смирись. Уймись. Забейся в будку, из которой вылез.

Ты прав, я неправ. Я тебя выдернул из прошлого, из школьных фотографий, сам не знаю, чего ради. Я прикормил тебя, беспозвоночного, сахарной пудрой. Приучил тебя, приручил. Для чего-то ты был нужен мне раньше, но теперь ты мне надоел.

Почему я так с тобой? За что?

В сообщениях не вся их история была, тут один сухой остаток подводился; а самые уравнения портящейся дружбы, многоэтажные и с всякими неизвестными, строились, конечно, в разговорах, на встречах. Туда Илье было не попасть.

Да какая разница! По-другому уже все равно не будет. Раньше я тебя, Гош, может, кредитовал, а теперь не стану. Баланс у нас останется несведенным: ты неправ и жив, а я неправ и мерзну в водостоке. Не завидуй, утешься.

Только не спрашивай больше ничего. Не могу разговаривать.

Гоша послушался вроде. Отполз. Прости, друг.

Во рту было паскудно и приторно.

Посмотрел на часы: времени было столько, во сколько вчера вернулся домой руки мыть. Сутки минули. Сутки, а Петя все не коченел.

* * *

Завтра отцу нужно было передать привет: от Дениса Сергеевича. Только как передавать, если отца в контактах нет? Через мать? Нет, тут другое что-то. Не развод, не безотцовщина. Если вместе отцовский день рождения празднуют.

Придумал. Взять и поиском по всему телефону пройти: «отец». Где-то должен найтись. Впечатал отца в поисковую строку, стал шарить. Выловил беседы с матерью, бессчетные. Нине что-то об отце говорил. Другим людям. А сам он канул. Можно и от других узнать о нем, но можно и еще кое-что попробовать.

Что, если «папа»? «Папа», а не «отец»?

Выдало.

«Пап, иди ты на хуй, понял ты меня?»

Тут он был. Хазин Юрий Андреевич числился у Суки в телефоне. Как постороннего его запомнил. «Пап». Захотелось вдруг ополоснуться холодным. Промыл глаза, прежде чем распечатывать переписку.

«Понял ты меня? Можешь не разговаривать со мной, можешь меня хоть наследства лишить, мне на тебя насрать! И не хер меня жизни учить! У тебя своя, у меня своя! Все, пока!»

На этом все рвалось. «Пока!» было последним словом — оставалось за Петей. Разговор кончился три месяца назад.

Что ты за человек вообще, Хазин?! За что ты с отцом так? Если бы у Ильи был такой вот телефон — но собственный, если бы в нем можно было просто вбить в поисковую строку: «Отец» и найти действительного отца где-то в своей запамятованной прошлой жизни... Контакт найти.

За что, на что?

«СКОТИНА НЕБЛАГОДАРНАЯ! ИУДА!»

Отец печатал все заглавными. Все, что он Пете присылал — все состояло исключительно из заглавных букв.

«И не надо только из себя строить святого!» — орал ему сын до этого.

«ТВОЕЙ НОГИ ЧТОБЫ БОЛЬШЕ НЕ БЫЛО В МОЕМ ДОМЕ!»

Еще выше.

«А ты привык, чтобы все по-твоему всегда было, да?»

«ПОТОМУ ЧТО ТЫ СОСУНОК! САМ ЭТО ЗНАЕШЬ! ТЫ БЕЗ МЕНЯ ЧТО? ГДЕ БЫ ТЫ БЫЛ?»

«Посмотришь, как я буду теперь справляться».

«ПОСМОТРИМ, КАК ОНИ ТЕБЕ ПОМОГУТ! ДРЯНЬ!»

Еще.

«Я не могу сейчас. Давай тут все обсудим».

«ЧТО ТЫ МНЕ ПИШЕШЬ? ПОГОВОРИТЬ БОИШЬСЯ? ССЫКУН! ВЫЛЕЗАЙ ИЗ-ЗА МАТЕРИНОЙ ЮБКИ!»

На этом все кончалось — вернее, с этого все начиналось. Илья перечитал в обратном направлении. Ничего не понять, кроме одного: никакого привета он этому человеку передать не может.

Что между ними стряслось?

Телефон лежал на столе — теплый от того, что Илья в нем копался. Телефон теплый был, казалось: от жизни. Но это другое было, конечно. Он был как перезрелый павший плод — лопался от гнили. Гнилостное вялое тепло от него и шло.

Но надо было кожицу проткнуть и ложечкой все из него вычерпать. Вычерпать и съесть. Иначе не спастись.

* * *

Из-за материной юбки.

Помоги, мам. Напомни, что там у меня с отцом случилось. Забыл. Хорошо, что хотя бы с тобой мы не на ножах.

«Петенька, пожалуйста, поговори с папой! У меня сердце разрывается!»

«Ты же знаешь, что со мной можно начистоту! Отец правду сказал?»

«Неужели ты не понимаешь, что для папы это настоящая катастрофа??»

Хазин этих причитаний словно и не слышал. Ни на одно не ответил. О другом речь заходила — доставал затычки из ушей. Про отца — молчал. Может, он и катастрофы никакой не почувствовал? Или его, наоборот, в ней и контузило?

Надо было порыться в памяти, поискать отца.

Фотографии? Видео?

У Пети все было перемешано: алое зарево концертов с гонками по ночной Москве, Нина серьезная с Ниной веселой, съемка задержаний и угарные короткометражки о хихикающих кретинах с красными глазами, среди которых и сам Петя был. Пришлось идти вверх, вглубь, пока не нашел — давнишнее, устаревшее.

Кажется, банкетный зал.

Желтые стены, лепнина под потолком, сонные официанты. Длинный стол под скатертью заставлен салатами, коньячными бутылками. И за столом — мундиры.

Одни мундиры, до ряби в глазах. Стальная ткань, белые рубашки. Звезд как на небе. Седины, лысины. Офицерские жены: короткие стрижки, завивка, резкие цвета.

Собрание.

— За нашего многоуважаемого Хазина Юрия Андреича! Два коротких, одно протяжное! Ура! Ура! Урааааaa!

Все лица обернуты к имениннику — Петиному отцу. Дрожа, приблизился: долгое лицо, нос странно для такой долготы невеликий, глаза глубокие и притом мелкие, волосы еще густые и не седые — но странного оттенка, гнедого, не природного. Тяжелый подбородок, а под ним кожа складками, будто обвисла. Можно было бы подумать, что раньше это был полный человек, но потом что-то его выело.

Юрий Андреевич Хазин принимал тост стоя. Он тоже был в кителе — отглаженном, чуть-чуть просторноватом. В руке держал фужер с бледным шампанским. Улыбка у него была настоящей чеканки. Запавшие глаза светились без энергосбережения, по-честному. Это был праздник для него. Начал говорить с растроганной хрипотцой, потом откашлялся и переговорил начисто:

— Дорогие коллеги! Да что там — друзья мои дорогие! Этот день вы сами знаете, как важен для любого нашего человека. Это ведь не просто знак признания со стороны, так сказать, государства, а значит — твоей Родины. Это и такая метка своеобразная, как у дерева годовые кольца. Вот, растешь, значит. И хотя пора уже скоро уступать будет дорогу молодым...

Замялся. Посмотрел прямо в камеру — Пете-Илье в глаза — и подмигнул. Илью озноб прохватил. Картинка качнулась — может, Сука встречный бокал поднимал. Тут еще пока Петя своему отцу сыном приходился.

— А все же и нам пока пожить хочется. А живем мы, пока служим. Так?

— Есть ли жизнь на пенсии, дорогая редакция? — пошутил кто-то седовласый из-за стола.

— Вот вы нам и расскажите, уважаемый Александр Евгеньевич! — добродушно оскалил желтые зубы старший Хазин. — А мы туда не торопимся! Пускай сначала добровольцы летят в безвоздушное пространство! Так сказать, Белка и Стрелка! Но не это я хотел сказать! Я хотел сказать, что сегодня я вынужден нарушить нашу добрую воинскую традицию... Помню, как обмывал свои лейтенантские звездочки, помню, как капитанские, майорские... Полковничьи вы все помните, конечно... Но, черт его дери, эти-то даже в бокал не влазят!

Зал захохотал в поддержку. Юрий Андреевич дал им отсмеяться, потом огладил свою гнедую шевелюру.

— Так что придется вам меня простить! Тем более, что из присутствующих меня тут некоторые понимают! Потому что и сами пробовали! А, Борис Палыч?

— Именно! А я, прежде чем мы опрокинем этот бокал, хотел еще добавить к твоему, Юра, тосту! — стал подниматься грузный черноусый мужичина в стали и золоте. — Ты вот стал у нас генерал-майор! По должности и чин! Все законно! Что, казалось бы, тут можно пожелать? А есть! Недавно ведь только у тебя еще одно, так сказать, прибавление в семье отмечали, насколько мне известно! Сын майором стал. Так?

— Так точно! — сказал из-за камеры оператор своим высоким голосом.

— Так что династия у вас! Сын майор, а ты — генерал-майор! Желаю вам обоим на этом не останавливаться. И сыну твоему тоже однажды дослужиться до твоих высот! И пусть лучше будет традиция, что все Хазины верно служат Отечеству! А Отечество чтобы ценило и повышало своевременно! Потому что, так сказать, вы — ценные кадры!

Зал опять расхохотался, расфыркался, но тут уж Илья не мог даже догадываться отчего. Ясно только было, что Борис этот Павлович за нынешним столом был, видно, именинником поглавней даже виновника торжества. Генерал-майор его слушал с почтением и робкой лаской.

— За тебя и за твоего сына! — Толстяк не стал никого ждать, а начал первый хлебать из своего фужера и выхлебал все до дна.

Дрогнуло в телефоне и закрылось. Такое вот кино про осиное гнездо.

Илья посидел, пришибленный, пожевал губу.

Генеральского сына убил. Замочил сына ментовского генерала.

Открыл окно. Пересохшая рама не пошла сразу, заскрипела, Илья с загнанной злостью рванул ее нараспашку. Духота была, жуть.

Тоска, которая вроде отваливала днем, уступала Нине место вечером, накатила катком, вдавила в пол. Дико захотелось курить.

Не будет теперь даже и никакого пожизненного, Нин. Может быть, сразу на тюрьме, еще следствие не разгонится, задушат подсадные. Кто-нибудь другой будет во сне с тобой по Америке на «Мустанге» разъезжать.

О чем бы Юрий Андреевич с сыном ни ссорился — убитого за все простит, а на убийце за все отыграется. И никто не защитит. Прокурорские, менты, тюремщики — одна каста, живоглотов. А Илья из другой, из обреченных. Его можно и просто из баловства насмерть забить, да и на телефон еще снять — перед друзьями хвастаться.

Курева надо! Есть же круглосуточные ларьки?

Схватил от плиты спички, нырнул в куртку и выбежал в ночь.

На улице было — как в чуму. Дома стояли мертвые, черные. Жители попрятались, двери на замки и цепочки, окна заштористо, головы под подушками. Бродячие псы свернулись калачиком в помойках. Фонари светили через два на третий. Людей тут не было все равно, а бесы и в темноте все видят.

Выскочил на Батарейную — на ней вроде был подвал продуктовый. Илья сунул руки в карманы, голову втянул в плечи, капюшон сверху — и двинулся. Впереди торчал какой-то крохотный самострой — кажется, торговый.

Был ноль.

Вода превращалась в лед, а лед в воду.

От нулевого воздуха страх пошел таять, а вместо него стал копиться по капле отмороженный гнев. За что с Ильей все так? Почему жизнь в углу прошла и в углу кончается? Почему такое бессилие у него против мира? Где справедливость в том, что ему от наказания не отвертеться? Почему человека убить — получается, а простить — нет? Почему все в руках у живоглотов? Почему, кроме как руки на себя наложить, другого побега нет, а за самоубийство — в ад? Ну ты бог или хозяин скотобойни?!

Терпеть. Голову прятать в руки, шею втягивать в плечи. Как на зоне — не выделяться, не спорить, не возражать. Дали метлу — мести. Сказали отвернуться — отворачиваться. С Богом договариваться только о том, чтобы кумовья стучать не заставили. Блатных обходить. Вертухаев обходить. В глаза не смотреть.

Ждать свободы.

Да где она?!

— Сука... Мразота... Гнида... Гнида ты блядская...

Почему точных слов для Ильи нет?

Ноги пружинили, злоба поршни толкала. Проскочил половину улицы как в тумане. Распугал всех незримых бесов. И все равно ни капли бешенства не расплескал.

Добрался до точки.

Это был ларек: «Белорусские продукты». И он был наглухо задраен, витрины завалены железными жалюзи, на стальной двери жирный замок. Внутри никого, и попасть туда — никак.

— Ненавижу! Ненавижу!!!

Быстрей, быстрей — и побежал бегом. До автобусной остановки — стекольной, светящейся, праздничной: реклама счастливых человеческих лиц в ней вклеена — поднял с земли булыжник — и рррраз им в витрину!

Она сразу лопнула, взорвалась круглыми, как леденцы, прозрачными осколками, осыпалась на жидкий асфальт. А лица оказались бумажными, их от булыжника перекосило. Илье этого не хватило, он вырвал афишу, пополам ее, еще пополам руками раскромсал, бросил, втоптал в грязь. Потом еще и лампу погасил кулаком.

Оторвался, опомнился, поднял глаза.

И впереди, в чумном безмолвии, увидел машину. Фары светили дальним. Машина плыла медленно, как шаровая молния. В такое время они должны бы были стараться пошустрей прошмыгнуть, а эта чуть не ползла. Как акула. Принюхивалась.

Мусора!

Сразу схватило потроха холодной рукой.

Развернулся к ним спиной, пошагал, умоляя себя не бежать, вдоль строительных заборов, тычась в щели, надеясь на узкий проулок. Гнев на нуле опять в страх перемерз. Не побежать стало почти невозможно.

Дальний луч нащупал разбитую остановку, задумался. До Ильи он не дотягивался всего чуть-чуть. Надо было уходить, но впереди ждал капкан-просвет: рабочий фонарь после нескольких ослепших. Придется в его поле зрения вступать. Риск — да, но без него не выйдет. Может, патруль отвлечется на битое стекло, не заметят пешехода. А останешься на месте — точно нагонят.

Как мог спокойно вышел в фонарное пятно.

Блеклый свет придавливал его к асфальту. Спину щекотало. Ноги умоляли сорваться. Видят? Заметили его?! Виски тисками. Обернуться нельзя.

Только окунулся обратно в темное, как сзади крякнуло. Кругом пошли слепящим голубым мигалки. Рыкнул мотор.

Илья, не дожидаясь оклика, рванул с места вперед. По скользкому, по ненадежному...

И тут же фары достали его. В мегафон харкнули:

— Остановиться! Гражданин...

Как раз забор оборвался — и Илья канул сразу за ним в омут, побежал по рыхлому снегу между деревьями, потом выбрался на дорожку... Патрульная машина стала тыкаться между домов, из нее выскочили, закричали без рупора своими глотками, чтобы Илья стоял. Но он не мог стоять.

Забежал в чей-то высотный двор, стал дергать ручки подъездов — все заперты, все боятся чужих, никто не впустит.

Лучи вывернули из-за угла, стали палить тонкий, как паутинка, придомовый кустарник, где Илья хотел спрятаться.

Он вдоль дома, под окнами, по стеночке furpoлз-помчался. И увидел, как далеко впереди навстречу выходит под фонарь сизый автоматчик. Остался один подъезд. Еле до него успел, дернул — и там закрыто.

Возьмут.

Хана.

Выхватил телефон и бледным экраном, чтобы не привлекать, стал шарить по двери, по рваным бумажкам на доске объявлений. Почтальоны себе коды от подъездных замков выцарапывают вокруг входа, чтобы не запоминать. То ли из детства это Илья знал, то ли с зоны. С зоны, наверное.

Мелькнуло в отсвете «717» — фломастером на наличнике, на уровне пояса. Он ткнул цифры, соскочил, сбросил, ткнул снова.

Пискнуло.

Илья потянул на себя ручку нежно, как будто разминировал. Если сорвется, все кончено. Она пошла. Он тогда приоткрыл ее всего чуть, чтобы протиснуться, и за собой тихонько притворил. Взлетел бесшумно к лифту, задолбил по кнопке. Слышно было, как патруль на улице ползет вдоль стены, слышны были через дырявое железо жестяные голоса в рациях.

Лифт стонал, спускаясь.

Наконец открылся — Илья прыгнул внутрь, вщелкнул самый верхний, восемнадцатый. Дом новый был, а лифт ленился и ныл. На полу было нассано, дух стоял тяжелый и приторный. Кнопки оплавлены зажигалкой, на каждой застыла пластмассовая слеза.

Теперь только об одном мечталось: чтобы прямо сейчас не поймали. Притащат в отделение, продержат до разбирательства, поднимут камеры, а там и Хазин о себе даст знать.

Рано! Рано! Еще немного времени!

Илья пялился в обожженную восемнадцатую кнопку и молился, чтоб, когда двери откроются, не было перед ним человека в форме. Чтоб внизу было не слышно голосов.

Кто в лифтах гадит, а кто остановки громит. Ясно почему. По-другому человеку никак государству честно не ответить и за жизнь не отомстить.

Заползло наконец на верхотуру.

Лязгнуло, распахнулось.

Этаж был диковат. Стены украшены новогодними гирляндами, фотографиями Гагарина и обклеены покемонами. То ли рехнулся тут кто-то из соседей, то ли к Новому году загодя готовился. Бетон был душисто прокурен — насквозь, как будто порами сигаретную смоль вдыхал.

Свело скулы, слюна проточилась.

Илья подкрался к окну, к мусоропроводу — заглянул во двор.

Игрушечная патрульная машинка щупала соседние дома; пеших в темноте было не разглядеть. Но спускаться нельзя, пока они не махнут на него рукой.

На подоконнике стояла круглая банка с пеплом и бычками: хозяева выходили покурить с видом на Лобню. Илья пошевелил окурки пальцем. Видно, пытались бросить это дело — курили не целиком, треть оставляли.

Он выудил из пепла который подлиннее, чиркнул спичками, потянул в себя кому-то лишний табак, закрыл глаза. Гирлянды мигали весело, меняя ритм.

За кем-то докуривал, за кем-то доживал.

7.

Вернулся домой под самое утро.

Утро воскресенья. Как часто бывало в студенческое время.

Тогда тоже шагал в рассветном мареве с первыми прохожими, только еще начинающими жить этот день: кому собаку выгуливать, кому на дежурство. Все уже в сегодня перешли, а Илья еще свое вчера заканчивал.

Раньше, правда, надо было квартиру осторожно, тихонечко отпирать. В замок ключ вставлять нежно, поворачивать по микрону, удерживать, чтобы механизм не провернулся сам, не щелкнул слишком громко. И потом открывать дверь особым способом: одной рукой от себя толкать, а другой — тянуть к себе чуть слабее, чтобы не хлопнуть случайно. И еще одновременно книзу ее прижимать, ставить петли в неудобное, нескрипучее положение. У матери очень чуткий сон был. Проснется — нарвешься:

— Сколько можно! Хоть бы вообще не приходил!

Выйдет на кухню в ночной рубашке, сунет обеденной жареной картошки Илье под нос. И жрать хочется невыносимо, и картошка божественная, а с каждой вилкой надо жевать и глотать ее осуждение: она ведь тут сидит, на стуле, хмуро и сонно глядит, принюхивается.

— Ладно... Жив — и слава богу. Обормот.

Доешь — она все еще строгая, отберет посуду, встанет у раковины намывать ее с лязгом. Спиной к тебе. Учительским своим горбом.

— Мам, а чаю можно?

— Чаю! И так не спал всю ночь! Все, хватит!

Плетешься в койку без чая. И, когда уже закутаешься в одеяло, с кухни крикнет тебе вдогонку:

— Ну хоть девчонки-то симпатичные были?

— Ма! Какие девчонки! Я ж без пяти минут жонатый!

— Да шучу, шучу я. Спать живо!

А теперь вот не надо было никого жалеть, шебуршать тихонько в прихожей, ключ в замок как отмычку беззвучно запускать. И квартира-то была нараспашку. А все же Илья старался не шуметь.

Разулся у самого входа, потому что мать бы заругала его, если наследит. Тишина стояла такая, как будто она спала крепко. Дверь в ее комнату была открыта. Она так тоже оставляла, когда он в ночное шел, — чтобы засечь его возвращение. Но, бывало, ему удавалось прокрасться незамеченным. Тогда он на цыпочках, чуть не по воздуху доплывал до маминой спальни — и так же, как входную, своим патентованным методом притворял ее дверь — чтобы она не услышала, как он моет руки, как чайник закипает.

И сейчас — подошел к ее комнате. Взялся за ручку, чтобы дверь закрыть.

Чтобы притвориться, как будто мать там, просто спит.

И в утренней тишине отчетливо услышал фальцетный писк-бубнеж, который донимал его весь день. Из материной спальни шло.

Илья шагнул внутрь, поводил головой, вслушался: от кровати, кажется.

Городской телефон. Телефон, который он саданул со злости, завалился в щель между подушками и там придушенно пикал. Подавал сигнал «занято».

Илья вздохнул, водрузил аппарат на место, аккуратно положил трубку. Тот примолк, затих. Не стало нудного фона. Как будто мать утешил.

Вышел из ее комнаты, запер ее.

Спи, ма. Притворись и ты для меня.

Отскреб мылом с пальцев пепельный запах. Выпил чаю, раз никто не слышит. Заправил постель чистым бельем. Улегся. Повертел в руках телефон: хотел будильник завести.

И среди кнопок первой необходимости нашел одну: с полумесяцем. Она вжата была. Почитал — режим «не беспокоить». Вот и весь секрет, почему телефон звонящих к нему не пропускал. Не было там ничьей души.

Просто фотографии. Просто текст.

* * *

Спал как убитый. Если и были там какие-то сны, Илья их все пропустил.

И потом сразу вскочил.

Где-то рядом пронзительно верещало. За стенкой. За стенкой, но в его квартире. Домофон?! Менты нашли!

Выскочил голым в коридор, пожалел, что ствол в кухне спрятан — но нет, не домофон звонил. Звонило в материной комнате.

Городской телефон. Кто-то набирал маме на домашний номер.

Не будет он ни с кем сейчас говорить. Кто там? Из школы? Подруга? Нет сил объяснять, что с ней, что с ним, что дальше. Заперся в туалете, но телефон было слышно и оттуда, он был настырен, он звонил бесконечно.

Оттуда, из спальни, шел зуд. Там было неладно. Трезвонили неустанно, как будто не человек дозванивался, а автомат, у которого времени сколько угодно есть, потому что ему не умирать. Может, правда, робот — насчет неуплаты за электричество внушение сделать?

Сдался.

Открыл комнату, снял трубку.

— Але.

— Илья Львович?

Голос был женский: немолодой, глубокий — совершенно живой. Задал вопрос и ждал ответа.

— Это кто? — спросил Илья хрипло.

— Позвольте мне выразить свои соболезнования в связи с вашей утратой, Илья Львович, — произнес голос. — Не представляю себе, какое это для вас горе. Потерять любимую мать в расцвете лет.

— Кто... Откуда вы знаете? Кто это?!

— Меня зовут Анна Витальевна, я представляю бюро ритуальных услуг «Мособряд». Простите, что тревожу в воскресный день. Еле дозвонилась до вас! Вчера с утра до вечера занято было.

— Мне не надо ничего.

— Вы уже воспользовались услугами другого агентства?

— Что? Нет...

— В таком случае я бы хотела рассказать вам о том, что мы можем вам предложить. Мы готовы взять на себя все ваши хлопоты.

— Мне ничего не нужно сейчас предлагать! — Илье кровь в голову ударила.

— Я понимаю ваши чувства, — сказала женщина. — И мне очень жаль, что я звоню вам в такой трудный момент вашей жизни. Но вот ведь уже четвертые сутки пошли, как Тамара Павловна скончалась, а вы все не забираете ее из морга. Это ведь не по-христиански просто как-то... Погребение полагается совершить на третьи сутки. Это ведь ваша мама все-таки.

Илья отнял трубку от уха, уставился в нее озверело. Трубка продолжала вещать комариным голосом. Потом унял себя. Выдавил:

— Сколько... Сколько это будет стоить?

— Может быть, вам будет удобней, если к вам подъедет наш агент и все обсудит с вами на месте, Илья Львович?

— Нет. Просто скажите, сколько.

— Базовый вариант обойдется вам в девятнадцать тысяч пятьсот рублей. Он включает в себя гроб со всем наполнением, венок диаметром семьдесят сантиметров, транспортировку тела усопшей к месту погребения, а также комфортный специализированный микроавтобус «Газель», который отвезет вас и ваших близких из морга на кладбище. В микроавтобусе десять посадочных мест. Гробик скромный, но достойный. Плюс крест деревянный на штыре. Однако я бы порекомендовала вам, с вашего позволения, вариант «Стандарт». Там и венок побольше, и постель в гроб шелковая, и «газелька» после кладбища доставит вас домой. Двадцать четыре тысячи пятьсот рублей, разница небольшая. Вы, кстати, рассматривали похороны или кремацию?

— Не кремацию, — сказал Илья.

— А местечко на кладбище присмотрели уже? Потому что мы можем вам помочь подобрать правильное — недалеко от входа, в сени деревьев. Сейчас самостоятельно такое вам будет сложно подыскать, тем более за короткое время. Все приличное люди за несколько лет себе выкупают, — доверительно сообщила женщина. — А у нашего агентства есть собственный резерв. Если хотите, можем прямо сегодня съездить с вами, я вам сама все покажу.

— Нет. Оставьте номер. Я перезвоню.

— Разумеется! — Анна Витальевна продиктовала; Илья вбил цифры в Петин телефон. — И я просто хотела вам еще сказать, что вам наверняка будут звонить другие агентства, учтите, что наше занимает лидирующие позиции на рынке ритуальных услуг. И если вы решитесь сегодня, выезд агента не будет стоить вам совершенно...

Он повесил трубку. Потом протянул руку по проводу, нашел место, где тот впивался в стену, вырвал его.

Сел на кровать.

Не по-христиански.

Сволочь.

Илья думал — закроет дверь в материну комнату и замурует там все, с чем не может сладить. Думал, мать перетерпит там, внутри, пока он не придумает, как все разрешить. Пока наберется смелости с ней повидаться. А ей вот там не сиделось. Она о себе напоминала. Требовала к себе внимания.

За окном висела серая хмарь: обычный зимний день — ноябрьский или мартовский. С неба снежило бесформенными мокрыми хлопьями, они летели к земле сразу, падали и растворялись. В квартире от такого дня стоял сумрак.

Илья включил свет у себя в комнате, включил в коридоре, на кухне. И от этого же налил себе стопку водки. Нашел макароны, поставил воду: с кетчупом и солью будет просто шик. Да и просто с солью нормально. После жлобской тюремной жратвы все нормально.

Вода никак не могла собраться закипеть. Как будто давление слишком низкое было, как будто высота слишком большая, как в Гималаях. Хотя третий этаж.

Мечтал же вернуться в этот дом, в эти комнаты. Потрогал мебель. Перевернул белым кверху свой студенческий рисунок на столе. Открыл шкаф — там машинки коллекционные. Достал, повертел в руках. Масштаб один к сорока трем. А в детстве один к одному был.

Не заводится сердце, глохнет. Поставил обратно.

Захотелось с тоски повыть.

За завтраком смотрел новости. Хазин в них пока не попал.

Надо было дойти до морга. Хотя бы чтобы сказать им: она не бесхозная. Вот я, сын. Мне некуда ее забрать от вас пока. Подержите еще несколько дней. Я обязательно придумаю что-нибудь. Обязательно что-нибудь придумаю.

Воскресенье.

* * *

Морг был, где и центральная городская больница, — на Заречной.

По Батарейной до Букинского шоссе, почти до Вериного дома; но не доходя до него — направо повернуть. И мимо той самой голубятни, которую вместе с Серегой грабили, — вокруг: ржавыми гаражами, кирпичными бараками, исписанными бетонными заборами — на отшиб.

И вдруг вспомнил, как шли однажды в эту больницу с матерью, когда еще мелким был. Гланды удалять. Так же шли, этой же дорогой. Как на расстрел. Каждый шаг давался через силу. Сначала она его пыталась мороженым соблазнять — дескать, вот потом его наешься!

Могла бы и не говорить ему, что идут на операцию, а соврать, что просто к доктору на прием. Но мать врать не любила, сюсюкать тоже. Всегда называла вещи своими именами, а на будущее глядела строго, сквозь свои учительские очки. Готовься к худшему, тогда жизнь не разочарует, такой вот был у нее девиз. Будет операция, больно особенно не будет, а чуть-чуть — потерпишь.

У нее своя правда была, а у Ильи — своя: и просто ждать операции-то было страшно, а уж идти на казнь своими ногами — вообще жуть. Мороженое не подкупало. Илья сладкое не очень любил, соленое больше.

Тогда стала ему Дубровского пересказывать. Наверное, давала его в то время каким-нибудь восьмым классам, вот и кстати пришлось. Всего он не понял, но сцена в яме с медведем его поразила. Маленький пистолет, вроде мушкета, у Дубровского в руках запомнился, который он медведю в ухо вложил. Взамен гланд он у матери себе выторговал точно такой же, но китайский и пластмассовый.

Дорога не короткая была — от дома полчаса детскими шагами. И половину ее Илья тогда как бы не на Заречной улице провел, а в лесах с крестьянами и в яме с медведем. А там уже и больница.

Всю операцию думал про маленький старинный пистолет. Больно почти не было. Но мороженое все равно пришлось лопать. Это, оказывается, обязанность была.

А теперь вот — вспоминал про то, как тогда шел сюда, и опять настоящей Заречной, дороги до эшафота, не застал. Срезал через прошлое.

Больница стояла за домами, у пролеска. Бурое кирпичное здание, хмурое, приземистое и разлапистое. Поглядишь на такое — болеть расхочется.

— Это в патолого-анатомическое вам, — простуженно прогундела тетка в регистратуре. — С улицы зайдите.

Мертвецам отдельный выход сделали, чтобы они с захворавшими не пересекались, не смущали их. Подъезд был объявлениями сплошь обклеен: гробы, ритуальные услуги, агенты, похороны. У входа дежурили верткие типы, будто бы скорбящие, но при виде Ильи тут же окрылившиеся.

Он их сразу на хер послал. Падальщики.

— В ноябрь всегда хорошо мрут, — подслушал он мельком. — Но в Новый год лучше. А самое — конечно, июль.

Дал паспорт, чтобы заявить права на мать. Отделение было сначала, как все другие. Девочки молоденькие в халатах. Мужик очкастый с папиросой — заведующий.

— Да, есть такая. Долго вы не чухались. Забираете?

— Нет. Я только вернулся... Мне еще нужно время. Подготовиться, — сказал Илья.

— Семь дней по закону бесплатно, — сказал ему зав. — Дальше по прейскуранту.

— Я успею, наверное, в семь дней уложиться.

— Посмотреть хотите?

Илья кивнул.

— Бахилы двадцать рублей.

Прошли через прозекторскую — кафельные стены, тазы с инструментом, на столе-поддоне худющий азиат, череп раскроен. Дальше дверь с затвором — «Холодильное помещение».

Грохнул замок, ухнула дверь, обдало стылым и затхлым. Включили ртутный свет.

— Ну, что встали? Проходите.

Как перед операцией заныло-засуетилось у Ильи: сейчас вырывать будут.

— Так, где у нас Горюнова-то? — спросил очкастый у девочки.

Внутри стояли каталки под простынями, порознь и вместе составленные. Под ними ждали такие же, невостребованные. Очкастый, не бросая курить, заглянул под одну простынь, под другую. Прошел в конец.

Там у стены были вместе свезены два тела, накрытые одной общей простыней. Женские ноги и мужские волосатые. Доктор приподнял полотно, убедился, позвал.

— Вот. Горюнова Тэ. Ваша.

— А почему? — морг у Ильи кругом поехал. — Почему она тут с кем-то... Это мужчина? Это почему так?!

— Вы про что? А! Ну простыни в стирке, одна всего оставалась. Ей-то ведь без разницы уже. Не голой же оставлять.

— Голой?

— Вы что, первый раз в морге?

Илья сделал шаг.

Составленные вместе, каталки походили на супружескую кровать. Как будто муж с женой спали вместе, накрытые одеялом. Мать всегда спала одна. Кровать у нее была узкая, одноместная. А тут...

— Ну идите, что?

Очкастый откинул угол простыни подальше, чтобы Илье было уже незачем тянуть резину.

Встретились.

Волосы — совсем серые — у нее были собраны в пучок на затылке, и из-за этого голова получалась отвернута немного в сторону. От Ильи — к чужому мужчине. Глаза запали, оставались приоткрыты, поблескивали белой пластмассой. Губы были будто сжаты, в морщинках. Очень постарела. Очень постарела.

От этой мысли — как мать состарилась, а не от той, что умерла, — засвербело в носу, заломило в каких-то неведомых железах, во рту загорчило.

Мужчина, с которым она лежала, оставался покрытым. Выпирал через простыню нос. Можно было член угадать.

— Раздвиньте их! Слышите?! Развезите! Что это за... похабщина?!

— Вы тут не выступайте особо, у нас на эту тему никакого ГОСТа нету, гражданин. В целости? В целости. В сохранности? В сохранности. Будете кричать — полицию вызовем, — сделал ему внушение зав. — Вик, иди постой тут с этим!

— Вы не переживайте, мы разделим их, — с порога защебетала девочка в халатике. — Это, кстати, приличный вполне мужчина, не подумайте, не бомж какой-нибудь. По «скорой» с инсультом приехал. И что глаза там у нее открыты, это мы все в порядочек приведем. Вы только, когда приедете за ней, привозите одежку какую-нибудь получше. У нас тут есть наряд новопреставленного, он от города выдается, но очень казенный. Лучше свою.

— Сейчас разведите, — тихо-упрямо-зло сказал Илья. — Сейчас.

— Ну ладно, что вы... — Девочка Вика присела на корточки, щелкнула стопорами на материнской каталке, отвела ее вбок.

Илья придержал простыню у матери, того мужчину оголил. Высокий лоб, крупный нос, седые волосы на груди. Хмурился. Да пошел ты, старик. Всем мертвецам не угодить.

Между каталками стал проход, Илья зашел в него так, чтобы маме в лицо заглядывать.

«Так лучше, ма?»

— И если не знаете, как вообще дальше чего, могу вам телефон человека дать, они все на себя берут. Вам сейчас еще с документами столько хлопот будет, лучше все людям поручить. Да, и у нас тут храм свой есть, прямо на территории, если хотите отпевание заказать, например, церковь Святой Матроны Московской. Чтобы если по-христиански.

«Мам, привет. Я приехал. Как мы так с тобой разминулись? Очень вкусный суп, от души».

— Там, кстати, вещи ее личные лежат у нас, мы ничего не трогали. Мобильник только звонил, мы всегда выключаем, чтобы работать не мешало. Но все на месте, можете проверить. Расписаться нужно будет, потом распишетесь тогда? Там несколько бумаг, какие-то сейчас, какие-то, когда будете забирать.

«Ма, я пока не могу тебя похоронить, я тут, не успел выйти, опять попал в переплет. Ты ведь не обижаешься на меня на самом деле за то, что я к тебе не сразу?»

Она не была похожа на спящую, не была похожа на восковую куклу, ни на что из известного Илье не была похожа. Она была мертвой, она ничего ему ответить не могла.

«Прости. Я тебе раньше этого не говорил, потому что не понимал. Потому что считал, что это я встрял во всей этой истории, что я — жертва. А не ты. Прости, что на полгода опоздал к тебе. Что навсегда.

Я все делаю, чтобы тебя отсюда... Но не домой же прямо сейчас, понимаешь?»

— Ну, пойдемте? Документы заполним, — позвала девочка.

«И тут эта ситуация еще, ма. Я вроде гребу, но куда выгребу, непонятно. Ничего серьезного, потом как-нибудь расскажу, не волнуйся».

— Аудиенция окончена, — строго сказала очкастый, гнида. — Выдадим — налюбуетесь.

И накрыл ей лицо простыней. Матери это будто не касалось.

— Вот карточка агентства, — вручила ему на выходе картонку девчонка. — Погодите, сейчас я за личными вещами схожу. Можете в печальном помещении подождать, там сейчас пусто.

Илья подчинился и сидел на скамье в печальном помещении, глядел в линолеумный пол. Тоска копилась, неразрешенная, бередила. Отвернувшаяся от него мать перед глазами маячила.

В коридоре шаркали по ушам люди, шкурили наждаком нервы. Оболочка, говорил Илья себе. Это просто оболочка, упаковка. Голова вбок завалилась — не у мамы. Там матери нет. Это пустой смятый пакет из-под молока в мусорке.

— Ну прости, пожалуйста.

И тут тренькнуло. В кармане. Телефон хазинский. Проклюнулся кто-то через скорлупу. Достал, ввел пароль. Сообщение.

«Что там с Ниной? Мама».

Илья моргнул.

«Она не отвечает», — отозвался он.

«Она в больнице. Она тебе не сказала?»

«Нет».

«Хоть ей-то ты мог бы позвонить!»

Илья потер лоб, убрал телефон. Мог бы. В больнице? Нина?

Потом. Не сейчас.

Наконец вышла девочка Вика, вынесла мамины вещи — пустой кошелек, выключенный мобильник, на который Илья названивал, цепочку с крестиком. Ключа от дома нигде не было.

— Пойдемте подписывать бумажки.

Вышел из морга — уперся в дровяную новодельную церквушку, обещанную этой Викой. Зашел зачем-то; внутри битком. У входа свечная лавка. Коптят что надо. К батюшке бабская очередь. Кто у главврача утешиться не может — приходит к попу за подстраховкой.

Последний раз Илья столько крестов у людей на коже синей краской видел. И Христовых ликов. И куполов. Но на зоне все другое значит. А где оно то самое значит, интересно?

О чем бы ему договориться? Чтобы мать там устроили на нормальное место? Чтобы у Ильи состояние аффекта во внимание приняли?

Набрал Богу. Постоял, послушал у себя в груди. Шли долгие гудки.

Никто не отвечал. Связи не было. Или, может, у него тоже режим «не беспокоить» включен был.

Вроде все и правильно сделал, а все равно — в ад. На земле жизнь так организована, чтобы все люди непременно в ад попадали. Особенно в России.

8.

Но еще на улице, не дойдя до дома, вернулся в Хазина. Читал на ходу, как все. Читал на пешеходном переходе. На лестнице читал. На кухне.

Нина в больнице?.. А Петя-то знает об этом?

Вернулся к бесконечному разговору Хазина с Ниной. Стал внимательней вчитываться, чем он кончился. Что-то тикало-тянуло внутри.

«У меня все просто супер». Последнее, что она написала Пете: в пятницу утром. Стало почему-то беспокойно — за нее, Илье постороннюю. Наверное, из-за летнего сновидения с шарлоткой. Вот глупо. Перешла Нинина любовь из сна к настоящему Илье, как картинка с переводилки на кожу.

Есть тут что-нибудь про больницу? Про то, что с ней могло стрястись?

Поднялся в самый верх, в самую зарю отношений — как телефон их запомнил. С чего все началось у них? С того же, с чего у людей в городе всегда начинается. В прошлый, две тысячи пятнадцатый год. Было одиннадцатое января, воскресенье.

«Это Петр. Вчера в "Тройке" познакомились. Прием!»

«Прием-прием! Помню вас, Петр! Как слышите?» — Нина отыскала в арсенале телефонных картинок изображение спутниковой антенны, вклеила ее в свое сообщение.

«Слышу не очень, оглох после вчерашнего. Но было весело».

«Слишком! Так что я пишу тебе из комы. Остро нуждаюсь в детоксе!» — картинки шприца и ванны.

«Так, может, борща?»

«Что, прямо сейчас?»

«Зачем откладывать на завтра то, что можно сделать сегодня? Давай в три в “Пробке”?»

«Давай! Только, чур, я опоздаю на час!»

Продолжилось только через неделю, когда уже праздники кончились. Семнадцатого января Нина написала ему первой:

«Петр! Надеюсь, ты не из тех, кто быстро сдается! У меня правда рожала кошка, положение было безвыходное!» — оконфузившийся эмодзи с круглыми глазами.

«Русские не сдаются. Кошке привет. Как у нее дела?»

«Машет тебе лапкой. Просит тебя уточнить в твоих госорганах, может ли она рассчитывать на материнский капитал!» — и карикатурные мешки с долларами.

«Требую фото кошки вместе с хозяйкой».

«Ну она сейчас не в форме. Валяется в постели совершенно неглиже. Я про кошку».

«Тем более!»

«Ладно, погоди».

И дальше картинка, кадр из мультика «Том и Джерри»: мышь в спальном колпаке и сердитый кот лежат в одной кровати.

Петя ничего не ответил, но не сдался, действительно. Выждал еще неделю — остыл — и двадцать третьего января снова пошел на приступ.

«Привет! Хочу тебя в кино пригласить. Ты свободна сегодня?»

«Сегодня у меня международный женский день. Подружка из Минска приехала!» — и следом картиночка: две девочки в бантах и трико танцуют парой.

«А завтра какой у тебя день?»

«Суббота. А у тебя?»

«Пойдем завтра тогда! На “Ограбление по-американски”».

«Ни за что! Подсказка шепотом: согласна на “Бердмэна”».

«Ладно... Есть сеанс в 19:30 в “Октябре”».

«Давай так: идем в "Пионер" в восемь смотреть на английском, зато билеты и попкорн с меня!» — попкорновый эмодзи.

«На английском???»

«Готова переводить тебе на ухо».

«Ок. Тогда заеду за тобой завтра в семь, если ничего не изменится».

«А ты любитель планировать, да?»

После кино и случилось, посчитал Илья. Как у людей бывает? Пошли потом ужинать, бокалы винные прозвенели, после — бар, клуб, круговерть — вроде второе свидание, а вроде и третье... Воскресным похмельным полуднем Петя Нине писал:

«Спасибо за вечер... И за ночь...»

«Спасибо за сына... И за дочь... Михаил Сергеевич, каналья! Почему с этого номера?» — смеялась Нина.

«Ну хватит уже. Просто хотел сказать, что было круто».

«Согласна! Сорри», — эмодзи скалил зубы клеткой: придурочное извинение.

«Наконец ты со мной хоть в чем-то согласна!»

«Ну, по крайней мере, я готова к диалогу! Убеждай меня дальше!»

«На сегодня есть планы?»

«Если честно, планы были. Но, если совсем честно, не такие интересные».

«Тогда я бронирую "Живаго"!»

«Коварный обольститель! Моя любимая книга! Все, крашусь».

«Какая еще книга? Шучу!»

Потом разное шло-бежало: договаривались о встречах, Нина отправляла свои уже настоящие фото — белое белье, черное белье, красное, — говорили, когда вовремя будут, а когда опоздают. Третьего марта вот звала его к себе без прелюдий:

«Центр — Юстасу. Сегодня соседка ночует у жениха. Это намек. Повторяю, это намек».

«Что с собой брать?»

«С тебя бутылка красного и хорошее настроение, с меня воздушный салатик и атмосфера волшебства».

«Я тогда еще пиццу привезу», — и Петя находил, обучившись Нининому письму, пиктограмму треугольников пиццы и слал ее Нине.

«Ненасытный!»

К апрелю отношения у них встали на рельсы. Девятого числа Петя еще днем, загодя, просил:

«Нин, а закачай новые серии “Во все тяжкие”, плиз!»

«Так-так, а как же ВДНХ? Мы же на коньках собирались!»

«Сама подсадила меня на эту историю, сама и расплачивайся. Я сопротивлялся!»

«Сопротивление бесполезно! Я же знала, чем тебя зацепить. Сначала, правда, думала “Следствие ведут знатоки” предложить...» — Нина впускала в сообщение желтушного сыщика из собрания телефонных человечков.

«А там много сезонов? Ты же знаешь, мне нужно планировать мою жизнь!»

«Типа пять или шесть. Но ничего, тут еще “Наркос” выходит, тоже по твоей теме. Так что до конца года такими темпами нам хватит».

«Кстати, про мою тему. На тебя брать?»

«Бери, искуситель! Будем в 5D смотреть».

Значит, к апрелю он уже коснулся ее, совратил, обратил. Но может, она сама напрашивалась? Может, она и не была невинной?

А в конце месяца Петя в первый раз стал недоговаривать, припрятывать что-то от нее.

«Нинк! Так ты на праздники в свой Минск?»

«Ну да. Родители очень соскучились. Майские, все дела. Не хочешь со мной?»

«Да нет, наверное. Мои тоже хотят со мной праздновать. А ты на сколько?»

«Не знаю. Не на все каникулы. Дня три. Там дольше делать нечего. А что?»

«Да так, ничего».

Значит, все-таки не москвичка. Студентка? Имперскую столицу приехала завоевывать? Одна в городе. С кем-то квартиру снимает вместе. На что-то рассчитывает? Надеется на что-то? Илья крутил вниз, докрутил до десятого июня.

«А ты что на выходных делаешь?»

«Ну я вообще к понедельнику реферат по истории кино должна накатать, Петь. А у меня еще конь не валялся!» — и картинка с лошадиной головой, чтобы дурашливостью неловкость сгладить?

«Просто родители зовут на обед нас обоих».

«Ого! А что случилось?»

«Да ничего. Просто хотят посмотреть на тебя уже наконец. Столько слышали».

«Эта штука будет поважнее истории кино. Блин. Я нервничаю!» — и эмодзи нервничал.

«Ты с ума сошла? Просто обед».

«Ага, просто! Мне теперь УК и УПК всю неделю зубрить вместо неореализма и Новой волны! А то они решат, что я безграмотная!»

«Да брось ты. Но да, УК лучше подучить, конечно. Мало ли, пригодится. Шутка».

В следующий понедельник Нина писала ему, испещряя сообщение паническими рожицами: десятками рожиц.

«Это попахивает катастрофой, Петь...»

«Ты о чем вообще? Про обед? Все нормально прошло. Ты им понравилась».

«Пффф! Твоему отцу — точно нет. Маме меня даже жалко стало».

«Ересь какую-то гонишь».

«У него на лице было написано, что у меня на лице написано, что я голодная белорусская золушка, которая хочет сожрать их мальчика».

«Бред».

«Вместе с косточками».

«Не комплексуй».

«А я-то бы косточки есть как раз и не стала. Они у меня плохо усваиваются».

В начале августа обнаружилось то самое спасительное послание, которое Илью научило, как себе у мертвых чуть-чуть жизни выиграть.

«А ты совсем-совсем не будешь мне все эти дни звонить, да?» — спрашивала в первый раз Нина.

«Я же объяснял, у меня внедрение, я не смогу...»

«Да-да, я помню все. Просто мне, знаешь, иногда бывает очень нужно послушать твой голос».

«Наша служба и опасна, и трудна, Нинк».

«Именно поэтому».

«Ну вот как-то так».

«А что, у криминальных элементов не может быть своих тревожных телочек, которые о них параноят и названивают им? Что именно в словах “Со мной все окей, зай!” выдает в тебе внедренного сотрудника?»

«Ну у нас инструкции вообще номер родным не давать».

«А я тебе родная?»

«Нин! Ты как мать уже! Родная, блин!»

До конца лета Петя все пропадал, а Нина все ждала. Скаталась к родителям в Минск, оттуда строчила дачные отчеты, ворожила полунагими фото. Вернулась в Москву — а там время и не шло. Скучал ли Петя, нет ли — неизвестно.

«У меня дефицит витамина П. Я хирею, дорогая редакция. И лето кончилось».

«Нин... Я правда клянусь. Это последнее в этом году. От меня не зависит, ты же знаешь! Это ж служба! Что я могу-то?»

«Ты ничего не можешь, я ничего не могу. Нам никто не поможет».

«Слушай, я обещаю взять отпуск. В Анталию полетим? Или в Кемер. Вдвоем. Ты и я. А? Олл инклюзив. Как белые люди».

«А вернемся как синие».

«Вот прямо сейчас начинаю искать тур. Честное слово».

«Честное слово съела корова».

«Вот, смотри. С 5 по 18 октября. Белек. Белек лучше, чем Кемер!»

«Белек лучше, чем Ховрино, это точно. Все, побежала краситься!»

«Ну я правду тебе говорю!»

Но все-таки исполнил; десятого октября они уже были на море. Илья оторвался от чтения чужих писем, заглянул в чужую хронику: вот тогда и были сняты те видео на пляже и в гостиничном номере.

«Малыш, я уже поплавал и на завтраке. Тебе что-нибудь принести?»

«Неси себя! Только осторожно, не расплещи ничего! И круассан на закуску».

«Все взял. Тут экскурсия какая-то офигенная, в Каппадокию. На воздушных шарах летать. Двое суток. Поедем? На завтра места освободились».

«Ты же знаешь про мою страсть к воздухоплаванию!»

«Но шесть часов ехать. В одну сторону».

«Будем целоваться, будет нескучно».

Две недели только о том говорили, как друг друга развлечь. В раю безделье гнетет. Ну а что, тоже мука.

За окном у Ильи ветер стал закруживать разваливающийся мокрый снег. Депо утонуло в серости. Он подождал-подождал и зашел в альбомы. Забрался по датам в прошлогодний Петин октябрь.

И вот они были: воздушные шары. Десятки или даже сотни разноцветных огромных шаров, одновременно поднявшихся в оранжево-прозрачный воздух. Восходящее солнце — красное, облака — легкой кистью, внизу горы слоеные, старое городище, выгрызенное в скалах, земля бугристая до невообразимо далекого горизонта, расчерчена нитками-дорогами, и шары, шары — половина неба в ярких шарах с корзинами. От такого сбилось дыхание. Ничего подобного Илья в своей жизни не видел, нельзя было и представить себе, что в мире, где находится Соликамск, возможно и это вот; а Петя туда просто от праздной скуки заскочил.

Нина восторженно вопила, махала рукой поднимающемуся солнцу, говорила, что это лучший день в ее жизни. Илья посмотрел: двенадцатое октября две тысячи пятнадцатого года. Потом они вместе с Петей фотографировались: сзади шары мыльными пузырями счастья на бескрайней вообще Земле. Илья заглянул Пете в глаза, потрогал его лицо, растянул пальцами: приблизил. Через зрачки хотел дальше попасть, глубже. Но стекло не пускало.

Лучший день.

Подлил себе из бутылки.

Полистал еще море, пляжи, купальники — но сегодня это все иначе как-то виделось. Щемило сегодня. Сердце дергалось на шампуре и подтекало.

Потом у счастья-безделья срок вышел. Нина писала — семнадцатого октября, за день до отъезда:

«Я подумала, что в Москве мне этого всего будет дико не хватать. Тебя, например».

«Ну так это отпуск! Отпуск — это маленькая жизнь!»

«Хочу такую же, но большую».

А большая жизнь оказалась другой. В Москве виделись опять мельком, назначенные встречи срывались: служба одолевала, учеба нудила. Когда встречались — за кадром, — не могли уже склеиться, как раньше. Что-то маячило у них за спинами, какая-то тень. В декабре после субботы Петя кричал:

«Что случилось? Почему ты уехала? Что это вообще было?»

«Почему ты ведешь себя со своими друзьями, как с говном?»

«Потому что он достал меня ныть, вот почему! Что это за друг вообще?»

«Он ничего тебе не говорил такого! Ты же знаешь, что с ним!»

«Ой, давай еще ты мне будешь теперь мозги ебать! Потому что больше некому этого делать, да?!»

«А вот этого я не знаю!»

Новый год праздновали вместе — снимали с друзьями дом в Подмосковье. Была пьянка — Илья проверил фото, — а лица у всех были не пьяные: искаженные, судорожные. На столе рассыпано угощение. И вот, видно, прямо из этих праздников все и съехало в черноту. Остаток января был пустой, стертый. Но в нем творилось что-то дурное: любовь разлагалась. Петя пропал или Нина...

Налаживаться стало только десятого февраля. Он ей слал:

«Ты приедешь ко мне? Тут дико тухло! На стенку лезу! Нииииин!»

«Ты же знаешь, что я ничего тебе не привезу».

«Мне и не надо ничего, я твердо встал на путь исправления! Можешь даже без апельсинов и цветов! Только ты!»

«Это же ведомственная клиника. Меня и не пустят к тебе».

«Я тут подмаслил уже сестричек, все организуем. Я соскучился! Это правда!»

«Потом доктор твоему отцу настучит наверняка, что я приезжала».

«Да пошли они оба на хер! Мне не пять лет, чтобы он мне диктовал!»

«Ну ладно. Какие там часы посещения?»

Он еще ездила к нему — в больницу — в феврале. В марте его выписали, она встречала. От чего лечили, в письмах не значилось. Но Нина выходила — и его, и себя. До апреля, казалось, все наладилось. А в начале апреля опять развернуло их течение.

«Можешь орать на меня сколько хочешь, Петь».

«Потому что нечего диктовать мне! Ясно тебе?! Это моя жизнь!»

«Эта работа тебя доконает. Нас она уже доконала. Нам кранты, Петь».

«Ересь несешь всякую!»

«Ты не чувствуешь, а я чувствую. Она тебя разрушает».

«Давай еще про купол свой разгони! Про магнитный!»

«Пока».

Командировки и внедрения участились; Нина раньше готова была это понимать, но тут стала истончаться. Двадцать шестого числа злилась:

«То есть ты опять пропадешь? Даже говорить не сможешь?»

«Я буду писать. Там люди будут вокруг. Я же объяснял, что это такое! Все время будут. Писать смогу. Может, позвоню, если получится».

Девятого мая две тысячи шестнадцатого, после коротких разговоров ни о чем, Нина шептала ему:

«Ты знаешь, я думаю вот — может быть, ты и всегда такой был? Просто раньше со мной притворялся? Пока меня любил?»

«Отвали от меня!» — орал он в ответ.

«А может, и вправду старался. Пока любил. А потом перестал. И пошло-поехало».

«Иди на хер, ясно тебе?»

«С людьми нельзя, как с говном, Петь. Люди — они живые. Тебе кто-нибудь говорил об этом раньше? Мама, папа?»

«На хер пошла!!!»

Потом тишина стояла — неделю. Нина уходила, может. Пока Хазин, брошенный, не открывал, наверное, что не умеет уже совсем без нее.

«Нин, спишь? Спишь? Поговори со мной. Пожалуйста. Мне надо».

«А мне в универ надо».

«Прости меня. Я не знаю, почему я все это делаю. Я соскучился».

«Ну пусть тебя кто-нибудь утешит. Есть же, кому. Альбина какая-нибудь».

«Ты в мой телефон влезла? Класс!»

«В твой телефон влезла Альбина. Оповещения хотя бы выключил бы».

«Нин. Это с работы, секретарша начальника. Это правда».

«Главное, чтобы начальник не возражал. А мне по барабану уже. Спокойной ночи».

«Нин!!! Включи телефон!!!»

Кто такая эта Альбина? Илья отстал от Нины, в поиск вбил Альбинино имя, потом попробовал «Аля» — и вышел на нее. Была, да, история: со смуглой брюнеткой-синие глаза. И она тоже слала Пете себя в кружеве, и вишневые губы зовущие, и прикрытую двумя пальцами полную грудь.

Где у Нины были углы, Альбина была скругленная; где у Нины всего в меру — там у Али через край. В васильковой форме она, синеглазая, загорелая, была — искушение. Пуговицы не сходились, верхние приходилось отпускать.

Она, конечно, со своими плавными линиями, со своими избытками, с тенями и контрастами, томила. Илье трудней задышалось от нее; но печатала Аля всегда одинаковое, печатала похабное: «Хочу ласкать тебя губами», «Жду тебя в себе», «Горю». И печатала с ошибками. Альбина была шикарной, и она была дурой.

Альбина жила в Пете в мае, и жила в апреле, и захватывала его всего через пару дней после того, как Петю выписали из больницы. Нина выхаживала, Альбина сманивала. Но она раньше еще начиналась, она накладывалась на какие-то Петины отлучки, командировки, заседания; объясняла их по-своему. Но и она всех исчезновений не могла оправдать: может, еще кто-то был.

И Нина подозревала его. Только тут начала? Или раньше уже, в одну из этих его пропаж? Когда на море говорила с ним об изменах — про себя говорила или про него?

Илья теперь не смотрел на нее, а слушал. Переставала Нина быть двухмерной, становилась выпуклой, оживала. Не вмещалась в телефон целиком.

Ему захотелось встрять в их с Петей ссору. Какая Альбина, мразь ты?! У тебя вот: лучшая девушка твоей жизни, а ты чужих секретарш гнешь! Что тебе неймется, чего еще можно хотеть вообще?

И Петя, видно, услышал. Два дня бился о стекло, рвался к Нине.

«Я тебя очень прошу. Ты нужна мне, правда. Давай встретимся, поговорим».

«О чем?»

«Я хочу с тобой жить. Я хочу, чтобы ты ко мне переехала».

«Как будто ты тут что-то решаешь».

«Я все решаю! Я хочу быть с тобой!»

«Смешно».

«Ты моя, и ты никуда от меня не денешься, поняла меня, сучка?! Ни к кому не уйдешь! Я любого твоего следующего ебаря найду и в говне утоплю! Усвоила?! Никуда! Никогда!!!»

Тут он плевал Альбине в лицо, орал и ей тоже, что между ними кончено, а Альбина смеялась белыми ведьмиными зубами и обещала ему, что он обратно к ней приползет от своей селедки.

Трясло их с Ниной, швыряло: попали в турбулентность. Из сообщений было не понять, что еще, кроме неверности, раздирало Петю и Нину. Но было что-то — мощное, неодолимое.

Илья вышел в видео — посмотреть, что от этого времени у Хазина в архиве осталось. И нашел. То самое, где он с Ниной бесцветное порно смотрел на диване. Когда она требовала у Хазина признать ее его сучкой. Отчаянно требовала.

К третьему июня Петя сломил ее и себя переломил.

«Я умчал, в холодильнике есть все, что нужно. Ключ забрал с собой, тебя запер, так что прости — придется тебе меня дождаться!»

«Вот ведь свел Господь с милиционером...»

«Да, и в шкафчике есть зубная щетка в упаковке. Для тебя. Чтобы ты могла остаться».

«Мило! А какой у меня срок?»

«Пожизненное!»

Мир наступил, старые времена. Она отправляла ему опять себя чуть прикрытую — из его сутенерской квартиры с шестом для стриптиза. Съехались все-таки.

«Как тебе такое? Agent Provocateur. Тематическое для тебя!» — и эмодзи, которыми она почти уже не пользовалась: тряпочки купальника.

«Не присылай мне такое, ФСБ палит!»

Хватило на месяц: потом опять нашла одержимость, опять перестал появляться, хотя Нина у него жила.

«Петь, ты бы мог набрать хотя бы. Написать, что у тебя все ок».

«У меня все ок! Работа!»

«А когда ждать? Примерно?»

«Сегодня вряд ли. Посмотри киношку. Ну или с подружками. Сорри!»

Три недели спустя, в конце прелого московского июля, в духоту, когда тело вечно липкое, а трупы на вторые сутки уже воняют, Нина набирала ему медленно:

«Ты знаешь, мне кажется, ты меня портишь. Ты и твоя эта вечная история. От тебя прямо порча идет. Вот ты до кого дотрагиваешься — тот от тебя эту гангрену подхватывает. Я, Гоша, Никитос. Ты нас всех используешь и выбрасываешь. Ты делаешь людей вокруг себя несчастными. Слышишь, Петь? Несчастными».

«Да мне насрать, ясно? — огрызался Петя. — Можешь сваливать».

Илья копался в Петином исподнем, влезал без перчаток в его брюшную полость, вылавливал в этом времени и в другом — снова Альбину, Юлю какую-то, Магду — даже толком не спрятанных, тощих блондинок с детскими ручками и стеклянными глазами, остриженных под мальчика брюнеток с черными дырами под фигурными бровями, всех сиюминутных, всех одномоментных, женщин-оберток-обманок, пустоту в упаковке.

Можешь сваливать, разрешал ей Хазин.

И на следующий день, двадцать второго июля, Нина его слушалась. Не могла больше выдержать его. Она не видела карусели накокаиненных Хазиным девочек, не слышала их визгливых голосов; но гамма-волны видеть ни к чему, их мясом чувствуешь.

«В общем, я уехала. Из тебя сыплется твой порошок. И телефон всю ночь жужжал. Скажи этим своим, что ли, чтобы хоть ночью не звонили. Палево же. Пока. За вещами потом заеду».

«А ты хотя бы коробочку открыла?»

Коробочка с чем внутри? С украшениями-кандалами? Нина не открывала, чтобы не надевать.

«И что ты без меня?! Уебывай в свой Минск! Давай! Живи в вашем гребаном совке! Сиди у родителей на шее! Пускай тебя ваши задроченные программисты шевелят! Золушка, блядь!»

Но его только на полтора дня хватало: потом проказа разъедала изнутри, прорывалась наружу; а у других, кроме Нины, наверное, лекарства от нее не было. Двадцать третьего в два ночи Хазин уже молотил ей кулаками в дверь.

«Нин! Открой! Я знаю, ты внутри и все слышишь! Прости меня. Пожалуйста. Я все признаю, ничего не собираюсь врать. Ты не представляешь, какой у меня сейчас пиздец по всем фронтам. Если ты от меня уйдешь, я просто вскроюсь. Я только за тебя и держусь. Ты мне нужна. Ты мой спасательный круг, понимаешь?! Открой!!»

«Иди в жопу, Петь. Уходи, а то ментов вызову».

«Я и есть менты, ясно?! Они мне ничего не сделают! Открывай!!»

И все-таки лето сводило их вместе опять — где магнит не магнитил, там ночная испарина склеивала; они отталкивались друг от друга, но все равно их обратно что-то тащило. Пятнадцатого августа Петя ей признавался:

«Я в тебе просто пропал!»

«Я уже это поняла, Петь».

«Ты нереальная!»

«Я как раз очень реальная, Петь. И я хочу знать, что нам дальше делать».

«Нам ничего не делать. Все идет как идет».

Потом лето кончилось. Жили еще вместе, им спрессованные; как-то все же сошлись шип в паз, и проказа Петина, кажется, отступила. Илья промотал-прочитал череду одинаковых — «Когда будешь», «Что готовить», «Куда пойдем». Как будто она с ним смирилась. Ничего не было странного в их переписке до двадцать третьего сентября.

«Нам надо поговорить. Подойди, пожалуйста. Это важно. Петя, перезвони».

«Я на операции, наберу, как смогу».

Наверное, набрал — и поговорили голосом, потому что букв от этого разговора не осталось. Буквы слишком одинаковые, самого важного им не доверить.

Двумя неделями ниже Илья нашел ту самую фотку в парусном пальто из примерочной.

«Тебе нравится пальто? Не слишком весеннее?»

«Нормально».

«Дико хочется зиму проскочить, и чтобы уже весна. В общем, я его купила!»

Она тут была умиротворенная. Как будто отключили ток, которым ее то щипали, то стегали. Но ненадолго. Потом опять стали подкручивать регулятор напряжения, и к двадцать первому октября — Илье до освобождения меньше месяца оставалось — их уже обоих корежило.

«И как ты собираешься им об этом сказать? А главное, когда?»

«Нин, не прессуй меня только, ты же в курсе, что там все сложно! Дай мне время! Нужно правильный момент выбрать! С отцом вообще полный кабздец!»

«Я-то бы дала тебе время, но сам понимаешь...»

«Короче! Если ты будешь давить, делу это не поможет!»

О чем говорить? Решили пожениться? Неужели ты с Хазиным жизнь свяжешь, Нин? Ты же видишь, он змеюка. Видишь, как извивается. Как шипит. Тебе нельзя с ним! Слышишь, Нин? Не слышала.

«Как тебе такое платье? Оно вроде не очень палевное. Хорошо, что сейчас тренд на робы», — слала она ему свою фотку через неделю.

«Платье ок».

«Ничего не видно?» — и какой-то эмодзи, картиночка с девушкой; теперь уже совсем у Нины редкая и в их письмах вовсе последняя.

«Слушай, гости отменяются. Я не могу с ним общаться!» — через двадцать минут писал ей Петя.

«Ну, может, тогда мы твою маму сами пригласим?»

«Давай не на этой неделе».

С «ним» — с отцом? Отец хазинский, что ли, был против их брака? Если мать можно было пригласить, а с отцом даже разговаривать нельзя. И что вообще происходило между ними? Уже неслось все к концу, но про Нинину болезнь все еще ничего не было. Почему Нину положили? Куда?

Илья вернулся вверх, перечел сообщения, настроченные Петей из больницы. «На стенку лезу!». «Я ничего тебе не привезу», — отвечала Нина. Ничего — чего? Порошка. «Мне и не надо ничего, я твердо встал на путь исправления!»

Где там еще было? Было липким душным июлем про это. Когда Нина билась в сети: «Ты и твоя эта вечная история. От тебя прямо порча идет».

Клиника ведомственная была в январе. Хазина клали туда, может, лечиться. От зависимости. Отец? По принуждению. Теперь с Ниной, может, это?

Сполз вниз по цепи.

И увидел, как порча одолевает обоих. А силы уже все растрачены, не на что бороться. Что там ни слепляло бы их вместе — теперь рассохлось окончательно. Маятник, на котором Хазин верхом сидел, унес его в темную темень. А вернулся — пустой.

В прошлую пятницу, за неделю до встречи с Ильей, Хазин от Нины такое получил:

«Отличная ночь, судя по твоему Инстаграму, Петь. Пять баллов».

«Я сорвался, ясно? У меня на службе ад! Ну прости! Ты где?!»

«Я больше так не могу. Я все решила. Прости».

«Не вздумай ничего с собой делать!»

«А это тебя уже не касается».

«Не смей!!! Подойди к телефону!»

Чем угрожает ему? Самоубийством?! Илья крутанул ленту вниз. Могла она попытаться себя убить?.. После этого — в больнице? Что с Ниной, ма?! Как спросить потихоньку? Да и знает ли мать? Кто ей скажет правду?

И главное — если с первого раза не вышло, станет во второй пробовать?

Переписка еще шла, пульсировала. Илья спрыгнул на шестнадцатое ноября. Среда.

«Удачи тебе, Петь. Только смотри, ниже генерал-лейтенанта дочек не трахай, папа не одобрит».

«Ты сука! Это все из-за тебя! Все это с ним — из-за тебя!»

«Это у тебя все из-за него. Пока, Петь. Твоя жизнь. Ебись, как хочешь».

Тут она жива; здорова? Хазин ничего у нее ни о больнице, ни о здоровье не спрашивает. Значит, во вторник еще было без происшествий. А когда стряслось?

Семнадцатого ноября, в четверг, Нина переступала через себя, писала первой — после двух дней тишины. Говорила негромко, незло, невесело. Очень отчетливо выговаривала.

«Знаешь, с прошлым очень трудно расставаться, оказывается. Все эти дни вместе — они ведь никуда не исчезают. Они остаются с тобой навсегда. Не получается их совсем забыть. Наверное, все дело в этом. Жалко себя, какой ты была. Жалко нас, какими мы были. Не хочется, чтобы это все стало совсем прошлым. Хочется это еще немного растянуть. Хочется поверить в человека. А тоже не получается. Ничего у меня как следует не получается».

Хазин молчал. Слышал: сообщение доставлено и прочтено. Не спорил, не жалел, не соглашался. Отвернулся просто и позволял грусти Нину дожрать.

Она больше в этот день не писала.

Писала на следующий. В последний день Сучьей жизни Нина писала ему утром. Тем самым утром, которым Илья подкатывал на стучащих железных колесах к тупиковой Москве, которым прибывал на дымчатый Ярославский вокзал, которым цветной электричкой мчал к мертвой маме обниматься. Этим утром писала Нина Пете:

«Когда тебе было страшно в последний раз? По-настоящему страшно?»

«Бывало пару раз. У тебя все ок?»

«У меня все просто супер».

«Тогда на связи», — прощался навсегда Петя.

Дальше рвалось. И потом только в субботу на ночь Илья пробовал подобрать оборванное, брошенное. «У меня все в порядке. Как ты?»

Нина была никак.

«На связи», — говорил Петя. И вешал на всеобщее обозрение свое фото с другой. Демонстрировал камере, как хозяйски лапает эту другую, кичился ее вульгарностью, хвастался тем, как дешево взял. Нет, он не стереть ее забыл, он ее в лицо Нине тыкал. Бесил ее; может, мстил за что-то — в переписку не вошедшее? Может, просто мучил ее, потому что родился мучителем.

Вот было самое последнее его слово в их переписке. На! Жри!

Илья перечитывал их месседжи: почему Нина терпела его? Что их сводило вместе, если не магнит? Что его берегло, как не ее воображаемое силовое поле?

Казалось, Сука своим порошком-порохом был изнутри весь выжжен. В пустого Суку демоны влезали, натягивали его, как петрушку, на крючковатые пальцы и заставляли в своем балагане плясать разные уродства.

Когда был искрен? Когда врал? Где он был настоящий — когда таскал за волосы Нину или когда на коленях за ней ползал?

Порча была в нем, Нина права. Гниль. Необъяснимая.

И тут наконец дошло. Он вскарабкался выше по Нининым буквам.

«Ничего не видно?» — подпись к платью-робе. Картинка-эмодзи: девушка. В первый раз читал — проскочил-проглядел, торопился. А сейчас задержался, увеличил. Открыл каталог этих эмодзи, полистал. Разглядел.

Мультяшная девушка держалась за круглый живот.

Стало складываться мозаикой из случайных осколков: «Как тебе такое платье? Оно вроде не очень палевное... Нам надо поговорить. Подойди, пожалуйста. Это важно... Я как раз очень реальная, Петь. И я хочу знать, что нам делать... И как ты собираешься им об этом сказать? А главное, когда?.. Я-то бы дала тебе время, но сам понимаешь...»

И пальто парусное, велико: «Дико хочется зиму проскочить, и чтобы уже весна...» Весна. Весной что?

Пальто впору станет. А потом ребенок появится.

И вот это все она решила перечеркнуть, понял Илья.

Это не самоубийство. Не лечение зависимости.

В больнице она — потому что легла под наркоз выскабливать из себя их с Петей будущее. Потому что насовсем разверила в него. И он все знал.

«Когда тебе было страшно в последний раз? По-настоящему страшно?»

Не могла решиться. Хотела, чтобы он ее отговорил. Ждала отклика от него, правильных слов. А он? Не мог их из себя выдавить.

«У тебя все ок?»

«У меня все просто супер».

В пятницу еще писала. Может, и в субботу утром ждала еще. Только Илья отклика не знал. А в субботу вечером уже стало не о чем писать. И отвечать смысл пропал.

Крест-накрест.

9.

Ты сам виноват, сказал Хазину Илья.

Ты сам, тварь. Ты, а не я.

Если бы я не приехал в пятницу в Москву, если бы не было магнитной бури и моя мать не умерла бы: что?! Смог бы ты ее отговорить? Стал бы?!

Нет, ты ее подталкивал к этому. Читал ее сообщения, а отвечал ей постами в сетях. Знал, что она застряла, что циклится на тебе, что вечно проверяет твою другую жизнь по всем этим инстаграмам: ищет там опровержения, а находит улики. А тебе улик не жалко. Потому что ты трусишь, мразь, ей открыто сказать: давай, делай аборт, мне душно от этого твоего недоноска, я снова свободно задышать хочу. Так?

Так.

Зачем успокаивать ее тогда? Зачем обещать рассказать все родителям? Врал, чтоб не расстраивать? Ты себя щадил, а не ее. Боялся слез? Молчания? Боялся, что она тебя по имени назовет: дерьмом. Проще ведь все так обустроить, чтобы она сама все додумала и сама за себя все решила. Зачем, мол, Нин, ты ребеночка загубила? Зря! Я-то ведь не это имел в виду. Я-то просто дрянь, я просто блядь, да ты это про меня и раньше знала, но убийца — нет, это не я, я приговоров не подписывал, я тебе даже говорил: не сметь! Это ты, истеричка, навыдумывала себе всякого, ну и вот результат, себя и вини.

Дал бы я тебе, Хазин, еще времени: ничего бы ты с этим временем не сделал!

Илья вдавил палец в пустую строку на самом дне Петиной с Ниной жизни. Хотелось что-то ей написать людское, не это вот «У меня все в порядке», хотелось Нине написать про нее, а не вечное хазинское про себя. Палец медленно тыкался в буквы, но все промахивался мимо смысла. Приходилось стирать.

Не знал, что правильно сказать ей.

Так лучше, Нин. Так тебе же лучше будет, ты это потом поймешь.

Уже плохо от подонка залететь, понести от порченого, навсегда привязаться к нему ребенком. Без общего ребенка — просто неудачный роман, прожили и проветрили, хоть никогда и не вспоминай. А ребенок тебя с ним скует, спутает. Сбежишь ты от него даже — а вот он: навсегда с тобой, в твоем от него ребенке. В крови, в глазах, в повадках. Каждый день. Тенью ходит неотвязно.

А от мертвого забеременеть — как?

Такое бремя в сто раз тяжелей. Так в ребенке не выдохшаяся злость на отца будет бултыхаться, а тоска. У тоски срок хранения долгий. Будешь, наверное, до самого конца представлять себе: а если б жив был? А если б ребенок с родным отцом рос? И опять — видеть в нем напоминание о давным-давно похороненном. Как с привидением жить. Ни тебе покоя, ни ему.

Лучше, что так получилось. Что я не успел, и что он не успел.

Это свобода, Нин. Она на вкус как слезный рассол. Ее надо выпить сейчас горячей из горла трехлитровой банки, она тебя опростает, выполощет, кровь всю вымоет из тебя. Но крови ты потом себе новой наваришь — свежей, беспамятной. Зато в твоих полостях не останется ничего от этого человека. И ты сможешь наполнить их другой любовью. Этот тебя все равно не любил.

Не хотел он этого твоего ребенка.

Вот что надо было бы Нине писать.

Положил телефон на стол.

Про ребенка Илья точно все знал. По себе. Сколько раз думал: вот мать на него смотрит — об отце вспоминает? Неважно, роман там у нее был или просто случайность. Так, может, забыла бы. На нее Илья не сильно походил, значит — на него. Чем бы отец ни обидел ее, какой однократный ни был бы, не могла же она его забыть, если ежедневно следила за тем, как Илья превращается из куколки — в него?

И что? Хорошо это, Нин?

Илье — ничего хорошего. И матери одиночество.

Перед глазами встала почему-то двуспальная каталка из мертвецкой. Простыня одна на двоих спящих. Голые ступни рядом. То, как мать к этому чужому мужчине была лицом обращена.

Она никогда на одиночество не жаловалась. Илье не жаловалась то есть.

И с ним Илья ее разъединил. Не мог там видеть. А теперь не мог из головы выкинуть.

Почему она больше не заводила ни с кем? Отца не могла забыть? Или Илья мешался?

Илья миллион раз хотел своего отца себе представить. Первую тысячу раз у матери помощи просил, потом отстал.

Ребенок от пропавшего отца — это инвалидность, Нин. А от убитого — урна с пеплом на кухонном столе.

Никогда бы он не женился на тебе. Что там — отец ему, мол, не позволял? Это отговорки все. Ты же сама знаешь: он в людях людей-то не видит. Семь лет мне за что приговор? За спор, на спор. Хрусь — и дальше едем. И с тобой такое же. И со всеми.

Давай, хочешь, проверим, что там на самом деле было?

Когда ты ждала, пока он расскажет родителям, что ты от него беременна. Или что вы там собирались объявлять, женитьбу? Давай тебе с ним очную ставку устроим?

Нашел конец октября в переписке Пети с матерью: когда Нина робу примеряла. Когда казалось, что все главное наконец случится — прямо на этой же неделе.

«Мам. Я хотел заскочить к вам на выходных с Ниной. Вы будете?»

«Здравствуй! Мы будем, да. Погоди, я с отцом переговорю».

И потом — через полчаса — опять она:

«Погоди, не звони. Ему сейчас нехорошо. Сразу начал кричать. Давай попозже, когда успокою его».

«Можешь не стараться».

Нет. Тут уже поздно было вчитываться. Надо глубже копать, выше отматывать. Когда Хазин в первый раз хотел познакомить свою девушку с родителями? Проверил: в июне прошлого года, пятнадцатого. А Петина мать тогда была уже обучена сообщениям?

Была.

«Я не очень понял, почему он всю дорогу с такой кислой миной сидел. Я к вам ангела вообще-то привел».

«Петенька, ну ты же знаешь».

«Она что, не понравилась вам?!»

«Симпатичная девочка. Но это не имеет никакого значения».

«А что имеет тогда? Что меня теперь нельзя будет Борис Павловичу показывать?»

«Ты ведь понимаешь, что ты ему машешь красной тряпкой перед глазами?»

«Мать! Я полюбил девушку. Сам полюбил! В чем проблема?!»

«Проблема в Ксении, Петя».

«Я никому ничем не обязан, мать. Личная жизнь — она личная! Так и передай ему!»

Вот еще теперь — Ксения. Голова кругом на этой карусели. Как Хазин сам не закружится?

Илья поискал ее в записной книжке, нашел несколько разных Ксений. Но почти все они мелькали эпизодами, на ночь однажды проявлялись, днем пропадали навсегда. Только с одной была история.

Долгая, двухлетняя — а может, и еще более давняя, но корнями обрубленная по новокупленному шестому айфону. В телефонных фотоальбомах от Ксении ничего не сохранилось: наверное, Петя вымарал. А переписку удалять не стал.

Хазин с ней встречался. Встречался, кутил, обещал, искушал. А она — слала ему свои фото из белого кабрио, с тропических крыш, из зеркальных бутиков, из-под пальм с белоснежными высотками. Ксения. Чья ты такая?

Она холеная была, но не красавица. Русоволосая, сероглазая. Лицо полновато и простовато, хотя и подправлено, кажется, мастером. А выкривлено всегда так, как у золушек и у шмар не бывает, как бы они ни старались. Все эти крыши-машины, острова-пальмы — она не туристкой смотрелась на их фоне, а местной. Помещичья спесь в ней была, врожденная: простушки такой всегда завидуют и всегда пытаются ее ощутить или изобразить хотя бы. Но выходит другое — неуверенное, истеричное, вульгарное.

А по Ксении сразу было понятно — никого ей не нужно соблазнять, никого уговаривать. Все, за чем летят в Москву обделенные при рождении мотылята, все, к чему липнут, — ей дали, когда она и попросить-то еще не успела. И в месседжах, хоть она и нежничала в них с Хазиным, за каждым вопросиком и за каждым ответом просвечивала, как через белое кружево, хозяйская требовательность.

Не красавица — да, но никто ей об этом, видимо, не говорил. Не решался, что ли, или любовь глаза застила. И Петя не решился.

Петя с ней гарцевал, джигитовку показывал. Вот была бы ему чудесная пара-партия! Но — Илья из будущего в прошлое проскроллил их натужную любовь, а потом обратно — не срасталось.

Хазин до нее все время недотягивал, на цыпочки вставал, а дотянуться не мог. Она, наверное, просила от него такой жизни, какой он сам не жил; ее и раздражало, что он мелковат, и умиляло. Сначала был ей вроде йоркшира, потом стала кормить, чтобы он в ротвейлера вырос, а он только жирел и наглел от этого. Тогда она стала его пороть.

Пытались и жить вместе, как с Ниной; только это Хазин к Ксении переезжал. Вот там, у нее — были хоромы. Не пенопластовая лепнина, а сталинская, из костной муки. Не шест для шалав, а масло в золотых рамах.

Но Петя в этой квартире был как на улице подобранный, даром что генеральский сын. Ксения ему выговаривала за крошки на столе, за следы в унитазе: была приучена, значит, к порядку. Петя выдержал такой жизни два месяца, а потом цапнул хозяйку за руку и сбежал.

И еще вся их тропинка была пересыпана белым. Ксения думала, это она Хазина приручает, а приваживал — он ее. До Пети она, может, и пробовала, но это он ей больной восторг в прикорм ввел. Порошком он ее и подкупал, и откупался от нее. Все, чего ему не хватало своего, — «первым» восполнял. Вдыхал и раздувался, как рыба-еж, чтобы казаться больше, чем есть: чтобы Ксения не подумала, что его можно сразу проглотить.

А совсем он бросил ее — Илья сверил даты, — когда Ксению, скрученную, родители увезли на лечение в альпийские луга, в кокаиновый лепрозорий. Было это, когда Хазин слал Нине свое пробное: «Вчера в "Тройке" познакомились... Было весело».

Из Альп была последняя фотография — Ксения со свой маман: закаленной обветренной бабищей с короткими проволочными волосами. Заграничная радужная одежда на ней лопалась. Губы были выгнуты книзу.

Петя рвал с Ксенией одной равнодушной эсэмэской. На ее визг не отвечал ничего. Больше они не встречались.

Илья сложил два и два.

Припомнил Бориса Павловича из вчерашнего застолья в честь генеральских звезд — того черноусого лысеющего толстяка, который хазинскую династию благословлял и именинником командовал.

Вернулся в архив, послушал перезвон фужеров. Дождался до очереди Бориса Павловича говорить. И, пока тот желал старшему Хазину, чтобы Отечество его своевременно повышало, смотрел на женщину рядом — рыхлую, краснолицую, остриженную, как учительница. Мать Ксении. А Борис Павлович, значит, ее отец. Сидели все почти семьей. Вот и династия.

Записал в Петин блокнот, когда праздновали: за полгода до того, как Хазин бросил Ксению. Свел все вместе. Понял, отчего новоиспеченный генерал-майор перед Борисом Павловичем лебезил. Собирались породниться со старшим по званию. А насколько старшим?

Подумал, как узнать Ксениного отца.

В Яндексе поискал: «Борис Павлович, генерал, МВД» — и выловил по второй уже ссылке Коржавина Б.П., целого заместителя министра, подлинного генерала без всяких приставок и суффиксов.

Так ты, Петя, встречался с замминистерской дочкой, обнадежил отца; а потом посадил ее на наркоту и бросил. Променял на какую-то иногороднюю, безродную. И привел ее к папе знакомиться: вот эту — люблю. Не Иуда?

А Хазин Юрий Андреевич кем тогда работает?

Илья и его вбил в поиск. На министерском сайте его не обнаружилось. Стал шерстить в новостях, и полугодичной давности отыскал на каком-то милицейском вестнике: вышел в отставку по собственному желанию.

С должности заместителя начальника кадрового департамента МВД — на приусадебно-дачный участок. В пустоту.

Отчего такой мечтательный человек сам в отставку пойдет? Только же вот, когда отмечали генеральские звезды, никуда не собирался, других вперед себя в космос отправлял. Со здоровьем, может, беда?

Глаза заболели от хазинской жизни.

Илья отставил мобильный, разжег под кастрюлей огонь.

Положил на одну чашу весов Нину, на другую — Ксению. Ясно стало, как можно от дочери замминистра отказаться, со всей ее даже лепниной и ускоренной дорогой до звезд. Гордец ты, Хазин.

Снаружи было уже темно; день кончился, не успев начаться.

Похлебал преднощного супа под телевизионный аккомпанемент. Вальяжный человек в синем дорогом костюме, но с жабьей харей объяснял, что Украина стоит на грани распада и что американские спонсоры, раздраженные вороватостью властей, вот-вот от нее отвернутся. Потом поговорили о том, как российские войска бомбят каких-то террористов в Сирии, а мирным людям раздают свежеиспеченный хлеб. Потом порадовался, что в Америке победил Трамп, посетовал, что его враги никак не могут смириться с поражением, все гнобят его, грош цена их демократии.

Илья смотрел на него, лоснящегося, головастого, глядел ему в рот, но слова вылетали у того из масляных губ пузырями и лопались, касаясь экрана изнутри, хотя целились зрителю в его неприкрытую душу. У Ильи душа была занята: он ей перелопачивал хазинские любови.

Потом уже и не слышал, и не видел работающий телик.

Что там Петин отец в ответ ему на Нину?

«А ты передай ему, что я не его собственность! — уже не сдерживался Хазин. — И не подчиненный! Я вашей Ксении предложения не делал! А что она там себе в голову вбила, это ее дело!»

«Петя, ты знаешь, я-то всегда на твоей стороне. Но он и слышать ничего не хочет».

«Да что он может-то?! Уволит меня?!»

«Не говори глупостей. Но он сказал, чтобы ты больше эту девочку к нам в дом не приводил».

«Отлично! Приехали!»

Несколько дней после этого эфир пустовал. Мама срывалась первой — спрашивала, как дела; Петя отвечал не сразу, нехотя и небрежно. Зато еще неделю спустя писал сам.

«Мать! Ты в курсе вообще, что он мне тут заявляет?»

«Что ты имеешь в виду? Кого? — тут же отзывалась мама».

«Сама знаешь кого! Твоего Юрия Андреевича! Отказывается помогать мне! Мне тут с человеком позарез нужно познакомиться, чтобы он представил, а он весь говном изошел!»

«Петя. Как ты так можешь про него?!»

«Он вредительствует! Назло мне делает! Воспитнуть меня решил, да?! Поздновато спохватился!»

«Может быть, он просто не знает этого человека?»

«Все он знает! У меня сейчас без этого контакта все остановится! Ему надо всего один звонок сделать!»

«Хорошо, я поговорю с ним. Как у тебя дела? Как твоя девочка?»

«Не дождетесь!»

Остальным летом, пока на сцене Нина ждала Петиного отпуска, закулисье существовало своим путем.

«Ты это со своей белорусской девочкой вчера приезжал? Видела у тебя ее в машине из окна», — любопытствовала мать.

«Нет! С совсем другой девочкой. А что, он тоже подглядывал из-за шторок?»

«Какой ты ветреный, Петя».

«Ни хрена себе! Теперь ветреный! Вы скоординируйтесь с ним хотя бы! Потому что он мне все уши проел, сколько хороших девок, и какой он был ходок, и какой я дурак, что залип на одной посредственной бабенке. К тому же не местной. Типа он сам москвич».

«Ну не ходок, конечно, но в него все наше общежитие было влюблено».

«Почему я вообще про это должен слушать?!»

«Ты бы поднялся с ней к нам. В машине человека тоже держать не очень прилично».

«Ага, чтобы он ее тоже сожрал?! Не, спасибо!»

К прошлой осени, когда Нина уже срывалась, когда Петя обещал ей Белек, мать строчила ему:

«Ну почему ты отказываешься с ним хотя бы поговорить об этом? Ты же знаешь, как у нас испортились отношения с Коржавиными. Почему мы просто не можем позвать их в гости?»

«Зовите! Только без меня!»

«Ксюша в Москве. Спрашивала про тебя».

«Что это за детсад! Не надо нас сводить обратно!»

«Но извиниться же надо, Петя? Как-то по-человечески надо с ней. Наладить отношения».

«Да он просто свою пешку из меня делает, как всегда!»

«Ты же знаешь, что неправильно с ней поступил».

«Мама! Если хочешь подружиться с Коржавиными, подложи им кого-нибудь другого! А я улетаю со своей девушкой отдыхать! Точка!»

«С какой?»

«С вашей любимой!»

«Ты разве с ней опять?»

С отдыха Хазин слал матери фотографии шаров в Каппадокии. И одну — себя с Ниной. Та, на которой оба смеялись.

Мать сообщение видела, но ничего не отвечала.

Тогда — через час — Петя писал вдогонку:

«Можешь ему показать. Пусть подавится», — и ржал до слез смайлами.

После возвращения из Турции, наверное, заезжал в гости к родителям — после которых мать делилась:

«Не хотела тебе говорить, пока ты был у нас. Ты какой-то нервный был, как будто и не отдыхал совсем».

«Я отлично отдыхал! Нервный совсем из-за другого!»

«Из-за чего?» — удивлялась мать.

«Из-за кого! Что он от меня нос воротит, как от говна?»

«Петя!»

Дальше дни становились короче, еще меркло, еще сгущалось, гнело хлеще. Важное что-то оставалось в невидимых Илье разговорах, подклевывать за которыми можно было только там, где засохшими буквами было накрошено.

«Прекращайте капать мне на мозг, ясно?!»

«Мы просто хотим, чтобы тебе было хорошо. Ты превратно все понимаешь».

«Мне уже хорошо! Мне каждый раз после наших с вами посиделок херово!»

«Я ничего такого тебе не говорила, Петя».

«Зато он все сказал! Вот это все — что она просто мечтает зацепиться в Москве любой ценой, что ей все равно, за кого выскочить, что я мудак, что втюрился! Про родителей ее! Инженеры, и что! Думаешь, все такие прям мечтают с вами породниться?!»

«Я ненавижу, когда ты ругаешься матом».

«А я вот ненавижу, когда меня пытаются зомбировать!»

«Я даже не уверена, что это значит».

«А когда он спрашивает меня, уверен ли я, что она мне не изменяет? Когда предлагает ее биллинг поднять, чтобы проверить? Это как?! Думаешь, мне самому ее телефон проверить не проще?!»

«Петя, я тут ни при чем».

«Он ничего этим не добьется, ясно?!»

«Успокойся, пожалуйста. Можно, я наберу тебе?»

«Нет! Я на совещании!»

К декабрю, перед лихим Новым годом, от светового дня оставался совсем огрызок. Нагнаивалось, нарывало.

«Почему ты сразу говоришь “нет”? Мы можем тебя устроить анонимно, у папы есть знакомые специалисты. Можно на Ипатовку лечь, можно в частную клинику».

«Нет — значит, “нет”! Все со мной нормально!»

«Это она так на тебя влияет, Петя? Скажи правду, она?»

«Это вы так на меня влияете!»

Год назад без малого. Ближе к поверхности — темнее. Приближались зимние каникулы, которые Пете кончились больницей.

«Ты ведь на Новый год заскочишь к нам? Хотя бы проездом. Мама».

«Да. Что захватить?»

И в новогоднюю ночь — в два часа — рвался гнойник.

«Это что было?! Это что за речь такая сейчас была?! Это, бля, новогоднее поздравление такое сейчас было?!»

«Прости его. Он же нетрезв был, ты сам видел».

«Нетрезв! Мне на Новый год рассказывать, чтобы я обязательно предохранялся и презервативы только лично покупал, потому что такие, как Нина, могут потихоньку их портить? Что она только и мечтает, чтобы от меня залететь и вас перед фактом поставить?! На Новый год! За столом! Под шампанское! Это нормально?!»

«Это ненормально, конечно. Давай поговорим?»

«На Рождество еще меня позовите! А то я до конца не дослушал!»

И потом — когда у Пети мелькали его праздники с кривыми рожами, — мать пыталась дозвониться, выспрашивала, почему не отвечает, а он отпихивался от нее короткими зуботычинами.

Вытянутая отцовская рожа маячила перед Ильей, дряблые щеки колыхались. Династия. Вот и тень за Петей. По капле мышьяк пипеткой ему в уши, каждый семейный обед. Сука-сын и Сука-папаша.

За вторым слоем Петиной любви шел третий, все замешанные из разного теста, все разным промазаны. Первый пах свежим девичьим потом, второй перегаром, третий затхлым: стариковским дыханием. Внизу кровь ржавчиной пахла, но до нее еще надо было ножом добраться.

А вот, сказал себе Илья, осенью Нина призналась Хазину, что беременна. Тот и не удивился. Ведь он к этому давно уже готов был: отец подготовил. Хочешь — верь, хочешь — на хер шли, а слова сказаны, повторены, сидят гарпуном в мозгу между складочек — и ты все, загарпуненный. Представь-ка себе, что твоя мать тебе такое — про твою девушку. Илья представил. Почему-то тоже про Нину.

Заорать хотелось.

Как такому ребенку честно радоваться? Как перестать Нину подозревать? Виновна она или нет, а мышьяк уже везде — и в крови, и в сперме, и в волосах. Отравление. Отравление.

На исходе каникул Илья нашел что-то странное: «Не мощу дозвонись до отцам кажется попы попал жестско срочно набер». Ночное, тревожное, спутанное.

После этого на неделю с лишним все глохло. А возвращалось — уже когда его упекли в больницу — на круги своя.

«Вы не можете меня тут держать, ясно?!»

Так...

Тут телефон у Ильи в руках дернулся. И Илья дернулся: забыл уже, что эта штука может не только из Петиного прошлого звонить, но из его, Ильи, скорого будущего.

Пришло сообщение — в Signal. От «Игоря К. Работа» шифрограмма.

«Хазин сег. выписал на скл. сколько надо завтра готов передать тебе как обычно». Илья перечитал раз, еще раз. Вспомнил, кто этот Игорь, — сослуживец по наркотикам.

Как обычно? Что взял? Где передать? На работе? Это срочно вообще?!

Ногами зацепился в омуте за Петины корни, не мог наверх за воздухом всплыть. Сейчас. Ответить что-то надо живому человеку: Хазин-то подождет.

Что говорить?

Тем, кто связан, врать надо одно и то же, вот что точно. Этот же Игорь ему про какого-то ДС рассказывал; не Денис

Сергеевич? Тоже с работы. Ему про внедрение тогда нельзя. Илья подумал, подобрал осторожно: «Завтра не смогу, отравился, лежу дома».

Звякнуло в ответ злое: «Делай что хочешь не колебет я на руках с этим не буду». Не успел Илья с ответом — сейчас же телефон ожил: надпись «Игорь К. Работа» на весь экран — барабанная россыпь — кастаньеты — в нарочито расслабленном латиноамериканском ритме, проигрыш — и тягучий испанский баритон. Звонок.

Решился, сбросил. Сразу оправдался: «Я не один тут».

Тут — это где? У подруги? У родителей? Игорь-то знает, чей Хазин сын?

Подождал. Зубами ободрал кожицу с нижней губы. Что-то серьезное было. Не выходило просто спрятаться от Игоря: ясно было, как тот боится, как напряженно вибрирует, вчитывается, ищет фальшь, хочет голос Хазина послушать, чтобы по ноткам предателя вычислить. Или труса.

«Могу прислать человека забрать», — наконец собрался с духом Илья.

«Что еще за человек?» — нервно, через секунду отозвался Игорь К. Держал мобильный в руках, открытым на переписке, смотрел, как Илья буквы рисует.

«Курьер. Должник мой», — наспех объяснил Илья.

«Я с курьером не встр. Кутузовский, 35 у 5 подъезда помойка в 1200 пакет пятерочка за баками. Сотри».

«Принято», — как Хазин всегда Игорю рапортовал, отрапортовал за него Илья.

И Игорь откуда вылез, туда и провалился.

Илья сидел еще, пульсировал, слушал в ушах барабанное эхо, читал телеграфные обрывки того, что Игорь Хазину до того слал, склеивал их в смысл. Завтра, значит, ехать — закладку забирать.

Будут следить? Может быть — подстава? Почему Игорь на взводе был? Кем он Хазину вообще по службе приходится? Из сообщений ничего было не разобрать.

Но в двенадцать придется быть на Кутузовском. Достаточно уже было Пете голос потерять, чтобы Игорь запсиховал. Будет еще сбой — может забить тревогу. Нервное дело.

Ничего. Надо Хазину быть в двенадцать там — Илья будет. Пятый подъезд. Помойка. Там разберется.

* * *

Вскипятил чая: три пакетика на чашку и три ложки сахара, походил по клетке, подышал холодом в окне. Проверил, как на Рочдельской дела. Петя не шелохнулся.

В голове продолжала играть мелодия звонка. Что это там у него звонило, что за музыка? Та-та-та-та-та-та-та, та-та.... Томное такое. Зашел в настройки, ткнул в звуки, потом в звонки. Рингтоны. Выставлен был верхний, под названием «Narcos Soundtrack». От фильма саунд? От сериала, который они с Ниной смотрели, вспомнил.

Захотелось под чай послушать целиком, а не телефонный обрывок. Нашел в Ютубе. Открылось первым: «Narcos Theme Song Rodrigo Amarante Tuyo Lyrics».

Плэй: кастаньеты, погремушки, гитара. Какой-то тропический город: зеленые холмы, зеленый океан, белое небо, белые многоэтажки, пляжи серпом. Баритон. Снизу на городе черная лента, на ленте буквы: «Soy el fuego que arde tu piel», и дальше еще что-то. Слова песни.

Взял ручку. Записал на бумажке. О чем у Пети телефон поет? Попросил у поисковика перевести на русский. По щучьему веленью получил: «Я огонь, что твою кожу жжет». И дальше — полный текст песни.

Soy el fuego que arde tu piel
Soy el agua que mata tu sed
El castillo, la torre yo soy
La espada que guarda el caudal
Tú, el aire que respiro yo
Y la luz de la luna en el mar
La garganta que ansío mojar
Que temo ahogar de amor
Y cuáles deseos me vas a dar, oh
Dices tu, mi tesoro basta con mirarlo
Y tuyo será, y tuyo será

Тут же, внизу шел любительский перевод всей песни. Прочел:

Я огонь, что твою кожу жжет,
Я вода, что напоит тебя,
Я и крепость, и башня твоя,
Я и меч, стерегущий твой клад,
Ты тот воздух, которым дышу,
И на море дорожка Луны,
И глоток, чтобы горло смочить.
Как боюсь утонуть я в любви,
И что ты заставишь меня пожелать
Говоришь, посмотри лишь, вот все, что есть
у меня
И станет твоим, все станет твоим.

Петя.

Ты-то знал, о чем у тебя телефон поет? Нина тебе эту мелодию на звонок поставила или ты сам? Наркос, бляха...

* * *

Погоди, ладно, еще не кончили.

Вернулся туда, откуда Игорь его выдернул.

Что же там с тобой случилось, в прошлом январе? После чего ты к отцу скрестись стал, заскулил? После чего тебя в больнице закрыли?

«Не имеете права! — бился в смирительной рубашке Хазин. — Скажи ему, пускай позвонит! Какого хера происходит!»

«Петя. Он мне запретил тебе звонить. Я тебе письмо написала в электронную почту. Ты, пожалуйста, прочитай. Не спеша».

Почта. В почту Илья еще не заглядывал — оповещений о письмах пока не поступало, а самому как-то в голову не пришло.

Стандартный почтовый ящик — белый конвертик в синем квадрате — был набит одними квитанциями: за музыку, за игры. Илья перебрал иконки: может, еще есть? Нашел Гмейл, гугловскую почту.

Тут ворох был всего, чего он еще не видел. Еще одно отделение архива Петиной жизни. Письма неизвестно от кого, от женщин, из инстанций, мусор скомканный, газеты по подписке. И распечатанные конверты — от матери: svetlanahazina1960@mail.ru.

Тут и свежие совсем были, и старые.

Илья по дате разыскал то самое, отправленное матерью Пете в больницу. Не стер, сохранил.

«Петенька, здравствуй.

Решила написать тебе письмо, потому что короткими эсэмэсками тут ничего не скажешь, а говорить в палате тебе в присутствии других, наверное, неудобно.

Я понимаю, что тебе сейчас нелегко. Ты злишься на отца, что он тебя, как маленького, запер в этой больнице. Но после того, что случилось, его можно понять. Он говорит, то, что с тобой вышло, очень для него нехорошо. Люди, которые тебя задержали в таком состоянии, не из папиного ведомства, как ты теперь уже понимаешь. А совсем из другого, ты сам знаешь какого. И то, что ты прикрывался во время задержания его именем, очень ему может повредить. А тебе это уже повредило еще больше. Я понимаю, что ты был не совсем в себе. А мы не увидели твоих сообщений — но ведь была глубокая ночь. Не подумай, что отец считает, будто ты получил по заслугам. Он на самом деле корит себя за то, что не смог помочь тебе вовремя. Конечно, он мне этого не говорит, но я и сама это прекрасно вижу и чувствую.

Я очень надеюсь, что лечение тебе поможет и что ты сможешь завязать с этой отравой. Я попрошу отца, чтобы он подыскал тебе какое-то другое место вместо того, где ты работаешь сейчас. У него же много знакомых. Все равно после такого скандала обратно тебя вряд ли смогут взять.

Ты знаешь, что я с самого начала была против того, чтобы ты шел на эту службу. Я прекрасно помню, как ты после академии собирался в адвокатуру. Мы тогда с отцом много спорили, но ты же знаешь, как с ним спорить. Мне тогда казалось, что ты станешь прекрасным адвокатом. Там ведь не только надо уметь людей защищать, но и договариваться со всеми, и находить компромиссы, и лазейки. Убеждать надо уметь. Хитрить немножко. Заводить знакомства. Это все твои сильные стороны. И ты мог бы их использовать во благо людям. И платили бы там прилично.

А он втемяшил себе в голову про службу. Я просила, чтобы хотя бы не наркотики. Это его дядя Паша подбил, Кольцов. Давай, говорит, к нам твоего парня, я пригляжу, а сам потом перевелся в Питер.

Петя!

Ты, конечно, можешь считать, что это мои материнские заскоки, или, как ты любишь говорить, ересь, но я убеждена, что у каждого человека в этой жизни есть предназначение. И ты на этой работе не на своем месте. Я ведь помню, как вначале ты ее не любил. Как тебе дисциплина их не нравилась, порядки, твердолобость, бюрократия. Отец все время хотел, чтобы ты был, как он, а ты ведь совсем другой человек.

Я как-то упустила тот момент, когда ты стал от своей службы получать удовольствие. И я очень себя за это корю. Потому что теперь понимаю, что ты ее полюбил за какие-то такие вещи, которые тебя очень изменили. Но я все-таки думаю, что сейчас не поздно все обратно поменять. И этот случай, этот скандал — отличный повод это сделать.

Ты все время мне жалуешься на отца. А что я могу сделать? Я разве что сама могу тебе на него пожаловаться. Только он знает, как все правильно делать. Он все за всех решает. Лучше всех разбирается в людях. Он всех привык судить. Всем знает цену. И никогда не признает свои ошибки. Это такой человек. Я с ним живу всю жизнь.

И он очень часто оказывается прав, Петя. Хотя его трудно слушать, я понимаю, потому что сам он никогда никого не слушает. А самое главное, он привык всегда побеждать во всех спорах. Ты же знаешь, как он говорит: «Вода камень точит». Если гнуть свое достаточно долго, люди сдаются. И потом убеждаются сами, что он был прав с самого начала, и еще благодарят его за это.

Вот так вот ты и на службу пошел.

Я очень постараюсь, чтобы он согласился, что это для тебя неподходящее дело, Петя. И ты мне, пожалуйста, тут помоги. Не отпирайся, признай его правоту по другим вопросам. И не проси у него извинений — ты же знаешь, он совсем не умеет извиняться. Вот в этом вы очень похожи.

Я очень тебя люблю и очень хочу тебе помочь.

Твоя мама».

На это письмо у Пети был почти немедленный ответ:

«Мать, я никуда с этой работы не собираюсь, и ничего у него выпрашивать не надо. Я тут отлично на своем месте, это просто разовый случай, ситуация действительно идиотская, но я все разрулю сам. Что я там хотел или не хотел, когда в академии учился, давно травой поросло. Я взрослый человек и давай сам решу, что мне делать. А вода пускай точит какой-нибудь другой камень, так и передай. Если вы опять на ту тему, что мне надо пойти на поклон к Коржавину и покаяться, то спасибо, не надо. Можно уже успокоиться как-то и уважать выбор своего сына. И хватит меня тут держать, думаете, я свалить отсюда не смогу, если мне приспичит? Пока!»

Стало вырисовываться четче, пасмурней то, что с Петей случилось. Илья не успевал судить его еще, хотелось узнать, что потом стало. Стал рыться в чужих письмах дальше — они полней сообщений были, исповедальней.

Сообщения в прошлое вверх уходили, а письма, напротив, вниз. Илья по ним стал подниматься из глубины к нынешнему поближе. И там же, в больнице, нашел еще один мейл, отправленный как будто матерью, а написанный другим человеком.

«Петр,

К телефону ты не подходишь, значит, ссышь. Не подходишь, потому что знаешь, как крупно ты меня подставил. Ладно, приходится тебе с материнского адреса писать, хоть так, может, прочтешь. Вместо того, чтобы просить прощения, засунуть язык себе в жопу и делать, как я тебе сказал, чтобы мы все окончательно не утонули в дерьме, ты еще пытаешься брыкаться! Да только вот ситуация такая, что, кроме меня, тебе не на кого надеяться, сынок. Как обычно! И любые твои попытки изображать из себя взрослого и крутого только все усугубят. Только я начал думать, что ты наконец подрос и взялся за ум, как ты доказываешь мне, что все ровно наоборот. И как доказываешь! На самом деле ты остаешься все тем же вечным сосунком и маменькиным сынком, которого надо за ручку вести по жизни и по служебной лестнице. Ты сам себе-то правду скажи — ты ничего бы без меня не смог добиться. Только выпендриваться ты горазд, а случилась ситуация — сразу за папкину спину прячешься. И даже не думаешь, что для меня это может быть еще более опасно, чем для тебя. Ведешь себя как слабак. Да почему «как»? Слабак и есть. Ты и эта твоя наркота вечная, ты сам себе не хозяин. И к тому же подкаблучник — как только тебе свистнет твоя лимитчица, сразу к ней бежишь, поджав хвост. Уверен, что это она тебя к наркотикам и толкает. И не только слабак, а еще и мудила. Так глупо подставиться, как ты подставился, даже если ты и был обдолбанный, надо уметь. Ты профессионал или ты кто? Ты знаешь, папка ведь не будет всегда рядом, чтобы тебя из дерьма за уши вытаскивать. Может, мать и права, что ты не рожден для этой работы? Короче, так. Теперь они копают под меня, угрожают, что на тебя заведут дело, требуют, чтобы я ушел. Кого-то блатного наметили на мое место. Выход тут один, и ты можешь даже не кобениться. Кроме Бориса Павловича, никто тебе не поможет. У него связи такие, что может тебя отбить. Но из-за твоего кобелизма, а особенно из-за того, во что ты втянул Ксению, а потом еще бросил ее, он к нам ко всем сам знаешь как. Если я сейчас к нему по твоему поводу приду, он меня просто с порога на хер пошлет и будет прав. Так что делай что хочешь, а с Ксенией чтобы отношения были восстановлены. И свою минскую проститутку мне под нос больше не суй, если не хочешь, чтобы ее вообще депортировали к херам. А до тех пор сиди тихо в больнице и не высовывайся, пока все не утрясется, если не хочешь отсюда переехать прямиком в Лефортово. Ясно тебе?»

Хазин на этот отцовский укол ничего не отвечал, и попало ли ему иглой в мякоть или в кость, было неизвестно.

Зато некоторое время спустя он на адрес ninini.lev@gmail.com писал сам, научившись, кажется, у матери:

«Нин, привет!

Решил тебе написать прямо настоящее письмо, а то с этими смс толком ничего не объяснишь. Времени у меня тут сколько угодно, так что можно и обдумать все не спеша. Ты права по поводу моего калыма, и по поводу всей истории со стаффом тоже права. Я умом понимаю, что стафф это зло, но очень трудно реально выскочить из колеи. Я даже рад, что так все получилось, потому что иначе я не знаю, куда бы все это привело. Я соглашусь, что со мной в последнее время что-то творилось, я хотя и спорил с тобой, но на самом деле сам это чувствовал. Вот другой раз не хочешь сказать что-то человеку, а прямо взрываешься, никак не получается сдержаться. Не хватает терпения тупость терпеть, и ты права еще — не хочется слушать, когда люди со мной спорят, просто сил нет. Наверное, это все стафф, да, потому что сейчас мне тут гораздо ровнее. Первые две недели было тяжко, но сейчас кровь почистили, и как-то отпустило. Я сюда, конечно, попал из-за той ситуации с фэсэрами, меня отец замуровал. И я хочу отдельно сейчас извиниться, что я тебя в тот вечер послал, хотя ты меня пыталась не пустить туда. Но кто же знал, что это будет подстава? В общем, я сюда попал из-за того, что я дебил. С другой стороны, тут я думаю, что со всей левой историей надо завязывать. Просто ты пойми, что быстро из дела не выйти, нужно время, все обязательства выполнить и потихонечку съехать с темы. Но, главное, решение принято, и это не благодаря отцу, а благодаря тебе. Ты мой талисман. Я даже если ору на тебя, сам все равно понимаю, что ты права, а я нет, поэтому и злой такой. Короче, я вел себя как мудак, и хочу за это извиниться. Я тут все время о тебе думаю, Нин. Ты меня вытаскиваешь оттуда, я бы без тебя давно уже не знаю, что со мной случилось бы. Я тебе в последний раз наговорил всякого, и ты, наверное, правильно делаешь, что не разговариваешь со мной. Но если я и хочу ради кого-то исправить все, то это только ради тебя, чтобы к тебе вернуться, когда я отсюда выпишусь. Если ты там меня не ждешь, то мне незачем бросать все это дело. И пускай там оно ведет меня туда, куда ведет. Подойди к телефону, я тебя прошу, или хотя бы в Вотсаппе ответь, я же вижу, когда ты заходишь, и знаю, что ты читаешь, что я пишу. Пожалуйста, Нин!»

Это — Илья сверился — отправлялось еще до тех сообщений, где Петя просил Нину примчаться к нему хотя бы и безо всего. После этого письма Нина сомневалась еще несколько дней, но потом Хазин домучивал ее своими молитвами через Вотсапп, и она, умоленная, сдавалась.

Остаток Петиного больничного срока ему писали ни о чем — наверное, все важное произносили человеческим голосом, чтобы буквами не наследить.

А следующее важное письмо приходило от матери уже в середине апреля, после выписки: когда никому Петину жизнь переломить так и не удавалось — ни матери, ни Нине.

Каким образом ему получилось вернуть себе должность, оставалось спрятано: Илья-то знал, что с Коржавиными он себя так и не связал, отцу не уступил, но и матери не уступил тоже. Однако мать ему это, конечно, спустила и к Пасхе уже готова была за все прошлое простить.

«Петенька, сегодня Пасха, светлый праздник у всех православных людей. Христос Воскресе! Я с утра была в церкви, поставила свечки за здравие всех наших. Отдельно помолилась за тебя, чтобы у тебя все было хорошо.

Пасха — день воскрешения. Я так понимаю это: даже когда тело совсем разрушено, сильный дух может его излечить. Тело — земное, оно просто биология и химия, а человек, все-таки, это гораздо больше. Когда дух болеет, то и тело гниет. А когда человек свой дух очищает, то и тело чуть ли не воскресает. Это еще и праздник главного чуда в Евангелии, возвращения на Землю в телесном виде Иисуса, которого неправедно казнили римляне.

Молилась о том, чтобы тебе хватало сил держаться, дух чистым держать и не поддаваться искушениям. Любого человека в жизни всегда искушают, соблазняют, даже самого простого. А ты оказался в такой профессии, где искусы на каждом шагу. Я не хотела для тебя этой службы, ты об этом знаешь. Но теперь делать нечего, я вас с отцом переспорить не могу и никогда не могла.

Ты думаешь, что я витаю в облаках, ты мне это говорил. Что я идеализирую отца и не понимаю, что он на самом деле тоже далеко не святой. Помню, ты сказал, что святой дальше лейтенанта в милиции не поднимется. Петенька, я это, конечно, все очень хорошо знаю. Но когда у тебя будут твои дети, ты сам поймешь, что им нельзя всю правду сразу говорить про то, как устроен мир. Если им сразу сказать, что да, все крадут, все стяжательствуют, все прелюбодействуют, то они подумают, что это и есть норма. И тогда они даже не будут чувствовать себя виноватыми, когда будут грешить, и от этого будут грешить еще отчаяннее и бессовестней. Чтобы уберечь их, приходится приукрашивать, принаряжать для них мир, пока они маленькие. А твои дети для тебя маленькие всегда, даже когда им уже и двадцать пять, и тридцать лет. Ты это тоже однажды поймешь — когда будешь воспитывать своих собственных.

И отец тоже до сих пор видит в тебе мальчишку, особенно когда ты себя ведешь вот так безответственно. И думает, что тебя можно наказанием заставить исправиться. Знал бы ты, сколько раз я отговаривала его пороть тебя ремнем в школе, когда ты грубил учителям и сбегал с занятий! Вот и сейчас он говорит: ты мне не давала, а надо было его пороть каждый раз, другим человеком бы вырос.

Но я не думаю, что одним наказанием можно что-то решить. Наказание только ожесточает человека, он своей вины не признает и продолжает считать себя правым, а учится из этого случая только хитрить, да еще и затаивает злобу на того, кто его наказал, даже если и по справедливости. Чтобы человек по-настоящему раскаялся, он должен почувствовать точно то же и так же, как тот, кому он навредил. Но это сложно и долго, это и называется воспитанием. А ремнем по заднице отхлестать или накричать — это быстро и дает облегчение тому, кого обидели.

Не знаю, для чего тебе это пишу.

Просто рассчитываю на то, что ты уже не ребенок, а взрослый человек. И даже если тебе скучно читать такое длинное письмо, я надеюсь, что ты его дочитал досюда. Ты и дальше будешь взрослеть, а мы с отцом — впадать в детство. Настает твоя очередь обо всем этом помнить. Мы тебя не наказывали, и ты нас не наказывай.

Сегодня хорошая погода в Москве, на душе после праздничной службы стало светло, вот и решила поделиться. Жалко, что я не могу больше никак тебе помочь. Могу только свечки ставить и надеяться, что как-то оно там сработает. Ты ведь крещеный, Богу представлен, можешь и ты сегодня зайти в церковь, зажечь свечу и мысленно попросить, чтобы тебя особенно тяжело не испытывали. Люблю тебя,

Твоя мама».

Еще там было всякого — Илья пролистывал, потому что на всю Петину жизнь в подробностях у него времени было в дефиците.

Но остро ясно делалось, что к душному июлю не только Петина с Ниной связь на летней жаре разлагалась, но и его с отцом отношения уже изгнили дочерна.

Какое-то совсем жестокое с ними створилось между апрелем и сентябрем, чего Илья пока не мог нащупать. Но Хазин с отцом не только уже не мог говорить, а даже и мать не смела между ними посредничать в открытую.

В конце сентября, после Нининого признания, не сразу, мать писала Пете, все обдумав, осторожно и тщательно:

«Петя, специально вышла из дома, чтобы позвонить тебе, как будто за продуктами, а дозвониться до тебя не могу. У тебя там, наверное, на работе аврал, а поговорить очень нужно. То, что ты мне рассказал о вас с Ниной, про то, в каком она положении, мне не дает покоя. Я знаю, что мы с отцом раньше отговаривали тебя от того, чтобы встречаться с ней, а уж насчет того, чтобы ты женился на этой девушке, отец и слышать ничего не хочет. Не знаю, за что он ее так невзлюбил — мы и видели-то ее всего пару раз, но ты знаешь, какой он упрямец. Я тоже, каюсь, в ней сомневалась — не потому что она мне не понравилась, а потому что я отлично могу представить себе, что в голове у иногородней молодой девушки, которая толком нигде не работает и учится на факультете невест. У них все поставлено на карту, им нельзя просчитаться, и как ты свою карьеру выстраиваешь, вот так вот они — свою личную жизнь. Я не говорю, что твоя Нина — обязательно такая же, бывают и исключения.

Мы, конечно, именно этого и боялись с твоим отцом, что она забеременеет и у тебя не будет больше возможности выбирать. Все-таки ребенок — очень серьезное женское оружие против сомневающегося мужчины. Он все меняет в отношениях и в жизни, это ты должен знать.

Я не представляю, как рассказывать об этом отцу, потому что это окончательно докажет ему, что он был прав насчет твоей девушки. Свое добро на ваш брак, я уверена, он не даст. Из-за того, чем обернулась история с Коржавиными, чем это кончилось для отца и тебя, это будет для него просто невозможно.

Но это, конечно, не значит, что ты должен его слушать. Делай, как тебе кажется правильным. Это слишком серьезный вопрос, чтобы поступать по чьим-то советам. Но главное, помни, что ребенок даже в утробе уже живой человек, у него есть настоящая душа, это твой будущий сын или твоя будущая дочь. Твой, а не только ее. И еще: перед Богом аборт это самое настоящее убийство.

Не стирай, пожалуйста, это письмо.

Мама».

Больше от матери писем Илья найти не мог.

Тогда, подумав, решил искать по адресу ninini.lev@gmail.com — и нашел еще одно, второе и последнее, написанное в последний ноябрьский четверг, за день до Петиной с Ильей встречи, Хазиным выплеснутое, но неотправленное:

«Нин, я не знаю, как об этом с тобой в глаза разговаривать, ты столько плачешь в последнее время, чуть что, а я от твоих слез паникую и бешусь, и забываю, что хотел сказать.

Решил написать тебе еще одно письмо, в прошлый раз это ведь типа помогло. В общем, да, я не скачу от радости, когда ты со мной заговариваешь про ребенка, потому что мне страшно об этом думать, о том, как изменится моя и твоя жизнь, о том, что конец моей свободе, что ты, наверное, совсем изменишься, потому что ты и так уже изменилась, и я тоже уже не смогу быть как раньше и жить как раньше. Страшно так, как будто душат прямо, вот как. Как будто теперь уже все за меня решили, даже не ты, а вообще непонятно кто, и мне теперь никуда из этой истории не деваться. Типа что мое будущее все уже известно наперед, все расписано. Еще я думаю, что я буду как отец полное говно, еще хуже, чем мой собственный, мой-то хотя бы чего-то хотел от меня, а я вообще думаю только о себе, какие мне дети. Вот как я все это могу тебе вслух сказать? Это же нереально. Я прочитал все эти сообщения в Вотсаппе, которые ты мне шлешь. Про то, что страшно сделать ошибку, и что нельзя вернуться назад. Я понимаю, что ты сейчас на грани.

Я себя вел, как говно. Но не потому что я тебя не люблю, я тебя так люблю, настолько, насколько вообще могу и умею. Просто мне дико страшно, Нин. А тебе нет?

Но вообще-то, я это письмо начал писать, чтобы отговорить тебя от того, что ты решила делать. Потому что я подумал: ну, люди когда-нибудь залетают в первый раз, и им всем страшно. Они только прикидываются счастливыми друг для друга, а сами без понятия, что им дальше делать.

Но потом ведь как-то они справляются. Ходят счастливые со своими детьми, улыбаются им, сюсюкают. Значит, изменяются, но становятся счастливее. Это сумбур полный, что я тебе пишу, но тут главное вот что — пускай они нас изменят, дети, и пускай изменят нас к лучшему, потому что сейчас я точно не ахти.

Я наделал много всякого, и ты меня вытерпела, и я уже ничего такого не смогу начудить, чего раньше не творил. Родители против, ты это сама прекрасно знаешь, ну и насрать на них с высокой колокольни, денег мне их не надо, а с остальным сами разберемся.

В общем, Нин ».

Тут осекалось, недоконченное. В четверг Хазин начал писать, а в пятницу, может, хотел додумать и отправить. Но отправить в пятницу ему Илья не дал — да и было уже, в любом случае, не ко времени.

Отложил телефон.

В голове гудело. За окном уже было беспросветно, чай не имел вкуса.

Стал себе в оправдание вспоминать пятничную ночь на «Трехгорке», фотографии с захваченной по-борцовски прошмандовкой в дорогом ресторане на сияющей набережной, приход с ней, балансирующей на шпильках, к клубу «Хулиган», ее визги о том, что не хочет быть на вторых ролях, — и вялое обещание Хазина ее на первую роль перевести. Вспомнил для справедливости и то, что Петя дал ей уйти, не стал умолять и останавливать.

Наложил осторожно на письмо из четверга.

Внутри башки бубнил неразличимо и скучно синий прокурор, Илья его краем уха слышал, но слушать было и не нужно, так все понятно. Ожесточенная сучья пьянка, его злые напоказ снимки с блядьми, его страх в пятницу побыть хоть сколько-нибудь одному, и его готовность со случайной женщиной расстаться, его к Нине трусливое молчание и его признание, почти полностью составленное и все-таки не высланное... Заключение было обвинительным.

Выходило, что на Илью не одну жизнь вешали, а две. Две души.

Одну виновную и еще одну левую: невинную.

10.

Больше не было сил читать Хазина, и ни на что их не было уже. Выпил теплой водки, сделал телевизор погромче и уснул на стуле. Во сне мать — с виду Петина, а по сути Илюшина — водила его экскурсией по моргу. Обещала что-то показать, а потом, как бывает, поменялись ролями, и это уже Илья ей хотел какого-то мертвеца отыскать под тысячей парных простыней, где обок дремали счастливые супруги. Искал и боялся найти — наверное, Петю, хотя чего его матери Пети бояться?

Кончилось тем, что под одной из простыней обнаружили самого Илью с зажмуренными глазами, и пришлось Илье-экскурсоводу просыпаться в поту, в страхе, что проваливается в бездну.

В телевизоре бравурно балаболили о тренировках Росгвардии, как она хорошо экипирована и как умеет бороться с терроризмом: по полигону кувыркались люди без лиц.

Перешел вслепую к себе в комнату, завел будильник на семь и заснул черным.

* * *

Открыл глаза сам за пять минут до звонка. Помнил, что кто-то его из сна досрочно освободил делать важные дела, а какие — не помнил.

Посмотрел на телефон — там от матери сообщение.

«Нина лежит в 81-й больнице. По телефону ничего не говорят. Только лично».

Встал под душ. Когда мать успела с Ниной смириться? Вот только в сентябре же еще еле признавала ее, сквозь зубы. А теперь уже номер ее есть? И разговаривают между собой. Не дочитал еще до этого, значит. Черпал Илья из хазинского мобильного грязной рукой, черпал — но там бездонно было.

«Что ты хочешь знать, ма, — спросил ее Илья. — Что подозреваешь? Грех на душу брать боишься? Боишься, что уже взяла. Взяла, мам.

Ты и отец.

Он же всегда должен быть прав. И последнее слово в любом споре должно за ним оставаться, так ведь? Хотел пересилить сына, хотел сломать его, заставить бросить девчонку? Боялся, что она залетит, что этим принудит вас к миру?

Ну вот: он победил. Передай ему, поздравь.

Мира не будет. Что теперь-то не так?»

Не хотелось выходить из горячих вод. Не хотелось за Хазина снова родиться.

Надо было и за себя пожить немного: сегодня срок вставать на учет в местном ОВД. Закон три рабочих дня дает после освобождения. Если дорогу из Соликамска отнять, как раз третий.

И тут екнуло: ведь еще на Кутузовский надо ехать! Там Игорь закладку делает! Забирать что-то. В двенадцать, в помойке, пятый подъезд.

Нет, нельзя тут в позе эмбриона.

Там, снаружи, понедельник раскрывается. Хазину пора собираться на службу. Он тоже, наверное, в семь поднимался, чтобы к девяти быть на месте. Где он жил? Далеко ему было ехать? И куда? Кого он в коридорах по пути в кабинет должен был встретить? С кем в кабинете сидел?

Каждый, с кем он должен был соприкоснуться сегодня, мог ему позвонить. Спросить: ну ты где?

Я где? На «Трехгорке».

Завинтил душ, ободрал кожу полотенцем, зачифирил майский чай, позавтракал сахаром. И тут: телефон. Кастаньеты, гитары, испанский: *«Soy el fuego que arde tu piel. Soy el agua que mata tu sed...»*

Посмотрел: МАМА.

Времени половина восьмого, мать! Что ж тебе неймется? Половина восьмого, я сплю.

Сбрасывать не стал. Дал отзвонить, думал — отступится. Но сразу за первым звонком пошел второй. Прослушал второй — раздался третий.

Тогда только написал ей: «Сплю».

«Ты не можешь со мной поговорить? — в ответ. — Я беспокоюсь!»

«По поводу?» — спросил Илья у нее осторожно.

«За тебя и за Нину. Что с ней происходит? Подойди к телефону!»

«Мать. Я сейчас не могу. Я выясню. Не кипиши». Потом спохватился, исправил на «паникуй».

«Съезди к ней, я тебя прошу, узнай, что случилось. Неужели тебе все равно?!»

«Я съезжу, съезжу!» — сдался Илья.

«Не откладывай! И найди, пожалуйста, возможность мне позвонить днем».

«Ладно!» — зачем-то пообещал ей; а сам стал искать в интернете телефон этой восемьдесят первой больницы. Нашел: в Москве, в Алтуфьеве, на улице Лобненской. Перечитал название улицы — не верилось в совпадения. А если не совпадения, то что?

В задумчивости набрал номер этой самой больницы, указанный тут же, в Яндексе. Потом спохватился: о ком спрашивать? У вас моя Нина лежит? А фамилия?

Письма свои она фамилией не подписывала, ящик безымянный: нининина, и все.

Голову себе сломал, пока понял, как ее найти. Если вместе летали в Турцию — значит, Петя билеты заказывал. Зашел в почту, там поиском просеял по словам: Турция, Белек, перелет. Нашел два билета из осени в лето, из московского слезливого октября в турецкое теплое безвременье. Хазин Петр и Левковская Нина. Левковская. Привет.

— Больница, справочная.

— Доброе утро. Хочу узнать состояние Левковской Нины, у вас с четверга.

— Отделение?

— Ну... Может быть, гинекология. Наверное.

— Есть такая. Приезжайте, в отделении узнаете. С собой паспорт.

— А по телефону нельзя?

Гудки.

Такой голос: хриплый, заранее грубый. Почему? Вот им ведь наверняка в трепете звонят, как будто это больничная справочная вершит судьбы людей. Нет же, она даже приговор огласить не имеет права. Почему тогда этот тон? Может, устали от тревоги по ту сторону провода. Восемь утра, а уже усталость. Еще со вчера и со всегда. Это такой служебный тон, чтобы случаем не подцепить от звонящих несчастье. Маска врачебная.

Угадал с гинекологией. Значит, и со всем остальным угадал. А почему же тогда она все еще там? Сколько дней держат после аборта? Может быть, что-то плохо пошло? Илья встал, походил по квартире.

Так что? Ехать?

Мать Хазина была на взводе. Илья это чувствовал: если просто дальше отшивать ее, путать, ничего ей не давать — она уже не сможет гнать от себя тревогу. Надо было помочь ей поверить Илье, подыграть ей.

Надо было узнать, что с Ниной.

Посмотрел, как доехать. Поисковик и маршрут построил, и время примерное рассчитал — час от дома до восемьдесят первой.

Удобная штука. Вот бы судьбу можно было так простраивать: в точку А вбить текущую позицию, в точку Б — к чему хотел бы прийти. И Яндекс тебе рассказывает — сначала пешком тысячу километров, потом поездами три года, потом два брака, трое детей, работать только вот тут и вот тут, по столько-то времени. Продолжительность пути — сорок пять лет, но есть альтернативный маршрут.

Илью такой спас бы. И Петю бы спас.

Все можно успеть. До больницы — час, до Кутузовского оттуда тоже не больше часу. Можно и матери потрафить, и Игоря усыпить. Ненадолго. Но надолго и не надо.

* * *

В полдевятого еще было темно. Сонные люди поджидали на модных остановках грязные автобусы. С неба то ли сыпало, то ли моросило. Ни солнца, ни луны не было.

Пошел пешком до депо — оттуда электричку до Лианозово посоветовали.

Двигал ногами, горячее по жилам разгонял, подставлял лицо мокрому ветру — и оживал. Хорошо было дома, уютно, но там склеп был. А тут, снаружи, как-то в жизнь верилось. Завидовал только людям, у которых впереди было неизвестно сколько.

Взобрался на платформу. Встал рядом с другими, посмотрел на них.

Из каких-то квартир они вышли, кого-то на прощание чмокнули, кому-то сказали, что вечером увидятся. Квартиры одинаковые, их на всю страну то ли четыре типа есть, то ли семь. Поцелуи тоже наверняка одинаковые. А как же получается, что жизнь у каждого все равно своя?

В электричке все глядели в телефоны. Разучились быть с собой одни, слишком им это пусто. Просто из Лобни в Москву катиться по рельсам — мука. Пока тело тащится, надо чем-то ум забить.

А Илье не надо было.

Просто вспомнил, куда и зачем едет. А ведь так славно забывал! Как будто просто на работу, как все. Как будто на учебу.

Вдруг понял, что сейчас окажется всего в паре сотен метров от Нины. Не от электронно светящейся Нины телефонной — а от выгоревшего живого человека. Человека, в которого заочно влюбился и которого огульно приговорил. Прости меня, Нина. Не тебя топил и не твоего ребенка. Вам просто раньше Суку отпустить нужно было, пускай бы он на дно один шел.

А тебе, Петя, что иначе нужно было делать?

Илья сунул руку в карман, обнял замерзший телефон пальцами.

Как тебя мать ни пыталась выручить, выцарапать, все зря. Стал бы Илья Суку убивать, если бы тот сделался из мента — адвокатом?

Стал бы, решил Илья. Но, может, не стал. Нет для нас с тобой, Хазин, простых ответов.

А если бы просто разминулись на «Трехгорке»? Если бы не стал фотографию хотя бы вешать и наводку мне давать? Если бы ты позволил мне протрезветь спокойно, не бередил бы меня? Если бы пожалел и меня, и Нину?

Может, не стал бы. А может, и стал.

На зоне часто представлял себе, как встретятся однажды. И иногда убивал, да. А иногда просто заставлял скулить. Но это тюремные фантазии, суходрочка о справедливости, криво улыбнулся Илья. К воле же образумился. Жалко, затмило.

Если б моя мать не умерла, тогда бы и ты, Сука, жил. Тогда бы и сатана спал себе мирно во внутреннем кармашке.

Если бы не магнитная буря.

Если бы Нинин магнитный щит не разрядился, сработал и уберег тебя. Помогло бы?

Хорошо бы было, чтобы ты у меня мою жизнь вовсе не забирал. Я бы тебе тогда твою оставил. А ты мог?

Хорошо бы никогда не знакомиться с тобой и в параллелях существовать. А мы связались, мы свои жизни и близких переплели в канат. Не встретились бы — была бы сейчас моя мать жива. А ты бы ребенка ждал. Перебоялся и ждал бы. Всем было бы лучше.

Нет. Зря этот разговор.

Слишком много было по пути стрелок, и всякий раз мы не туда съезжали. И вот рельсы привели нас с тобой туда, куда привели. Депо: начало и конец.

— Платформа Лианозово.

Вышел, сверился с телефоном, нашел остановку нужного автобуса. Стал ждать. От ожидания познабливало. Зачем он едет в эту больницу? Затем же, зачем и вчера в больницу ехал, к матери: за справкой о бесповоротности. И не морозно было, а продрог.

Автобус раскрыл теплые двери, впустил. Водитель вытянул из Ильи денег. Все тянули. Хватило бы до конца. Захлопнулся и поехал через снег против ветра — дом на колесах.

Больница была облезлые здания вразброс на снежном плацу за забором. Охрана спала, шлагбаум раззявлен. Пришлось будить, допрашивать: в каком корпусе гинекология.

Проехала поеденная ржавчиной бело-красная «Газель». В ней сидели веселые люди. Охранник махнул бежать за ней. Илья отстал. «Скорая» приткнулась к приемному покою, как щенок к сучьему соску, санитары стали выгружать черный мешок.

Вот корпус.

Рыжий парень без шапки вычерчивал на снегу ногой буквы, задирая голову вверх, к окнам родильного отделения. Буквы были такого размера, как будто парень потерпел кораблекрушение и хотел, чтобы его спасли самолеты. Илье с земли было ничего не понять. Увидел только «С» и «П». Спасибо?

Через амальгаму, как из зеркал, из окон выглядывали на мир бледные роженицы. По ним сверху плыли облака. Лики были неразличимы: одна умилялась, остальные завидовали.

Парень был нетрезв и весел. Илье захотелось его ударить за его радость.

— Левковская Нина, — сказал он регистратуре.

— За сегодня нет еще ничего, после двенадцати будет, — огорчила его тетка с жидким обеленным хвостом, но тут же и пожалела. — Хотите, в отделение поднимитесь, спросите у врача, сегодня посещение открыто в первой половине. Бахилы двадцать рублей.

Почему-то заколотилось в груди. Глупо: тут его никто не знает, никто и не узнает. Даже если он с Ниной лицом к лицу в коридоре столкнется — что? Ничего. Он ей никто.

— Хорошо.

Лифт был огромный, не для стоячих людей. Изнутри железный. Полз тяжко и надсадно. Илья уговаривал его, чтоб еще помедленней шел, но тот все-таки приехал.

Гинекология была подкрашена, на пыточную не похожа. Но прямо у лифта курили женщины с серыми лицами. Никто не решался им запретить. Посмотрели на него волком. Он ничего у них спрашивать не стал.

Вошел в бежевый коридор. Бахилы прохудились, гноили на стерильный пол уличным соком. Где-то гундел телевизор. За запертой дверью плакали. В ординаторской шумел чайник. Все негромко: жизнь тут как-то стеснялась.

Постучался в приоткрытый кабинет заведующей. Потом прочитал на двери табличку: «Врач на обходе».

Спрятался в конце коридора, у кадок с мясистыми щучьими хвостами. Прождал бесконечность. Выследил из своей засады, как вернулась хозяйка кабинета. Восточная женщина с тягучим акцентом и раскатистым «р». Линзы у нее в очках были толстенными, они очень уменьшали ее глаза.

— Насчет Левковской.

— А вы кто? — из-над очков поинтересовалась та.

— Я... Парень ее.

— Парень. Передумали?

— Что?

— Должны были в пятницу удалять плод, но хирург задержался на родах, были двойняшки с обвитием. Не успели. На выходных плановых операций не прроводим, оставили под наблюдением и на анализы. Будем сегодня делать.

— Что?

— Еще раз вам повторить?

— Вы что, еще не делали ей ничего?

Горло высохло.

— А вы что, сами не знаете? Хорош бойфрренд.

— Мы поругались.

— Это вы уж сами как-нибудь рразбирайтесь. Операция через два часа. Можете вон зайти к ней пока.

— Не уверен. Может быть. Вы ей пока не говорите, ладно?

— А надо быть уверенным. У девочки одиннадцатая неделя беременности, двенадцатая пошла. На следующей неделе ей никто в этой стрране аборт уже не сделает. Буквально в последний вагон запррыгиваете.

Она как будто вернулась к каким-то своим отчетностям, как будто ей было все равно, что там с Ниной будет дальше. Может, ей и было все равно на этом конвейере.

Илья вышел в коридор чужими ногами.

Забился в тупик, сел рядом с щучьими хвостами.

Приласкал листья. Нужно было за что-то подержаться.

Нина еще не успела. То, в чем Илья себя уже обвинил, — этого еще не произошло. Это сейчас случится, через два часа, но еще не случилось. Должно было в пятницу, должно в субботу, должно было тогда, когда Илья еще ничего не знал об этом, когда ответственность на нем уже была, но ее на нем еще не было. Опереточное совпадение. Мать заставила сюда приехать. Бред. Мистика. Не все еще решено. Не его дело. Зачем ей ребенок от мертвеца? Что матери сказать? Нельзя вмешиваться в чужую жизнь. Ты влез. Ты его убил, когда он хотел все поменять. Он не успел. Он не собирался. Он уже перепахал ее так, что жутче нельзя. Надо ехать. Нет времени оставаться. Не мое дело. Хоть что-то можно изменить еще. Она сама не хочет этого аборта. Последняя неделя. Середина августа, одиннадцать недель. Страшно. Хочется вернуть назад. Но его-то ты не вернешь. Его-то ты отобрал у нее совсем. Его нет. А ребенка? Какое ты право имеешь влезать? У тебя и не получится. Она приняла решение. Она сомневается. Она тут проторчала все выходные. Она решилась. Ты убил отца этого ребенка. Сам убил. Ей не нужен ребенок без отца. Ты можешь с нее грех снять. Нет никаких грехов, это люди изобрели. Она радовалась ему. Ей было страшно. Она его хотела сама. Она сама захотела от него избавиться. Ей просто нужно было на него опереться. Ей не на кого будет опереться. Она будет матерью-одиночкой, всегда. Она не убьет своего ребенка. Его ребенка. Я это ему должен. Я ничего ему не должен. Он был должен мне и получил расчет. Как так могло совпасть? Нет судьбы. Нет никакого Бога. Слово есть, а Бога нет. Есть что-то, что ты можешь еще исправить. Ты же жалел, что ничего не исправить. И вот. Ты не исправишь этим ничего. Для себя да, а ее загонишь. Откуда ты знаешь, чего она хочет? Она его любила. Он ее доводил. Он ее тоже любил. Он паскуда был. Она его любила таким. Возвращалась. Не могла любить. Ты ее всего лишил. А он всего лишил меня. Теперь его ребенка за это убить, что ли? Ты его самого убил уже. Ты не загладишь этим ничего. Я не собираюсь ничего этим заглаживать. Она будет несчастна. Она была несчастна. Она достойна лучшего. Ты можешь ей только солгать. Ты ничего ей не дашь. Ты ничего не можешь ей дать. Нет заднего хода. Кроме одного. Одно можно переиграть. Отбить у смерти. Это случайность. Совпадение. Это не случайность. Это один шанс на миллион. Это нельзя упускать. Ты себя не простишь. Ты мог, но не сделал. Тут нет правильного ответа. Уже сделано столько, лучше просто уйти. Надо уйти. Надо быть там, в помойке на Кутузовском. Не появишься там — раскроют. Какая разница, что с ней? Она не твоя, она его, она никогда не будет твоей. Ты не сможешь ей помешать. Она почувствует фальшь, она забьет тревогу. Ей будет только хуже. Что ты скажешь его матери, когда она спросит, как Нина? Как Нина? Как? Начинаешь опаздывать. Надо уходить. Все. Надо идти.

Решился: бежать.

Достал телефон.

Открыл ящик. Недописанное Петино письмо лежало с самого верха. Он открыл его. Пополз, спотыкаясь, по строчкам.

«Нин, я не знаю, как об этом с тобой в глаза разговаривать... ...мне страшно об этом думать, о том, как изменится моя и твоя жизнь... ...Как будто теперь уже все за меня решили... ...мое будущее все уже известно наперед, все расписано... ...Про то, что страшно сделать ошибку и что нельзя вернуться назад... А тебе нет?... ...я это письмо начал писать, чтобы отговорить тебя... ...Но потом ведь как-то они справляются. Значит, изменяются, но становятся счастливее... ...пускай они нас изменят, дети...

В общем, Нин ».

Перечитал еще раз, загипнотизированный.

Как загипнотизированный, положил большой палец на пробел за Нининым именем. Подумал: вот так Хазин на этом самом пробеле держал палец, на этом самом экране, выбирал следующее слово. Не выбрал, решил отложить.

На экране мерцала тоненькая синяя черточка: из нее родились буквы. Илья, как будто в первый раз видел это чудо, соскользнул подушкой пальца в экранный подпол, где лежал алфавит. Притронулся к букве «Т» — и она возникла из синей черточки, а сама черточка передвинулась чуть вперед, зовя Илью за собой — дальше, вперед.

Он осторожно прикоснулся к букве «Ы».

К пробелу.

«Ты потрясающая».

Точка.

«И я тебя люблю». Точка.

Посмотрел на эти странные чужие слова. Стер их.

Написал заново.

В коридоре стояла тишина. Потом сказали: «Пойди Левковской успокоительное дай перед оперрацией, я к главврачу в тот корпус отойду пока». Чавкнул железным лифт.

И Илья нажал синюю стрелочку в верхнем углу экрана: отправить.

И все — улетело.

Вот тут бросило в жар. Он вскочил, чтобы испариться, но в телефоне тренькнуло. Илью схватили за трубочки, на которых сердце висело, и дернули вниз. Заглянул в экран: сообщение.

В Телеграм. От Магомеда-дворника.

Ничего не понимая, кликнул, попал в мессенджер. Там было: «Здарова товарищ милицанер! В четверг готов будеш?»

Илья потряс головой, сбросил морок. Настучал: «Буду готов. Где и во сколько?»

Магомед не спешил отвечать, Илья не торопил его, боялся спугнуть. Прошаркал кто-то по больничному коридору тапками. Наконец получил смешливое: «Эээ брат! Откуда знаю! Пожже решим!»

Ладно, Мага. Позже, но не позже четверга: «Ок».

Все. Все. Закрыл. Сунул мобильник в карман. Выдохнул. Двинул к лифту.

И тут заиграло оттуда, из кармана: известное. Кастаньеты, барабаны, гитара. Завел придавленно испанец: «*Soy el fuego que arde tu piel...*» Илья достал его на свободу, и он запел в полный голос:

Soy el agua que mata tu sed
El castillo, la torre yo soy
La espada que guarda el caudal...

Звонила Нина.

Илью парализовало прямо на выходе из отделения; у лифтов никого не было, только дым медленный остался от посеревших женщин; коридор был раньше набит тишиной, как ватой — а теперь, от испанских слов и от гитарных рифов, эта вата намокала быстро, как будто приложенная к глубокой ране, из которой не могла все вобрать.

Tú, el aire que respiro yo
Y la luz de la luna en el mar
La garganta que ansío mojar
Que temo ahogar de amor

Он смотрел на экран, как идиот, телефон вздрагивал в такт усталому и захлебывающемуся сердцу, испанец горланил:

Y cuáles deseos me vas a dar, oh
Dices tu, mi tesoro basta con mirarlo
Y tuyo será, y tuyo será

Совсем рядом что-то щелкнуло.

И девчачий голос крикнул:

— Петя! Ты здесь? Ты где?!

Нина?! Услышала звонок!

Илья ошпарился, отскочил к лифтам, к лестнице, рванул на себя ручку, прыгнул через три ступени, еще через три, еще, вниз, вниз, вниз, со всех ног, затыкая на бегу телефон, горя-перегорая, в судороге вспоминая, на какую сторону выходят окна, куда ему из подъезда бежать, чтобы Нина его, чужого, убийцу, не увидела.

Успел сообразить: надо от подъезда сразу к торцу, в тупике с щучьими хвостами окон не было. И от торца здания уже спиной, шажком — к забору, к воротам. Мало ли кто ходит по территории. Окликни его — обернется: никакого Петра Хазина я не видел, не знаком.

Шел медленно, а мотор стучал так, будто километр с места пробежал. Телефон в куртке отжужжал раз, принялся заново. Прости, Нин, я сейчас занят. Я сейчас не могу говорить.

Я просто волю его исполнил. Дальше давай сама.

Дальше сама.

Притворился невидимкой для охраны на КПП, потом не выдержал, сиганул к далекой остановке: подъезжал новый синий автобус со слишком большими для России окнами. Илья дотянулся до отправления, заскочил. Три остановки пытался отдышаться, одуматься. Только потом стало интересно, куда едет.

Только потом достал мобильный.

Шесть звонков от Нины пропущено. И сообщения в Вотсаппе — кипой. Обреченно открыл. «Это ты был?!», «Почему ты убежал?!», «Поговори со мной!», «Пожалуйста!», «Я прочла твое письмо», «Ты боялся зайти?», «Зачем ты приехал?», «Куда ты исчез?!».

Перед глазами чернила в воде разливались, пачкали мир: зачем ты это сделал, скотина, мудло ты жалкое, мразь, зачем ты это с ней сделал, ты это для себя сделал, отчиститься чтобы, волю он исполнял, ты ей не помешаешь, ты в ней перо проворачиваешь, она только мучиться больше будет, а все равно пойдет на кресло, а ребенок на помойку.

Ехал в неверном направлении в синем аквариуме, уткнувшись в телефон, как все. Руки свело, пальцы судорогой, ждал и боялся новых от Нины сообщений. Думал опять упрятать мобильный подальше. А потом сказал себе: нет.

Набрал месседж: «Вызвали срочно». Подождал. И сказал правду.

«Не смог смотреть тебе в глаза».

Нина замолчала.

И Илья замолк.

* * *

За заляпанными окнами плыли громадные трубы ТЭЦ — серые бетонные конусы-котлы с основанием толщиной в стадион, жерла раскрашены в шашечку; над ними поднимались и упирались в потолок жирные рукодельные облака, которых никакой ветер порвать не мог. Вроде бы тепло в Москве делали из газа. Но Илье казалось, что в эти котлы что-то мясное должны были кидать, потому что из прозрачного бесплотного газа такого наваристого дыма выходить не могло.

Доехал до какого-то окраинного метро, пересел.

На часах было без четверти одиннадцать. Он успевал еще, все еще успевал на Кутузовский, успокаивал его телефон. Доехать до Кольцевой, там пересадку, по Кольцу до синей ветки, по ней до станции «Кутузовская» — и оттуда пешком. За десять минут до времени будет там: так поисковик рассчитал.

После третьей станции в кармане опять ожило.

Определился номер: Беляев Антон Константинович. Один, кажется, из тех людей, кто Хазину никогда не писал. От такого буквами не отстреляться. Илья подумал пару секунд, решил рискнуть. Поезд только съехал со станции, вагон громыхал через черноту. В туннельном грохоте голос обезличивается. Лучше сразу сфальшивить, чем на потом откладывать: отвечать придется все равно. Нажал кнопку. Постарался как Петя.

— Да, Антон Константинович.

— Хазин, тебя где черти носят?

— Я в метро.

— Слышу, что в метро! Почему не на работе?

Илья свел свои старые ответы вместе, стал выбирать. Про отравление глупо, раз в метро. Про внедрение тоже не выйдет.

— Что?

— Почему не на работе, одиннадцать часов!

— У меня девушка в больницу попала, Антон Константинович. Еду туда.

— Девушка? А почему не предупредил? Почему на метро?!

— Только узнал. Восемьдесят первая городская. Пробки же.

— Что с ней случилось?

— Не могу дозвониться, не понимаю!

— Господи, Хазин! Ну что ты за человек?! Вечно у тебя то понос, то золотуха! Ладно, занимайся своей девушкой сегодня! Но отгул спишем!

— Так точно!

Состав завыл, замедляясь, и через десять секунд вкатились в распахнувшуюся тишину. Илья вытер пот со лба, с висков. Сколько же у Хазина начальников? Был раньше только Денис Сергеевич, а теперь и этот еще требует отчета. Кто из них под кем? Кто что знает? Теперь и Денису Сергеевичу надо вместо отравления девушку в больнице подсовывать?

Поверил этот Антон Илье? Поверил, кажется. А узнал в нем Хазина? Вроде узнал. Жаль, в вагоне жить нельзя. Перевел дух.

Прости, Нина, что тобой прикрываюсь.

Послушал в памяти, как она кричит в ватном коридоре: «Петя! Ты здесь?!» Екнуло.

На следующей станции дали на секунду интернет, Илья поискал в новостях «Трехгорную мануфактуру» и тело. Понедельник все же: рабочие вернутся в этот подъезд, на лобное место. Начнут грызть дому нутро, зажгут лампы, будут звонить сапогами в люк, который у Пети Хазина над головой.

Может, уже нашли?

Оракул в туннеле зевнул, а на следующей станции Илью утешил: не ссы, арестант, твой жмур лежит спокойно, не шевелится. Бог зэка из скуки дает тебе еще немного свободы.

А что же матери говорить? Может, прямо сейчас позвонить ей, из поезда, из железного перестука и туннельного воя?

«Ну, я сгонял в больницу, мать. Да ничего с ней такого».

В девять ему говорили, операция через два часа. Это прямо сейчас, значит, делают? Поэтому Нина пропала? Или ее успокоительными пришибло?

Тут стало пора выдавливаться с потоком из тюбика-вагона, вязко течь вместе со всей людской пастой в переход и на Кольцевую.

Не успел позвонить. И на Кольцевой не успел. Оттягивал, но знал: вот сейчас там, на другой стороне радиоволн, копится тревога. Петина мать ерзает, берет в руки телефон, откладывает.

Потом подумал: а если бы его мама ехала в метро и позвонила бы — он бы ее голос узнал сквозь гул и громыхание? Конечно, узнал бы. И подделку отличил бы.

Значит, нельзя звонить.

Открыл Вотсапп, написать. А что написать?

Правду нельзя — такую правду без голоса не проговорить. А нужно было матери тоже успокоительного дать. Женщины совсем без успокоительного плохо умеют.

Надо было на «Кутузовскую». Перешел на радиальную, не отрываясь от телефона, читая переписку Пети с мамой. В вагоне аккуратно напечатал ей: «Был в больнице. Не волнуйся, мать. С Ниной все будет ОК».

Потом под стук подумалось: Нина ведь у заведующей обязательно спросит — был тут мой парень? Врачиха ей, конечно, ответит — заходил, интересовался. Сутулый такой, худой, бледный. Как, разве не курчавый, не загорелый, не холеный? Какое там — холеный! На туберкулезника больше похож или на уголовника.

И всё.

— Мудло идиотское, — вслух сказал себе Илья.

Куда влез! Зачем? В чужое. Угробишь себя. И права не имеешь! Какое ты имеешь право к ним лезть?

Мать ответила через несколько минут: «Это то, что я думаю?»

Когда-то, сто лет назад, мама водила маленького Илюшу в залетный парк аттракционов на ВДНХ. Кроме прочего, там было одно совсем удивительное: огромный пустой стакан — метров десять в диаметре — по вертикальным стенкам которого гонял настоящий мотоциклист. Разгонялся по донышку, потом на большой скорости прилипал против законов физики к стене и дальше, все ускоряясь, мчался по кругу уже отвесно, невозможно и невозмутимо сдвигаясь по стене вверх и вниз: как будто это было право и лево. Илью это тогда потрясло. А теперь он это и сам, кажется, проделывал.

Нельзя останавливаться.

Подождал и написал: «Потом расскажу. Не телефонный разговор».

Глаз с телефона не сводил: сеанс одновременной игры, ни с одним ходом нельзя ошибиться и опоздать нельзя.

— Станция «Парк Победы», — объявил диктор. — Следующая станция «Славянский бульвар».

Очнулся. А где «Кутузовская»-то?! Да это же не та линия, у них там целых три «Киевских» гроздью болтаются, синюю с голубой попутал.

Выскочил из метро: без семи двенадцать! Посмотрел — идти до нужного номера минут двадцать, не меньше. Плюнул на пятьдесят рублей лишней траты и влез в привставший на остановке попутный троллейбус. Пока Илья отбывал, троллейбусам личную полосу на дороге выделили. Цивилизация, бляха.

Троллейбус клацнул судорогой-сцеплением, снялся с места, поколесил бесшумно.

Только Илья рассчитался, сел, выдохнул, обмакнулся в телефон, как троллейбус уперся в пустоту. Думал, светофор, сначала головы не поднял; потом оторвался.

Все кругом замерло. Как будто время остановилось. Ни одна машина не сдвигалась с места ни впереди, ни сбоку. Кутузовский проспект, трасса шириной чуть не с Каму, встал намертво. Каменные десятиэтажные сталинки сжимали его, как ущелье. Триумфальная арка, от которой только отъехали, разрезала поток надвое, как речной остров.

Илья глянул на телефонные часы: через две минуты надо быть там, во дворе тридцать пятого дома!

— Чего стоим? — он по поручням подобрался к водителю.

— Перекрыли, — бессильно-безучастно, как о дожде, сказал тот.

— Это что? Кто перекрыл?

— Сейчас поедет, — объяснили ему.

— Кто поедет? Куда? — Илья задергался.

— Ну кто? Это же Кутузовский проспект. Царь, кто-кто, ептыть, — сказал интеллигентного вида седовласый старичок в тонкой оправе.

— Откройте дверь, я тут сойду, — попросил Илья.

— Не рекомендую, — предупредил старичок. — Там гэбэшники вокруг, они этого очень бдят.

— Я и не открою, — сказал водитель. — Меня потом натянут.

— Я опаздываю!

— Это форс-мажор, — возразил водитель. — Вас поймут.

— В Бельгии премьер на работу на велосипеде ездит, — сообщила женщина сзади.

— Зато он гомосек, — включился бородатый мужик, рыжий с проседью.

— У них гомосеки в правительстве, а у нас пидарасы, — веско произнес старичок в очочках. — Кто лучше?

— А в Швеции детей в школах гомосятине учат, прямо в учебниках, — не сдавался бородатый. — Это нормально? Терпимость!

Двенадцать наступило и прошло. Ничего, ничего, ничего. Чуть-чуть опоздает, всякое может случиться. Может, и Игорь сам с его передачей встал в эту же пробку. По крайней мере, он о себе знать никак не давал.

Илья прошелся до конца салона: посмотреть из заднего окна, не приближается ли кортеж. В хвост троллейбусу уткнулась «скорая помощь»: немо вращала выпученными мигалками. Водитель курил с закрытыми глазами. Врач читал телефон.

И во всех окружных машинах люди сидели в телефонах. У всех времени было бесконечно, им полчаса жизни справедливой податью казались.

Вернулся в голову, к водителю.

— Долго еще?

— Не думаю, — отозвался тот. — Минут десять-пятнадцать еще.

— Открывайте, — потребовал Илья.

— Вон, гляди, — старичок показал ему человека в черной куртке и шерстяной шапочке, который стоял на тротуаре к проезжей части внимательным и напряженным лицом. — Успеешь на пятнадцать минут и опоздаешь на всю жизнь. Мультик есть такой, «Паровозик из Ромашково», не смотрел?

— Я смотрел, — сказал бородатый мужичина. — А эта молодежь ни черта не смотрит, только интернет свой.

Илья опустился на сиденье.

Проверил, не писала ли Нина, не прослушал ли он. Нет: тишина. И Петина мать соглашалась потерпеть до несбыточного свидания. Знали бы они, кто им за Петю отвечает, вдруг как-то впервые подумалось ему.

Знали бы они только.

Люди вокруг впали в спячку, как будто в этой пробке распыляли снотворный газ. Даже очкастый старичок подустал спорить.

В телефоне без звука протикала-протекла еще одна пиксельная минута, за ней еще и еще. Странно, что мобильник еще считал время: оно разве не совсем застыло?

— Могли бы вертолетами летать, — сказал невнятно старик. — Но вертолетами скучно. С вертолета холопов не видать.

И сник. Завод кончился.

Вот только тут в этой замерзшей реке мелькнуло что-то: синяя молния. Передовая машина, гаишный «Мерседес».

Илья встал, прижался лбом к окну.

Через крыши машин было видно расчищенную, совершенно пустую встречку — по ней и пронеслось. И тут вдали показалось: гирлянда синих огней, созвездие. Выросли из точек на горизонте в секунды до тяжелых черных снарядов, выстреленных из какой-нибудь громадной «Берты». Три квадратно обрубленных немецких внедорожника с синими мигалками вокруг немецкого длинного лимузина. И вокруг еще, спереди и сзади — бело-голубая свита, все мелькают, крякают, подвывают. Пролетели на невероятной скорости, такой, что должны бы, по всем правилам физики, уже оторваться от земли и воспарить. Прямо орудийный залп.

Качнулись стоящие вдоль дороги машины от воздушного сгустка, как от взрывной волны, кажется, и Триумфальная арка пошатнулась; кто-то неспящий робко бибикнул, но его не поддержали. Все сидели себе смирнехонько в этой своей застрявшей секунде и не замечали даже, как законы физики сбоят.

А этому-то, наверное, нравилось, что он может людям время, как ручеек, ладонью запруживать. За таким вот, точно, и пошел на эту службу.

— Красиво едет! — похвалил бородатый.

— Ссут народа, — высказался старичок.

Промигнуло — и растворилось в тумане.

Но ехать еще не давали несколько минут, пока уже ни отблеска, ни отсвета не осталось. Только после этого сняли с часов арест.

* * *

Во двор дома Илья ворвался на двадцать три минуты позже условленного. Тридцать пятый номер был как средневековая крепость: высоченный сталинский дом-кольцо, все желтый кирпич, по углам башни, для въезда ворота: арка в три этажа высотой, створы сварены из чугунной решетки. Кутузовский проспект не для простого человека возводили. Простой человек и в хрущобную подъездную дверку гладко входит, не зацепится тенью за притолоку.

Двор был засажен черными голыми деревьями, заставлен дорогими авто. Что за странное место для встречи?

Обежал кругом, нашел пятый подъезд — и главное: помойку. Огляделся: не подстава?

На подъездах сидели камеры, вырванные глаза. Старухи на холодных скамьях говорили о медленной смерти. Хозяева старого мира передохли, а их вдовы это дело, сколько могли, оттягивали. Позыркивали на Илью, наклоняя укутанные головы так, чтобы через маленькую дырочку в катаракте было видно.

И из окон могли сверху вниз смотреть на землю, стеречь и подстерегать.

По кругу гонял запертый во дворе ветер. Падала с неба божья перхоть.

Может, подстава. Может, проверка. Хорошо тут простреливается.

Ну что?

Илья вжал газ, центробежная сила придавила к отвесной стене. Мчать внутри стакана, пока есть горючее. Не останавливаться.

Раздвинул помоечные баки, вошел внутрь. За баками был целый завал пакетов. «Пятерочка» в том числе. Выудил, заглянул в нутро: картофельные очистки, пакет из-под молока — пустой, плесневелая горбушка. Он порвал пакет руками, вывалил потроха на асфальт, стал ворошить. Ничего там не было такого, что сошло бы за хазинский конфискат. Ни порошков, ни трав, ни брикетов, ни черного целлофана. Просто подпорченные объедки.

Может, другой? Помоечную фирму спутали, может?

Еще покопался — из «Пятерочки» больше ничего. Разорвал пакет «Перекрестка», вытащил из него журналы «Афиша», завязанный узелком одинокий презерватив и пустую бутылку из-под рома. Не то! Еще!

Дырявая футболка, кровавая прозрачная упаковка от коровьей печени, вонючий холодный пепел. Высохший цветок, разорванные фотографии целующихся людей, протухшая курятина. Отрезанные волосы, целлулоидная кукла без головы, стопы исчерканной бумаги. Тампоны, коробка от айфона, россыпь овсяных хлопьев.

Шутка?! Проверка!

Загнанно огляделся. Мимо проходила студенточка, сморщила носик, отвела глаза. Даже смотреть на Илью было неприлично. Подошел раскосый оранжевый дворник, упер руки в бока, стал на Илью кашлять.

Илья липкими руками влез в телефон: где ты, Игорь?! Где мой товар?!

Там было только: отломанные хирургическими щипцами крошечные ручки и ножки, продырявленное колбасным ножом горло, материнское беспокойство. Игорь К. молчал.

Да и пошел бы ты! На хер со своими играми! Помойка! Кутузовский проспект!

Следите за мной? Ну следите!

Илья схватил последний оставшийся целый пакет и потащил его куда-то. Прочь от проспекта, от правительственной трассы, от зорких-юрких людей в вязаных шапочках.

Дворник смотрел ему вслед без чувств. Старухи на скамейках выворачивали шеи. Окна пялились мутными хрусталиками.

Дворами-дворами, задворками, проулками. По пути вывернул мешок наизнанку, ногой распинал его внутренности по вылизанной улице. Мусор, гниль, беда.

Дошел до метро; все, съездил. Пора было обратно, в нору.

Может, кто-то забрал раньше него. Бомж какой-нибудь. Дворник. Может, Игорь К. и сам подождал-подождал в засаде, не вынес нервотрепки и сбежал со своим мусорным кладом. Успел бы вовремя — все бы получилось.

Если б царь не ехал. Если б у Ильи линии не перемешались.

Нет. Не это. Если бы не поперся, кретин, к Нине. Если бы не стал ее отговаривать. Землю руками не каждый останавливать умеет, понял ты, мудло? А уж в обратную сторону закрутить — вообще никто! Не понимаешь?!

Не продержится он до четверга. Только за один сегодняшний день наделано столько уже всякого, что к вечеру ментовские друзья будут Петю выслеживать по телефону, а к ночи — найдут.

Эти буквы все, строчки, километры сообщений, писем — только кажется, что они прозрачные, понятные. Это паучий шелк, все ниточки невидимым клеем вымазаны. Прикоснешься — влипнешь, впутаешься. Задергаешься — разбудишь сидящую в центре паутины мохнатую многоглазую смерть.

* * *

Когда объявляли станцию «Арбатскую», телефон поймал сеть и звякнул. Пришло сообщение. Илья через силу выволок его из кармана, открыл.

Было от Нины.

«Короче, я оттуда сбежала. Не буду ничего делать. Точно решила. Не могу, не могу! Когда получится, позвони!»

Илья перечитал еще раз. Еще.

Затылок огненными мурашками пощекотало. Заложило нос.

И как-то расцвело в груди, будто водки выпил. Хохотнул хрипло.

Набрал ей, не думая: «Ну и слава богу!»

11.

И в ответ получил смайлы: счастливые. Каких Петя уже несколько месяцев не получал.

Захотелось наверх, из подземной толчеи — на воздух. Вскочил с сиденья и выпрыгнул из вагона на платформу. Кто-то еще так же, как Илья, спохватился, что ему выходить, но не успел — и поезд уволок его к «Александровскому саду». А Илью понесло теплым воздухом вверх по ступеням, на улицу.

* * *

Как было с Игорем говорить?

Решил молчать, ждать первого слова от него. Ждать пришлось недолго. Еще до выхода из метро Игорь позвонил. Илья не подошел, отправил вместо себя Петины буквы.

«Неудобно, напиши».

«Ну что?» — тут же аукнулся Игорь.

Илья выждал.

Признаться ему, что никакой закладки не нашел? А была она там вообще? Может, была, но другой помоечный копатель все вперед Ильи обнаружил. Или на вшивость прощупывает?

«Проверяешь меня?» — недобро набрал ему Илья.

«Кто этот чел? Выглядит стремно», — встык-поддых спросил Игорь.

Значит, Игорь увидел его.

Видел и может опознать. А не снимал? Мог снять. А найти в базе?! Илья в шапке был и в капюшоне — там, у помойки. Но если за ним кто-то до метро дошел... Сразу перещелкнуло память на человека, запертого в стеклянном поезде, не успевшего выскочить за Ильей.

«Клиент из бывших, — отрезал Илья. — Твоя какая забота?»

«Хочешь забрать — сам приедешь», — огрызнулся Игорь.

Боялся.

Боялся чего-то. Пети? Почему? Надо было отбить его как-то, отвести удар: как-нибудь по-хазински. Игорь К. слушал внимательно, ждал, пока Илья сфальшивит. Закладки никакой там не было, понял Илья. Были смотрины.

«Чего ты ссышь-то?» — спросил он в лоб.

«Это ваши с ДС игры?»

ДС, покопался Илья. Это Денис Сергеевич? Тот самый лишний Петин начальник. Который и на шашлыки звал, и с правильными людьми обещал свести. И сегодня... Куда-то Хазина ждет.

«Какие игры?»

«Чтобы я на этой теме подставился?»

«Ты тревожный».

Думал, Игорь охотник тут, а он себя сам дичью чувствует.

«Чей микроавтобус был во дворе?» — дергался Игорь К.

«Меня там не было. Адрес ты назначил, — Илья набирал уверенности. — Думаешь, я под тебя копаю?»

«Я не удивлюсь, Хазин».

«Ересь, — Петиным словом харкнул Илья».

«Я за вас с ДС всю работу сделаю, и его же люди меня на ней примут. Такой план?»

Илья притормозил: тут совсем топко.

Какие люди могут принять Игоря? Кого он — допустим, оперативник отдела по контролю за наркотиками, может вообще бояться? Управления собственной безопасности.

«Ты там вообще ничего не оставлял, да? — спросил у него Илья. — На помойке?»

«Полчаса опоздания, Хазин. Я там был по времени. А он нет».

«Псих», — решился Илья.

«Ага. А Синицын? Денису привет, — скривился Игорь. — Приезжайте вместе забирать».

«Я-то не спешу никуда».

Даже и хорошо было сейчас рассориться с Игорем: чем дольше не видаться бы с ним, тем и верней. Игорь схватил и притих.

Илья подождал-подождал, посчитал: не успел он сейчас случайно раскрыться?

По осколкам-огрызкам, которые он в мессенджерах за Петей и его товарищами насобирал, можно было догадаться, что там вообще творилось у них — в целом; но дьявол-то сидел в деталях.

Ясно было, что Игорь Хазину не верил и боялся предательства. Видимо, имел основания. И черт бы с ними со всеми: Илья в их помоечные игры даже вникать не хотел. Про эти игры надо было только знать, как про карту минного поля, чтобы внимательно к блеску паутинок приглядываться — вдруг растяжка?

Не дождавшись больше от Игоря ничего, вышел наверх.

* * *

Погода переменилась: из проталин в облаках сквозило солнце, в небесной породе открылись золотые прожилки. Стали падать блики на землю, и придавленная серым камнем Москва зашевелилась. Люди под солнцем улыбались, ветер смягчался, снег был теплей.

Стало плевать на Игоря с его интригами, на помоечную сумятицу, на то, что закладка сорвалась. До четверга придумает еще, что врать. Выкрутится как-нибудь. Все это были мелочи в сравнении с тем, что Нина передумала.

Повертел головой: куда идти? И пошел по бульварам вниз. Просто гулять. Гулять, пока кто-нибудь еще из телефона Петю с того света не дернет.

У памятника Гоголю постоял, подумал. Там всепогодные алкаши толклись, помесь рокеров с бомжами. Один, в косухе и с седым хвостом, подобрался к Илье бочком, попросил на пиво. Настроение была слишком праздничное, чтобы отказывать. Отсыпал копеек. Пьянь улыбнулась, заметила светски:

— Распогодилось!

— Жизнь налаживается, — пошутил Илья.

Посмеялись.

Бульвары украшали к праздникам: развешивали и пробовали синие гирлянды, устанавливали снежинки какие-то в человеческий рост, собирали избушки-ларьки — торговать сладким. Илья шагал мимо суетных рабочих, мимо прогуливающих тонконогих студентов и студенточек в изящных очках и несуразных шапках, мимо праздных стариков, которые, как и он, надышаться вышли, и улыбался. Москва все-таки прекрасная была, хоть с похмелья и немного отечная. Как только над ней раздвигали мраморный купол и впускали небесный свет, она сразу очеловечивалась.

Бросить бы тогда филфак и пойти в Строгановское училище, куда сам хотел, а мать не пускала: мол, все художники — пропойцы и бездельники. Пойти бы на живопись и скульптуру. Писать Москву с крыш, писать Москву старую против Москвы новой: Илья бы не стал мудрить, ни перформансов, ни акций устраивать. Он бы улицы превращал в масло, людей бы сохранял — кто этим простым теперь занимается? Работал бы где-нибудь вечерами, продавцом или барменом, снимал каморку-студию на чердаке в одном из бульварных домов, водил бы к себе друзей новых, настоящих, веселых — пить, наверное, вино и ночи напролет разговаривать, вот таких, как эти, — тощих, джинсы в облипку, чубатых. Встречался бы с какой-нибудь девушкой — поджарой, стрижка каре, загар, а там, где люди крестик вешают, — наколка, кью-ар код. Жили бы под крышей вместе: диван, телик, плейстейшн, альбомы правильных западных художников, бар со всякой текилой.

Захотелось курить.

С самых субботних окурков Илья дыма не глотал, соскучился. У скамейки впереди паслись модные прогульщики, хохотали и прихлебывали горячее красное из открывшегося уже ларька.

Он сбился с курса, чтобы у них стрельнуть, потом засомневался. И все-таки решился.

— Пацаны... Сижки не будет? — следя за языком, спросил он у них.

— У нас только вейп, — сказала рыжая девчонка с рюкзаком.

— Засада, — Илья улыбнулся; слова не понял, но не стал переспрашивать; понял, что отказ. — Ну ладно. Благодарю.

— Погоди... У меня вот. Но дамские, — тоном извинился пухлый парень в синтетической ушанке.

— Ничего, — пожал плечами Илья. — Я в себе уверен.

Чиркнули зажигалкой, втянул смолу из тоненькой сигареты, зажмурился: хорошо! И совсем разжало — раскрутили тиски, еще у Триумфальной арки завинченные.

— Короче, я первую и последнюю страницу только в реферате переделал, потому что она дальше ничего не гуглит, ей вломак, — продолжил стриженый совсем мальчик в желтой куртке-аляске.

— Рискуешь, брат! — затягиваясь яблочным паром из яркой коробочки, сказала рыжая.

Илья сначала думал: что он им может сказать такого, чтобы сразу не распознали в нем чужака? Но они его сами пожалели. Просто не стали при нем молчать-запираться, а говорили дальше свой разговор, как будто Илья не мозолил им глаза своей сутулостью, загнанностью, землистостью. Вдохнул еще, поблагодарил их и дальше зашагал. И вслед ему не шушукались, словно бы он был для них нормальный человек.

Сладко курилось. И легко мечталось о прошлом, которого не случилось.

Но хотелось еще о настоящем размечтаться.

Что-то бы еще Нине написать, поделиться с ней этой легкостью, этим часом весны в ноябре. Доставал телефон — и убирал, не придумав ничего.

Шел среди деревьев, увитых лампочками, хотел вернуться сюда в ночь, поглядеть, как они горят. А еще лучше бы в лето, когда деревья будут на себя похожи. Сейчас-то казалось, что настоящие деревья вниз, в землю проросли и там, в изнаночном мире, зеленеют — а это вот, вдоль бульваров — их голые корни, чтобы за воздух держаться.

Вернуться летом.

Вспомнил Нинино весеннее пальто, купленное с прицелом на март-апрель. Ничего, дорастет еще.

Солнце било в прореху, стало можно шапку снять. Подошел к расчищенной от киосков «Кропоткинской»: из-за крыш выплыли золотые шары храма Христа Спасителя, стали подниматься в вышину. Дома распахнулись, за ними оказалось пространство. Открылось сразу много направлений: только направо две улицы уходили, а еще вниз к реке вело, и налево к музею — широкая просека.

Москва была из всего смешана: самых несовместимых зданий, самых неподходящих друг другу людей, из времен противоположных: в одних верили в душу и храмы, а в других — в тело и в бассейны; и все в ней уживалось, ничего полностью не переваривалось и навсегда не уничтожалось. Как будто жило в разных слоях, на разных уровнях — и одновременно. Удивительный был город — Москва. Отовсюду понадерганный, скроенный из ворованных лоскутов, пестрый и потому настоящий.

Прав был Илья-двадцатилетний: тут бы нашлось для него место. Для всех находилось, и для него нашлось бы.

У храма были скамейки в солнечном пятне. Илья присел — пощуриться и погреться. Хороший был день, чтобы выбрать жить. Нина, может быть, сейчас тоже гуляла и напевала что-нибудь. Может, первые испанские строчки.

Все он сделал правильно, что отправил ей это письмо.

Петя был бы доволен.

Зудело сказать. Взял телефон. Повертел в руках. Написал матери:

«В общем, с Ниной все нормально. Она с собой ничего не сделает. Я с ней поговорил. Хорошо, что я не стер твое письмо, которое ты сказала не стирать».

Поколебался и отправил; солнцем напекло. Через несколько минут мать отозвалась.

«Петя, какое облегчение! Я все думаю, как и когда лучше сказать об этом отцу. Лучше всего было бы на его юбилей. Ты же придешь?»

Илья оправился, сел прямо. Пришел бы Петя на отцовский праздник? Пришел бы Илья к такому отцу?

«Как ты себе это представляешь?»

«Петя, это все-таки юбилей. Шестьдесят лет, такая дата. Для него очень важная дата, ты сам понимаешь. Не только потому что просто круглое число. А еще из-за пенсии».

В шестьдесят должен был выходить с почетом на пенсию, хотя и надеялся еще немного на службе задержаться, еще немного успеха перед старостью урвать. А вышел — преждевременно. Связано это с Петиными новогодними выходками? Он ведь требовал у Пети сдаться замминистерской дочке для собственного спасения. А Петя? Остался с Ниной. Как тогда все получилось?

«Я понимаю».

«Я очень боюсь, что если вы сейчас с отцом не помиритесь, то уже не помиритесь никогда. У меня сердце кровью обливается, когда я думаю, во что превратилась наша семья».

Петя бы сейчас коротко рявкнул: «Мать!» Илья понимал это, но сказал по-своему:

«Я этого не хотел, мам».

«Петя, тебе нужно перед ним извиниться. Просто извинись, а дальше я уже сама постараюсь. Он этого ждет, я знаю. Ему эта ситуация тоже в тягость. Но ты должен сделать первый шаг. Если ты покаешься, он тебя простит».

Перекосило, перекрючило бы сейчас Петю от одного слова «покаешься», конечно. А Илья не мог с матерью спорить.

«Думаешь?»

«Посердится и простит. Ты ведь его единственный сын. Ты сейчас только поговори с ним, заранее. Ты совсем не можешь по телефону разговаривать?»

Илья собрался.

«Мать, тут очень стремные люди вокруг. Я в сортире заперся, чтобы они мои эсэмэски не читали, а ты предлагаешь выяснять с отцом отношения!»

«Когда это уже кончится?» — Илья так и увидел, как она хмурится; как хмурится его собственная мама.

«Думаю, в четверг или в пятницу. Скоро, мам. Скоро кончится».

Написал и замерз.

Нахохлился; встал, решил идти дальше.

«Поговоришь с отцом?» — не отпускала она.

«Напишу!» — пообещал ей Илья.

И напишет. Почему, в конце концов, не написать? Почему на остатки хорошего настроения не помириться с отцом, чтобы замирить мать?

Петя был упрямый, Петя не стал бы просить прощения. Петя с отцом родился, никогда не смотрел на него, как на чудо, и никогда не думал, что отца может и не быть. Это у Ильи всегда земля не целая была, а только состояла из одной половины: до середины дойдешь, а там темная сторона, как у Луны. И не увидеть ее толком, и не ступить туда; что дальше, можно только догадываться. Вот всю жизнь и гадаешь, как это — когда отец. Каким он тебя сделал бы, если бы был.

Пете отца было чересчур много. Он был очень избалован круглой землей. Петя не стал бы извиняться. А у Ильи не было права за него дальше воевать. И желания.

Он притулился к ограде Пушкинского музея, разыскал Хазина Юрия Андреевича, выслушал его последний окрик и вывел ему по букве: «Хочу перед тобой извиниться за все».

За все.

Что не слушался, что хамил, что на хер слал, что своим малым умом жил, что твою мудрость за мудозвонство почитал, что не согнулся, а сломался.

Что вашему единственному сыну горло пробил, что сложил его, еще живого, в колодец и закрыл над ним, все слышащим, железную крышку.

Отец молчал, насупившись. Или просто не замечал телефона — футбол глядел, или чем там занимаются на пенсии. Ток-шоу смотрел про Украину, про Ротшильдов или про какую-нибудь Росгвардию. Пропустил, когда сын к нему из ниоткуда приходил на поклон.

Ну ма, я сделал, что мог. Что ты просила.

* * *

Дошел до конца. Показалась Боровицкая площадь, а на ней каменный гость с крестом в руке, этажей в семь до шапки.

Написано: князь Владимир.

Исторический новострой.

Крест был могучий, на нем обычных людей, из мяса, можно было бы запросто распинать. Смотрел он продреленными своими зрачками прямо в Илью. Но не осуждал и не спрашивал: глаза были остановившимися, их хотелось закрыть рукой. И лицо у него было красивое, но равнодушное, как посмертная маска. За ним лентой вилась красная стена. Но князь ее ни от кого оборонять не собирался. Стоял потерянный, ноги ватные, опирался на крест, как на костыль. Он от живых очень отвык, он обратно в склеп просился.

Он бы с Ильей, наверное, был не против поменяться.

От Владимира можно было прямо идти, к Манежу, но Илья повернул направо и пошагал по Каменному мосту к «Красному Октябрю». Знал, куда идет.

По правую руку храм Христа Спасителя не летел в небо — был слишком земной, чтобы его золотые шары могли поднять. Застрял на берегу реки на вечном приколе.

По левую расходился Кремль со своими дозорными вышками и зубатой стеной.

А впереди островом отплывал «Октябрь». Театр Эстрады, составленный из серого и прямоугольного, хмурый Дом на набережной, молотилка судеб. Кафе и бары: ласточкины гнезда на асфальтовой скале. Красные цеховые кирпичи. Пестрые муравьи-гуляющие. Кинотеатр «Ударник», у которого в прошлый раз поворачивал — с Верой. Теперь вот один.

Тянуло сюда.

Тянуло пройти след в след за самим собой семилетней давности: сравнить и вспомнить. Тогда ночь была, а теперь день. При солнце было видно, конечно, что соблазн плохо оштукатурен, и краска на нем трещинами шла. Зона Илье хрусталик в глазу отшкурила: стал изъяны резче видеть, трещины, плесень. Но сейчас он из кармашка свои прежние глаза достал и видел «Октябрь» тогдашним, первозданным.

Повернул в том месте, где с Верой поворачивал.

«Рай», конечно, давно закрылся. Был какой-то другой клуб в этом месте, для тех, кому двадцать сегодня, а не тогда. Назывался Icon. Тоже про Бога, значит. Илья ухмыльнулся: опять вспомнил наколотые иконы у тюремных пауков. Про что Бог, спросил себя. Почему, где самый ад, его так любят приплести? Бог про то, как надо, ответил себе сам. Про то, как в детстве рассказывали. Ни у кого в жизни так не получается. Вот и смеются над Богом, наверное: помнишь, ты-то как наивно и глупо нам все про свой мир объяснял?

Потом понял, что это он не свою мысль думает, а матери. Петиной. Из пасхального письма. Но сам довел дальше.

За Богом грешники гоняются, мусолят его, с рамсами пристают. Праведному человеку с Богом, как с водителем автобуса — не о чем разговаривать. Маршрут ясен: довез — вышел.

Обошел «Икону» кругом: все закупорено, понедельник. Внутри драят ее, наверное, отмывают полы и диваны от всего, что люди из себя выплеснули. Икона как икона. Можно и на такую перекреститься. Жалко, креститься не о чем.

Сделал шаг до реки, перегнулся через парапет.

Ну вот это: точка исхода. Что ты тут хотел? Себе двадцатилетнему что-то крикнуть? Чтобы остановился, чтобы в очереди не унижался? Чтобы Веру не спасал, идиот? Домой чтобы ехал или просто в другой клуб двинул, куда Сука не приедет через два часа?

Нет: нет.

Там музыка слишком громко играет, там печальную Веру нужно Илюшиной болтовней отвлекать, оттуда будущего не слышно, никак не докричаться.

Депо. Жалко, что жить хочется.

Плюнул в воду.

* * *

Повернул в проулочек и задержался.

Там была витрина турагентства. Бали, Таиланд, Шри-Ланка: яркие листки приклеены к стеклу. В них пальмы, белые отели, море голубым фломастером. Цены высокие: одному отдохнуть в Тае — как двоих по классу «Стандарт» похоронить.

Но захотелось погреться. И Илья зашел.

Комната была небольшая, на стене плазма с прибоем, окно в тропики. Под окном стоял конторский стол, на нем складной компьютер с яблоком, за компьютером, как за бруствером, пряталась некрасивая еврейская девушка с тщательной прической.

— Погреться? — спросила она.

— Помечтать, — ответил Илья.

— Мечты сбываются, — обнадежила некрасивая девушка. — Какое направление рассматриваете?

— А какое есть?

— У нас все есть. Мы же называемся «Роза миров».

— А вы, наверное, Роза? — пошутил Илья.

— В точку. Слишком очевидно, да?

— Нормально. Это просто я очень прошаренный. Ну я не знаю, куда.

— Шенген есть?

— Виза европейская? Нету. Никакой нет.

— Ладно. Тогда давайте безвизовые рассмотрим варианты, — ничуть не смутилась Роза. — В Шенгене все равно сейчас холодно...

— И педерасты, — закончил Илья. — Мне так в троллейбусе один человек сказал.

— Что? Ладно. В общем, у нас, на самом деле, с кучей стран есть соглашения о безвизовом въезде. Таиланд, Индонезия — это Бали, Мальдивы, Сейшелы, Израиль. Там везде сейчас прекрасно.

— Наверное.

— Если хочется чего-то более экзотического, то Новый Свет можно обсудить. Ну не Штаты, а Латинскую Америку. Кофе будете?

— Давайте обсудим, — согласился Илья.

В тепле его развезло; он расстегнул ворот, принял с благодарностью кофе, положил три ложки сахара.

— Можно в Аргентину, в Бразилию, Венесуэла, в принципе, тоже без визы, хотя там сейчас такая жесть творится, что лучше бы виза была. Хлеб по карточкам и революция вот-вот грянет.

— Ага.

— Ну что еще... Никарагуа, Гватемала, Перу, — подглядывая в шпаргалку, перечисляла она. — В Перу Мачу Пикчу. Колумбия.

— Вот, — неожиданно для себя сказал Илья. — В Колумбию.

Я огонь, что твою кожу жжет,
Я вода, что напоит тебя.

Зеленый океан. Белое небо. Школа колумбийской жизни. Хазин туда хотел бы съездить? Илья захотел.

— Ну что про Колумбию сказать? Очень красивая страна, небезопасная, конечно, но уже не то, что раньше. Джунгли, приключения, кока, ФАРК, очень красивые девушки. Мы в частном порядке делали одному клиенту тур в Медельин, на родину Пабло Эскобара. Сейчас сериал идет...

— Знаю, — сказал Илья.

— Ну, в общем, по местам боевой славы. Но это, конечно, не бюджетный вариант совсем. По джунглям на джипах, по клубам из кино, и романтический финал: заход солнца на могиле дона Пабло, где хорошим тоном считается прямо с могильного камня в память о покровителе Медельина...

— У меня заграна нет, — сказал Илья.

Послушал сказок — и хватит. Кто-то другой поедет в тур по Колумбии. Не Петя Хазин и не Илья Горюнов. Кто-то, кому жить.

— Ну это не беда, — не услышала Роза. — Можно сделать. Мы работаем с агентством, которое занимается как раз. Денег это стоит, конечно, но можно за неделю сделать. А старого образца вообще за три дня.

— Меня не выпустят.

— Милиционер? — сочувственно спросила она.

— Наоборот. Судимость не погашена.

Кофе с сахаром размыл осторожность. Сболтнул и пожалел. Сейчас она захлопнет свой компьютер и скажет, что закрывается на обед.

— Ну хотите, я наберу им, прямо сейчас спросим. По-моему, на этот счет ничего такого.

— Я... Точно нельзя.

Но она уже проматывала какие-то свои связи в телефоне.

— Я пойду.

— Наталья Георгиевна? Это Гуля из «Розы Миров». Да. Тут вопрос. У человека судимость не погашена. Да. Сделаете? Какой закон? — она записала на бумажке цифры. — У вас срок полностью отбыт или УДО?

— Полностью, — застегиваясь, сказал Илья.

— Ясно. Спасибо! Ну я к вам его тогда, если что, направляю, да? По тарифам проинформирую. Спасибо еще раз!

Илья смотрел на нее глупо.

— Говорит, что, если срок полностью отбыт, то выезжать можно. Сто четырнадцатый федеральный закон, пятнадцатая статья. Если по административному надзору ограничение не наложат на выезд, — по бумажке прочла она. — Визы в приличную страну с судимостью не получите, но нам же в неприличную надо, так?

— Я могу уехать из страны? — сказал Илья.

— Вы можете сгонять в Колумбию, я бы так это сформулировала. Паспорт если срочно делать, то пятьдесят тысяч рублей. Двое суток будут делать. Если две недели, то десятка.

— Вы Гуля? — зачем-то спросил Илья. — Не Роза?

— Возьмите визитку. Думаете, надо было «Гуля Миров» называть?

— Мне могут дать загран? Я могу в Колумбию поехать?

— Имеете право. Наталья Георгиевна так считает. А у вас на Колумбию-то еще останется?

Илья дернул плечами. Ему было жарко, голова трещала.

— Останется.

— Ну давайте я вам их адрес прямо на карточке запишу. Они на Смоленке сидят. Правда, хорошая фирма. У них в ФМС своя золотая рыбка прикормлена. Только скажите, что вы от нас, ладно? Не забудьте.

— Благодарю, — сказал Илья. — Я подумаю.

Прибой доиграл до конца, включился синий экран.

Вывалился на улицу, остался стоять на месте с непокрытой головой.

Имеете право, считает Наталья Георгиевна. Так просто она об этом сказала, как будто Гондвана только что обратно не срослась и Илья посуху не мог теперь перейти на обратную сторону Земли.

Имею право? — спросил себя.

А почему не имею?! А он имел право — меня?! Какое?!

Три последних дня Илья к занавесу себя готовил. Всех амбиций было — за собой прибраться и мать пристроить.

А теперь вот это.

Слишком чудно-чудесно, чтобы с лету поверить. Но чтобы не поверить — тоже.

Сбежать в Колумбию, потеряться там. Забрать абрековские деньги, похоронить мать — и сбежать. Стать там кем-нибудь другим. Выучить испанский. Не Петину неделю доживать, а свою бесконечную жизнь. Там у них такой бардак, что его, наверное, никогда не найдут.

Надо было только найти деньги на этот срочный паспорт, только заранее все приготовить — и в четверг-пятницу, после сделки, исчезнуть. Сколько денег? Сто тысяч? Двести? Если удастся перехватить Петину сделку с абреками, может ведь на все хватить!

А сейчас нужно только на паспорт. Найти на паспорт, рискнуть.

И — жить?

Будущее разверзалось перед ним, железный люк над головой сдвигался, обнажая космос.

Солнце грело. Телефон не мешал.

— Охуеть! — робко прошептал он.

Шел и пел.

Ты тот воздух, которым дышу,
И на море дорожка Луны,
И глоток, чтобы горло смочить...

* * *

Когда дошел до метро «Полянка», тогда только прожужжало. Тихо, а песню перебило.

Заглянул в телефон — это Петин отец наконец ответил на его извинения.

«ДАЖЕ НЕ НАДЕЙСЯ СЛЫШАТЬ ТЕБЯ НЕ ХОЧУ И ЧТОБЫ НЕ СМЕЛ ПОЯВЛЯТЬСЯ В МОЕМ ДОМЕ».

Вот так. Ожгло.

Запасмурнело даже, как будто солнце привернули. Разве мог чужой отец испортить ему радость побега? Испортил.

Почему ты не хочешь его простить, пап? Почему меня не хочешь. Что я тебе сделал? Это все из-за коржавинской дочки? Или из-за того, что я тебя тогда послал? Или из-за чего?

Саднило. Мать хотела прирастить отрезанную руку обратно, а там уже гниль пошла по краям, поздно спохватились. Шей не шей, все отсохнет. Кровь уже черная.

Как нам помириться? И зачем уже?

«Мне правда жаль, что так все получилось!» — набрал ему все-таки. Потому что матери как-то должен. Обещал.

«ДЕНИСУ СВОЕМУ РАССКАЖИ ОБ ЭТОМ ПОДСТИЛКА ФЭЭСБЭШНАЯ, — ревел отец. — ИУДА».

Илья отступился от него.

Кажется, Петиным отказом вернуться к дочери замминистра еще не кончилось. Что-то Хазин другое еще сделал над отцом, жутче и злей. Надо глубже было в телефон спуститься, чтобы узнать что.

А надо Илье?

И вот еще там — про подстилку.

Вот еще ниточка-заусенец, можно потянуть — и распустить пряжу.

Денис — Денис Сергеевич. Который привет отцу передавал. Хорошо, наверное, что Илья не довел до него этот привет. Потому что отец Дениса Сергеевича, кажется, ненавидел.

И никакое там не Управление собственной безопасности, достроил мостик Илья. Как там мать ему в больницу писала на те праздники? Поднял письмо, перечел: «Люди, которые тебя задержали в таком состоянии, не из папиного ведомства, как ты теперь уже понимаешь. А совсем из другого, ты сам знаешь какого». И тут же, пока след горячий, перепрыгнул в другое письмо, с материного адреса отправленное отцом: «Теперь они копают под меня, угрожают, что на тебя заведут дело, требуют, чтобы я ушел».

И ушел — а Петя остался; и стал дальше расти.

Теперь стало сходиться, вычерчиваться.

Петю на праздники не свои задерживали, а чужие. Сам знаешь какого: ФСБ? Федералы, точно. Петя папой хотел прикрыться, а им это как раз оказалось в масть. Завели на него дело, отца принудили уйти, а сынка взяли под крыло. На ком вина, тот послушный. На этом и зона стоит, и все Государство Российское, да и целый земной шар.

Федералы в ментах живут, как бычий цепень в карасе. Удобно: и кормит, и катает. На зоне если слушать, всякого наслушаешься о пищевой цепочке, в которой ты планктон.

Так?

Поэтому и Игорь Пети боится. Не Пети-сопляка, а того, кто за ним, кто ниточки дергает и говорит, куда плыть. Боится, что не видит всей их живоглотской игры и что поэтому может проиграться.

Благодарю, отец. Объяснил.

Но Иуда?

* * *

Теперь назад надо было, в Лобню. Добровольно пойти в местное ОВД, встать на учет. Порядок такой: иначе начнут искать.

С Савеловского вокзала написал Игорю.

«Ладно. На Кутузовском был человек от ДС, не парься его искать».

Борзости набрался из открывшегося неба. Теперь было за-ради чего рискнуть.

«И автобус от него стоял? Пасли?» — спросил Игорь К.

«Автобуса никакого не было! С какой стати?» — правду сказал Илья.

«Синицына с какой стати приняли?»

Видно, рвало его изнутри, если осторожность потерял, подумалось Илье. Пишет обо всем открыто, не боится, что чужие прочтут.

А потом, уже в электричке, предположил: это он Хазина на откровенность разводит. Страхуется так. Может, у них чистка там идет, и Петиными как раз руками чистят — Петя испачкаться не боится.

Что Игорю подсунуть?

Крутилось в голове разное. Набрал сначала: «Так то Синицын!», но одумался. Как понять, важен ли Синицын им всем был. Синицын — это тот, кто предлагал Пете конфиската налево сгрузить.

Который должен был уйти абрекам. Тому самому Магомеду, в назначенный четверг. А Синицына взяли, если Игорь правду говорит.

Хазин знал вообще, что Синицына принимали? Когда это все успело стрястись? С ним, кажется, в Сигнале общались. Разыскал Синицына там, припомнил ему разговор:

«Не торопи, Вась! Серьезный чел, нельзя давить. Я скажу когда».

«Долго не могу ждать. Че если фэсэры?» — дергался Синицын.

«Не ссы».

Вот. Боялся фэсэров — и не зря. Приняли, значит, — и недавно. Возможно, при Петиной помощи и участии. Так, по крайней мере, Игорь думает. Не ссы, Синицын.

Теперь где все, что абрекам полагалось? Пропало вместе с Синицыным? Синицын в мессенджерах исчез разом, будто мешок ему на голову во сне надели и уволокли. Не успел он Хазину ни пожаловаться, ни предъявить: был человек, и нет человека. И ни даже кругов по воде.

У кого спрашивать? У Игоря если только?

К Денису Сергеевичу Илья теперь точно не хотел Петей являться. Если Денис Сергеевич — Петин куратор от ФСБ, лучше прятаться от него столько, сколько получится.

С какой стати приняли Синицына?

Протелеграфировал Игорю: «Я не в курсе». Может, ты ошибаешься, Игорь, и я не знаю об аресте ничего. А может, знаю, но кокетничаю с тобой. Или не кокетничаю даже, а просто окорачиваю тебя так: ты же чуешь, под тобой табурет шатается. Стой ровнехонько, не дрыгайся, а то ведь потом запишут — самоубийство. Как всегда пишут.

Игорь, однако, этого не вытерпел.

«Ты и про отца родного не в курсе был, а, Хазин?»

«Не борзей, — цапнул его Илья».

Пришлось так сказать: в Петином характере. Хотя хотелось иначе: не в курсе, давай, просвети.

Но Игорь не собирался его больше учить. Вместо этого, промолчав до самой Лобни, последним словом ужалил:

«Короче, товар только тебе в руки лично. Иначе своим абрекам можешь стиральный порошок загонять. Чисто тайд, бля».

* * *

У самых дверей ОВД Илья притормозил: телефон пищал. Разблокировал, заглянул.

Пришло сообщение от Нины.

«Ну ты уже тогда смотри теперь, береги себя как следует!»

12.

На крыльцо вышел покурить автоматчик в сизой форме. Чиркнул кремнем, от скуки стал смотреть на Илью. А Илья загривком чуял его взгляд, боковое зрение все об него исцарапал, а глаза оторвать от экрана не мог.

Пока сюда ехал, не сомневался, что нужно вставать на учет. А сейчас, у сизого мента на мушке, вдруг задумался. Вошел в поисковик, набрал: «статья 228.1 освобождение учет ограничения». Отвернул от автоматчика телефон, нажал «Искать».

Сразу высыпалось: «Тяжкое преступление», «Срок погашения судимости 8 лет», «Может принять решение о постановке под административный надзор», «ограничения по выезду в случае административного надзора», «на усмотрение компетентных органов».

Мент прищурился.

Сейчас Илья войдет туда — и что угодно произойдет. Попадет к равнодушному человеку — просто справку возьмут и данные перепишут. Попадет к дотошному — начнут допрашивать, как-то он перевоспитывается. Попадет к обозленному — поставят на этот чертов надзор, а с ним, оракул говорит, выезжать из страны запретят.

Сегодня последний день добровольно сдаться. Но пока он сам не сдался — они его и не видят. Увидят, когда ФСИН им скажет, что зэка выпустил. Когда? Сегодня? Завтра? Послезавтра? ФСИН медленный, он многие века живет, только переименовывается. А Илья — однодневка, у него время на ускоренной перемотке. Он успеет еще, может, из замшелых клешней вышмыгнуть.

А может, его и напополам перекусят вместе с хребтом и кишками.

Достал из кармана белый пятак, загадал так: если орел, то надо капитулировать. Если решка — разворачиваться и уходить. Подбросил, поймал, переложил с правой ладони на тыльную сторону левой. Орел.

— Помочь? — докурив, спросил автоматчик.

— Паспорт потерял, — сказал Илья.

— А что с монеткой? — поинтересовался мент. — Что решается?

Илья помолчал, прогоняя слова. Постовой свой автомат поправил.

— Это другая тема. Думаю, предложение девушке делать или нет, — наконец промямлил Илья.

— Ну, может, и хорошо, что ты паспорт про-это-самое! — хмыкнул мент. — Вот судьба-то где знаки подает, а не орел там или решка.

Илья с облегчением улыбнулся.

— Ну если ты за справкой об утере, то это не к нам, а к участковому, — автоматчик сплюнул окурок и хлопнул дверью.

Илья развернулся и нарочно медленно, чтобы не сорваться в бег, пошел со двора на улицу, а уже по улице все быстрее и быстрее.

Так выпало.

* * *

Домой ворвался голодный, измерзшийся. Проверил ствол: на месте. Поставил щи греться. Вертел в руках Гулину визитку, читал адрес конторы, которая может выправить ему паспорт. Пятьдесят тысяч рублей и два дня.

Где взять их сегодня?

Вышел на лестничную клетку, позвонил тете Ире в дверь. Она открыла: джинсы, из футболочной прорези морщинистая шея, сигаретка в желтых зубах.

— Ты как, Илюш?

— Теть Ир, а можно у вас денег стрельнуть до пятницы?

— Мать забрал?

— Нет еще. Я был там... Посмотрел.

— Хоронить когда будешь?

— Я... Не знаю. На выходных, наверное. Тысяч пятьдесят надо.

— Ой, господь с тобой. Откуда у меня! Я же теперь на полставки только! А я говорила, одно обдиралово эти похороны.

— А сколько можете?

— Ну погоди... Вот... Рублей пятьсот есть у меня. Вот: тысяча. Это у тебя суп там пахнет? Сам варишь?

— Выкипает! Благодарю!

Взял тысячу. Как-нибудь вернет. Осталось сорок девять найти.

Щи и правда кипели, уходили паром под потолок. Было очень жалко их, Илья схватил кастрюлю с конфорки, ожег руки. Почему-то казалось: это мать злится на него, что он соврал соседке, будто ищет деньги на ее похороны.

— Я не говорил ей этого, ма! Она сама подумала.

И в наказание оставила ему немного меньше себя.

Пришлось теперь ждать, пока она остынет. Пока ждал, догадался позвонить Сереге — и чуть было с Петиного номера ему не набрал, в самый последний момент спохватился. Он-то, может, и сбежит в свою Колумбию, а Петины все звонки потом будут следователи эксгумировать. И Серегу привлекут зря.

Постучался к матери в спальню, воткнул ее телефон в стену, послушал гудки, набрал Сереге. Он ответил не сразу, Илья даже решил, что тот вообще не станет подходить.

— Да, Тамара Пална!

— Привет, Серег. Ты когда дома будешь? Не телефонный разговор.

По телефону отказать проще.

Договорились, что теперь Илья к нему зайдет. Сам позвал. Не обязан был, а позвал все-таки. Вспомнил, может, как курили у Батареи. Или котлован.

До вечера.

У матери в комнате какой-то спертый воздух был, удушливей, чем в остальной квартире. Может, от постели шел, может, от комода. Илья искать не стал, открыл просто форточку.

Пошел на кухню, в телефон сел: стал искать — правда ли, что можно, не погасив судимость, уезжать. Адвокаты на разных сайтах говорили разное, но сходились в одном — если административного надзора нет, закон не запрещает.

Вот было бы у Ильи УДО — тогда капут.

Но УДО же не дали. Почти одобрили уже, а потом он сорвался-таки, вылез из кармашка.

Съел ложку горячего. Мать не хотела стыть. Обварился воспоминанием.

Ты меня сама учила, помнишь, не врать.

Учила не терпеть, когда бьют, а давать сдачи, даже если еще сильней схлопочешь потом.

Не прятаться от жлобов, которые меня в четвертом классе в сортирах стерегли и за школой стрелки назначали.

Ты мне говорила, что от других справедливости не дождешься, надо себе ее требовать.

Говорила, что врать унизительно.

Что стучать на других — позор. Ты меня выгораживала перед сукой-завучем, когда я не сдал тех, кто в спортзале стекла выбил.

Ты меня сама записала на дурацкое карате, хотя я и не просил. Не пригодилось, не спасло. Маваши-гири, больше ничего не осталось.

А когда Олег из первого дома подбил меня бродячему коту шприцем одеколон впрыснуть, и кот, расцарапав мне в кровищу все руки, издыхал потом в мучениях и вопил на весь двор — ты мне сначала залечила царапины, потом дозналась до правды, а потом порола меня ремнем, жмурясь. Я выкручивался и видел, что ты жмуришься, потому что тебе самой страшно было. Но пару раз ты попала — и было больно. Тогда. Говорила мне, что расплата всегда будет, не надо думать, что удастся увильнуть. Я запомнил урок, видишь?

Это потому что ты учительницей была, или ты, может, хотела быть мне и отцом тоже? Додавать, доделывать за него то, что он не сделал и не дал. Хотела, чтобы я нормальным мужиком вырос.

А что я знал о жизни? Я решил, что так и надо. Поверил тебе. Пока человек маленький, он пластилиновый, из него лепи себе, что в голову взбредет.

А чего ты захотела от меня, когда меня забрали? Когда судья сказала — семь лет? Откуда взялось это в твоих телефонных звонках: «Не пытайся только, ради бога, героя играть, доказывать правоту»? Откуда: «Сломают»? Или «совсем убьют»? «Можно незаметным сделаться, и система про тебя забудет... Переждать... Перетерпеть... У тебя защитный слой».

Какой у меня — защитный слой? Нету у меня никакого защитного слоя.

Эти все правила, которым ты меня учила, они только для детства хороши, да? Почему о них на тюрьме вдруг стало надо забыть? Взрослая жизнь глубже детства, да, но тюрьма — это самое дно. Там все из правил тоже сплетено, на тюрьме, — бессмысленных, садистских, но тоже правил. С опущенным за стол сел, руку ему подал, взял что-нибудь у него — сам опущенным стал. Что это за правило? А никто не спорит, не смеет. Что с пола вещи подбирать нельзя? Кружку на пол поставить нельзя. Сморозил кому-то в запале, что убьешь, — придется убивать, потому что за слово полагается ответ. На зоне нельзя сказать «я случайно», «я не нарочно». Это — правило?

Что, думаешь, детские правила — для детей?

Просто ты боялась за меня, вот и все. Боялась, что не тому меня выучила, что меня твое воспитание на зоне убьет. Жалела меня, думала, что без ребер жесткости мне проще будет там уцелеть. Слизень отовсюду выползет, а улитку панцирь не пускает.

А я уже засох, ма, меня уже было не перелепить.

Из тех, которые ты мне в детстве объясняла, за колючкой кое-что работает. Стучать нельзя. Душат тебя — пускай, а администрацию привлечь — последнее дело. Это — как? Что справедливости к себе надо требовать, потому что от других ее ждать долго. Что за вранье будет расплата, и что за все расплата будет. Ты, может, и не хотела, а готовила меня к тюрьме, пока я мелким был. А когда меня забрали, ты стала меня к чему-то другому готовить — чтобы стать гнидой, а зато выжить. Из страха за меня.

Бывают ситуации, ма, когда в кармашке не усидишь...

Зазвонил телефон.

Тот самый, кого Илья ждал. Денис Сергеевич. Кто ему сегодня назначал быть как штык. И вот призыв.

Ждал, но так и не придумал, что делать. Если бы звонок пришелся на метро, можно было б попытаться тот же трюк провернуть, что и с Петиным начальством. Но нельзя же круглые сутки на Кольцевой линии замкнуться в ожидании одного звонка?

Просто пропустил его.

А Денис Сергеевич тут же набрал снова. И снова. От него нельзя было отделаться, он как будто мутно, но видел все через камеру: вот идет звонок, тянется к телефону рука, сбрасывает. Знал, что Илья специально не подходит. И требовал немедленно подойти.

На десятый раз Илья психанул, ответил ему заранее готовой эсэмэской: «Не могу говорить, перезвоню позже».

Тут же пришло: «Хазин! Почему не на месте?!»

Что говорить? На каком еще месте?!

«Это ваши с ДС игры, — строчил ему сегодня Игорь, — чтобы я подставился». Значит, Денис Сергеевич против Игоря интригует. Если Игорь боялся закладку в помойке оставлять, если в закладке тот самый товар, который для абреков, если тот же самый, который Синицын в операции изымал, который на склад оформляли, а Синицына за который потом брали... То что?!

Чего он может от Пети хотеть?

Чтобы Петя ему передал все, что на помойке нашел? Или Петя должен был сам Магомеду-дворнику его напрямую все-таки переправить, как Илья спланировал? Что в этой игре тогда ДС делает? Игоря на воровстве со склада ловит, на торговле веществами? Может быть, Хазин должен был Игоря заманить-загнать в волчью яму, о которой было заранее с Денисом Сергеевичем условлено? А Илья не знал и позволил Игорю самому назначить встречу в том месте, где тому было спокойней?

Дурачка больше нельзя было играть.

Приходилось рисковать.

Перевести стрелки.

«Игорь К. сорвал закладку, Денис Сергеевич! — стукнул Илья. — Я пустой!»

Пусть разбираются пока между собой, только бы дали ему немного времени сообразить, что и как. До вечера, до Сереги, до денег. Может, перезвонить, попросить, чтобы жена его отслюнила? Тогда он еще сегодня успеет за паспорт завезти!

Но потом — что? Потом что-то дальше нужно еще три дня до четверга плести, кружить, безуглыми фразами изворачиваться, чтобы недоумение в сомнение и мнительность в подозрение, доброкачественное в злокачественное не переросло.

«И что?» — раздраженно спросил ДС.

Потом — это потом, решил Илья. Это еще будет или не будет.

«Говорит, боится провокации. Подозревает вас».

Прости, Игорек. Лес рубят, щепки летят.

Есть только миг между прошлым и будущим. За него и держись. Именно он...

«Ты чего мне паришь?» — прислал ему эсэмэску Денис Сергеевич. Он писал обычные эсэмэски: ему не от кого было прятаться, он, наверное, сейчас при исполнении был. «При чем тут твой Игорь вообще?! Меня твои дела с ним не интересуют, Хазин!»

А что тогда интересует? Что?!

Илья влез в диктофонные записи: вдруг все, что Денис Сергеевич Пете наговаривал, как-то особо помечено было? Как спросить у самого Дениса Сергеевича совет, что ему сейчас лучше налгать?

Нет. Все файлы назывались механически, черт-те как: «Новая запись 78», «Новая запись 79». Не хотел Хазин Илью опять вытаскивать.

«Какого черта ты не подходишь?!» — прессовал его ДС.

Илья молчал, копался в чужих голосах, сдавленных телефонным динамиком.

«Соскочить хочешь? — давил Денис Сергеевич. — Ты охерел, Хазин! Тут люди уже заряжены, тебя одного ждут! Сейчас клиент дергаться начнет!»

Нет. Нет-нет-нет.

«У меня сегодня не получится...»

«Сегодня не получится, а когда получится?! Мы его сколько прикармливали! Он, кроме как у тебя, ни у кого брать не будет! Живо здесь чтобы был!»

Там что-то было другое, похолодел-взмок Илья. Там что-то совсем-совсем другое было, о чем он не знал, о чем Хазин, сука, не сказал ему. Что-то гораздо более важное, чем Игоряшины закладки, чем Петина подработка мелкая, чем его дела с какими-то дагами. Большая игра какая-то, слишком большая для хазинского телефона, а может, и вовсе не игра.

Ум судорогой свело.

Что сейчас сказать? Пока Денис Сергеевич сам себе придумал объяснение, так проще. Молчать надо, кивать согласно, не раскрывая рта. Любое слово мимо может его навести на главное, на страшное: что Хазин не Хазин.

«Ты думаешь, можно так, да? Нет, начал — доводи до конца! — лепил одно за другим ДС. — Чего боишься? Ты там у себя не болтнул никому? Думаешь, Беляев тебя твой прикроет? Или кто? Коржавин? Ты сечешь хотя бы, Хазин, что они все против нас мягкий кал?! А ты просто плевок! Ты же на крючочке у нас, помнишь, Хазин? Давай, сорви мне мероприятие, папочку-то с полки снимем. Папочки-то никуда у нас не деваются!»

Надо было срочно.

Придумать, защититься. Но эсэмэски от Дениса Сергеевича били молотком Илье по сеченой шляпке одна за другой, раз, раз, раз, не давали возможности соображать, не оставляли времени изобрести вранье.

«Думаешь, ты работой отделаешься? Нет, малыш, так не выйдет. Ну-ка, зайди-ка в Вотсапп, я тебе послушать кое-что пришлю!»

Илья послушался, открыл Вотсапп.

Через минуту пришло: звуковой файл.

* * *

— Вон он. Вон, из машины вышел.

— Да я вижу. Все работает уже. В тарелке устройство активно?

Позвенело железо-серебро о фарфор.

— Говорят, все пишется. Ну и мы тут страхуем. Все. Давай, Макс, отсядь. У меня с ним тет-а-тет типа.

Хлопнула дверь, делано-радушно промяукала что-то хостес, прошаркали подошвы. Вокруг бубнили люди, рядом, но и далеко, их ненужные слова записным нужным словам не мешали.

— О, Петр! Здорово! Как швейцарские часы!

— Здравствуйте, Денис Сергеевич.

— Голодный? Я вот тут нарезки всякие набрал, нарезочки. С горячим тебя ждал.

— Да я водички бы просто, если можно. Уже пообедал.

— Ну, как знаешь. А я поем. Танюша! Ему водички, а мне водочки. У вас очень красивые колготки!

Хихикающая официантка приняла нажористый заказ: сильно оголодал Денис Сергеевич. Потом еще чуть-чуть посмеялись ни о чем: Денис заливисто, переходя в лай, Петя настороженно, заикаясь. Но Илья не стал перелистывать вперед. В смехе-то больше правды, чем в словах.

— Ну что, Петр? С чем пожаловал-то? Какие гостинцы у тебя для нас?

— Голову отца принес, — нервно хахакнул Хазин.

— А мы и ждали ее! Доставай, вот и блюдо как раз освободилось! — снова звон о фарфор серебра.

— Ну я в переносном, — опять прохихикал Петя.

— Ну ведь и я в переносном! — рассмеялся Денис Сергеевич. — Ладно, не томи!

— В общем, есть адресок, — пошуршали бумажкой. — Вот, перепишите. Это бани. Отцовский сокурсник хозяин. У них там раз в две недели слеты. Со шлюхами. Отец тоже ездит. Регулярно. И еще люди из управления.

— Науменко? — с живым интересом спросил Денис Сергеевич.

— Иногда.

— Ну, Петр... А ты-то откуда про это знаешь? В скважину подглядывал?

— А это важно? — помялся Хазин.

— Все важно! Штрихи к портрету!

— Он меня туда брал с собой пару раз, — промямлил Петя.

— Вот это воспитание! Браво твоему отцу! Опыт подрастающему поколению передавал? — добродушно хмыкнул Денис Сергеевич.

— Типа того. У нас был разговор с ним... Про женитьбу. Он вот так решил показать мне, что свадьба — это еще не конец света. Ну и... Показать, что мы, типа, заодно. Наверное. Хер его знает.

— А это известный способ завоевать доверие, — согласился Денис Сергеевич. — У нас в стране так все важные сделки скрепляются. Молодые, конечно, брезгуют, но они малахольные, они просто подписям доверяют, да и баб живых, наверное, уже не пользуют, одну порнуху. А твой отец из старой гвардии, понимает, что к чему. Ничто так не объединяет, как совместное грехопадение. В сауну к блядям — лучший тимбилдинг! — Он снова расхохотался.

— Ну, в общем так. Оборудуйте там наблюдением ее и все такое.

— Спасибо за совет, Петр! Но! — Денис Сергеевич цыкнул. — Ты ведь и сам не первый год в профессии. Со своими, что ли, сам так не паришься? На начальство это кино вряд ли произведет сильное впечатление. Это или на какой-нибудь Лайф вешать, или... На самом-то деле есть только один человек во всем мире, кто от этой хроники может по-настоящему удивиться. Твоя мать. А она, думаешь, об отцовских посиделках не знает?

— Точно нет! Она бы не простила!

— Если она знает, что он знает, что она знает, то не простит. А если он не знает, что она знает, то и прощать нечего. В таком возрасте женщине трудно жизнь начинать сначала. Но ладно. Ладно, Петр. Попробуем. Это неплохо. Это больше, чем ноль. Это малюсенький, знаешь, такой крючочек, на который мы Юрия Андреевича посадим. А если повезет, то и других оступившихся граждан.

— Вы мое дело закроете? — помолчав, буркнул Хазин.

— Прикроем, Петр. А если с твоим отцом все выйдет, как надо, тогда спишем в архив, да. Если он увидит себя в кино и решит, что это кино не для семейного просмотра, тогда — да. Тут все зависит от того, насколько у вас крепкая и дружная семья.

— Старый козлина. Мне будет морали читать, а сам с хохлушками с голой жопой в бассейне плавать.

— Пикантная деталь, — заметил Денис Сергеевич. — Надеюсь, это хотя бы беженки из Донбасса, которых он выручает хлебом. Шучу. Ладно, Петр. Надеялся я, если честно, на большее, учитывая тяжесть твоего проступка. Но если твой отец не будет брыкаться, а освободит нам должность, то твоя первая разведка боем будет засчитана. А что, скажи, ведь он расстроится, что работу потеряет. Тебе-то как от этого?

— Как-как. Ему все равно же уходить, меньше года осталось. А он меня готов спихнуть, лишь бы стул еще погреть. Это как? У меня-то все только начинается.

— Это точно, Петр. Все у тебя только начинается. А вот, кстати, у меня для тебя памятный сувенир.

— Что это? — осторожно спросил Хазин.

— Открывай-открывай, не бойся.

— Это что, рыболовная снасть?

— Это крючки, Хазин. Коллекционка. Крючочки. Если не рыбачишь, можешь просто на полку поставить и любоваться. Погоны наши я тебе выдавать не уполномочен, а это вот — пожалуйста. Бог даст, еще поработаем! Ты как хочешь, а я выпью. Будешь?

— Я за рулем, Денис Сергеевич.

Булькнуло.

— Ваше здоровье.

* * *

Отыграло.

Илья выдохнул.

Стало, наверное, ясно теперь уже все. И почему, наконец, Иуда, и как Петя сохранил стул, а папа потерял. Некого тут пожалеть, не на чью сторону встать. Все равно, и все равно как-то...

Как-то неразрешимо. Какое там «юбилей», ма. Это никогда.

«Мы это под папу твоего писали, но можем и маме дать послушать, — пришло сообщение от Дениса Сергеевича. — Но это так, в довесок к прочему».

«Не надо», — попросил Петя.

«Значит, вышел из сумрака и хвост трубой по-бырому примчался сюда!» — скомандовал ему Денис Сергеевич.

«Я не могу сейчас. Я все сделаю. У меня тут беда. Проблема. Личная, не по бизнесу. До конца недели не могу! Потом — да!»

«Ты в Москве вообще?!» — наконец сообразил ДС.

«Нет. В этом и проблема».

«Хазин, еб твою мать! Что там я тебе про бокал и звездочки говорил? Забудь все!» — и он сгинул, а Илья, загнанный, свалился.

Что, неужели отступился от глупого Хазина его дрессировщик? Илья заходил по своей клетке-квартирке.

Думаешь, он дал тебе свободу до конца недели, как ты просил? Ты же видел, что это за человек. Ты же у него научился разговоры по душам на диктофон писать. Нет, он тебя не оставит. Это ты сорвался, ты ошибся, не так понял. Ты нечаянно, но тут, как на зоне, нечаянно не бывает, за все нужно отвечать.

Сказал, что не в Москве. Он сам спросил, и так было удобней от него отклеиться. На шаг вперед подумать нельзя было? Он сейчас ведь сделает запрос — не в Москве, а где? И ему сотовый оператор отрапортует. День еще не кончится. Сколько у него уйдет времени, чтобы узнать его перемещения за все последние дни, неизвестно. Главное, чтобы он не понял, где сейчас Хазин.

Вырубил телефон. Вырубил. В доме им больше нельзя пользоваться. Только в дороге. В метро. В такси. На бегу.

Или рано?

Может, Хазин и раньше такое выкидывал — со своими загулами, попойками, со своим кокаином. Вы ведь знали, Денис Сергеевич, что человечек-то червивый, когда его к себе брали. Вы от него, может, и ждете таких фортелей. Был бы Петя Хазин без мягких мест — куда бы вы ему свой крючочек всадили? Может, еще и не ищет?

Но телефон Илья дома больше не включал.

Пока наступал вечер, Илья пил с сахаром, с сахаром, с сахаром чай.

Думал с Петей.

Как бы тебя ни загнал он, Хазин, сучий потрох, но — так с ним? Так с ним, со своим отцом! Может, ты и в сауне его писал про запас? Писал ведь? Хотелось включить и послушать, прослушать весь архивчик. Чего ты еще мне про себя не говорил?

Как мне теперь с ним быть? Конечно, он не хочет твоих сраных извинений, моей пустой брехни, дело ведь не в чьей-то дочке, не в какой-то наркоте, дело в том, что он тебе свое гнилое нутрецо осмелился показать, чтобы ты не чувствовал себя рядом с ним дрянью, чтобы понял, что для обоих вас одну глину месили, это он так тебе навстречу, с тобой взрослым по-взрослому, а ты его — за ухо и голым-дряблым — под следовательскую лампу.

Не хотел быть ему обязанным? Не хотел жирному Коржавину задолжать?

Ну вот теперь: с этим рыболовом-то ты точно не рассчитаешься. У него ты всю жизнь будешь на крючке и на счетчике.

Идиот. Неразрешимо.

Как мне распутать, Петя Хазин, все, что ты напутал?

Как с матерью быть? Как быть с Ниной?

Очень хотелось включить обратно телефон, проверить — не написала ли она чего. Это ведь все всего-то утром было — больничный коридор, испанская песня эхом по палатам, Нинин оклик. Нину-Ниночку еще нельзя было так надолго одну оставлять, нужно за ней было еще присматривать: вроде все решила правильно, а как знать. Да и просто посмотреть на нее, пересмотреть ее фотографии вот сейчас, когда свободная минута, — хотелось.

В квартире было гулко. Везде горел свет, Илья зажег.

Хотелось включить телефон обратно.

Потому что это была теперь его жизнь.

* * *

Из подъезда выходил, озираясь, дерганый. В скудном фонарном свете терлись темные люди, которым надо бы по-хорошему было домой, в тепло. Облака опять налезли на Лобню, чтобы местные на звезды не засматривались.

Серега с женой переехал в новостройку на Батарейной — от дома десять минут. И все эти десять минут Илья шел и думал: ну теперь-то можно уже включить? Беспокоятся же, наверное. Нина, мать.

На половине пути остановился, вдавил кнопочку.

Завелась чертова машинка.

Помолчала и динькнула — вот! Кто-то искал его. Распечатал экран — пульс! — но это был лишний человек: друг Гоша.

«Педро! Как настрой? Я вот тут...» — Илья даже не стал в Вотсапп заходить, целиком читать. Неутомимый ты клоун, Гоша. Иди в жопу, не стану даже тебе отвечать, стерпишь; ты этим у нас и не избалован.

Больше ни от кого и ничего.

Снова отрубился, чтобы на Серегину хату фэсэров не наводить.

Вспомнил, куда и зачем.

Позвонил в домофон уже нервный, и оттуда так же нервно сказали: «Привет! Проходи!»

В подъезде росли цветочки, плакаты поздравляли с Днем народного единства. Все-то тут было образцово-показательное, как на зоне к приезду комиссии из Москвы. Даже лифт еще не зассан был, а кнопочки все в броню окованы — от таких, как Илья.

На этаже был из квартир целый лабиринт, напихали счастливых молодых семей поплотнее. Серега встречал на площадке, улыбку поддерживал, как портки без ремня — того и гляди, съедет, а под ней — голый хер.

— Если я в напряг, ты скажи... — попросил Илья.

— Ты че! Все нормально. Ты мой друг и тчк.

— Можем тут перетереть, не обязательно, если там, ну...

— Да брось! Стася вон там чай уже какой-то, пуэр, как в лучших домах Шанхая. Айда. Только разуйся в коридоре, плиз, а то у нас в доме живет человек-пылесос, все с пола в рот. Сегодня второй день без температуры, тьфу-тьфу, чтоб не сглазить, и не хотелось бы второго дубля. Не кашляешь?

— Вроде нет.

— Привет! Тема, это Илья. Илья, это Тема. А это Стася.

Стася была примодненная, остриженная, на Илью поглядела внимательно, щеку не подставила. Взяла на руки серьезного пухлощекого пацаненка, кивнула, унесла в детскую. Детская и взрослая: две комнаты у них было.

В кухоньке дымил пуэр — как будто гудрон жгли. Радушие так не пахло бы. Илья чувствовал себя, как друг Гоша: заранее надоевшим. Копилось предчувствие. Стася разлила гудрону, сказала, что не будет мешать старым друзьям, и затаилась в детской; оттуда пискляво мельтешили мультфильмы, а ее голоса не было. Слушала, значит.

Илья ее не винил: не то чтобы она — прямо уж сука, просто дом сторожит.

— Ну ты как? — спросил Серега. — Как первые дни на воле?

— Насыщенно, — сказал Илья. — По-всякому. Слушай... Я чего зашел-то. Одолжиться хочу. Прости, что в лоб. Просто срочно.

— Так, — Серега моргнул. — Сколько?

— Полтинник, если есть. Пятьдесят тысяч.

— Я... Ого. Сейчас, погоди, я у Стаси... Посоветуюсь.

— Мне до пятницы.

Квартира крохотная.

— Ага, до пятницы! — ответила через стену Стася еще до того, как Серега из кухни вышагнул. — Где он в пятницу-то возьмет?

— Придут. Пришлют, — уже с ней напрямую заговорил Илья. — Позарез надо.

— Мы просто только из Ланки... — заметался между ними Серега. — Типа поиздержались, все такое.

— Ипотека! — напомнила Стася.

— До пятницы же только! — настаивал Илья.

Он уже знал, что его сейчас выставят, что денег ему тут не дадут, это уже было унижение, а не дружеский разговор, но Колумбия брезжила упрямо, не хотела быть миражом, требовала, чтобы Илья за нее боролся.

— А что Тамара Пална? — осторожно вбросил Серега. — Не может...

— Не может.

И еще не хотел говорить ему, что эти пятьдесят тысяч — спасение. Как у Сереги клянчить, хотя бы и жизнь? Перед Серегой и так было зазорно. Уходил одинаковый с ним, а вернулся... Не друг, а кореш. Вышел кореш с зоны, харя мятая, как собачья миска, несет перегаром, глаза запали, просит зарплату за месяц, божится вернуть. Кем стал, Илья.

— Тут у меня есть... — Серега полез в кошелек.

— Никаких! — железно сказала Стася. — В пятницу по кредиту платеж. Тачку кто в кредит брал? Я? Тема?

— Давай не при людях, Стась. Это вообще долгий разговор, кто...

Сторожевая сука.

— Ладно, это... Я об этом и заходил... Я пойду тогда.

— Да нет уж, посиди, — Стася влезла в кухню. — Друг же. Освободился. Сто лет не виделись.

Но бесстрашная.

— Бывай, Серег, — сказал ему Илья. — Не поминай лихом.

* * *

На что надеялся? На дружбу? На старую память? На долг по котловану?

Стоял во дворе, голова гудела как колокол. Таяла Колумбия в лобненском нуле, трещала по швам Гондвана, сдвигалось небо из кварца и гранита обратно, и было от него до земли не более шестнадцати этажей, а космос был недоказанной выдумкой.

Нельзя увильнуть, нельзя выскользнуть. Найдут, выковыряют, вздернут. Нельзя уйти от расплаты. Будет она.

А семь лет мои, крикнул он ей про себя, это за что расплата была?! Вранье все, никто ни за что не платит, и награды никакой нет. Бог всегда обвешивает, а справедливость люди себе придумали, чтобы друг друга до последнего не пережрать.

Включил телефон, чтобы успокоиться. Чего терять теперь-то?

Опять маячило от Гоши: «Педро! Как настрой? Я вот тут...» — Илья провел пальцем по нему, огладил — ладно, давай, что там у тебя, горемыка.

«Я вот тут бонус получил за заслуги перед Отечеством, хочу потратить на благое дело! Пересекатор?»

Илья сначала хотел его укопать обратно в Вотсапп, ткнуть в кипу неотвеченного. А потом остановился.

На Москву находила ночь — такая же мутная, как пятничная, только пустая, разреженная. На «Трехгорке» сейчас, наверное, было безлюдно.

У Пети же был товар с собой — на себя и на подруг точно, может, и больше. Грамм двести баксов. Четыре грамма — паспорт.

Надо было только вернуться туда, на «Трехгорку», на задворки, к выпотрошенному подъезду. Надо было просто открыть люк, просто слазать к Пете под землю, просто забрать у него из кармана пакетик с порошком. И продать его другу Гоше, которого Петя сделал наркоманом, клоуном и ничтожеством.

Все то есть просто.

Просто надо встретиться еще раз.

Илья собрал серого снега с машин, обтер им лоб и глаза.

Потом сообщил Гоше: «Может быть. Я попозже напишу. Не спи, братиш!»

13.

Стала падать температура.

Тепло куда-то из Лобни утекало, в пробоину или через плохо замазанные щели — в землю, на обратную сторону шара, в Колумбию, что ли. Почему так холодно? В айфоне было приложение, чтобы узнать погоду. Как-то американцы разведали, что в Лобне было сейчас минус восемь. Волновало их это, видимо. Может, к вторжению готовились и не хотели, чтобы морозы застали их врасплох.

Илья мерз.

Мерз, пока шел к станции, который раз, уже не обращая внимания ни на дома, ни на людей из этих домов. На платформе в ожидании мерз. С холодом наступила какая-то прозрачность, туман высох, у темноты появилась глубина. Но Илья передвигался не в Лобне, а сам в себе. Пытался шутить, но мерз.

А что, было бы лучше, если бы он взял «макаров» и пошел в парк людей грабить? На инкассаторов напал? Ларек взял штурмом? Что он с Петей сделал, то уже сделано. Петя лежит там неживой, это и не он: просто брикет мороженого мяса с костями, он боли не слышит, он не обидится, если Илья у него по карманам пошарит. Он не проклянет и мстить не будет.

Мертвые — мертвые.

Им можно вредить, ничего за это не будет.

Какая Пете разница — у него так и так этот порошок был на продажу. От него не убудет, а Илье — спасение. Что делать, если из живых никто не хочет помогать? Остается так.

Если быстро все провернуть на «Трехгорке», то можно еще ночью встретиться с Гошей. И тогда утром уже сдавать деньги на загран. Может, успеют даже к четвергу сделать. Билеты на пятницу. Вот о чем надо думать.

Пока стоял на холоде, телефон молчал. Как только сел в вагон, сразу оттаял. Задрожал, принялся напевать: «Я огонь, что твою кожу жжет...»

Звонил: Хазин Юрий Андреевич.

Илья чуть не выронил его.

Сбросил. И через полминуты получил от отца сообщение: «ПОЧЕМУ У ТЕБЯ ВЫКЛЮЧЕН ТЕЛЕФОН?»

Сам набирает, первый. Зачем? Он же проклял Петю уже, отшвырнул.

Хочет еще досказать проклятий, о которых днем не додумался? Или это мать заставила его сейчас звонить? Ради мира в семье? Стиснет зубы, скажет: прощаю, а сам не простит. Или в самом деле за день остыл и решил принять сына обратно?

Илья написал ему: «Я на внедрении, не могу разговаривать».

«А ПИСАТЬ, ЗНАЧИТ, МОЖЕШЬ? ВЕСЬ ИЗОВРАЛСЯ! — опять своими капитальными буквами нагромоздил ему отец. — МАТЕРИ СВОЕЙ ПРО ВНЕДРЕНИЯ РАССКАЗЫВАЙ! ПРОСТО ССЫШЬ РАЗГОВОРА, КАК ОБЫЧНО!»

От сплошь заглавного и восклицательного Илья оглох на оба глаза. Нет, отец не думал с ним мириться. Он хотел Петю высечь — наконец высечь, как все детство порывался.

«ЭТО ОНА ТЕБЯ ПОДУЧИЛА МНЕ НАПИСАТЬ, ДА? СЛАВА БОГУ, ОНА ХОТЬ НЕ ЗНАЕТ, В ЧЕМ ДЕЛО! — не дожидаясь от Ильи ответа, дальше хлестал он. — ДА ТЫ БЫ И ЕЙ РАССКАЗАЛ, ТОЛЬКО БЫ МЕНЯ УЕСТЬ!»

«Неправда», — возразил ему Илья.

Ответа приходилось ждать: отец нащупывал буквы медленно. Не мог, что ли, деревенеющими пальцами в крохотные кнопочки попасть — или слова подбирал.

«ЕЩЕ КАК ПРАВДА! ТЕБЕ ЖЕ ПЛЕВАТЬ НА НАС, НА САМОМ ДЕЛЕ! НА СЕМЬЮ ТЕБЕ ПЛЕВАТЬ! ТЕБЕ ТОЛЬКО НАРКОТА ТВОЯ ИНТЕРЕСНА! ЗА НЕЕ МЕНЯ ПРОДАЛ ИЛИ ЗА ПОГОНЫ?»

«Я извинился же. Хочешь, еще раз попрошу прощения».

Голову отца принес, вспомнил Илья. Вот блюдо, выкладывай. Как за такое извиниться? Хихикал.

Но это был такой смех, как будто пена у бешеного изо рта лезла. От болезни, а не от веселья.

«МНЕ ТВОИХ ПАРШИВЫХ ИЗВИНЕНИЙ НЕ НАДО! ДЛЯ ТЕБЯ ВООБЩЕ ЧТО-НИБУДЬ СВЯТОЕ ЕСТЬ, Я ХОЧУ ЗНАТЬ?»

Илью вдруг это обозлило.

«А ты сам-то не изоврался?» — отправил он ему раньше, чем успел передумать.

«ТЫ КАК СМЕЕШЬ! ЩЕНОК НЕБЛАГОДАРНЫЙ!»

Это не твой отец, и он не тебе пишет, прошептал вслух Илья. Ты у него должен был попросить прощения, ты попросил — за Хазина. Теперь просто спрячься, уйди от него. Это только буквы на экране, не позволяй им себя выводить, выявлять.

«ЧТО ЗАМОЛЧАЛ?»

Илья вспомнил лицо Петиного отца: нездоровое, желчное, с вислой кожей, с запавшими глазами. Вспомнил его гнедые волосы, крашеные. Представил себе, как сейчас это лицо скривлено. Ковыряет, ковыряет. Нет, он не даст Пете отмолчаться. Он хочет его до крови расчесать.

Святое... Святое. Ну не гад ты?

«Чего ты меня лечишь вообще? Это я, что ли, ей изменял?»

«НУ А СВОЕЙ ТЫ НЕ ИЗМЕНЯЛ, ЧТО ЛИ?! КАК ЕЕ, ЗАЗНОБУ ТВОЮ, НИНА?»

Так быстро ответил, что Илья почувствовал — этот ход у него был готов, спланирован. Вот зачем, на самом-то деле, отец ему сейчас пишет. Вот о чем: о своей измене. Этот разговор у них, видно, оставался недоговоренным. Сдался отец Денису Сергеевичу, отдал ему свою работу, смирился со старостью, проглотил предательство, не жуя. За все это Петя уже был бит, проклят и выгнан из дома. Но что-то продолжало у Юрия Андреевича воспаляться и нарывать. Что-то еще, заноза.

Боится он сына, что ли?

Боится, что тот однажды матери его все-таки сдаст? Хочет у Пети этот козырь из рук забрать. Своими пассами, криками, болевыми приемами давит на Петю. Ищет, где у него совесть осталась, чтобы туда половчей ткнуть.

Ты же его в баню свою со своим пузатым старичьем затащил, чтобы он там вместе с тобой блядовал, и ты же его будешь этим попрекать?

«Не твое дело! — огрызнулся Илья. — Типа тебя это сильно заботит! Ты не за этим меня, что ли, с собой брал?»

«ШТАНЫ С ТЕБЯ ТАМ НАСИЛЬНО НИКТО НЕ СТАСКИВАЛ!»

«Ну и с тебя тоже!»

«Я НЕ ГОВОРЮ, ЧТО ЭТО ПРАВИЛЬНО! НО ТАМ-ТО ТЕБЯ ВСЕ УСТРАИВАЛО!»

«Ну и что ты мне хочешь доказать? Что я такой же, как ты?» — вот теперь Илья это не себе мог сказать, а ему; и сказал.

«Я ДУМАЛ ЧТО МОГУ ТЕБЕ ДОВЕРЯТЬ».

Весь этот разговор за одним: крючков в мягкое навтыкать. Кадровик, сука, инженер человеческих душ. С сыном-то своим можно без инженерии?!

«Матери я ничего не говорил! И не скажу! Тебя ведь это интересует? — вышел из себя Илья. — Все, пока!»

Заткнулся.

Илья поерзал на сиденье, шепотом выматерился, потер пальцем испарину на окне. Напротив сидела какая-то бабка, смотрела на него как на белогорячечного.

«ТЫ ТАКОЙ ЖЕ КАК Я? ДА Я ПОНЯТЬ НЕ МОГУ, КАК У МЕНЯ ТАКОЙ СЫН МОГ РОДИТЬСЯ! — капнуло раскаленное еще через минуту. — ЗАЛОЖИТЬ РОДНОГО ОТЦА КОНТОРЕ!»

Да чего ты от меня хочешь-то?!

«А какой у тебя должен был быть сын?»

«ТЫ НА ОТЦА РУКУ ПОДНИМАЕШЬ! НА СЕМЬЮ! ЕСТЬ СВОИ ЛЮДИ И ЕСТЬ ЧУЖИЕ! ДЛЯ ТЕБЯ НЕТУ ЧТО ЛИ РАЗНИЦЫ!»

«А с чужими можно, значит, что угодно делать?» — от себя зло спросил Илья.

«НЕ ЮЛИ! ПРИЧЕМ ТУТ ЭТО?!» — крикнул отец.

«Я сам, что ли, таким говном вырос?»

«Я ТЕБЯ ТАКИМ НЕ ВОСПИТЫВАЛ! — отрекся тот. — ТЕБЕ ЖЕ ДЕНИС ТВОЙ ТЕПЕРЬ ЗА ОТЦА! С НЕГО ВОТ И СПРАШИВАЙ! ОНИ ВОТ ТАКОЙ ШЛАК, КАК ТЫ, И ПОДБИРАЮТ! НА ЧЕМ ОНИ ТЕБЯ ПОЙМАЛИ? НА ТВОЕЙ НАРКОТЕ И НА ТВОЕЙ ДУРОСТИ! ЗА ПАПКОЙ ПРЯТАЛСЯ! И ПАПКУ ЖЕ ЗАЛОЖИЛ!»

«А я должен был под Ксению лечь, чтобы меня простили, да?»

«НОРМАЛЬНАЯ БАБА!»

Вспомнил, как брезгливо эта сука Петю мордой во все его оплошности тыкала. Вломить бы ей за такое как следует, а Петя не позволял себе, выдерживал, пока не сбежал. Боялся отцовские отношения портить.

«А я нормальный мужик! Я не хочу ей ничем быть обязан! И ни хуя она не нормальная! Избалованная пизда!»

Этого отец тоже от него ждал:

«Я ДО ГЕНЕРАЛА К СТАРОСТИ ТОЛЬКО ДОСЛУЖИЛСЯ! ТЫ МОГ С КОРЖАВИНЫМ КАРЬЕРУ В ДЕСЯТЬ РАЗ БЫСТРЕЙ СДЕЛАТЬ! В СОРОК ЛЕТ УЖЕ ГЕНЕРАЛОМ БЫТЬ! ВСЕ ТЕБЕ ПОДГОТОВИЛ! ВСЕ УСТРОИЛ! НА БЛЮДЕЧКЕ С КАЕМОЧКОЙ! ТОЛЬКО БЕРИ!»

Эсэмэски брякали одна за другой. Потом он попытался опять прозвониться, но Илья снова сбросил.

«МУДАК».

«А мне, может, не нужно так! Я, может, своих погонов хочу, а не ее!»

«А ОТКУДА СВОИ-ТО?! СВОИ, ЧТО ЛИ, У ТЕБЯ ВСЕ ЧИСТЫЕ? НА ОТЦОВСКОЙ ШКУРЕ ПОДПОЛКОВНИКА ПОЛУЧИШЬ?! ВАЛЯЙ! ЭТИ ТОЖЕ НЕ СВОИ У ТЕБЯ БУДУТ, А КОНТОРСКИЕ!»

Илья смолчал, ненавидел его тихо. Но отец не оставлял его в покое.

«БЫЛ БЫ ТЫ ЧИСТОПЛЮЕМ, ШЕЛ БЫ В КРАСНЫЙ КРЕСТ! НО ТЫ ЖЕ СЛУЖИШЬ, ТЕБЕ ЖЕ НРАВИТСЯ! ОТЦА СДАЛ, ЛИШЬ БЫ ДАЛЬШЕ СЛУЖИТЬ! АДВОКА-

ТОМ-ТО МЕЛКО УЖЕ, А? БАБКИ ЧЕМОДАНАМИ СУДЬЯМ ТАСКАТЬ, ЯЗЫКОМ БАЛАБОЛИТЬ! НЕ ХОЧЕШЬ? НЕ ХОЧЕШЬ! ПОТОМУ ЧТО ПОНИМАЕШЬ, ЧТО ЭТО ТАКОЕ! КОГДА ТЕБЯ ЛЮДИ УВАЖАЮТ! Я ХОТЬ ГЕНЕРАЛОМ И НЕ БЫЛ, А У МЕНЯ В ПРИЕМНОЙ ГЕНЕРАЛЫ ТОЛКЛИСЬ! КОМИТЕТЧИКИ ТВОИ НА ЗАДНИХ ЛАПКАХ ПРИБЕГАЛИ, ЛИШЬ БЫ ИХ ЧЕЛОВЕЧКА УТВЕРДИЛ! БАБКИ, ДУМАЕШЬ, НЕ ПРЕДЛАГАЛИ? ПРЕДЛАГАЛИ! А ПУСКАЙ-КА ПОСЛУЖАТ, КАК СОБАЧКИ! ПУСКАЙ ПОУПРАШИВАЮТ! ВОТ ЧТО ТАКОЕ! ВОРЬЕ СВОЕ ТАЩИЛИ МНЕ НА УТВЕРЖДЕНИЕ, ГНИЛЬ ВСЯКУЮ! ОНИ ГНИЛЬ ЛЮБЯТ! КАКОЕ — АДВОКАТ!»

— Савеловский вокзал, конечная.

В этот раз на такси было жалко, сел в метро. Но отец его и из-под земли достал.

«ТЫ ЕЩЕ ПАЦАНОМ КРУГЛЫЙ ДЕНЬ В МОЕЙ ФУРАЖКЕ БЕГАЛ И БЕЗ ПОРТОК! ЭТО ОНА ТЕБЯ В АДВОКАТЫ!»

«Она меня, может быть, уберечь хотела», — написал ему Илья.

«БЫЛА БЫ ДОЧКА, ПУСКАЙ БЫ С НЕЙ НОСИЛАСЬ! А У МЕНЯ СЫН! ЭТО НЕ ДЛЯ СЛАБАКОВ ДЕЛО! ТУТ КТО КОГО СОЖРЕТ!»

Поскреб стекло еще; отскреб себя в темноте.

«А ты не думал, что однажды тебя могут сожрать? — спросил тихо у отца Илья. — Или меня?»

«ХЕРА БЫ ЛЫСОГО КТО МЕНЯ СОЖРАЛ ЕСЛИ БЫ ТЫ МЕНЯ ИМ НЕ СДАЛ».

Была толчея: целый поезд людей в телефонах. У всех там, внутри, интересней было, чем чужим людям в затылок глядеть. Поезд одни бездушные тела по кругу вез. Чудо техники.

«А ТЫ САМ КОГО УГОДНО СОЖРЕШЬ!»

Да.

Но нет.

«Знаешь, я однажды одного парня просто так закатал на семь лет. Подбросил ему пакетик, — медленно, задумчиво напечатал Илья. — Это, например, как?»

«НУ И ПОЛУЧИЛ СВОЕГО СТАРЛЕЯ ЗА НЕГО! ДЕЛО БЫЛОЕ!»

Илья ухнул вниз, в какие-то круги поглубже Кольцевой линии. Почернело внутри, разожглось.

«А парня не жалко?»

«ТЫ ПЬЕШЬ ТАМ ЧТО ЛИ? ЖАЛКО НЕ ЖАЛКО!»

Слишком много было в вагоне людей на слишком мало воздуха. Илья взопрел, отпихнул какого-то смуглявого от себя, тот огрызнулся.

— Слы, гумза, не драконь меня, а то ща я тебе клоуна сделаю, — задыхаясь от мгновенной ненависти, безголосо прошипел ему Илья.

Тот отшатнулся, затерся в толпу. Илья подышал. Вспомнил, как по-человечески разговаривать.

«А как думаешь, в жизни за такое не придется однажды заплатить?» — набрал он отцу.

Поезд ухнул в туннель, связь пропала.

Замелькали ребра-спайки, застонал воздух, закачались как пьяные люди. Илья тоже качался — в пузыре: от него будто воняло, и люди съежились куда-то в стороны. Висел на поручне и клял себя за то, что написал это. Клял и ждал ответа от Петиного отца — жадно и со злым предвкушением.

На следующую станцию доставили ответ.

«ДА СКОЛЬКО МОЖНО ТО ОБ ЭТОМ! Я ДУМАЛ ТЫ УЖЕ НАКОНЕЦ ЗАБЫЛ О НЕМ!»

Илья расстегнул куртку. Потом совсем снял.

Прикусил губу.

«О ком — о нем?»

«О СТУДЕНТЕ ЭТОМ. ПЕТЯ! КОГДА ЭТО БЫЛО! ОН, НАВЕРНОЕ, ВЫШЕЛ УЖЕ!»

Шатнуло, и Илья полетел на сидящих внизу. Они зафырчали недовольно, расселись, но он и не слышал, и не видел.

Петя? Правда это?

Долго не мог забыть?

«НЕ ХОЧЕШЬ ТЫ ЖРАТЬ ЗНАЧИТ ТЕБЯ СОЖРУТ! ТАК БЛЯ ЖИЗНЬ УСТРОЕНА! У НАС В УЧИЛИЩЕ В УССУРИЙСКЕ ТЕБЯ БЫ ЖИВО УМУ НАУЧИЛИ. НЕ ВАША АКАДЕМИЯ».

Значит, так.

«Ладно, — пожал плечами Илья. — Может, ты и прав. Все, батарейка садится».

* * *

Он стоял и глядел на этот люк издали. Мимо дохаживали свой день последние люди, рассаживались по красивым машинам, зажав телефоны между ухом и плечом, договаривались с любимыми на вечер. Гасли одно за другим окна, стоянка пустела. Но неподалеку еще работал ресторанчик, в витринах были выставлены сытые граждане, лениво шевелящие в тарелках еду и неслышно чокающиеся темным вином.

Рано приехал, но деваться некуда было. Зайдешь в этот ресторан — оставишь сразу рублей пятьсот только за воды попить. Это поездка на такси, а с порошком лучше на такси. Такой город, Москва: деньги вместо воздуха.

Три дня прошло. Целая вечность. Было или не было все пятничной ночью? За эти три дня стало казаться, что все сон. Илья мог и по нескольку часов о сделанном не вспоминать. Мог бы, если бы не телефон.

Но телефон был: значит, и все было.

Люк лежал надежно, как могильная плита.

Рядом стоял внедорожник, чуть не наехав на него задним колесом. Надо было дождаться, пока хозяин выйдет, уедет.

Зуб на зуб не попадал.

Из ресторанных витрин пропадали люди, машин почти не осталось; рабочие-таджики в зябких курточках сели в битую «Газель» и поехали пересыпать ночь в трешке на сто человек.

Илья почти что околел.

Ноги сами понесли к тому подъезду, где он Хазина резал. Сердце заскакало, хотя он совсем уже было его охладил. Было темно; Илья включил телефонный фонарик, стал досматривать пол: есть следы?

Там все было в меловых полосах — таскали, что ли, волоком сбитую штукатурку мешками. И как пудрой загримировали кровоподтеки. Где-то Илья углядел бурый развод: криминалисты быстро обнаружат, а у таджиков и своих дел хватает.

Но развод был. Значит, и все было.

Сполохами в углах замелькали пятничные кадры: вот тут Хазин ему ксиву в лицо совал, вот тут он присел, начал дырку рукой затыкать, вот телефон достал, звонить кому-то собрался.

Подступила тошнота. Все было, все.

Зачем он сюда вернулся?

Но и назад нельзя.

Внедорожник стоял сиротливо, будто брошенный. Вокруг было уже совсем пустынно. Илья походил рядом еще, потом присел у люка на корточки: как его открывать-то? Посреди было маленькое отверстие, уцепиться можно было только за него. Чугун жегся холодом, весил тонну, пальцами его было не оторвать. Илья влез опять в подъезд, стал там шарить: искать инструмент. Нашел у строителей лом, поддел им как рычагом, еле вывернул, потом оттащил блин в сторону.

В колодец заглублялись скобы-ступени.

Дна не было.

Илья еще раз повертел головой: ни души. Дольше ждать не было сил, уже колотило отчаянно. Надо было просто поскорей разделаться с этим: вниз-вверх, запереть его обратно и звонить Гоше.

Взялся за ледяные скобы голыми руками, пошел в дыру.

Скобы были все в ледяной корке, пальцы соскальзывали, ноги ехали. Пустоты внизу меньше не становилось. Глубоко. Илья сначала хотел телефон в зубы зажать и светить им, но побоялся уронить и разбить. Уличного света хватало только у самой поверхности; дальше чернота.

А вдруг его нет тут, в колодце?

Что за столько дней не нашли, хотя рядом совсем работы идут — не странно? Посреди модного офисного квартала.

Вдруг он не стал до конца умирать, смог позвать на помощь, вдруг его достали? А не связался с родителями, с Ниной — потому что без сознания, много крови потерял? Вдруг никого Илья не убил?

Один раз почти сорвался, еле перехватился скобой ниже, повис — и тут кончилось. Нога ткнулась в это. В Петю.

Здесь он был. Жесткий, застывший. Бывший живой человек.

Илья встал аккуратно рядом — как-то между, как-то около, чтобы случайно не наступить ему на лицо. Достал телефон, погрел руки паром. Включил фонарик.

Он лежал в такой позе, как будто хотел сделать кувырок: голова внизу, тело сверху навалено. Не видел, что тут некуда было кувыркаться — справа и слева труба, но труба решетками отгорожена, а на решетках замки. Неловкая поза. Надо было устроить Петю поудобней, развернуть его, чтобы обшмонать. Но тот так, свернувшись, закоченел. Колодец, что ли, нерабочий был — такой же там стоял мороз, как сверху.

Илья завалил его первым делом в сторону, уложил набок. Хазин был непослушный и страшно тяжелый; в своем диком кувырке он нашел какое-то последнее равновесие и не хотел, чтобы его из этого равновесия выводили.

Посветил ему в лицо: лицо сломано, глаза открыты в бурой коросте бельмами, кудрявые волосы спутались, запеклись коркой. Тут же и ножик валялся.

Замутило, но удержал в себе.

Здравствуй, Петя.

Я там, наверху, в тебя играю, уже забыл, где ты кончаешься и где начинаюсь я. Уже подумываю, что ты ненастоящий. А ты настоящий — тут. А там тогда кто?

Ладно, прости, мне надо карманы твои почистить.

Влез в правый курточный, как бы верхний — ничего; подсунул руку ему под пудовый бок — в левый.

И тут сверху — голоса. Ближе. Громче.

— Конечно, продолжение ему! Сегодня, если что, понедельник! — отшучивалась девушка.

— Это все условности! — убеждал мужчина. — Давай доедем до меня, я машину поставлю, хоть смогу тоже бокальчик пропустить.

— Хочешь счет сравнять? Я веду два-ноль! — смеялась она.

С каждым словом приближались. Шли к этому чертовому внедорожнику. Илья потушил скорей телефон, упал вниз лицом. Приходилось прижаться к Пете.

— Я настроен только на победу, — говорил мужчина.

— Нет, правда ведь понедельник! Мы можем матч-реванш на пятницу назначить?

— Можем, конечно! Мы можем все! Ну давай, что ль, хоть подвезу тебя? А то что, ты сейчас на морозе будешь такси ловить?

— Ну хоть протрезвею чуть-чуть! — ухохатывалась она.

— Ну давай, пока он к тебе едет, в машине погреемся?

— Главное не перегреться, Вадик.

— Я само хладнокровие.

Петя не портился, он пах снегом, крошеным бетоном и ржавчиной; мертвечины никакой в его запахе не было. Холодные дни стояли и морозные ночи, хранили его бережно.

Господи, Петя.

Это ты? Тот, за кого я дела веду? Тот самый, кто меня тогда на танцполе решил смести? Тот, кого я насмерть убил?

Хазин смотрел с интересом твердыми глазами в близкую стену.

— Ой, Вадик, смотри, тут люк открыт! Осторожно, когда выезжать будешь!

— Гастарбайтеры гребаные оставили... Надо закрыть, наверное? А то свалится кто-нибудь.

— А там внизу никого нет?

— Але! — аукнуло в колодце. — Тут есть кто-нибудь?

Перестал дышать, белые руки спрятал под себя. Если у этого мужика в машине есть нормальный фонарь, Илье хана.

— Никого. Давай, правда, задвинем.

А сможет потом Илья открыть его изнутри?! Как?

Крикнуть им, полезть наверх? А вдруг начнут светить, спрашивать, увидят... Нет. И остался лежать ничком, тихонько, как будто убитый и сброшенный вниз.

Мужик запыхтел, заскрежетало железо, застонало, громыхнуло, вставая на место; и вместо жиденькой темноты, которую Илья уже научился просматривать без фонарика, колодец сверху донизу залило черным мазутом. От души тебе, блядь, добрый человек.

Эти двое запечатали его внизу и сами словно остались сторожить: через крышку приходили обрывки уговоров и смешков, подниматься было нельзя. Илья осторожно зажег телефон, пошевелился.

А если мы с тобой тут вдвоем останемся, Петя Хазин?

Я это, кажется, заслужил?

Ну приподнимись чуть-чуть, что там у тебя в левом кармане? Ничего, сто рублей. Полез ему в штаны: в задние карманы, в передние. Кошелька не было. Ключ от машины, ключ от дома.

Стыдно почему-то мне, Петя. Стыдно тормошить тебя, стыдно обирать. Глупо, что стыдно, а правда.

Мне сегодня твой отец такую вещь сказал. Тебе сказал то есть. Сколько можно мусолить историю со студентом, в таком вот духе.

Тебе разве не насрать было, что ты меня переехал? С родителями это обговаривал. Получал за меня старлея — сомневался? Что в тебе проклюнулось тогда? А? Ну намекни как-нибудь, если говорить не умеешь.

Снаружи вверху все болтали, все мялись.

Нужно было забраться в нагрудный карман, но Петя руки к себе прижал как-то странно, мешал Илье. В судорожных замерзших мышцах у Хазина сидела нечеловеческая сила, переборотъ его и отвести руки у Ильи не получалось никак.

Ты неужели жалел, что меня списал из молодости?

Я ведь тебе посторонний был. Сор в глазу, грязь на ботинке.

Голоса снаружи иссякли, чмокнули, кажется, двери у внедорожника, завелся мотор — но работал не громче и не тише, холосто. Целовались они там в машине, что ли?

Сколько ему тут сидеть?!

Вспомнил Петю последней ночью. За минуты до того, как он его подозвал. С упирающейся прошмандовкой, с телефоном в руке. Пьяным, обдолбанным. Запутавшимся. Четвертованным родными. Глушащим себя спиртом и порошком. Непрощенным и не собирающимся ни у кого просить прощения.

Не вовремя я тебя забрал, Петя.

Не вовремя выдернул тебя. Все эти провода, которые к тебе от ста людей шли, накалены от напряжения. Столько у тебя осталось дел. Столько разговоров.

Ну, я не знал. Я не нарочно.

Знаешь, чувак, я тебя понимаю. Какие у тебя были шансы-то стать нормальным человеком с таким батяней? У которого все друг друга только жрут и жрут, у которого ни за добрые дела, ни за злые ничего человеку не будет, а будет только за слабость и неловкость, который только хочет, чтобы перед ним на задних лапках служили, черт знает, отчего, может, оттого, что он сам когда-то в казарме в Уссурийске своем на задних лапках танцевал перед дедами, и видишь, как ему это пружину закрутило, на всю жизнь, или не это, а хер его поймешь что, отчего такое бывает, что пока человека не согнешь, не успокоишься, вот он и тебя гнул, гнул, чтобы все было по его: ментовка, звания, генеральская дочь, вот такой для тебя хотел лучшей жизни, думал, ты солдатик, скрученный из медной проволоки, каких он там у себя в управлении привык из людей крутить, а ты почему-то оказался из стальной, несмотря на такого отца, и ты сгибаться толком не мог, а мог только пополам переламываться, вот он тебя гнул, разминал, а ты взял — и пополам, и только два горячих в перегибе прямых обломка у него в руках осталось, а он этого не знает еще, еще ничего не понял, и все равно хочет победы, хочет, чтобы за ним последнее слово, чтобы ты за всю свою ересь покаялся, и чтобы дальше жил только как он тебе пропишет, не знает, что ты у него больше не под властью, а и знал бы, ну и какие шансы у тебя с таким папаней были, спрашивается, — нулевые.

Петя молчал. Лежал калачиком, сломанным эмбрионом, лицо — бурая маска, закоченелый и ледяной, от белого яркого фонаря не щурился.

Илья обнял его, под мышку ему пальцы сунул, в тот карман, в насердечный, из которого Петя доставал ксиву Илье под нос. И нащупал там маленькое сыпучее в полиэтилене, заветное нашел. Вытянул: точно такой же черный пластик, как тот, что ему Хазин в «Раю» в карман подложил. Точно такой. Только внутри завернуто не шесть крохотных пакетиков, а три — по два грамма в каждом, фирменная Петина фасовка, Илья ее на глаз узнал.

Пока обнимал его, еще своего тепла ему отдал, и холодно стало невыносимо. А Петя не согрелся ничуть. Вверху все молчали, сидели в своей теплой машине, смеялись или целовались, никуда не спешили, а Илья помаленьку, в обнимку с убитым, околевал.

Нулевые шансы. Я не хочу сказать, что с тебя ни за что спросу нет — ты что сделал, то и сделал, но и я ведь так же, я тебя понимаю, чувак, но и ты меня пойми, я был в церкви на днях, там глухо, но грехи-то за нами есть, как считаешь, я вот грешник получаюсь, но и ты грешник, а кто нам отпустит тогда, если в церкви все бизнесом заняты, а праведники все в космосе болтаются, они в земных делах ничего не секут, что они нам могут отпустить, ничего, блядь, они нам не облегчат, пустомели, мы с тобой только друг другу можем тут помочь, ты мне, я тебе, я тебя понял вот, ну и ты меня тоже пойми.

Плевать ему было, что Илья тут распекается.

Пальцы на ногах уже перестали колоться и онемели, стало клонить в сон, и Илья, чтобы не уснуть, мял Петин пакетик, слушал пальцами, как там мельчайшие песчинки похрустывают-поскрипывают.

Раз — и начал видеть, как Петин ключ от дома подошел к замку на решетке, пошуровал в скважине и отпер, отодвинул ржавую калитку, пополз на четвереньках по трубе, по замерзшему подземному ручью, искать тепло, чтобы только отогреться, и увидел ответвление, которое домой ведет, в Лобню — точно, откуда-то это Илья на полные сто процентов знал, и он туда повернул, а потом оглянулся назад — а за ним кто-то шумно, неуклюже ползет следом. Посветил фонариком — а это Петя, тоже на четвереньках, но трудно ползет, потому что голова свернута набок и вниз, клонится к груди, глазам видеть не дает. Глазами не видит, а идет за Ильей безошибочно, на всех поворотах в нужную сторону берет, по запаху, что ли, и ясно становится, что Илье от него не оторваться, что Хазин, может, и не сразу, но рано или поздно — найдет по теплому следу дорогу к Илье домой и заявится в гости.

Наверху рыкнула машина, и Илья очнулся.

За секунду мотор затих в какой-то дали, и все. Уехали. Свобода.

Пальцы почти не гнулись, пришлось их оттаивать, засунув под мышки. Поприседал, пытаясь не завалиться на Петю. Ноги болели, мускулы все начали уже коченеть. Кое-как оживил их, спрятал трофеи, полез вверх еле-еле по жгучим скользким скобам; эта дорога только вниз была предназначена, Илье возвращаться бы не полагалось. Но он думал про Гошу, которому сейчас будет звонить, про паспорт, за которым первым делом поедет завтра утром, про Колумбию, в которую может и должен успеть, про самолет, которым полетит. А от самолета — про Нину, которая упрямо собирается учиться на пилота.

Стукнулся теменем о железо, чуть руки не разжал.

Нет, он не упадет обратно к мертвым. Будет жить. Хочется жить.

Назло им, на вред.

Сделал еще полшажка вверх, опустил голову, как Петя опускал, уперся хребтом в крышку — замычал — и выдавил ее; выкатился на лед, задвинул блин и сразу, шатаясь, на полусогнутых, не оглядываясь назад, потрусил к выходу из кирпичного лабиринта.

Только с улицы написал Гоше, когда уже знал, что его никто не поймает рядом с колодцем.

«Братиш, хорошие новости. Бандеролька из Колумбии».

«Я бы пару единичек взял», — откликнулся Гоша.

«У меня шесть, бери про запас, скидку дам! — трясущимися руками с не первой попытки натыкал Илья. — Полтос за все!»

Гоша притих, видимо, калькулировал. Сделка была выгодной, Илья знал. Скидка чуть не тридцать процентов.

«Завтра только смогу наскрести!» — Гоша наконец решился.

«Тогда и товар завтра. Утром», — поставил условие Илья.

«Давай в “Кофемании” на Садово-Кудринской позавтракаем? В десять?»

«Супер».

И еще сразу одно пришло. От Нины.

«Ложусь спать. Просто хотела написать тебе, что думаю о тебе целый день. Это не розовые сопли! Правда. На вопрос из твоего письма: да, мне тоже дико страшно. Но мы как-нибудь прорвемся!»

Как, Нин?

* * *

Домой ввалился за полночь, нос заложен, горло кашлем дерет, глаза слезятся — встреться ему кто незнакомый, подумал бы, что Илья плачет.

Забыл даже проверить спички, которые выставлял у входной двери, чтобы знать, если чужие будут квартиру вскрывать.

Не осталось ни на что сил.

В квартире было холодно: уходил — оставил форточку.

Прямо в коридоре скинул с себя всю одежду, все белье, и голым, дрожа, бегом в ванную — открутил там вентили чуть не до кипятка — и в душ, в душ, мясо размораживать.

Стоял лицом к стене, глазами в кафельные квадраты, трясся, кипятка ему не хватало. Пока вода шла через стылый воздух, теряла злость и не обваривала, просто грела. А хотелось ошпариться.

Пялился-пялился в кафель — и вдруг краешком глаза заметил что-то: не сзади и не сбоку, на самом рубеже видимого.

Как будто прозрачная тень, но не тень, как будто беззвучный целлофан в человеческий рост развернули. Как бесплотное, но движется, живое.

Это ты ко мне приклеился там и приплелся за мной, потому что я тебе дорогу к своему дому показал?

Ухнуло сердце, Илья развернулся резко: лицом — к этому.

Просто пар клубился.

Поднимался из исцарапанной ванны от горячей воды пар и ткался в силуэты.

Пар.

14.

Вторник оказался плюсовым и безоблачным.

Тучи разогнали еще ночью, как будто репетировали какой-то государственный праздник. Обратно дали тепло и даже впустили совершенно весенний по запаху воздух. Люди жмурились на импортно-ярком солнце и пробовали улыбаться. Лучи ломили сквозь вагонные окна, проявляли на них разводы от тряпок и угольную пыль.

И еще от Нины пришло радужное:

«Доброе утро! Погода обалденная! Хочу с тобой гулять!»

«Доброе! — согласился он. — Работаю!»

Пакетики Илья убрал в ботинки. На ментов, которые в любом потоке стояли плотиной, шел уверенно: смотрел в телефон, и это как-то делало его для них невидимым. Как будто с новым айфоном человек не мог быть убийцей и драгдилером. Только их собаки в телефонах не разбирались, поэтому порошок под подошвы и спрятал, запах отбить. Он там выпирал бугорками, натирал ступни, напоминал о себе.

Гошу предупредить, что вместо Хазина сам приедет, решил в самый последний момент — чтобы тот уже был на месте с деньгами, чтобы уже очень верил в свою дозу и чтобы предвкушение заслонило недоверие. Сначала получил от него сообщение в Вотсапп, что опаздывает, потом что приехал. И потом уже написал: «Меня тут вызвали срочно, от меня человек подвезет». Спрашивать, устраивает ли это Гошу, не стал, а Гоша не стал спорить. Кумар его звал помимо Ильи своими ласковыми волнами, обкалывал ум заморозкой.

Кафе оказалось не кафе, а ресторан; Илья вошел в него как приблудный. Вокруг сидели богатые восточные мужчины в костюмах, девушки заоблачные, за одним столиком неуловимо знакомый актер манерно вещал о каком-то своем кино. Пахло свежим хлебом, при входе была витрина с ювелирными пироженками. Охрана спросила у Ильи, ожидают ли его тут; Илью ожидали.

Гоша ерзал на диванчике, лицом ко входу, Илью он угадал сразу. Встретились глазами — есть контакт. Гоша пригладил свои волосы — блондинистые, встрепанные — и Илье улыбнулся.

— Ты от Петра? — спросил на всякий случай, уже протянув руку. — Что, дела у него?

— Занят. Деньги с собой?

— Все с собой! — заверил Гоша. — Спешишь? Позавтракаешь со мной? А то я как-то уже запланировал, а Педро меня с этим делом кинул. Здесь каши отличные, сырники просто супер, и май фейворит — драники с лососем. Со сметанкой. Похмельные. С удовольствием угощу. Зэ френд оф май френд из май френд. Тебя кстати, как?

— Петя. Тоже Петя.

Гоша в жизни был не мерзкий, как на той фотке, которую он Илье для опознания прислал в субботу из клуба. Обычный парень, чуть старше Ильи, разве что изможденный ночной жизнью. Перед Ильей он не лебезил, но над ним и не возносился, общался совсем как с равным. Просто хотел с кем-то поболтать с утра.

Ну и Илье хотелось с живым человеком поговорить. Совпало у них.

— Драники, — сказал он Гоше. — Только у меня со временем не очень.

Присел на гнутый деревянный стул, мореный — у его деда, кажется, такие в деревенском доме стояли. Официанты вышколенные кружили по залу — у всех умные смешливые лица, будто они выпускники МГУ. В витринные окна было видно напротив высотное здание на Красной Пресне. Все остальное залито голубым.

— Итц окей, это Москва! — кивнул Гоша. — Тут у всех с ним не очень. Ты чем занимаешься?

— Я вот этим вот. — Илья шмыгнул носом. — А сам?

— Вас там всех, что ли, Петями зовут? Или это для конспирации?

— Не пали меня, — подмигнул ему Илья, почуяв тон.

— Да я сам дико законспирирован! Весь на паранойе, меня Петя номер один настрополил, никаких палевных слов в мессенджеры не пишу, и весь такой все время телефон щупаю — не греется ли, когда я им не пользуюсь? А то вдруг мне установили какую-нибудь софтину потихоньку и пасут! Могут же ваши пасти? Или «Хей ноу паник иц “Титаник”»?

— Наши все могут, — уверенно произнес Илья. — Так чем ты занимаешься, говоришь?

— Ой, да всем подряд! У нас, знаешь, такое волшебное королевство — только стартуешь с какой-нибудь реальной темой — сразу или запретят, или отберут! Но это нормально, тут же сафари! Люди же затем в Африку какую-нибудь и едут, чтобы адреналинчиком ширнуться. Поди вон в Америке на слона поохоться — Гринпис хомячкам скормит! А в Африке пожалуйста, но там и на тебя могут поохотиться зато — какие-нибудь дети-солдаты с «калашами» и мачете! У нас тут как Кусто плавает с акулами, такая жизнь. Девушка, драники и еще раз драники! И мне кофе с халвой, у вас есть, да? Будешь? Офигенное! А Педро давно знаешь? Того, оригинального?

— Лет семь, — сказал Илья. — По работе.

— Ну я так и подумал. А у меня, короче, была своя строительная компания, потом зашли люди в погонах, пришлось подвинуться, потом торговал акциями, пока тут амба не настала, еле успел спасти свои копеечки, потом старт-ап начали с ребятами, так эти там, наверху пирамиды, такой закон приняли, что у нас все превратилось в тыкву, потом открыли кальянную — эти запретили, значит, еду подавать, где табак, мы вылетели в трубу, теперь вот по найму за зарплату тружусь, директором по развитию. Но очень трудно ходить на работу ко времени, вот и сейчас, дорогая редакция. А зарплата — это вообще не для потомственного русского авантюриста, зарплата унижает человеческое достоинство.

— Согласен, — поддержал Илья, потому что Гоша глазами искал в нем опоры.

— Я игрок, понимаешь, а казино тоже запретили. Но они вообще молодцы, что все подряд запрещают, я считаю, потому что чем строже запрет, тем больше хочется. Вот в СССР был секс запрещен — и как чпокаться хотелось людям, аж зубы сводило! Мне дед рассказывал. А теперь в любой позе можно, да еще Тиндер всякий, вообще никаких проблем с этим, и все какие-то вялые стали. По себе сужу, хотя, конечно, это может быть просто тестостерон припал, а не Чубайс виноват. Как тебе драники?

— Обалдеть, — признал Илья. — Я таких, наверное, вообще никогда не ел. Лосось вообще. Во рту реально тает.

— Я же говорю, симпли амейзинг! Хотя, — Гоша прищурился на солнце, — если вот говорить о тестостероне, то вон сидят две прекрасные тургеневские барышни, и они явно хотели бы поговорить о судьбах Отечества, а им решительно не с кем. Тут у всех, кроме нас с тобой, отечество какое-то постороннее, кажется. Может, предложим им культурную программу на сегодня, а? А то дико не хочется на работу, когда такая погода! Ну реально, я директор, блин, или нет? Эти тоже, видно, директрисы, если вместо работы тут ошиваются. То есть мы с ними уже в одной социальной страте, и, судя по форме их губ, у нас с ними могут быть общие интересы! Вон-вон, улыбается, видишь? Это нам, между прочим! — Он поднял круглую чашку с кофе, как будто это был винный бокал, салютуя женщинам.

Илья обернулся: девушки, вполне красивые, действительно хихикали.

— Все, они наши! Кстати, тут в «Гараже» нереальная просто выставка, привезли какого-то каталонца, который типа нового оп-арта что-то делает, только в три дэ. Не видел? Жорди там что-то такое, на Вилэдже была рецензия, вообще — уау! Или можно в парк «Музеон», раз такая погода, и там вдоль речки пройтись пригласить, типа ЗОЖ, мы в тренде. А потом раз — и в Третьяковку, ну, в филиал, там же прямо, не отходя от кассы. Очень культурно, Тургенев одобряэ! И потом в кино погреться, на Красной Пресне куча всякого европейского молодого идет. Или, наоборот, на закрытый каток, это всегда их разогревает, а вечером можно в рестик, и в караоке какое-нибудь, в «Украине» есть пара зачетных, Петя-один любит, кстати, ну и после такого насыщенного эмоциями дня только самая отъявленная снежная королева сможет не ответить нам взаимностью! И вот тут-то мы им устроим настоящие, такскать...

— Драники, — подсказал Илья с серьезным видом.

— Точно! — засмеялся Гоша. — Будет очень изящно — начать с них день и ими же закончить. Кольцевая структура, все дела! Давай? Ты на машине?

— На такси.

— Ой, погоди, к ним что, третья подсаживается? Так, у нас беда, кислотно-щелочной дисбаланс! О! А что, если Педро вызвонить, вдруг его там не на целый день ангажировали... — Гоша взял со стола свой телефон, скользнул пальцем по экрану.

— Он просил не звонить, там совещание какое-то, — перебил его Илья.

— Ну напишем тогда, да — да, нет — нет! — Он с невероятной скоростью набрал сообщение — быстрей, чем Илья успел нащупать в кармане рычажок отключения звонка.

Тренькнуло.

— У тебя там сообщение, — указал Гоша. — Фил фри. Мне весь этот этикет, что нельзя за столом с друзьями в телефоне сидеть, классово чужд.

— Я потом. Слушай, я бы не против твоего плана, — возразил Илья, чтобы отвлечь его. — Но я только что с девушкой расстался, пока как-то рана еще не зарубцевалась.

— Оу. Ай фил ер пейн. У меня тоже раньше была, но Педро мне показал другую жизнь, и моей скво она не понравилась. Теперь я свободен, как весенний ветер. Реально, я ему признателен. И так даже лучше, знаешь, лично для меня. Я вот динамил ее со свадьбой, динамил, а потом просто понял, что не любил. Когда расстался уже, понял. И ей лучше, она вон сразу за кого-то выскочила, и мне. У меня так вообще камень с души. Вот эта вся история, знаешь, с семьей, с домом, с детьми — как-то не моя. Я за то, чтобы жить сегодняшним днем. Есть хлеб — отлично, нет — сосем лапу. Есть деньги — угощаем всех дам шампанским, нет — живем в кредит. Женщинам такой подход очень нравится первые три свидания, но потом что-то в них ломается. Может, я еще не дозрел до большой любви. Приходится на тот же вес набирать много маленьких.

— Слушай, Гош, — сказал Илья. — Мне вообще тут пару дел еще как бы надо успеть. Я-то пока не директор.

— Понял! А я тогда пересяду в цветник. Раз вы такие с Петром предатели, мне придется одной грудью все три амбразуры закрывать... Ну или наоборот... Драники на мне! — Гоша стал махать тургеневским барышням бумажной салфеткой так, как будто из окна поезда, отъезжающего в Баден-Баден, платком махал.

— А наше-то дело? — напомнил ему Илья.

— О, блин! Прикинь, увлекся! — рассмеялся тот. — А мы как? Тут будет как-то странно.

— Сортир где здесь? Заходи через минуту.

В туалете вытряхнул пакетики, размял их, пшикнул дезодорантом даже. Умылся. Посмотрел на себя в зеркало и поймал на том, что не может сдержать улыбку.

— Во пиздобол, а? — хмыкнул он себе.

Этот Гоша был ему полный антипод. Кто-то вот такой нужен ему был, наверное, теперь, после зоны, чтобы еще и душу разморозить. Он даже жалел, что не может сейчас, правда, все бросить и затусить на день до ночи с ним; заразился дурацким Гошиным задором.

Постучались. Илья открыл — Гоша прокрался внутрь, картинно оглядываясь, как будто в пародийном детективе.

— Реально шесть грамм? — спросил он. — Дай зазырить.

— Честное пионерское, — сказал Илья. — Смотри.

— Так, ну у меня тоже все по-честному! — Гоша достал кошелек, отсчитал десять пятитысячных. — А чего такая скидка, не знаешь? Нормальный стафф-то? — Он открыл один из пакетиков, лизнул крупинку.

— Распродажа, — сказал Илья. — Конец сезона.

— Ну класс. Так бы я, конечно, оптом брать не стал, но раз и цены оптовые... Слушай, хочешь, запиши номер? — предложил ему Гоша. — Вдруг еще скидки будут. Или просто тусанем как-нибудь. Залечим твою рану. Йес?

— Йес, — сказал Илья и потрогал телефон в кармане. — Да у меня есть твой номер, мне Петя дал.

— Ну все тогда! Аппрешиэйт ер бизнес! — Гоша пожал ему руку. — Петру привет!

Открыли дверь, вышли. В очереди стояла одна из тех трех, тургеневских.

— Это не то, что вы подумали, — конечно же, сказал Гоша.

* * *

Вышел и еще раз пересчитал.

Посмотрел через одну на яркое солнце. Через деньги не слепило.

Настоящие пятитысячные, и ровно десять. Новенькие, хрусткие, пахнущие свежей денежной краской — похоже по аромату на мыльные пузыри. Нормальный парень Гоша.

Теперь можно было широким шагом отсюда рвать в эту паспортную фирму, все было в пешей доступности, заранее проверил. А можно было хоть и пробежаться — столько бодрости было в этих десяти бумажках. Как будто это Гоша Илью зарядил, а не наоборот.

Тренькнуло в кармане: от Гоши — Пете.

«Дело сделано! Спасибо за скидочку. Реальный парень этот твой человек, чего ты мне его раньше не показывал?)»

За глаза Гоша ему тоже улыбался; Илье совсем потеплело.

Смотрел на Москву в прищур и думал: она только кажется домами и дорогами. Все, конечно, делают люди. С кем будешь, такой город и увидишь. Вот тот кусок Москвы, который ему из окон поездов, автобусов, а даже и такси показывали, те пять улиц, по которым прошел ногами, — это кроха, чирк карандашом на карте, а ведь карта еще и не плоская, она и в высоту идет, и вглубь.

Какие-то выставки в каком-то гараже, у Третьяковки новый филиал, набережную переделали, тысяча фильмов выходит, рестораны, да вон, господи, — какие-то паршивые драники в каком-то кафе — такие, что язык можно проглотить, а за кофе с халвой — душу продать!

Ничего Лобней не кончается и не начинается с нее, его фантазии про художников под крышей — наивные, киношные, а жизнь и странней, и роскошней.

Москва, на самом-то деле, была все еще самой собой — по Садовому в десять рядов шли кичливые дорогущие иномарки, да и магазины с будущим в ассортименте никуда не делись, просто вывески поскромней сделали себе; но это была такая скромность, как у бляди в церкви. Все было тут, на месте, нужен просто был правильный гид. Но это уже не Илье; Илье с Москвой, может, получится скоро попрощаться, и проводник ему потребуется по колумбийским джунглям.

Пошелестел еще раз купюрами.

И остановился.

Пятьдесят тысяч там.

А похороны по классу «Стандарт» стоят всего двадцать четыре пятьсот, это он твердо запомнил. Ну и земля там еще сколько-то. То есть он может прямо сейчас сесть хоть в такси и уехать отсюда домой, забрать мать из морга и сегодня, ну, завтра — ее похоронить.

Не надо ждать какой-то сделки, четверга, который наступит еще или нет, неизвестно. Можно заплатить надежно, чтобы ее омыли, переодели в красивое, можно тетю Иру позвать. И вдвоем проводить ее. Все для этого есть — уже, сейчас.

Чего ждать?

Телефон похоронного агента у Ильи вбит, позвонить этой бабе сейчас, чтобы начали суетиться — одному ему со всеми хлопотами все равно не справиться. И получится зато, что эти Петины деньги пойдут на нужное, на правильное. А не на побег.

Это ведь то, ради чего он себе Петин мобильник оставил, разве нет?

Ну вот: он может досрочно выполнить все, что тогда задумал. Не нужно рисковать ничем. Материными похоронами не нужно рисковать. И нельзя.

И что тогда? — спросил он у асфальта.

Тогда — все?

Мы же никуда не собирались, когда придумывали этот первый план. Мы думали разлечься по земле: мама — поудобней, я — как придется. Но потом случился новый «Красный Октябрь», и девушка Роза-Гуля, и Колумбия.

Об этом теперь нужно забыть? — спросил он у воздуха.

Не обязательно.

Просто надо сделать вещи в правильном порядке, вот и все. Сначала надо разобраться с мертвыми, а потом уже с живыми. Похоронить ее сегодня, потом доколупаться както до четверга, и в четверг уже на абрековские деньги заказать паспорт. Спрятаться где-нибудь — с деньгами это не проблема, дождаться паспорта и сбежать. Все получится.

Но если сделка сорвется, — спросил он себя. Ведь я у Игоря должен был товар для них получить — а Игорь не хочет отдавать его никому, кроме Пети. Они тогда не заплатят, и никакого паспорта я уже выправить себе не смогу. Останется только проверить спуск у «макарова», чтобы не терпеть слишком долго, пока еще за мной придут. Кто мне запретит?

Но если я заплачу за паспорт сегодня? вот сейчас, в надежде на четверг, а сделка сорвется все равно? Игорь откажется отдать мне мое, нечего будет передать Магомеду, а мать будет ждать, пока я выручу ее, и будет ждать зря? Я получу паспорт: допустим, я все-таки получу его — и что мне делать с правом сбежать от нее, что делать с нелепой красной книжечкой, но без свободы в карманах?

Люди обтекали Илью вокруг, уже остановился в паре десятков шагов мент, заинтересовался им. Илья отсюда видел дом, в котором находилась паспортная фирма. Номер дома мог различить своими сточенными глазами с этого расстояния. Там ему могли за пятьдесят тысяч рублей шанс продать. Один, может быть, всего оставшийся у них для него шанс.

Он сделал шаг назад.

Еще шаг. Еще.

Нужно поступить правильно.

Ты не переживай, ма, я все сделаю как надо. Как ты хотела бы.

Увидел, как она лежит под простыней с незнакомым волосатым мужчиной. Отвернувшись от Ильи лежит, не смотрит на сына.

Развернулся к тому дому спиной, пошел прочь.

Как ты хочешь. Как должно.

Я вернусь отсюда сейчас в нашу Лобню, я позвоню этой как будто сочувственной жуткой бабе, она нам все организует в лучшем виде, мы обмоем тебя и причешем, мы уложим тебя на мягкую подушку и поправим тебе голову, чтобы ты смотрела вверх, ты будешь выглядеть так, как будто просто устала и уснула. Я потрачу почти все, что у меня останется, чтобы купить тебе кусок земли, и если получится, на нем будет расти какая-нибудь всесезонная ель или сосна, и он будет в медвежьем углу кладбища — я все равно не смогу тебя навещать, а чем дальше он будет от входа, тем тебе будет спокойней лежаться, а то сейчас, говорят, даже мертвецов через десяток-другой лет уплотняют, если за них некому впрячься. Мне не хватит уже денег на то, чтобы поставить тебе памятник, но там будет какой-нибудь приличный камень, на это я наскребу. Ты будешь довольна.

Ты будешь довольна?

Не знаю, что после этого со мной станет, сколько я смогу еще болтаться на свете. Сбежать в фантастическую Колумбию у меня при этом раскладе вряд ли получится. Но ты ведь и не одобряешь эту мою идею с побегом, да? Я тебе хоть и не рассказывал, что натворил, но все равно ведь ты уже все знаешь. И если ты так лупила меня за дворового кота, что же мне полагается за человека? Ты наверняка сказала бы мне, что за все в этой жизни придется отвечать, а? За все нужно платить. Что убить и удрать невозможно, что это паскудство и малодушие. Я резал плохого человека, а зарезал живого, что тут скажешь. Я пытался поговорить с ним вчера, но он молчит точно так же, как и ты молчишь.

Я тут все время один: кричу в колодец, и мне отвечает эхо.

В кармане зажужжало.

Илья почувствовал не сразу. Только когда стрекотание мушиных крыльев передалось через ткань коже — спохватился, поймал, вытащил: ДС.

Вы же позволили мне еще до выходных не быть, Денис Сергеевич.

Зачем я вам опять? Зачем сейчас?

Не стал подходить: запой у меня или сорвался опять с наркотой, поищите меня по стационарам. Голову в песок.

Ничего другого придумать нельзя: любой разговор сразу станет допросом, их учат из слов силки и удавки плести, такие, чтобы человек сам в собою же сказанном и запутался, и задохся.

Дзынь.

«Хазин, ты где? Давай встретимся! Не дрейфь, за вчерашнее ты уже прощен!»

Ага, прощен. И не забыл Денис Сергеевич о тебе, Петя, и не поверил в твой обычный срыв. Ночь прошла, день настал, он снова за тебя взялся. Будет искать, пока не найдет. Найдет ли до четверга — вот единственный вопрос.

Телефон перестал зудеть.

Илья шагал скорым шагом по Новому Арбату — от «Смоленской» уходя к «Арбатской» по выстеленной гранитной плитке. Проспект, видно, не так давно переиначили: поставили высокие качели для взрослых, деревом ошитые книжные киоски, открыли с десяток ресторанов, один за другим. На качелях устроились отдыхающие таджики: парни качали девушек, те хохотали. Солнце в них высветило обычных людей, очень соскучившихся даже по простому веселью. Илье приятно было это видеть, он был за таджиков. За жизнь.

Дошел почти что до метро. Взял телефон маршрут посмотреть — и приник к нему холодными пальцами. Удивился: от него жар шел. С чего бы, если он в наружном кармане и с погашенным экраном? Греется, значит, работает, а чему там сейчас работать?

Все вроде было закрыто-отключено, но вверху экрана горела маленькая стрелочка: значит, задействована навигация по GPS. Что там Гоша говорил про софт для слежки — это он же может нерабочий телефон накалить?

Надели Пете потихоньку строгий ошейник, пока он с руки у них ел, сначала пустили поводком волну, чтобы ошейник позвенел просто шипастыми звеньями, напомнили собаке, что она не волк, а теперь начинают на руку поводок наматывать, чтобы в нужный момент рвануть к себе забывшуюся псину. Железные шипы в шею Илье пошли, в кадык уперлись, артерии нашарили, осталось с размаху дернуть и: «КА МНЕЕЕ, Я СКЗАЛ!»

Оглянулся на качающихся — и обозлился на них.

Почему это вы, гады, можете жить, а я нет?!

Вжал кнопку отключения, вырубил аппарат.

Сбился с маршрута: взял влево вместо того, чтобы прямо переть.

Я кричу в колодец, ма, и можно я туда крикну еще один вопросик?

Тюрьма — ведь это наказание, это должно быть как раз про расплату за сделанное, так? Или это про урок? Ты мне скажи давай, как училка. Это про отомстить тому, кто своровал и убил, или это чтобы других на его шкуре научить не убивать и не красть? Я-то что сделал — фонарики по воде пускал, за это меня на семь лет? Значит, не наказание мне, а урок, чтобы я не спорил впредь с ментами? Или это какой-то про жизнь урок, который мне нужно было за семь лет выучить? На врача меньше учатся, бляха-муха, что же за урок такой трудный?! И как же Петю другому учили? Что не нужно платить, а нужно выкручиваться. Что если смелей жрать других, то они о возмездии и заикнуться не успеют? Не у нас ли в стране на мучителей молятся: не то из суеверия, не то из зависти? Мне пригождалось твое учение там, на зоне. Ты воспитала из меня хорошего зэка, а из Пети воспитывали хорошего вертухая. Это ведь, знаешь, два мира. Только попал на тюрьму — сразу испытание. Суют, ма, метлу тебе в руки. Метешь — будешь, значит, пахать на администрацию. Откажешься —

значит, с ворами: вору работать западло. Блатарей вертухаи гнут и ломают, в ШИЗО закрывают, в пресс-хате — зато среди своих им почет; а рано или поздно тюремщики отвалят, и чем борзей ты держал марку, пока прессовали, — тем почета больше. Ну и от обратного — не дай тебе бог на блатного или приблатненного настучать гайдамакам. Между администрацией и блатарями — война без жалости. Запишут в козлы, и тут ты уже на крючочке — без защиты администрации сразу будет хана, а то и опустят. А опущенный, ма, это на всю жизнь, ты и с зоны на волю опущенным уходишь, из этой масти, из этой касты выбраться нельзя. Но и администрация с тобой, козлом, нежничать не станет. Ты же их теперь, собственный, куда денешься? Теперь всегда стучи. На тюрьме нормальному мужику по ниточке идти, балансировать, чтобы ни к одним не упасть, ни к другим, а мужиком остаться. Я почти сорвался тогда ведь, когда на второй год вены вскрывать собрался, а вытащил меня дядя Боря Лапин. Пожалел, отбил, прикрыл, и вообще так со мной по-родственному, сын у него моего возраста остался на воле. Его самого за какие-то махинации закрыли. Он говорил, партнеры подставили, чтобы долю отпилить. Опытный человек, и умел со всеми разрулить так, чтобы зря не трогали. Вытаскивал меня и дальше из непоняток, пока я не догнал там, что и как. Ну и я как бы при нем был. К блатарям меня не пустил. Когда выродки унижают, это унижение быстро перемалывает, кости в студень превращает, нутро наливает помоями под завязку. Уже никогда не будешь после такого самим собой. Но и когда выродки уважают, от этого уважения все равно шибает помоями; разве что кормят тебя ими в день по ложке, а не льют в глотку через воронку из ведра. Привыкнешь, сам просить будешь. В активисты дядя Боря разрешил мне идти, но только стенгазету рисовать. Блатные пускай поржут над этим, а для личного дела плюс в дисциплину. Рисуешь им туфту — значит, идет перевоспитание. Я усердно рисовал, ма, чертил, высунув язык. И еще резал вертухаям пепельницы из дерева — в форме выскобленного черепа с пустыми глазницами, на спор делал за неделю. Пачка папирос за такое. На УДО шел уверенно, молился на УДО это, не дышал лишнего, чтобы его не спугнуть, чтоб на полгода раньше выйти. К тебе, ма, кроме-то тебя не к кому. А за два дня до заседания меня дергает к себе начальник ИТУ, говорит: вот красивое у тебя дело, Горюнов, нам его сейчас в суд отправлять. Пока тут не к чему придраться, но мы нарисуем, если ты нам не поможешь. Как помочь? А надо, чтобы ты написал заяву, что заключенный Борис Иванович Лапин неоднократно домогался тебя сексуально. Безрезультатно, потому что ты у нас кремень, так что к тебе вопросов нет. Мы это заявление положим в стол пока что, а ты через две недели поедешь домой, потому что суд даст тебе твое УДО. Ну а если будешь кобениться, то мы пометочку в дело тебе добавим, что не такой уж ты и активист, и на путь исправления встал неуверенно, и будешь рога мочить. Ты же не думал, что ты ссаной стенгазетой отделаешься, а? Нет, полгода воли подороже стоят. А до Лапина мы все равно доберемся, с другой стороны зайдем. Так что я мог на полгода раньше выйти, ма. А что с ним потом было бы? Можно догадаться. Засунут в пресс-хату его с шерстяными, они ему предъявят — хотел пацана чухнуть? Давай тогда и мы тебе по губам поводим, у нас тоже сладко. Или делай, что надо. Мог раньше приехать, мог. Но не приехал, ма. А знаешь, в чем реальный замес был? Партнеры его снаружи заказали, решили, что мало с дяди Бори состригли, можно еще его дом на себя переписать. Заказали через ментов, а тем прессовать через блатных сподручней. Вот такое вот два мира: война кровавая, но когда бизнес прет, можно и пьеску по ролям прочитать. А скажи им в лицо это — вы же сами ссучились, вы, бродяги, для администрации дела делаете, — сразу заточкой тебе в нужнике всю печень истыкают и харей в парашу, чтобы другим был урок — не заикаться даже об этом, гниды, ясно вам? На одной стороне монеты воры, на другой вертухаи, так кто и кого тут наказывает, ма, и за что?! А если это урок, то чего урок?! Я сделал все правильно, поступил по совести и по тому, как ты мне в школе объясняла, я по-людски поступил, но дяде Боре это не помогло, потому что они через другой заход его достали, как и обещали, а мне, как и обещали, не дали УДО, ну и трагедии-то, вышел по сроку, зато остался человеком сам с собой, остался человеком, зато к тебе опоздал навсегда, и ты же за это меня не простишь, я сам себя не прощу за это, а Петин отец вот все спускал ему, простил, что тот отправил меня, случайного, на зону жизнь изучать, и никакого штрафа ему, это уж только я сам у него оплату потребовал, а не государство и не Бог, и что, ты считаешь, я не в своем праве был с него спросить?!

А кто с меня сейчас спросит?

Ты, что ли?

Почему обязательно в ад-то?!

Не хочу я никому больше платить! Никому я больше ничего не должен! Я и пожить имею право! Хочу — с этим балаболом на его выставки! Хочу — по паркам с девчонками на велике! Хочу — под крышей текилу и картины! Хочу — в идиотскую Колумбию! Ясно?! И могу!

Вот оно, солнце, его же можно прямо сейчас заграбастать! На него не надо прошение подавать, не надо вымаливать его, в очередях десятилетних стоять, его кто смеет, тот и хватает! Кого научили его себе отжимать, тот в нем и греется, а кого зашоривали, забивали — тот снег хавает и лед лижет!

Сейчас!

Хоть раз!

Понял, что возвращался все это время по Поварской улице — петлей — обратно к Садовому. И опять увидел недалеко тот дом, где фирма с паспортами, сталинка угловая. К ней — подземный переход.

Я живой, живые все время опаздывают, мать, а вот мертвые-то как раз никуда не спешат. И если ты за справедливость, если ты правда за справедливость, мать, то дай мне хотя бы попробовать, оставь мне этот шанс! Я знаю, я понимаю, что тебе скучно в холодной мертвецкой с незнакомым мужчиной. Я тебе обещаю все время, что заберу тебя оттуда, что заберу домой, но ты понимаешь, что это отговорка, что это обман, что дома тебе делать нечего, там ты начнешь разваливаться, ты знаешь, что я тебя из больницы собираюсь выписать на кладбище, к сосне и ели, в одиночество.

Там тебя никто не ждет, да и на том свете никто не ждет тебя, там одной тоже тоскливо, вот ты и хотела бы, чтобы не я тебя забрал с собой, а ты — меня. Ты меня с собой хочешь забрать, да?

— Да?!

От кафельных стен подземного перехода рикошетом ответило эхо:

— Да. Да. Да.

* * *

Можно было бы подумать, что таких вот беглецов, как он, которым невтерпеж исчезнуть, будет на Москву много, но очередь состояла из одного какого-то мажорчика. Отъездились, что ли?

Илья вошел в свой черед, протянул огромной и бесформенной, крашенной в жгучий черный Наталии Георгиевне карточку от Гули из «Розы миров», а потом и пятьдесят тысяч. Она сжевала и полтинник, и Илюшины сомнения.

— Это ты, который сидел? Точно полностью отбыл? Не УДО? Справку покажи. Так. Алина, копию. Паспорт теперь. — Она послюнила толстые пальцы и пролистала его бордовый гражданский паспорт быстро, как машина для счета денег. — Алина, копию. Теперь анкету заполняем.

— Точно дадут? — спросил Илья. — Там всякое говорили... Где я отбывал.

— Если как лох будешь с улицы заходить, не дадут, найдут, до чего докопаться, — просипела она. — А у нас с госорганами полное взаимопонимание и любовь. Думаешь, это наш ценник такой беспардонный? Да нам от этого полтинника хорошо, если десяточка прилипнет. Так. Тут не пиши. Эту графу оставь свободной, мы посоветуемся сначала. Да. Так, так, так. А для надежности знаешь как давай поступим? На одну буковку у нас будет опечатка в твоей фамилии если, ничего? Не Горюнов, а Горенов. Тогда они при выезде тебя и в базе ФСБ не найдут. А когда пойдешь паспорт в миграционку получать, ты эту ошибочку просто не замечай, понял?

— А так можно? — забеспокоился Илья.

— Ну если всем можно, то тебе-то почему нельзя? Ты же не простой какой-нибудь вахлак, который в Египет на рыб смотреть намылился, а вип-клиент! Паспорт старого образца, я правильно понимаю? Биометрический неделю будут делать, и для него отпечатки нужно сдавать.

— Мне который самый быстрый. И без отпечатков, — нервно сказал Илья, все еще ожидая, что сейчас она как-нибудь опровергнет его фантазии.

— Старого образца к четвергу можем постараться, быстрей не получится. Разница вся, что старый на пять лет, новый на десять, — объяснила тетка.

— Мне на пять хватит. Точно хватит.

— Ну и ладушки. Так, а телефон-то что ты не заполнил? Вот в этой графе номер свой впиши.

Илья сморгнул.

— Мобильный, — постучала пальцем по столу Наталья Георгиевна. — Мы на него тоже будем звонить, если какие-то вопросы возникнут.

— Я... Да.

У него же и другой сотовый есть теперь.

И по памяти, как набирал его сто раз из зоны, из поезда — записал ей материн номер. Кто знает, что они там проверяют во всех этих инстанциях. Пускай не на Петин, а на мамин мобильник звонят — Илья его ведь в воскресенье забрал в горбольнице.

Они на твой наберут, ма. Ладно?

А хоть бы и не ладно. Надо только не забыть зарядить его, чтобы не пропустить звонок, если что.

— Значит, если ты у нас сверхсрочно, то у нас сегодня что — вторник? Ну вот, если все гладко будет, то в четверг утром можешь забирать, они с восьми. Так, а теперь давай-ка сфотографируемся с тобой.

Тут же у них оказался и аппарат: Илья набычился, глянул в зеркальный зрачок, чикнуло-сверкнуло, через половину минуты вылезли из принтера четыре снимка. Было непохоже ни на паспортное фото, ни на фсиновское. В паспорте Илья был мечтательный, вихрастый и по-щенячьи дерзкий, в личном деле — при нем листали — пришибленный и обкорнанный. Эта фотография была цветная, и на ней видно было, как Илья обесцветился. Ежик раньше русых волос теперь был какой-то палевый, кожа стала молочной, глаза прозрачными. Круги под ними только выделялись для контраста.

— Да, отдохнуть тебе было бы неплохо, — сказала Наталья Георгиевна. — Куда поедешь?

— Куда-нибудь, — ответил Илья. — На солнце.

15.

И все же не отпускало.

Теперь, когда все на красное поставлено, как смухлевать?

Отошел подальше от фирмы, рука в кармане тискает телефон неприлично, добежал-дотерпел до Красной Пресни — и включил-таки его. Надо Игоря уломать.

Шагал по бесконечной гранитной плитке, прикрывал от ярких лучей экран, чтобы не засвечивало, спотыкался о швы — московская земля не хотела становиться плацем, ее пучило от этого казарменного благообразия, и булыжники перли вон из рядов — и набирал.

«Игорь, привет. Мне все нужно сегодня-завтра».

Тот не торопился с ответом, а телефон пока калился, и батарея в нем тощала чуть не поминутно. Илья как бы смотрел вниз, заговаривал буквы в чате, а самого так и подмывало резко вздернуть голову и оглянуться: никто не идет за ним сзади? Как от того двора на Кутузовском, оказывается, незамеченным след в след шел.

Оставил по ту сторону Кольца кафе, в котором веселый Гоша барышень кадрил, посомневался даже — не перейти ли, вдруг он там еще? Но не перешел. Повернул влево и вдоль старой брусчатки двинул к «Баррикадной». В метро пускай пеленгуют его сколько угодно, там народу кишит миллион, только аппаратуру себе зря пожгут.

«Хазин! Готов хоть сейчас! Ты и я!» — наконец ответил Игорь; не отступался от своего, гад.

«Боишься подставы — давай через закладку», — предложил ему Илья.

«А ты-то чего боишься?»

«Я не в Москве сейчас, а забрать срочно надо!»

«Ну так возвращайся скорей, и давай уже встречаться», — издевался Игорь.

Надо было на него управу найти. Вчера он Илье больше нравился — испуганным. А сегодня он как-то иначе слова ставил, самоуверенно и нагло.

«Не зарывайся особо, — написал он Игорю. — ДС напрягается уже».

Другого на Игоря кнута он не знал. Настрочил и уехал вниз. А перед заходом в вагон получил от Игоря бомбу:

«ДС из-за тебя напрягается, Хазин».

Так. Так-так. Так-так-так.

Они, значит, говорили. Денис Сергеевич, наверное, выловил Игорька, успокоил его, сказал, что по его душу пока что не придет, и подрядил его Петю отлавливать. Тогда и все на работе знают? Не поэтому ментовское начальство не терроризирует сегодня Илью? А он и рад, что про него не вспоминают.

Придушило его. Сорвется!

Может, вернуться, затребовать назад похоронные деньги?

Дрянь ты, Игорь, мразь, почему ты не хочешь сделать так, как мы с тобой с самого начала собирались, а?! Мурло ты ссыкливое, стукач, сдаешь меня этому фээсбэшнику-коросте, за что?! Передумай, согласись! Чего тебе стоит? Тебе этот лишний рубль что, а мне на него себя нужно из подземелья выкупать! Я душу уже прозакладывал: материным покоем рискнул, я свинья, я сам мразь тебя хуже, ну давай, помоги мне, подыграй! Если б я не опоздал тогда к тебе на рандеву на Кутузовский, ты отдал бы мне все, отдал бы?! Ты же готов был! Что изменилось-то?!

Погоди. Постой.

Ладно. Подумай. Подыши.

Ведь Магомед этот — Петин собственный контакт, личный, так? Все они Петю ждали, пока Петя его уговорит купить, и у других, значит, ни у кого на него выхода нет, так что ни Игорь, ни Денис Сергеевич, и никто ему сделку перебить не сумеют. Не от кого Магомеду-дворнику узнать, что Илья не Петя, что он порожний, что он воздухом торгует. Теперь Илье бы только за воздух авансом взять!

Нашел Магомеда, закинул удочку.

«На четверг все в силе?»

«Так тошно, товарищ милицанер! — осклабился Мага. — Кстати, хотел спросить, сколько».

Сколько? Этого Илья и сам не знал. Сколько — чего?! Хочет цену знать или вес? А какая там партия, в самом деле? Как бы не промельчить, но как и не раздуть ее выше меры?

Надо опять к Игорю — на пониженных тонах, на малых оборотах...

«Ладно, к завтра вернусь в город, забьемся! — заслал ему Илья, и следом еще: — А сколько ты там со склада-то выписал?»

Стрелочка навигатора все горела на экране, горела, сука. От батарейки двадцать процентов осталось, а еще даже не обед.

Довезло до «Савеловской», пора выходить. Десять процентов; и Игорь тогда только, поморив Илью как следует, бросил: «Полтора кило».

Полтора кило. Илья перемножил двести на полторы тысячи. Триста. Даже если оптовые цены другие, это больше двухсот пятидесяти тысяч долларов. Двухсот. Пятидесяти. Тысяч.

Это как что угодно. Памятник из мрамора и жизнь без конца.

На остаток батарейки предъявил Магомеду самое опасное:

«Полтора кг. Но деньги вперед надо будет курьеру. Не я прошу, люди требуют».

Магомед не успел ответить — погасло.

* * *

Дверь в подъезд была прикрыта неплотно — кирпичный осколок мешал захлопнуться; Илья так делал школьником, когда выходил играть во двор. Скамеечные старушенции его ругали за это — мало ли кто шастает, забредут. Он тогда над ними смеялся и все равно пихал двери в пасть кирпич, еще и к петлям поближе, чтобы бабки не выковыряли. На зоне потом послушал инструкций, как старух полотенцем удавить, а как прыгалками. Зря смеялся. Старуха — удобная дичь, ее и слабый добыть может. Вспоминал там эти свои кирпичи и маму вспоминал.

Вот замер около этого кирпича. Повертел головой. Простенок между домами был пустой. Школьники, небось, тут все вывелись, стало царство старух. Посмотрел в окно: с улицы ярче, стекло амальгамой покрыто. Если кто и глядел сейчас на него с их кухни в ответ, Илья бы не понял.

«Макаров» дома оставил — не тащить же его с собой; теперь жалел.

Дверь приоткрыл осторожно. Впустил впереди себя свет. Выпустил — сырое тепло. Подъезд молчал. Дышал с бронхиальным присвистом: сквозняком с первого этажа по пятый. И молчал.

Где бы его ждали тут?

Где бы сам Илья тут ждал, если бы хотел человека застать? На лестнице при входе? У мусоропровода на верхнем полуэтаже? В квартире. Дверь в квартиру не запирается. Заходи кто хочешь, бери чего хочешь. Лучше всего было бы в квартире.

Пошла какая-то минута, а он все ждал. Слушал. Расхотелось спешить.

Дождался: с Деповской повернула к ним в проулок детская коляска. Розовая, лежачая. И с ней — женщина в стеганом синтепоне и вязаной шапочке. Он таких соседей не знал, а она шагала прямо к нему, к их подъезду.

Стоял, глядел на то, как она подкатывала своего ребенка к нему все ближе, времени меньше оставалось. Может, мимо? Может, в сосны идут?

— Молодой человек! Не закрывайте!

Надо было хлопнуть дверью у нее перед носом, взлететь одному по лестнице вверх, и если там кто ждет... Пускай уже в него одного стреляет, если стрелять пришел. Пока она с коляской внизу провозится... А если этот, спускаясь, ткнется в нее и решит не рисковать?

— Не поможете поднять?

Она потерла раскрасневшийся на холоде нос. Мясистые икры в черной упаковке, блеклые глаза — в фиолетовой. Илья заглянул в коляску. Там была видна только кнопка носа, шапочка натянута по самые щеки. Сопела ровно.

— Девочка.

А может, наоборот: если он вместе с ней будет подниматься, они не решатся? Свидетель. А женщину с ребенком убивать заодно — это как-то... Проще уж в другой раз. Илье было бы проще то есть.

— Вы из нашего дома?

— Я... Тут. Да. Из одиннадцатой. Горюновы. Приехал только что.

— А мы снимаем. Пятый без лифта! Сказала бы. Поможете? Вы слышите меня, молодой человек?

— Да.

Взялся за передние шасси. Распахнул дверь пошире. Шаг. Шаг. Сверху было почти тихо. Эхо только шаркало вперед по лестнице, больше ничего.

Младенец от качки запричмокивал, забеспокоился. Стал хныкать. Мешал вслушиваться.

— Полгодика, — рассказала женщина. — Вас как зовут?

— Илья.

— А то муж на работе весь день, хоть не гуляй.

Вывернули со второго к мусоропроводу между этажей. Девочка расходилась, начинала верещать.

Как в том сне, вспомнил Илья. Как во сне, где он шел по подъездным ступеням и ждал затылком пули. А вышел к Нине в квартиру, в лето, в преддорожные хлопоты и в печеный яблочный аромат.

В спину упорно дуло от незапертой подъездной двери, подгоняло Илью вверх. А Илья на вред ветру притормаживал, не хотел восходить.

Подошли к третьему.

Мимо своей двери постарался проспешить и отвернуться, вдруг в глазок смотрят.

Поднял их на пятый, принял благодарности и сам ее поблагодарил — ей непонятно, за что. Только когда она заперлась у себя, у Ильи чуть отлегло.

Спускался на цыпочках.

Спичка была на месте, но он не поверил спичке. Дверь открывал так, как будто возвращался субботним утром из клуба, чтобы никого внутри не разбудить.

Но как только распахнул пошире — квартира выдохнула ему в лицо спертым кухонным воздухом: щами и чем-то лежалым — и на его глазах дверь в материнскую спальню толкнуло сквозным порывом, и она с грохотом захлопнулась.

Илья проглотил это.

Постоял бесшумно, вслушиваясь, нет ли в квартире еще, кроме него, живых. Потом прокрался в кухню, выхватил из кухонного шкафа ствол, щелкнул предохранителем и уже с ним пошел проверять.

В его собственной комнате было все пусто и точно в том же порядке, в котором он там все оставлял. На столе незаконченный рисунок, постель смята.

Подошел к материной.

Дернул за ручку — заперто. Подергал еще — не открывает.

Изнутри заперто. У нее в двери замок с защелкой стоит, вспомнил Илья: рыжачок такой, передвинешь вверх — и можно захлопывать, само запрется. В Илюшиной комнате такого не было.

Он припал ухом к двери. Тишина там стояла, ни шороха. В маминой комнате никого не было, точно. Форточку же открывал проветривать, когда Сереге звонил. Сквозняком и закрыло. А что заперто... Как-то случайно, наверное, задел этот рычажок, сам.

Замок можно было и из коридора вскрыть, там была такая дырочка крохотная, в нее если тонким ткнуть, замочная личинка разжимала свои жвала. Илья поискал в кухне, чем бы надавить. Взял спички, ножик, принялся затачивать. Соскользнуло, порезался до крови. Бросил это дело, полез в банный шкафчик за йодом и пластырем.

Бесишься на меня? Ну и сиди там!

* * *

До вечера прятался в раковине, смотрел телевизор.

У телевизора два назначения: глушить и пустоту наполнять.

Илье нужно было, чтобы его сегодня глушило. Глушило тревогу, глушило совесть, перебивало все разговоры, которые он мог только сам с собой вести.

Нельзя было телефон включать, чтобы не засекли, — да и думать громко было нежелательно. Просто высидеть-дотерпеть до Магомедовой эсэмэски: согласен тот быть обманутым или нет?

Чтобы от него получить ответ, Илья несколько раз вылезал из дома, перебегал через дорогу, отходил подальше, плутая — на Букинское шоссе, на Батарейную, на Чехова — и на секунду включал насосавшийся электричества мобильный.

Магомед молчал — то ли насмехался над его наглостью, то ли просто вычеркнул уже Хазина, нашел понадежней поставщика; то ли с кем-то пока советовался? Ни отказа от него не было, ни согласия.

Каждый раз Илья непременно кружил вокруг дома: выискивал чужие машины с черными окнами, околачивающихся без дела мужиков, патрульно-постовые сине-белые жестянки. Но кто бы ни шмонал сейчас Москву, кто бы ни пытался нащупать в ее складках Петю Хазина, до Лобни они еще не дотянулись. Были, наверное, у Дениса Сергеевича и другие дела; в конце концов, объявлять Хазина в федеральный розыск повода пока не имелось.

Солнце в четыре часа дня стало бледнеть и довольно скоро запало; и почти сразу за этим в него разверилось. Еще до того, как оно провалилось, хоронить его вышла ущербная Луна. На все еще прозрачном небе она светила довольно ярко одолженным светом, но инфракрасного отражать не умела. Ветер, который поднимался уже днем, стал резче и живо вымыл из Лобни дневное тепло.

Телевизор по всем главным каналам кормил скучными фильмами, снятыми будто на старый телефон. Цвета в них были повядшими, героев звали полными именами: Елена, Андрей, Константин, вещали они ровно и равнодушно.

Страсти у них кипели как бы бурные, но герои их выносили стоически, так, словно их ничего в этой жизни решительно не колыхало. Но смотрят, наверное, если показывают, пожимал плечами Илья. Мать, наверное, смотрела после работы. Очень успокаивает, когда видишь, как другие страдают, хоть бы и с такой натугой.

Сварил макарон себе, пожрал с кетчупом, вспомнил утренние драники, посмеялся.

Фильмы прерывались через равные промежутки новостями: тюк, тюк, тюк. Как будто сначала рыхлили вечную мерзлоту, а потом сваи в грунт вбивали. Что-то строили, наверное.

В новостях тоже был надрыв. У всех ведущих были очень озабоченные ебальники: мир разваливался на куски. Только Родина еще как-то стояла. Показывали чиновников, которые объясняли как. Чиновники приправляли официоз феней, чтобы быть ближе к телезрителю. Потом дали нарезку обращения президента — тот грозил клеветникам России. В короткой речи Илья узнал много слов, которые впервые на тюрьме услышал.

Ближе к вечеру пошли ток-шоу. На круглых аренах кипишили мордастые бакланы в костюмах, кружили друг вокруг друга, как гладиаторы с сажалами, и один раз дошло до форменного мордобоя: какой-то злой штрих фирмача-фармазонщика на калган взял и рубильник ему в юшку расквасил. Разводили базар авторитетные блатные, но они не пытались разрулить все по понятиям, а от обратного — друг на друга фраеров натравливали. Побеждали всегда козлы-активисты, а демократам говорили «ваши не пляшут» и под улюлюканье отправляли их домой подтирать кровавые сопли. Из этого Илья сделал вывод, что весь кипиш замучен администрацией, просто чтоб закошмарить всех, кто на отрицалове. Че, понятный расклад.

Совсем уже одурев от ящика, на взводе и в раздрае от последнего шоу, Илья врубил телефон прямо на кухне и сам Магомеду написал, совсем уже борзо: «Не бойся, у нас без кидалова».

На это ответ пришел немедленно:

«Да я и не боюсь! — четыре смеющихся до слез желтых кругляша. — Ты сам лучше боися!»

Илья ему отправил тоже улыбочки, чтобы свести все к шутке. Подождал еще — продолжится разговор? В правильную точку он абрека ткнул? Больше поклялся ему не писать — поймет еще, что Хазин нервничает, и занервничает сам.

Встречи с Магомедом он не боялся: возьмет с собой ствол, будут ему угрожать — достанет и покажет. Плетка против хамов должна работать.

Ну давай, давай! Сколько можно тянуть резину?!

Телефон, казалось, задымится.

«Ладно! — наконец цыкнул ему Магомед. — Мы же все друг-друг знаем свои. Будут тебе деньги четверг. Встретимся с человеком твоим, дадим ему. Ты все четверг мне дашь?»

«Да! — крикнул радостно ему Илья. — Когда деньги приедут, люди товар отдадут».

«Завтра скажу где точно», — сухо кивнул Магомед.

— Да где угодно! — Илья вскочил с кухонного стула, подпрыгнул, рукой достал до низкого потолка. — Да где угодно, бляха!

Распахнул окно, нахлебался свежего, крикнул Лобне:

— Аааааааауууууу!

Выхватил водку из морозилки, хлестанул ее прямо из горла, обморозился ею, вскипятился. Чокнулся с телевизорной куклой в синем пиджачке, поцеловал ее в нос.

— За любовь!

И тут звякнуло так в телефоне: как чайная ложечка, которой больному ребенку лекарство от сорокаградусного жара в сладком размешивают — о стакан. Звонко и тоскливо. От Нины.

«Петь, с тобой все хорошо? У тебя сегодня целый день телефон отключен, мне что-то неспокойно», — написала она.

«Все шикарно! — тут же, не думая, отрапортовал он ей».

«Правда? — Нина переспросила. — А когда у тебя это твое внедрение кончится?»

«Скоро уже», — пообещал ей Илья и запил сладкое вранье горьким.

«Переживаю за тебя. С того раза так не боялась, как ты с теми бородатыми влип, помнишь?»

С какими? Илья растерял еще немного радости. Не переспросишь же ее. Примерно можно догадаться, о ком она и о чем. Но сейчас о серьезном не хотелось.

«Которые в рясах и с крестами? Помню, жесткие ребята», — на остатки смеха написал он ей.

«Да ну тебя! Ну правда?»

«Они вообще-то уже вышли из нашего бизнеса, у них своя эта штука хорошо пошла, особенно бабуськи берут», — продолжил он.

«Пфффф», — по-кошачьи фыркнула Нина и пририсовала скобочку: чуть-чуть улыбнулась.

Илья тоже улыбнулся — как инсультный, одной стороной рта; за того Петю, который как будто жив. Тот Петя должен был продолжать шутить своей девочке шутки, чтобы ей не было страшно.

«А я легла сегодня пораньше и никак не могу заснуть. Уже вся искрутилась тут. Мы не можем чуть-чуть поболтать? Голосом?»

А другая половина как будто была того Пети, который не мог двигать губами. Но Нине ее не различить — на нее свет не падал.

«Мы тут с Мухтаром на границе бдим. Если я буду вслух нежничать и хихикать, наркодилеры нас раскусят и пойдут другой тропой», — написал Илья.

«А ты как будто с Мухтаром», — отозвалась она.

И прислала три эмодзи: полицейский человечек, собака, сердце.

«А если он воспримет все всерьез и влюбится?» — с полуулыбкой спросил Илья.

«Тогда ему придется иметь дело со мной!» — Нина приклеила эмодзи: два борца, один в красном трико, другой в синем, готовятся схватиться.

Илья хмыкнул.

А потом кольнуло.

Кололось это — смеяться с ней за Петю.

«Ладно, слушай... — напечатал он ей. — Мне тут не очень удобно».

«Подожди-подожди! — тут же перебила его Нина. — У меня важный вопрос!»

«Какой?»

Она ответила не сразу — а потом вдруг пришла фотография. Илья щелкнул по размытому контуру, чтобы загрузить ее — и ослеп.

Это была Нинина грудь. Обнаженная. Не прикрытая ничем: тонкие пальцы только снизу поддерживали ее, хотя и если бы она и не парила, а магнитилась чуть к земле, все равно была бы совершенной формы. К соскам — коричневатым, сжавшимся от его будущего взгляда — его как в эпицентр урагана тащило.

Фото было обрезано по губы. И шея ее, нагая и нежная, и ключицы со впадинками, и татуировка темно-серая на месте крестика — все было тут.

Илья сжал телефон. Ничего красивей он себе со своей жизнью представить не мог.

«Мне кажется, или сиськи больше стали?)))» — прислала она ему с тремя хохочущими скобками вопрос через минуту, дав сперва налюбоваться.

«Стали идеальные», — выдавил он.

«Так, погоди, а были?!» — теперь смех до слез.

«Нин! Мне работать еще!»

«Ой. Меня так заводит, когда ты деловой! Можно, в следующий раз ты будешь как будто работать с отчетностью?»

«Пффф», — передразнил он ее.

«Дико хочется трахаться! — вдруг заявила Нина. — Я читала, что у беременных чем дальше, тем больше. Но это же бессмысленно?»

Илья зачем-то слез со стула, посмотрел на свое отражение в окне, постучал по столу, думая, какая все-таки она вредная зараза. И тут заметил: стрелочка на телефоне загорелась. Не горела, значит, раньше? А сейчас — почему? Надо было прощаться.

«Не могу больше, все! Завтра спишемся!»

«Еще секундочку! Правда, важное!» — взмолилась Нина.

«Только быстро, а то меня сейчас тут рассекретят!» — сдался он.

Ждать пришлось еще минуту. И опять пришла расплывчатая телесная фотография. Илья покорно открыл, уверенный уже, что она опять станет его искушать.

Это был ее живот.

Загорелый: в пупке торчит серебристая сережка-штанга. Кажется, совершенно плоский.

«Тебе привет».

Эта глупость Илью совсем выбила. Не знал, как на такое правильно ответить. Ему тоже привет? Ей? От кого? От папы?

Вспомнил Петины бельма в фонарном луче, вспомнил обмороженный колодец, тяжесть его тела, гидравлическую силу замерзших рук. Потом еще вспомнил, как Петя красными пальцами натыкивал безуспешно код в телефоне — раз, другой — помогая Илье его подсмотреть и хорошенько запомнить. Кому он хотел позвонить? Может быть, Нине?

«Ладно, прости, я понимаю, что это все бабья дурь! — раскаялась Нина. — Знаешь, у беременных еще и мозг атрофируется. Я прямо чувствую уже, как процесс пошел. Мужайся!»

«Ок))»

«А ты меня обратно к себе пустишь в квартиру? Если нет, я могу и тут перекантоваться. Просто соскучилась по твоему шесту для стриптиза!»

«Нин, мне правда пора».

«Все-все. Все! Спокойной ночи!»

«Спокойной)»

Вот только сейчас, когда ему самому забрезжило хоть что-то впереди, стало настигать и другое: кто будет за него выполнять все эти обещания, которые он Нине щедро дает? Кто будет — за Петю?

Спас он ее? От чего? От того, чтобы не по-христиански?

Ни одного ответа. Даже эхо молчит: квартира слишком для эха маленькая и заставленная старым барахлом.

Как было лучше? Как было бы?

Она ведь узнает, скоро узнает, что он мертв, что убит. Найдут его в коллекторе, и даже если на опознание не поедет, тогда — что?! Все равно — на похороны. Зачем он вчера полез в колодец к Хазину? Как теперь поверить снова, что Хазин — это он и есть?!

Илья выбежал в коридор.

Материнская спальня была еще заперта — как захлопнулась, так Илья, порезавшись на этом, к ней больше и не подходил.

Водки если еще влить, можно совсем расшататься. Водку одному нельзя, она ему прободает пленочку между умом и безумием, которое у любого человека в специальном пузыре, как желчь, внутри хранится. Просочится темная желчь и выест ему все нутро.

Надо заболтать эту тягость, эту гадость, надо затанцевать ее, музыкой громкой задавить ее, гадину, весельем ее, весельем — как каблуком сколопендру какую-нибудь растереть по асфальту!

С кем? С кем бы?

И тут вспомнил: Гоша! Гошин же телефон есть. Он же предлагал: пиши-звони, давай дружить! Вторник — и что, что вторник. Не так-то еще и поздно. Он, может, и угостит Илью своим смехом, своим хмелем, своим порошком и чем угодно, чтобы до завтра, до солнца Илье не чувствовать времени и не быть одному.

Нужно с материного телефона набрать ему, как собирался.

Где он? В ее комнате, в прикроватную тумбочку положил. И там же зарядка.

На кухне выточил все-таки ножом из спички отмычку — на этот раз не дал ей себя порезать. Сел рядом с материной дверью на пол, смеясь над тем собой, который комнату собирался с пистолетом штурмовать. А из-под двери сифонило ледяным, и щель была залита тьмой, как эпоксидной смолой.

Ничего; поковырялся в замке — отпер.

В комнате был ледник. Никого. Тюль от открытой форточки надувался, летел. Врубил свет. По полу были расшыряны ветром какие-то справки с печатями на серой поли-клиничной бумаге. С подоконника сдуло.

Он присел на кровать, выдвинул ящик. Мобильник тут, тут и зарядка.

Воткнул, чтобы далеко не ходить, прямо здесь, за тумбочкой. Чтобы не показывать матери, будто он от нее бегает. Ток вроде пошел, но телефон не оживал, упрямился. Отдай мне его, тебе-то он сейчас зачем?

А мне нужен, чтобы позвонить Гоше. Гошану. Чтобы он меня вытащил в город. Чтобы я мог с ним прокатиться по ночным проспектам, в хлам нажраться в каком-нибудь баре за его счет, чтобы он научил меня так же вот трещать ни о чем без остановки — и чтобы люди меня так же слушали, разинув рот. Чтобы он свою легкость мне преподал, свое нахальство, чтобы я мог с незнакомыми девушками знакомиться, как он, чтобы я понял, как жить одним днем, даже если впереди еще сто лет. И я пойду сегодня тусить, ясно? Пойду, и все!

Чтоб не думать.

Закрыл форточку — пусть больше не пугает.

Телефон мигнул зеленым — монохромный экранчик зажегся. Повертел в руках. Это было странно — держать ее телефон. Думать, что она его к уху прикладывала. В телефоне, все-таки, какие-то пылинки человеческой души из разговоров западают и оседают. То ли на мембранах, то ли на микросхемах.

Погладил его зачем-то.

Ладно. Где тут Гошин номер?

Уже совсем на секундочку включил Петин айфон, быстро нашел в нем Гошу и в материн мобильник перебил по цифре. Все, можно звонить? Времени, правда, без четверти двенадцать. Но зудело, не унималось.

Он нажал кнопку с поднятой зеленой трубочкой. Деньги-то у тебя остались на нем, ма? Пошли комариные гудки — и Илья осторожно приложил телефон к уху тем местом, которым его к своему уху прижимала мать.

Прогудело-прогундело: раз, пять, десять. Включился автоответчик — Гоша-бодрячок предлагал выкладывать, зачем его ищут, божился перезвонить. Нет, погоди, ты мне сейчас нужен, а не потом. Потом будет суп с котом.

Набрал снова. Опять стало отсчитывать: туу, туу, туу. Сняли.

— Але?! — испуганный девчачий голос.

— Привет, — хрипло сказал Илья. — А Гошу можно?

— Гошу? — растерянно переспросила девушка.

— Ну Гошу, да. Это ведь Гоши номер?

— А Гоша умер, — сказала она.

— Что? — сказал Илья.

— Умер. Правда. Полчаса назад. «Скорая» сказала. Ему с сердцем плохо стало.

— Как с сердцем? То есть?!

— В караоке, — ответила она, как будто это все объяснило. — Я сейчас в больнице. Мы сегодня только утром с ним познакомились. А вы его хорошо знаете? Вы можете сюда приехать? И тут милиция. А то я ничего не понимаю.

Илья сбросил ее. Нажал кнопку с красной брошенной трубкой и подержал, чтобы мобильник сдох. Дольше, чем надо. Потом кинул его на кровать.

То есть спрашивал он у нее, а сам уже прекрасно знал, в чем дело. От чего может стать плохо с сердцем у парня, которому еще тридцати нет и который только с утра затарился кокосом? От одного. Передознулся. Зазвал девчонок в караоке, угощал их там, может: все по своему утреннему плану. Кроме последнего.

А это ты ему продал.

Хазин отказывался ему давать, а ты дал. Хазин, который чморил его, плевал на него, который его за шута держал — перестал своего Гошу пичкать, но ты-то за него перерешил, переделал по-своему. Ты этому слабаку, этому болтуну, этому блаженному человеку впарил сразу шесть граммов, хорошую цену ему предложил! А он и взял — больше взял кайфа, чем дурацкое сердце-тряпка может выдержать. Жадность. Глупость. Скотство.

Ты взял чужой телефон, нашел в нем кого-то живого и веселого, искусил его и убил. Танцуй теперь, давай танцуй, болтай в полный голос — сам с собой! Один дери глотку, чтобы самого себя переорать.

Встал на колени перед материной кроватью.

Потрогал кнопочный телефон, который только от мертвых к мертвым мог звонить.

Я этого не хотел. Если бы мне дали протрезветь, я не стал бы и Хазина убивать, честное слово. А теперь одна костяшка домино роняет другую, они как-то сами рушатся, помимо меня.

Зарылся лицом в смятую подушку.

Помимо тебя? Вовсе нет: это ты их толкаешь. Ломаешь ногами лабиринт из костяшек-судеб, в котором оказался, чтобы только самому выпутаться и сбежать, чтобы уйти от наказания, которое заслужил. Хазин отправил тебя на зону, а что этот сделал тебе? Этот никому ничего не сделал. Он — за что заплатил? За какую-то жадность? За свою — или за твою?

Не хватило тебе Пети? Теперь ты аккуратно, за лесочку вытащишь из черного телефона тех, кто несмотря ни на что любил Хазина, и их жизни тоже порвешь?

Друг, девушка, мать с отцом.

Как, думаешь, твоя блядская клоунада аукнется им, когда они поймут, что случилось? Как Нине будет удержать Петиного ребенка в животе, когда она на похоронах будет гадать, кто ей вместо него писал? Как отец, который гордится — видно же, что он на самом-то деле гордится! — тем, что из сына такого хищника воспитал, что тот еще сильней и хищней его вырос, будет его в землю закапывать, единственного?

От этого — тоже сбежишь? А?

Илья вскочил, вырубил ей свет, шваркнул дверь со всей силы, метнулся в кухню, плеснул в себя водки.

Потискал Петин телефон.

Дернул Хазина опять из посмертия.

Еле дождался, пока тот придет в себя, вырулит из беспамятства.

Давай сюда отца своего, давай этого упрямого осла! Он все ноет, что ты ссышь с ним по-мужски поговорить — ну давай, вызови его на разговор!

Нашел переписку с Юрием Андреевичем.

Вдавил буквы такой тяжелой рукой, что волна по экрану пошла, как от камня по воде: «СПИШЬ?»

Отец проморгался не быстро и ответил все-таки: «В ЧЕМ ДЕЛО?»

«По поводу Нины».

«КАКОГО ЧЕРТА?! ТЫ ЗНАЕШЬ МОЮ ПОЗИЦИЮ! ДАЖЕ НЕ НАЧИНАЙ!»

«Слушай меня, — с пьяной злостью и решимостью набрал ему Илья. — Я на ней женюсь, и ты ничего с этим не сделаешь, понятно?»

Отец от такого напора и такой наглости пропал — может, давал понять Хазину, что не потерпит этого тона. Но Илье было плевать.

«Ты мать любишь? Ты любишь свою жену?» — вслух и в буквах долбил он отцу в череп.

«ПРИ ЧЕМ ТУТ ЭТО?!» — не выдержал старик.

Вскочил, наверное, растрепанный, в майке-алкоголичке, из кровати, заперся от жены в ванной. Гордый и жалкий.

«Знаешь, что я думаю? — пропечатал ему Илья. — Я думаю, ты ее любишь. Если бы не любил, не боялся бы так потерять. Ты ее любишь, а остальное меня не ебет, ясно?»

«СЛЕДИ ЗА ЯЗЫКОМ! И ЭТО НЕ ИМЕЕТ ОТНОШЕНИЯ К НАШЕМУ РАЗГОВОРУ!»

Голоса, голоса Илье не хватало сейчас, чтобы объяснить старому кретину, что имеет отношение и к чему.

Голоса, которого Петя лишился.

«Так вот. А я люблю Нину. И я не могу потерять ее. У нас будет ребенок. Говори что хочешь, мне насрать. У нас будет ребенок, это будет твой внук. Или девочка. Родится в мае. Ты станешь дедом».

Старший Хазин онемел.

Илья помнил все, что он Пете про залет у золушек рассказывал. Да и хер бы с ним. Слишком мало времени, чтобы дать ему переварить это. Надо главное, главное сказать, пока он слушает.

«Па. Папа. Ты там?»

«ДА».

«Ты будешь его или ее дедом, это важно! Ты. Потому что если со мной что-нибудь случится, ты будешь должен о нем заботиться. Понял меня? Ты! Понял?!»

Через секунду телефон затрезвонил этой песней про обжигающий огонь и про воду, которой можно напиться. Петя хотел ответить, но Илья сбросил.

«ЧТО ПРОИСХОДИТ?»

«ГДЕ ТЫ? НЕМЕДЛЕННО ОТВЕТЬ!»

«С ТОБОЙ ВСЕ В ПОРЯДКЕ?»

Спиритический сеанс, сказал себе Илья. Это какой-то ебаный спиритический сеанс, вот что это такое.

16.

Плохая была ночь: спать не можется, выйти некуда, луна бередит, водки мало, подушка горячая, одеяло не дышит, сны не сны лезут невнятные, холодильник кряхтит, машины мимо мотором будят, пытаются фарами в квартиру влезть, от голых берез тени ползут по стене, и в голове все бубнит, бубнит. На выключенный телефон приходят тревожные сообщения: как птицы о вымытые окна бьются с разгона, спать не дают.

Забылся под утро, проснулся, недоспав. Хотел заварить себе коричневого чая из пакетиков, а чай весь вышел. Сунул в карман телефон, оделся кое-как — добежать до «Пятерочки», потому что без горячего сладкого чая не перейти в этот следующий день было никак.

Спустился по лестнице, еще сонный, вышел во двор — налево, к Московской улице и к магазину — и увидел: стоит микроавтобус какого-то невнятного цвета, стекла наглухо тонированы, и стоит так, что ему подъезд как на ладони, а Илья бы из своего окна его не высмотрел. Труба дымит, машина с места не трогается.

Он развернулся, как будто что-то забыл дома, и назад, и через парк, через экологическую тропу — мимо «Пятерочки», в обход Деповской, не оглядываясь, петлей — к Батарейной, там вскочил в подошедший автобус, куда едет? Да какая разница!

Из заднего окна оглянулся: не гонятся?

Что слежка, не сомневался ни секунды. Вспомнил Игоревы слова, вспомнил горящую стрелочку в телефоне, пока он с Ниной точил лясы. Но как ее было сбросить? А теперь вот домой не вернуться. Будут подъезд пасти, пока он не вернется, не устанут. Это Илья один, а их бесконечно.

А паспорт у него с собой? Кинуло в пот. Прошарил карманы: нашел во внутреннем. Слава богу, и не выкладывал! Телефон тоже, кошелек есть. Главное. Ствол дома оставил! Как завтра без него на стрелку к абрекам? И где ночь до завтра скоротать? Ладно, так надолго вперед незачем. Сегодня бы не поймали!

И материн телефон тоже дома. А на него должны же звонить из фирмы, если с паспортом что-то криво пойдет. Но это ладно, это ладно, визитка есть.

Помаленьку успокоился. Вышел на какой-то остановке, разобрался, что и куда, пересел, добрался до станции. Мобильник решил до Москвы не включать. А в Москве его как иголку в стоге сена. Пересчитал деньги: полторы тысячи осталось. У бездомного деньги быстрей летят, но до завтра точно хватит. А завтра будет совсем другой день.

До Москвы и не включал: смотрел в окно. Хотя все это он уже видел.

* * *

Хорошая была идея — про Кольцевую линию.

У нее ни начала нет, ни конца. Никто из вагона не выгонит. На Кольцевой и доспать можно, и среди людей спрятаться.

В метро не стал сразу выходить на связь, сначала на Кольцо пересел, с «Менделеевской» на «Новослободскую». На, пеленгуй! Удивись-ка, как это я в Лобне исчез, а в Москве объявился.

Подъехал поезд, позвал внутрь.

— Станция «Новослободская», — произнес голос вагона. — Следующая станция «Белорусская».

А потом Илья все-таки спросил у себя — почему они не взяли его сразу, когда он из дома выходил? Могли ведь и с двух сторон его проулок запереть. Могли газануть за ним, когда он развернулся. Не было приказа? Или это просто наружка, для наблюдения? Чтобы задерживать, основания нужны, а какие он им дал основания?

Или, додумался он, просто не узнали его в Илье.

Они же Хазина по телефону ищут, Хазина и ждали, пока он выйдет из подъезда. Если осторожный Игорек его у помойки не сфотографировал. И если свои снимки Денису Сергеевичу, виляя хвостом, еще не показывал. Мог и то и другое — но к утру, видно, еще не успел.

Пока не поняли еще: пока он еще для них незримый.

Включил телефон.

Сразу посыпалось на него все, что за ночь недополучил. Перед тем, как отключиться, конечно, он отмахнулся еще от Петиного отца: да все пока нормально, не кипиши; а они, оказывается, не отстали.

«ЧТО У ТЕБЯ С ТЕЛЕФОНОМ! ПЕРЕЗВОНИ КАК ТОЛЬКО СМОЖЕШЬ!» — требовал отец. «Петенька, мы за тебя очень переживаем, перезвони нам, пожалуйста. Мама». «ЕСЛИ К УТРУ НЕ БУДЕШЬ НА СВЯЗИ БУДУ ЗВОНИТЬ ТВОЕМУ НАЧАЛЬСТВУ». «Мы тебя уже обыскались! Разумеется, ты не всегда можешь подходить, мы просто волнуемся из-за твоих слов. Дай знать, что у тебя все хорошо!».

Только успел написать им обоим: «Живой», как запело-заиграло — Нина.

Под землю к нему прозвонилась, в туннель.

Справа сидел какой-то иногородний в теребленой ушанке, уставился ему в телефон, помешал думать, как Нину спровадить понежней.

Илья просто выключил звук и перевернул мобильный экраном вниз, чтобы она сама отступилась. Но она тоже была на взводе. Через минуту тренькнуло сообщение. Открыл Вотсапп — там голосовая запись, жми плей и слушай.

— Петя, пожалуйста! — голос взволнованный, порывистый. — Что там опять с тобой? Мне твоя мать обзвонилась, спрашивает, когда я с тобой разговаривала в последний раз! И я понимаю, что черт знает когда! Внедрение, все дела, я все понимаю! Ты можешь там в сторонку один раз хотя бы отойти и просто вот такое же сообщение мне записать: «Нина, со мной все в порядке, скоро увидимся»? Твой отец там валокордин глотает, мама себе места не находит, что ты им там написал такое?.. ...Знаешь что? Мне одного голосового месседжа недостаточно. Я хочу видео, ясно? Чтобы я видела, что ты не на подвале ни у кого, что ты не связанный, что у тебя там флага Аль-Каиды какой-нибудь за спиной нет, и вот это все! Или давай встретимся хотя бы на две минуты. Я хочу видеть, что тебя не избили там. И родителям позвони! Я тебя очень прошу. Слышишь?

Она так громко говорила, что мужик в ушанке брови свои плешивые задрал. Илья повернулся к нему корпусом: «Хуль ты тут уши греешь, ты, черт?»; тот сник, залип как будто бы в карте метро.

И уже без лишних глаз Илья настрочил:

«Что вы там развели клоунаду? Рабочие моменты!»

«Я не верю! — упрямо ответила Нина. — Если не можешь со мной встретиться, давай видео! Десять секунд хотя бы!»

Илья влез в Петин архив: есть там какая-нибудь запись, которая сейчас ей подошла бы? Где Петя улыбается: «Привет, Нин, все окей, не парься». Нет, такого Петя не снимал. Вечеринки, посиделки, задержания, гонки на машинах по ночной Москве, по набережным, под оглушительную музыку: все не то!

«Не могу я тут видео, ты издеваешься? — зная наперед, что ее так больше не заговорить, отписался он. И, вцепившись в сползающий песок, закарабкался вверх. — Ладно, давай я вечером постараюсь вырваться на коротенечко! В кафе каком-нибудь?»

«Точно? В нашем?» — спросила Нина.

«В “Кофемании” на Садово-Кудринской, — предложил он единственное, что знал в нынешней Москве. — В девять».

Как можно позже. Подольше время потянуть. Она же будет созваниваться с его родителями, наверняка ведь будет. Пускай скажет им: все в порядке, мы с ним вечером увидимся. И половина времени до завтра уже пройдет. А там он как-нибудь еще переврется до сделки — и до отлета.

«Смотри у меня, жучила!» — написала ему Нина.

Илья зажмурился.

Посмотрел в темноту и снова открыл глаза. Он-то мог.

Что, он правда к ней поедет на встречу? Нет, конечно. Зачем ему это? Зачем видеть, насколько она лучше фотографий? Надо здешнюю жизнь закруглять уже, выходить из нее помаленьку.

До отлета.

Мать только похоронить и лететь.

Ничего, что в квартиру попасть нельзя: там и не было ничего такого, что можно было бы взять с собой в Новый Свет.

Стал смотреть, нельзя ли найти в интернете сразу и авиабилеты: оказалось, можно все. Улететь хоть сегодня можно было, места имелись. Цены начинались от ста двадцати тысяч. Тай вдвое дешевле. Но если выгорит, две тысячи долларов будет ему нечувствительно. Зато гостиницы в Боготе были копеечные. Одна, вполне себе трехзвездочная, под смешным названием Ambar Hotel, всего-то на русские деньги стоила тысячу двести за ночь. В ней Илья бы и сегодня смог заночевать, хватило бы. Приличная такая ночлежка, в колониальном стиле. И название располагающее: чтоб не сильно по родине скучать.

Решил еще раз проверить билеты: а во сколько, самое раннее, завтра можно вылететь? Теперь вылез какой-то другой сайт, на нем цены вообще от восьмидесяти тысяч. Сразу сорок штук чистой экономии, сколько это будет в долларах? Больше шестисот! Нормально? Если к шести вечера все успеть. А во сколько нужно в аэропорту быть? За два часа, за три?

Вот собрался в Петину Колумбию, а сам про нее ничего не знал. Открыл в Википедии почитать: язык испанский, столица Богота, население сорок восемь миллионов, омывается Карибским морем на севере и Тихим океаном на западе. Девиз: «Свобода и порядок». Хорошо, что порядок, подумал Илья: если на гербе написано «Порядок», значит, в стране полный бардак. Плохо, что «Свобода». А с другой стороны, нас-то чем они удивят? Еще понравилась территория: больше миллиона квадратных километров, двадцать пятая по размеру страна мира. Есть где кануть.

Из Боготы потом сразу в какие-нибудь джунгли рвануть, чтобы никто не нашел. Хотя зачем в джунгли, если у них там столько пляжей? Вон и Карибское море, и Тихий океан.

Стал читать историю, но заскучал. Историю на месте будет можно. А сейчас важнее язык — первые слова. В интернете, конечно, и разговорник имелся. «Буэнос диас, — произнес он шепотом. — Буэнос тардес. Кальенте. Фрио. Сой эль фуэго ке арде ту пьель. Мас деспасьо, пор фавор. Но компрендо. Бастанте». Ничего такого тут не было сложного: обычный язык романской группы, половина корней латинских, половина арабских, это испанцам от мавров осталось на память. В универе у Ильи французский был, но испанский проще, его на филфаке самые лентяи брали. Пара месяцев — и будет болтать. Пердоне. Те кьеро. Эрес айре ке респиро йо. Песню его вон зазубрил же как-то.

Никакой фантастики в этом не было.

— Станция «Новослободская», — произнес голос вагона. — Следующая станция «Белорусская».

Круг проехал. Еще сто осталось.

Ехал-ехал — клюнул и уснул. Смотрит — а он не в метро на сиденье, а в самолете уже. Таращится по сторонам: реально самолет.

— Ты чего проснулся? — спрашивает у него Нина. — Еще пять часов лететь. Ты спи, я тебя разбужу, когда еду будут развозить.

— Пять часов докуда? — В окне пронзительная синева, облака где-то далеко снизу, солнце самолету в хвост дует, не понять, в каком направлении они по небу едут.

— Ну куда мы летим-то? В Колумбию, вестимо! — смеется Нина. — Ты же хотел финал сезона обязательно в Медельине досмотреть! Твоя идея была!

— Точно, — обалдело говорит он ей. — Точно. Слушай, у меня что-то такой сушняк дикий. Пойду схожу попрошу водички у стюардессы, пустишь меня?

Нина подвинулась — и он, растирая щеки, пополз по проходу. А сам думал только об одном: она же путает его с Петей! Как это может быть? Может, у него и лицо Петино теперь? Иначе она точно заметила бы подмену. Это ведь Петина мечта — полететь в Колумбию, а не его.

Добрался до хвоста, но к стюардессам за шторку не пошел, а заперся в крохотном самолетном нужничке, очень похожем на плацкартный. Склонился к зеркалу: нет, там Илья. Но странный какой-то Илья: загорелый, гладкий, холеный. Бейсболка с плоским козырьком на голове, белая футболка с золотым принтом. Умылся холодным — лицо не смылось, осталось своим. Растерянный и обнадеженный, вернулся на место.

Нина встретила его улыбкой, пропустила к окошку. Чмокнула его в ухо до звона, а когда он хотел ее за баловство укорить, сказала:

— Дай-ка руку. Ну дай!

Взяла его ладонь и приложила к своему загорелому животу — чуть-чуть округлому. Теплому, шелковому.

— Не чувствуешь?

Илья постарался почувствовать и как будто уловил в глубине слабый спазм, вроде нервного тика.

— Это он толкается?

Нина кивнула.

— Ну видишь, не страшно же? — спросила она.

— Не страшно, — и все же руку от ее кожи осторожно отнял: это его или Петин сын там?

Почему-то точно знал, что будет сын.

— Слушай, — вспомнил он кое-что, чтобы перевести тему. — Я вот пытался на этот сайт Бога-бота зайти, по кьюар-коду с твоей татушки. А там запаролено и не пускает.

— Я же тебе говорила пароль, — сказала Нина. — Забыл, что ли? Джей-восемь-кей-...

— Так, просыпаемся!

Илья вскинулся, захлопал глазами. Над ним стояли два мента в темно-синих, как колумбийские ночи, куртках. Один попинывал его сапогом по ботинку, чтобы Илья скорей уже очухался.

— Алло! Мужчина! Я с кем разговариваю? — повторил старший из двоих, лейтенант.

За ним?! Как нашли?! По телефону выцепили?! Илья сел, загнанно огляделся.

Вагон был пуст. Стоял на месте. Менты хмурились.

— Просьба освободить вагоны! — пролаял в динамик машинист: живой, не записанный, нетерпеливый.

— Этот поезд следует в депо. Выходим, ждем следующего, все ясно? — медленно, как отсталому, произнес Илье лейтенант.

— Да, гражданин начальник! — Он сутуло вскочил.

Они переглянулись смурно, но докапываться не стали: пошли дальше других бомжей из поезда вытряхивать.

Выбежал на перрон. Сунул руку в карман — а телефон-то там?

Не украли, пока спал?!

Не украли.

Времени было уже обед; мобильник оставался включенным, батарейка почти обнулилась. А зарядка-то? Зарядку ведь дома оставил! И звонков напропускал! От матери и еще с какого-то незнакомого номера.

Патрульные добрались до конца состава и вынырнули на платформу. Посовещались и двинулись к Илье. Он их загривком учуял и пошел неспешно туда, где гуще, а потом наверх, не разбирая уже, что там за станция.

Оказалась «Курская».

Наверх вышел, точно зная: на свидание с Ниной он вечером поедет.

* * *

Прямо у выхода оказался огромный торговый центр; Илья двинулся к нему. Там можно, наверное, будет у кого-нибудь наклянчить электричества, Петину душу покормить.

Вошел через ленивую охрану, сгорбился от камер, крутанулся в турникетах.

И попал в лучший мир.

Тут музыка бравурная фонила, и все было обклеено улыбками, ароматы витали нездешние, стеклянные улицы были ярко освещены, а за каждой дверью открывался не дом, а целое особое измерение: где-то как будто тропический остров, где-то нью-йоркский лофт, где-то парижские крыши. Жили в этом мире одни почти молодые женщины, праздные и ухоженные. Илья тут себя почувствовал как гастарбайтер, впервые сбежавший со стройплощадки — и сразу на Красную площадь.

Все магазины продавали разное, но все одинаковое: сюда люди приходили, чтобы себе купить новых себя. Покупали платья, думая, что вместе с ним новое стройное тело получат. Покупали туфли, потому что каждая пара была золушкина. Внутри часов за сто долларов была пружинка, которая самоуважение подзаводила. И все улыбочные магазины продавали счастье.

Люди на счастье готовы были спускать всю зарплату и еще в кредит его набирать. С тех пор, как счастье в ТЦ в свободную продажу пустили, люди себя перековывать както забили. Илья это все с птичьего полета наблюдал: сам он в последний раз в торговом центре был семь лет назад, да и сейчас вот приперся сюда с полутора тысячами. Придется оставаться несчастным.

До завтра: а завтра он и сам себя обновит.

Прошел по всем кафе, везде спросил, нет ли зарядки. В одном сказали, что дадут, если он закажет. Взял жидкий чай и булку: лишился трети денег. Стал прихлебывать чай медленно-медленно, а Петю слабым током отпаивать.

Спросил: «Что случилось?»

Она ему: «Написала тебе письмо». И письмо тут же упало в ящик:

«Петя,

Твой вчерашний ночной разговор с отцом нас поставил на уши. Отец сегодня звонил в управление, поднимал связи, разговаривал с твоим Антоном Константиновичем. Тот говорит, тебя третий день нет на работе. Про внедрение он ничего не знает. Мы не понимаем, что происходит. Разговаривали с Ниной — она тебя тоже не видела с понедельника. Единственное объяснение у отца — что операция не по милицейской линии, а по твоей другой службе, от этого Дениса Сергеевича. Теперь он собирается наступить себе на горло и звонить ему, чтобы разобраться и успокоиться. Можешь себе представить, чего это ему стоит. Я тебя очень прошу найти возможность и нам позвонить.

Петенька!

Если ты попал в какую-то нехорошую ситуацию и вынужден сейчас скрываться, я хочу, чтобы ты знал: я тебя не буду судить ни за какие дела. Я не стану лезть к тебе в душу и вытрясать из тебя подробности. Для меня важно только одно: чтобы ты был жив и цел. Если ты боишься с нами разговаривать, потому что ты там что-то натворил, — не нужно.

Да я, к тому же, совершенно уверена, что ничего по-настоящему страшного ты сделать и не мог. Я тебя не идеализирую: я знаю, что ты выбрал для себя такое дело, в котором чистым остаться нельзя. Но для меня ты просто мой Петя. Я смотрю на тебя, такого взрослого и уверенного, а вижу тебя на трехколесном велосипеде в нашем коридоре, или ветряночного тебя, в пять лет, всего в зеленке, как ты спиной трешься о дверные косяки.

Я говорю, что ты сам это для себя выбрал, но твоему отцу я говорю совсем другое. Не могу удержаться. И после твоего ночного звонка, после всего этого расследования, которое он тут же начал, он, конечно, не находит себе места. Не дай бог, ты окажешься в какой-то настоящей опасности — он этого себе не простит. Очень тебя прошу, свяжись с нами.

Мама».

Чай стыл.

Илья прочитал и перечел. Вернулся в начало. И нажал кнопку «Ответить».

«Мам, не надо паниковать, и не дергайте, ради бога, Дениса Сергеевича. Я тут встрял в кое-какую передрягу, но надеюсь из нее совсем скоро выпутаться. Мне очень жаль, что я заставляю вас нервничать. И спасибо тебе за твои слова. Они для меня очень важны. Я не хочу от тебя запираться. Если бы мог, я бы хотел тебе все рассказать. Но не могу. Ты права, чистым тут оставаться нельзя. Хорошо, что хоть ты это понимаешь. Спасибо. Я так встрял, ма. Я...»

Потом вернулся и стер все после слова «нервничать».

Это ведь не тот человек.

Хотел бы Илья, чтобы его мать так с ним. Чтобы безусловно. Хотел бы, чтобы письмо это можно было написать ей, и чтобы получить ответ. Но туда письма не ходили, оттуда только.

«Скоро все кончится, ма. Мне тоже хочется с тобой поговорить по-человечески. Большое счастье, когда родители есть, знаешь. Когда есть у кого спросить — я все правильно делаю? Когда кто-то принимает тебя, что бы ты ни натворил. И когда кто-то ругает, если накосячил. Когда можешь себя снова мелким почувствовать на минуту. Так только с родителями можно. Это, оказывается, очень большое дело».

Вернулся и стер после «Нервничать» — все.

«Это все не важно. Важно, что дальше. Я все рассказал отцу про Нину. Все время думаю про твои слова, что там у нее в животе мой ребенок. Мне почему-то кажется, что это будет мальчик.

Я вчера отцу написал, что он будет за внука отвечать. Думаешь, он сможет? Если будет похож на меня, то сможет, наверное. А как? Ты говоришь, он себя грызет за то, что меня отправил по своим стопам. Я на него за это не в обиде. Если бы мне такая жизнь не нравилась, я бы давно ее бросил. Помнишь, я в детстве надевал его фуражку? Впору пришлась. Да что мы понимаем в детстве. А какие-то вещи вообще, наверное, начинаешь понимать только к старости.

В общем, я к чему это все.

Если у меня будет мальчик, он ведь не обязан продолжать династию, как считаешь? Он ведь может кем угодно вырасти. И дед ему в этом может помочь. А ты еще больше.

Но прежде всего у него будет мать. Нина.

И если вы с ней сейчас, вот как только узнали про ребенка, сразу же не помиритесь, не познакомитесь с ней нормально, по-человечески, может получиться так, что вашим он не будет. Я не буду с тобой сюсюкать, а тем более — с отцом: он был к ней очень несправедлив. Я покаялся за то, что сделал, он тоже должен. Иначе не будет мира. Надо сейчас, прямо сейчас, потом может быть поздно. Ребенок все меняет. Ребенок все извиняет. Слышишь меня?

Сейчас».

Выделил курсором все, начиная с «Нервничать», чтобы стереть — и, вместо того, чтобы уничтожить, наперегонки сам с собой нажал «Отправить».

У телефона оставалось двадцать процентов.

Зарядка была скверная — все, что Петя из нее одолжил, все и истратил на письмо к матери. Попросил кипятка долить в чай: стало еще жиже.

Это письмо их не успокоит. Задержит немного, но отец все равно выйдет на Дениса Сергеевича. И окажется Илья в окружении. Только бы успеть от Магомеда про место и время завтра узнать.

Покрутил в руках телефон. Стрелочка горела. Неужели тут нельзя никак отключить эту чертову геолокацию?

Вошел в настройки, стал разбираться.

Нашел! Программа «Московские парковки» требовала, чтобы геолокация работала. Лишил эту суку всяких прав. Потом обнаружил, как вообще отрубить функцию. Закрыл.

Вздохнул: как от паршивой болезни кремиком исцелился.

Посидел в пустоте. Дал Пете отлежаться.

Открыл телефон снова — а стрелочка опять вылезла, как шанкр. Неизлечимая.

Нельзя больше сидеть, надо, как акуле, всегда двигаться дальше, иначе задохнешься.

Усыпил телефон, допил бесцветное холодное, и, озираясь, покатил дальше.

* * *

Обедал в Макдаке; это же и ужин был. Взял три чизбургера по пятьдесят рублей. Вкусно было — нереально. И сытно: как будто желудок монтажной пеной залил.

До свидания весь истомился, начал даже забывать, что это не ему назначено.

Пришел заранее, уверенность для охраны репетировал: нет, никто не ждет, я сам дорос у вас столоваться. Впустили как-то, а он еще себе из наглости вытребовал такое место, чтобы было видно вход.

Открыл издыхающий телефон — мне воды, тебе заряд. На последние гуляем.

Хорошо было посидеть на стуле. Вытянул ноги — исхоженные зря по магазинам и гудящие. В магазинах хотя бы было тепло, а на улице околеть можно было.

От дверей глаз не отрывал. К воде даже не притрагивался.

Ждал Нину. Какая она будет? Во что одета? Мобильник лежал перед ним, обеззвученный. Открыт уже на чате с ней.

Зачем пришел? Не мог не прийти.

Завтра, если все выгорит, улетать новокупленному человеку Горенову навсегда. А бывшему Горюнову нужно попрощаться с тем, кто останется в старой жизни. Увидеть девчонку, с которой мог бы всю эту жизнь провести. С которой смог бы. Да просто — увидеть ее! Почему хочется любимую женщину видеть рядом? Вот поэтому!

Нина влетела раньше времени на десять минут.

Вошла в своем пальто пузырем-парусом, шарф и шапка. Запыхалась. Румяная с улицы, глаза блестят, на плечах снег тает. Только тут Илья понял, что она есть. Что Нина есть: настоящий человек.

Она была неожиданно высокая, с Илью ростом, наверное. И очень быстрая. Никакой плавности не было в ее движениях: в кафе ворвалась, пальто сбросила, мокрую от снега челку откинула, дернув головой. Свитер с горлом, брюки с высокой талией: бежево-коричневое, к ее лицу волшебно. Подозвала официантку, сделала заказ. Засмеялась с ней о чем-то. Поискала в окне знакомую машину.

Достала зеркальце, подвела губы, взмахнула ресницами. Челка упала на один глаз снова.

Было странно видеть девушку впервые — и столько о ней уже знать. Помнить наизусть ее черты-очертания. Быть в нее посвященным. Ее страхов бояться и мечты сомечтать.

Телефон слишком сильно прожужжал, чуть не выронил его.

«Я на месте, — написала она Пете. — Тебе что-нибудь заказать?»

Илья выждал.

«Задерживаюсь, прости! — замирая, отозвался он. — Ты как?»

А можно подойти к ней, заговорить о чем-нибудь? Притвориться, что хочет с ней познакомиться. Пусть она фыркнет и пошлет его, делов-то. Зато будет половина минуты настоящего разговора. Вдруг он ей понравится? Может же он ей оказаться хотя бы не омерзителен?

Нина, наверное, сразу почувствовала, как Илья ее касается взглядом — к рукам, к щекам. Но не замечала его, сколько могла. Потом все-таки коротко вскинулась — прищурилась — близорукая? Он попробовал улыбнуться ей, но закоченевшие губы медленно подчинялись — она уже нахмурилась и закрылась обратно.

Илья, смущенный, схватил телефон, как будто ему в экране гораздо интереснее. Но телефонная Нина — одна тень была, ксерокопия ксерокопии; с подлинной Ниной — никакого сравнения.

К ней нельзя было подсесть, но около пройти ведь можно было? В шаге пройти, поднять ветер и в завихрении почуять ее, дышащую. Ее духи услышать — цветочные?

Илья сидел парализованный, глядел на нее исподлобья, мимо букв в женщину, зная, что может спугнуть ее этой своей сумрачной настырностью, и боясь, что она сейчас снова растает, уже в третий раз, как таяла дважды во сне.

А потом с головой накрыло.

Господи, сказал он себе, зачем я ее сюда вызвал? Только для себя. Только посмотреть, повертеть ее в руках. Она не к тебе приехала, идиот, она приехала к человеку, который уже шестой день мертвый, которого ты убил. Переставил ты ее на эту клетку на московской клетчатой доске, чтобы она подольше верила, будто бы с ним все ладно. Надо сказать ей сейчас, что все срывается, что он не приедет.

Нина совсем окунулась в телефон — быстро-быстро длинным пальцем набирала что-то и улыбалась; а по лицу — тени.

«Жду тебя! — пришло сообщение со смайлами. — Я чур заказала себе шампанского! Ты за рулем?»

И правда, принесли фужер. Она пригубила только чуть бледного золота, поморщилась колким искрам.

«Какое еще шампанское?! Алло!»

Нина прочла, надула щеки, отодвинула бокал, блеснула улыбкой, снова посерьезнела.

«Я свой глоток сделала, будешь за мной допивать! Ты на сколько сможешь?»

«Коротко совсем, иначе не успею тут...»

Она насупилась и стала что-то долгое писать ему, но сообщение пришло прежде, чем Нина его успела отправить. От другого.

ДС прислал картинку.

Илья — уже под предчувствием — распечатал. И ужалился.

Скриншот телефонного экрана: карта города с улицами. Видно Садово-Кудринскую. И стрелочка упирается прямо в Илью заточенным острием. «А ты говорил, тебя в Москве нет, Хазин! Может, хватит бегать?)»

Вот так. Не бред, не паранойя. Что, его здесь будут искать?!

«Мне нужно срочно всю жизнь спланировать, я меньше, чем в пятнадцать минут, не уложусь!» — Нина положила телефон на стол, тут же взяла его снова.

«Давай уже сейчас начнем!» — предложил Илья, глядя, как за большими хрупкими окнами вскипает темнота.

«Мне сегодня позвонил твой отец. Сказал, что приглашает меня на свой юбилей. Прикинь?»

«Я им все рассказал», — просто сообщил ей Илья.

Нина за своим столиком заерзала, потянулась к фужеру, сделала большой глоток.

«Ты им что?» — три эмодзи с широко распахнутыми глазами.

«Сказал, что ты беременна. И сказал, что собираюсь на тебе жениться».

Нина отпила еще. Потом еще. Взяла двулистник меню со стола, раскрыла веером, принялась на себя им махать. Щеки разрозовелись у нее.

«Whaaat?!!»

«Ты, кстати, выйдешь за меня?)»

Улыбался, а нутро жгло. Больно было ей это говорить, сейчас больно и больно вот так. Она вспыхнула, его опалило. Она прыснула, у него глаза набухли. Она приложилась к бокалу, его шатнуло.

Прости меня, пожалуйста. Тебе твоя радость отольется еще. Но я не за тем сейчас все это, ей-богу, не за тем, чтобы просто сожрать твое счастье глазами. Я просто не знаю: если я сейчас не сделаю тебе предложение, вдруг потом не успею?

Нина потянулась к официанту — попросила повторить шампанское.

Я просто не хочу, чтобы ты когда-нибудь сомневалась в том, что он тебя любил. Ты должна в нем быть уверена, Нин, — и это вашему сыну говорить всегда: твой отец ждал тебя, мы собирались пожениться. Так, а не «Не у всех бывает, и точка».

«Эу, ты что, мне эсэмэской предложение делаешь?!! — возмутилась она. — А цветы там хотя бы?!»

Но сама сидела — Илья видел это — пунцовая, смеющаяся, с горящими глазами.

Он влез в библиотеку эмодзи, нашел ей там все, что подобает для такого случая: цветы, шампанское, кольцо с бриллиантом.

«Будешь моей женой?»

Она прислала ему: невесту в фате и жениха в смокинге. Прихлебнула из второго бокала.

«Ты ужасное говно, Петя, но я тебя зверски люблю! Да, я буду твоей женой, блин! Давай уже, ты где?!!»

Хлопнула дверь, вошли двое: в свитерочках, в черных куртках.

Можно было бы их за людей принять, но зенки у них были волчьи, и воздух они нюхали. На охрану они неслышно зашипели, и та съежилась. Один вправо шагнул от кондитерской витринки, другой влево — пошли, лупая, рыскать по залам.

Илья вжался в стул, телефон выключил сразу и положил кверху спинкой. Поскучал, глядя в окно, зевнул даже, а потом попросил ровным голосом счет, избегая на оборотней глядеть.

Руки убрал под стол, чтобы не видно было, как дрожат.

Нина на этих вовсе не обратила внимания, все молилась на экран.

Один из них ринулся сортиры досматривать, другой стал кому-то звонить. Илья ждал счет и сам считал — восемьдесят три, восемьдесят четыре — чтобы голову держать пустой, чтобы никакой электромагнитной волной их к себе не притянуть. Дождался сдачи, медяки оставил официанту, стал неторопливо одеваться. Пока одевался, успел подумать: если среди этих есть Игорь К., то Илья приехал.

Пошел, ссутулясь, навстречу оборотню в дверях, приложил к уху снулый телефон, и стал в него говорить такое: да, любимая, конечно, не волнуйся, скоро буду. Нина вскинула лицо к нему, он ей улыбнулся — и она, еще вскруженная, еще витающая, отзеркалила ему его улыбку.

И вот этой волной, теплой — вынесло его мимо ищущих, сквозь гребущие скрюченные пальцы — на улицу. В спину бурчали: «Нет его тут. У вас какая задержка по пеленгу?»

Пошел мимо нее, чтобы еще раз, последний, насмотреться. Нина сидела в ярком аквариуме, глядела прямо в Илью, но видела, наверное, себя.

Красивая.

* * *

Через пять минут из темного двора отправил ей: «Я тебя видел, зайти не смог, там люди меня искали, прямо в “Кофемании” были, пришлось свалить, прости меня, пожалуйста!!»

А там у телефона батарейка села.

* * *

Потекли темные проулки, руки в карманы, дырявый лед под ногами, луна в тумане, ночь впереди. Добрел до бульваров: лысые коряги построились колонной, ждут конвойного. Нашел одну улицу с голосами, повернул на нее: Никитская. Целая улица пьяная: какие-то бары, крохотные клубы. Вот, подумал Илья. Надо в бар. В баре не обморозишься. Спать не дадут, но и на холод не выгонят. А нам бы теперь только ночь продержаться.

Попросился в первый попавшийся, у которого люди паслись. Вошел с холода в сладкий пар, спустился в подвал, там синий свет, дискобол над танцполом, блики ездят по стенам. Заморенный диджей — петушок — золотой гребешок — томно стонет: «А тииииперь наша общая любовь — Селена Гоооомезззз!»

Пристроил телефон на баре заряжаться: тот слабел, измотанный, пил только маленькими глоточками.

Ударила музыка: сначала присвист душевный, потом тоненький девчачий голосок: «The world can be a nasty place... You know it, I know it!», и еще мяуканья, у Ильи английский кончился, потом басы такие, что от них требуха вся вибрирует, дым-машина пускает завесу, какие-то доходяги нестриженые в умате толкутся на пятачке, девчонки молодые в рубахах, парни в балахонах до колен, глаза закрытые, улыбки до ушей, на лицах счастье, в руках коктейли, обнимаются, кричат друг другу что-то в уши; мотают головой и орут в ответ, Селена мяучит: «Kill'em with kindness, kill'em with kindness, kill'em with kindness!», свист, стробоскопы, дым, улыбки, «Go ahead, go ahead, go ahead now!»

Один Илья тут был трезвый. И пить нельзя: в кармане четыреста рублей на всю жизнь. Стоял в темени, зыркал из угла на сверкающий танцпол, на этих ребят, его на семь лет младше, щурился на стробоскоп — тот два кадра из каждых трех вырезал, получалось старое кино.

Он пропустил одну восторженную песенку, другую — диджей сегодня ставил только такие, для школьных дискотек. Доходяг устраивало: они напаивали друг друга сладким, трогали за руки, кричали: ухуууу!

Было трудно, но Илья сделал шаг к ним. Еще один.

Вышел на край света. Топнул ногой. Вздернул руку. Качнул плечом. Хлопнул в ладони. Нутро дрожало. Мембраны гуляли. Топнул еще. Не в ритм. Танцуем. Слишком громко. Танцуем! Хлопнул. Где ты там, Гоша? Хотел с тобой вот так. Раз! Вчера погоревали, сегодня танцуем. Что от тебя осталось? Два! Ничего! Пока! Три! Еще! Хотел семь лет назад так! Что я там чувствовал? Не в такт. Плечи свело. В ногах судорога. Ни хера не гнется. Раз! Болели ущи. Танцуем. Что я там чувствовал? Хочу еще раз это почувствовать. Дискотека продолжается. Продолжается жизнь! Раз! Ляля. Та-та!

Старался.

Вспотел. Скинул куртку. Пошел в сортир, напился из-под крана холодной воды. Отдавало ржавчиной и хлоркой. Умылся. Вернулся на танцпол. Тяжело трезвому. Как тяжело трезвому, господи.

Каблуками в пол вбивал, давил сколопендр. Гошину смерть. Петину смерть. Проехали! Танцуем! Ухуу! Мы уедем, они останутся! Мы-то живы! Что плакать! Кивал головой в такт музыке — все точнее.

Один посреди танцпола, в пузыре.

И Нина останется, и отец Петин останется, и мама. Найдут они Петю. И все, что ты им тут наплел, добряк, расползется-разорвется к ебеням. Поймут, что он убит. Что в его телефоне паразит завелся. Что заставлял труп плясать, за веревки дергал. Что убийца вместо их сына просил прощения, за любимого делал предложение. Поймут они, что это не кривляния были, не глумление? Нет. Не поймут. Вышел зэк, отомстил обидчику, не наелся, стал еще семью зарезанного изводить. Твои судороги им будут ужимки. Кайся сколько хочешь — они бы лучше твой хрип послушали. Не выкинет она ребенка после этого? Тата! Ляля! Громко было: себя даже не слышно. Раз. Раз. Раз. Час, два, три.

— Ты смешнооой! — крикнула ему в ухо какая-то девчонка.

Он кивнул ей.

Выпил еще воды из-под крана. Снова на танцпол. Закапывать и улетать.

Нинина улыбка над телефоном. Кольцо, цветы, шампанское. Так не лучше, а как лучше?

— Папиросы нет?! — спросил он у девчонки. — Покурить?!

Поднялся по ступеням из подвальчика в стужу. В ветер.

Три ночи, все менты спят? Включил мобильник. Тот и не зарядился почти, хотя был воткнут в сеть столько часов. Заканчивалось, наверное, Петино дополнительное время.

Пришло.

От Дворника: «В 10 в "Президент-отель", пускай твой человек спросит Магомеда на ресепшен, успееш?»

От Нины: «Это свинство. С их стороны».

Дворнику: «Успеем». Нине: «Люблю!!!» В три ночи: обычное Петино время для признаний.

А что ты, Илья, можешь сделать? Что ты можешь сделать, когда все уже сделано. Из подвала лупили басы, снова пошел присвист и сладкоголосье. Выходил цветной дым.

— Поехали ко мне, — говорила рядом пьяная девочка пьяному мальчику.

Целовались, смеялись. Что-то им в дыму маячило прекрасное, удивительное. Жизнь обещала их только баловать.

Стрелочка загорелась.

Больше нельзя держать телефон при себе. Думаешь, волки так запросто отступились от тебя? Нет: они ведь заставят рестораторов поднять все камеры, опросят официантов, будут искать Петю на видео. Сравнят время, найдут Илью. И в следующий раз не мимо-слепо будут на него смотреть, а в глаза.

Надо прощаться с Петей. Отрываться от телефона. Сейчас.

Впереди без него не так уже и много осталось.

С утра в ФМС — надеясь, что матери никто с вопросами не звонил, что все по плану. Потом, с паспортом, в «Президент-отель». Оттуда с деньгами в морг. Из морга на самолет. Завтра ночью Ильи тут не будет. Та-та-та! Сегодня последний вечер. Танцевать!

Сошел обратно, теперь уже один на танцполе. Никого и не надо.

Пялился в стробоскоп.

Пора отсоединяться от телефона. Снимать ошейник, снимать крест. Самое главное уже сказано и услышано.

Просто выбросить его? В реку кинуть?

Тогда они точно поймут — и быстро, что писал самозванец. И тогда вместо мира, который он попытался за Петю с ними заключить, вместо покоя ему — будет ему неизбываемая тоска, а им всем — ужас и никогда не закрощающаяся язва.

А можно пойти сейчас на «Трехгорку» — и вернуть телефон Пете.

Сейчас, как будто его этой ночью только убили. В холоде он не сильно поменялся, наверное? Илья не эксперт. Может сойти за правду. Может? Попробовать надо. Чтобы Петины извинения были приняты, раскаяние зачтено; чтобы любовь его еще позвенела в воздухе хоть сколько-нибудь лет.

Нельзя было у Пети еще и эту неделю отобрать.

Но если завтра что-то сорвется? Как он без телефона, без связи? Как с Дворником, если будет опаздывать?

Как-нибудь. Тут важней.

Доплясал.

Ушел.

* * *

Отцу написать, что прощает его за все, и у него попросить прощения — по-честному, теперь понимая, за что извиняется. Мать просто поблагодарить за любовь, за то, что не бросала, что терпела и прощала. Нине — что будет всегда скучать, и чтобы его родителей простила и прощала, потому что они стареют, сохнут и крошатся, но если она у них внука заберет, у них от Пети не останется совсем ничего. Каждому нужно было прощальное письмо составить: и Илья, пока шагал по мгле, их все уже в уме составил.

А когда добрался по кирпичному лабиринту к люку и нажал на телефоне кнопку, чтобы записать буквами, то понял: ничего не отправит никому. Телефон мигнул только в последний раз и окончательно сдох.

Отыскал давешний лом, натужился — сдвинул его еле, как гранитную плиту. Стал стирать с телефона отпечатки. Подышал на зеркальце, снял рукавом испарину. Ничего от Ильи не должно остаться.

И тут сзади заговорили, зашагали — пьяные шли компанией. Из баров шли — может, из «Хулигана».

К нему прямо, с каждым шагом. К нему! И вышли.

Секунд хватило только кинуть ему айфон вниз.

Крышку задвинуть — не хватило.

17.

Утро нового дня наступало нехотя, улицы завесило мутью, солнце растворилось в тумане, как шипучая таблетка. Как будто бог в лежку гриппoвал и не мог себя сегодня заставить весь этот мир опять как следует вычерчивать. Моросило.

Что успели увидеть пьяные на «Трехгорке», чего не успели — он не знал. От люка уходил к ним спиной, на оклики не оборачивался. Новости узнать неоткуда: телефон теперь у Пети. Было без этого черного аппендикса сиротливо: гулко внутри, пусто в кармане.

На «Новослободской» Илья торчал еще до открытия, второй в негласной очереди. У охраны на входе в ФМС играло радио; пока еще не пускали, Илья приник к стеклу, чтобы по его дрожанию угадать, нашли ли Хазина, есть ли подозреваемые.

Ведущие рассказывали про Трампа — тут охранник сделал погромче, но потом, когда что-то, кажется, озвучивали про «Трехгорную мануфактуру», он заскучал и приглушил.

Наконец открыли, Илья шмыгнул в сортир: свериться с собой. В зеркале он был таким, каким его из ШИЗО выпускали — зеленого цвета и иссушенный. Прилизал водой волосы, попытался улыбнуться. Лучше не делать этого.

Пока любовался с собой, в зале ожидания уже столпились. Ведомство было отремонтировано и как будто очеловечено: кабинеты у паспортисток из стекла, номерки автомат выдает. Вызывали в прозрачные застенки по фамилиям тех, на кого было готово.

А Илью все не звали и не звали: неужели мама пропустила звонок? Нашли его в розыске? Или Наталью Георгиевну служба собственной безопасности схватила за руку?

Но нет, просто дали время поизводиться. Потом крикнули строго: «Горенов!»

Он даже не узнал себя.

Спохватился, вошел, первым делом на теткин компьютер посмотрел: читает она там новости? У него взяли паспорт, вгляделись. Не подмигивали, никак на блат не намекали.

По коридору пошли трое людей в синей форме, и Илья в своем стеклянном кубике тоже захотел стать прозрачным.

— Подождите, — произнесла паспортистка.

Сняла трубку, отвернулась от Ильи, стала в телефон капать ядовитой слюной:

— Да. Горюнов. Да. Через «е». Не знаю. Ну а я тут при чем? Так что? Переделывать? Через согласование? Хорошо.

Рассоединилась и уткнулась в компьютер. Ильи больше не было в этом кабинете. Печатала что-то одним пальцем, теребила сальную мышь. Илья несуществующий ерзал; она нахмурилась на него.

— Все в порядке? — не вынес он.

— Не знаю, — она кликнула что-то в отвернутом экране. — Скажут.

Даже если ночная пьянь прошла мимо люка, с утра рабочие о дыру точно споткнулись. Упал вниз молочный свет, разбудил Хазина; сейчас там уже мусора барражируют, рабочих приняли в первую очередь: кто оправдаться по-русски не умеет, того для начала и обвиним. По ксиве Петю узнают, конечно, и дальше только вопрос — когда все попадет к журналюгам, когда будет в телевизоре, и — смотрит ли этот телевизор Магомед.

Втиснулся в кабинет пузан в погонах, обслюнявил Илье его трепаный гражданский паспорт, через очки изучил печати и отметки. Забрал паспорт с собой. Становилось как перед грозой душно, в пару вызревал миллион вольт. Времени до стрелки час с небольшим, а эти бляди погонные еще держат его, морочат, мурыжат, время его наматывают как кишки на катушку, совещаются: миловать или казнить со скуки, крючкотворы.

Обманула ты, Наталья Георгиевна, не простят они мне ошибку в фамилии, государству надо каждую свою вошь по буковке правильно учитывать, без этого ее к ногтю не вызовешь. Если бы можно было за пятьдесят тысяч рублей вот так запросто покупать себе свободу, неужели бы все люди ею давно не затарились?

— Мне в коридоре подождать? — спросил Илья.

— Сидите тут.

Магомед, Мага, жди меня, верь в Хазина, мы скоро, мы вот-вот, ничего серьезного. Только осипли, онемели, не можем до тебя докричаться, пасть разеваем, а там звука нет. Сейчас отдадут паспорта, извинятся за ожидание, и я-мы — к тебе, ветром!

Пузатый вернулся еще через двадцать утроенных минут.

Как будто ему перезвонили из той канцелярии, в которую Илья только что отчаянно шептал.

Буркнул что-то паспортистке, та послушно напроставляла печатей, сунула Илье новую, хрустящую бордовую книжечку: подпишитесь-ка.

Илья подписался своей обычной кардиограммой.

И гражданский вернули.

А миллион вольт еще висел над Ильей, довлел, не хотел разряжаться.

* * *

«Президент-отель» стоял в десяти минутах от метро «Полянка»: за чугунной высокой оградой кирпичный рыжий новострой этажей в двадцать высотой, увенчанный коричневыми какими-то не то касками, не то киверами, не то детскими формочками для песка. По остальной архитектуре здание напоминало окружные многоэтажки и среди державных сталинок Якиманки смотрелось неместно: как будто приподнялось где-то в Солнцеве или в Орехове и переехало в центр, выбило себе покрасивее участочек, отселив пару стариков на кладбище, огородилось от соседей шипастым чугунным литьем и присело тут на кортаны. Однако же вот: с кортанов открывался вид на Кремль, и название «Президент» у отеля тоже никто не оспаривал.

Илья, уже когда подходил к нему, думал: как этот Магомед не палится в таком месте торговлю делать? Игорь К. вон ныкается по помойкам, сидит в норе, строчит Пете компромат в телефон, чтоб их вместе загребали, если что. А Магомед-дворник говорит: на ресепшене меня спросишь. Может, и не дворник он никакой, а только кривляется?

Вход в чугун стерегли черные с автоматами охранники. Камер от ворот до дверей Илья насчитал пять штук. Машин на парковке было мало, все огромные внедорожники с зеркалами вместо окон, все нездешние. Перед отелем был плац, на плацу торчали флагштоки с цветными тряпками. Туристов тут никаких не было, и вообще — лишних людей.

Илья толкнул дверь, оказался в огромном беломраморном холле, устланном паласами глубокого синего цвета. Потолок начинался на уровне четвертого этажа, с него свисали странные светила: диодный дождь с громадных диодных колец. Выглядело одновременно дешево и грандиозно. По углам торчали уличные киоски, торгующие сувенирами из воображаемой России. На видном месте зиждился белый рояль с золотым названием.

По холлу прохаживались менты, какие-то смуглые люди в костюмах за столиками говорили инфразвуком, глядя не друг на друга, а по сторонам. На ресепшене вышколенно улыбалась белокожая женщина, которую, кажется, хозяева не раз брали за загривок и уводили драть в люкс.

На Илью глядели, как на пришельца.

Он приблизился к белокожей, она растянула для него яркие губы, переспрашивать имя не стала. Поднесла трубку к уху, прошептала, замерла.

— Присядьте.

Илья провалился в глубокий и скользкий кожаный диван; охранники разглядывали его в открытую; белый электрический рояль сам играл что-то сложное, клавиши западали под невидимыми пальцами; тяжелые хрустальные люстры горели днем.

Повело, развезло, рояль баюкал: ночь без сна.

В глубине холла раздвинулись дверцы лифта, вышел человек. Борцовская шея, короткая борода, челка, синий костюм натянут на бугристые руки как олимпийское трико. К Илье шел вразвалку — уверенно, зная цель.

Сразу очнулся.

— Магомет? — Илья поднялся ему навстречу.

— Проуожу́.

Он был Ильи на голову выше, а шире его — вдвое. Держался на полшага сзади, направляя и закрывая путь назад.

Конвоировал до лифта, нажал на предпоследний, встал к Илье лицом — в упор; приехали — у лифта еще двое бородатых борцов, но в форме, что ли, какой-то. Стволы у них были в открытых кобурах, здоровенные: «стечкины», кажется. Напоказ.

И у номера стояли люди, эти в костюмах, только рубашечный ворот расстегнут на бычьих шеях. Остановили Илью, обшмонали его, обхлопали, металлоискателем еще обнюхали. Не помог бы тут Илье его «макаров» ничем.

Наконец впустили.

Номер был безразмерный; из окон на ладони лежал храм Христа Спасителя, а прямо перед ним — полуостров «Красного Октября». Комнаты уходили анфиладой в обе стороны, как будто два зеркала друг против друга поставили, черта звать. Мебель резная и в позолоте: кресла, столики. Сидели трое серьезных мужчин, в черных прямых волосах седина, горбатые носы. В глубине, в комнатах, слышны были еще голоса: говорили на гортанном, смеялись на вороньем.

К Илье обернулся один. Остальные глядели футбол в плазме. Футбол, не новости.

— Я Магомед. От Хазина?

— Да. Я за деньгами.

— Полтора кило?

— Будет полтора. Сначала деньги, — твердо сказал Илья.

— Иса, дай деньги ему.

Подошел молодой вертлявый в рубашке, в руках красный пакет «М-Видео», легкий на вид. Илья напрягся: ждал объемистого, спортивной сумки почему-то.

— Сколько там? — стараясь спокойно, спросил он.

— Сколько положено, двести пятьдесят евро, — улыбнулся Иса. — Че, считать будешь?

И просто отдал Илье пакет. Илья заглянул: стянутые вакуумом пластиковые пачки, все набитые фиолетовыми полотнами. Он таких никогда не видел, вытащил на свет. Бумаги по пятьсот евро. Такие бывают? Если бывают, то в пачке полтинник, а в пяти пачках — двести пятьдесят. Вакуум.

Кивнул. Начал отходить.

— Отвезу деньги, потом он привезет товар.

— Давай, давай, — сказал Магомед. — Ехай. И скажи ему, чтоб телефон включил.

— У него выключен?

— И скажи ему еще, что если он еще раз с нами сыграет игру, как тогда, ассалям алейкум ему будет. Ну он знает, — лениво, равнодушно протянул Магомед.

— Я передам.

— Скажи, мы его пробили нормально. Про отца все знаем. Нам насрать на его отца, скажи.

— Ясно. Я курьер просто.

— Вот и передай это все, курьер. Передай, если товара не будет через три часа, будем по-жесткому с ним рамсить. Крыша не поможет, скажи.

— Хорошо.

— Я ему отправлял сегодня эсэмэску, он не отвечает что-то. Тебе отвечает?

— Я без телефона тут. Утром отвечал, — сказал Илья. — Сейчас нет с ним связи.

— Картинку ему отправлял. Фотографию. Он не получал? Вотсапп пишет — не доставлено.

— Не знаю, говорю. Меня отправили сюда за деньгами, я должен взять, отвезти.

— Может, подбросить тебя? — спросил вертлявый. — Ты за рулем?

— Я на такси, — сказал Илья.

— Зачем такие деньги на такси возить, давай подвезем, брат! — улыбнулся вертлявый.

— У меня инструкция есть, — упрямо мотнул головой Илья.

Люди, которые смотрели в плазму, не отрывались. Монако играло с Пари Сен-Жерменом.

— Инструкция, бля! Короче, скажи ему, до часа товара не будет, мы его курицу ебнем. А не будет до вечера — его ебнем самого. Если его подвал не учит ничему.

— Что? — переспросил Илья. — Какую курицу?

Вертлявый улыбнулся. Магомед почесал бровь.

— Иса, где ты мне фотку пересылал, покажи пацану.

Тот покопался в телефоне недолго, открыл: девушка заходит в подъезд пятиэтажки. Пальто парусом, шапка, шарф. Нина.

— Это баба его. Нам партнеры адрес пробили, работу, все. Заебется ее спасать. Так что скажи, через три часа товар чтобы тут. У нее папа не генерал, всем по хуй. Так что быстрее ехай, понял? И пусть телефон включает, скажи.

— Я скажу.

— Деньги, брат, что? Мусор. Бери, не жалко, у меня еще есть! — засмеялся Магомед. — А жизнь дается человеку только раз, знаешь? Пушкин сказал.

Отвернулся и уткнулся в футбол.

— Проуожу, — прогудел Илье в ухо синий борец с бородой.

В лифте он каждую секунду смотрел Илье в глаза. Искал там что-то. Но Илья научился за семь лет делать из глаз мутное стекло.

Довел до выхода, развернулся и пошел вразвалочку назад.

Делай, Илья, что хочешь с этими деньгами.

* * *

Красный пакет болтался в руке как мешок со сменкой, ничего не весил.

Илья подумал: вот если прохудится, вывалятся пятьдесят тысяч евро на тротуар неощутимо. Свернул его, сунул под куртку, надулось брюшко. Оглянулся — идут за ним бородатые? Едут машины? Казалось, нет.

Добежал до метро; опять осмотрелся. Нырнул в пустой вагон: тут точно бы заметил — но нет. Они просто отпустили его, просто нагрузили деньгами на всю жизнь и сказали: иди.

Куда теперь?

Менять? Заказывать билеты? Лететь? В банк класть их?

Чего ему бояться? Он пока и невидимый, и свободный. Он на них имеет право, на эти двести пятьдесят тысяч, это ему из главной кассы выдали, пересчитали семь лет молодости в евровый эквивалент. Вот паспорт, вот деньги, вот будущее, уебывай. Они спохватятся, конечно, — и абреки эти, которые совсем не бандиты, и менты, которые не менты вовсе, но будет уже поздно — на два, на три дня опоздают, и за это время он уже со своей новой фамилией рассеется; полетит — хоть в белой футболке с золотым принтом и в кепке олдскульной — над океаном в город Медельин, потеряется там и там будет смотреть сериал на пятьдесят сезонов, пока не узнает, чем все кончается. Одно отличие от сна: Нины не будет рядом.

Включи телефон, Петя.

Нет связи.

Нет связи с Петей, нет связи с Ниной, с родителями: от всех отрекся, когда заметал следы. Никого не предупредить ни о чем. Хороший был план вчера — вернуть Хазину телефон, а сегодня оказался плохой.

Да лети ты в Медельин, господи, лети жить! К херам их всех!

Что, ты простил его папашку, который обпичкал сына властью, обучил его к людям как говну относиться? Потому что — что?! Что он валокординчик глотает?!

Что, ты Хазина за семь своих лет честно-искренне извинил? А?

А?! Это ведь они пиздели про хищников, про то, что друг друга все в этом мире жрут! Их только то не устраивало, что они кого-то схавать не могли, когда им размаха челюстей не хватало, когда у них в глотке что-то стряло! Ну вот, нате, вона вам кое-чего не по зубам: люди с бородами, которым на милицейских генералов насрать! Нате, схарчите-ка их, попробуйте, не зассав!

А?! Это же ваши правила, ваша и игра, пускай они теперь с вами, как вы с нами, разве не это будет справедливость?! Это вам наказание, вам расплата — я о ней из Соликамска просил, я Богу на вас стучал, и он вот: натравил на вас беспредельщиков. По закону нельзя, так хоть по понятиям!

Только вот по той же блядской пищевой цепи они сначала Нину схарчат, беззубую и мягкую, а только потом уже пойдут искать Хазина. Но тут только к тебе вопросы, Хазин, потому что это ты с этими бородатыми уже, оказывается, мутил, ты кидал их, это ты своей беременной бабой прикрываешься, а не я!

Да кто вы мне все? Вы мне все чужие люди!

У меня своих и нет, кроме самого себя. Горите все!

Вышел из метро.

И что, что она беременная? Что, что я ей вчера предложение делал?! И что, что я сам ее уговаривал ребенка оставить?! Что с того-то?! Это не мой ребенок, это хазинский ребенок, это его баба, это его отец, я с хазиным два раза всего виделся: когда он меня из спеси в тюрьму определял и когда я ему горло резал! Мы друг другу посторонние! Это его мать!

А у меня вон своя, она в мертвецкой тоскует, она застряла между здесь и там, мне с ней еще надо решить, при чем тут хазинские родственнички?!

Ты же там лежишь, ма, и ты же мне все это рассказываешь?! Нет уж, давай так: ты туда, а я сюда. Я сюда, а ты уж сама как-нибудь там. Не учи меня, не затаскивай к себе!

И что, что Нина тут ни при чем?

Так получилось, понимаешь, что если мне — наверх, то ей — к тебе, вниз. А если ей — наверх, то спускаться придется уже мне. Обоим наверху не остаться, Магомед не даст. Она ничем не заслужила, а я-то — чем?! Почему я должен ее обменивать на себя? Потому что я ее от аборта отговорил?

Это не про честность, это не про справедливость, не про расплату, не про отпущение грехов, это только про то, что три мертвеца уцепились мне за ноги и тащат на дно, в трясину, не дают выгрести к воздуху, вот это про что!

Почему тут можно только себя вместо нее живоглотам скормить, кого я этим впечатлю, кто это оценит, кто узнает про это: никто и никогда, бесславный подвиг — идиотство, тут нет никакой победы и быть не может, нет никакой жертвы и никакого спасения, это все только про зубы в три ряда и про лоскута красной требухи. Это все зря, это все зря, зря и зря.

И что этот ребенок — он же в лапы старшему Хазину попадет, и тот воспитает из него второго Петю, ты сам им так все подтасовал, второго избалованного говнюка, которому можно все! Он вырастет, он пойдет в мусора, он из скуки и спеси загонит на зону следующего Илью, вот и весь твой выигрыш.

За что тебе дохнуть? Ради чего?!

Беги! Лети!

* * *

— Магомеда можно? Как тогда набирали.

Белокожая женщина вымученно улыбнулась ему и сняла трубку. Набрала, пошептала что-то.

— Присаживайтесь.

Илья провалился в кресло, глубокое, как волчья яма, как котлован. Сидел и глядел загипнотизированно на лифты, на три пасти, три жерла: откуда выйдет?

Разъехались створки, вышел человек в синем. Не спеша двинулся к Илье. Лицо ничего не выражало. Можно еще было встать и убежать. Можно было убежать. Илья рыпнулся и встал.

— Че такое? — спросил бородатый.

— Вот, — Илья протянул ему красный пакет. — Сделки не будет. Возвращаю деньги. Тут все. Передай Магомеду.

— Че это? — бесстрастно сказал тот.

— Хазина грохнули. Который вам должен был товар. Держи бабло.

Бородач заглянул в пакет, пожал плечами.

Илья развернулся и зашагал к выходу.

Выскочил из подъезда, закрыл глаза. Голова раскалывалась. Ветер его охолонул, дал продых. Покурить надо. На пачку как раз и осталось.

Хорошо, что не успел в двести пятьдесят тысяч фиолетовыми ассигнациями поверить.

Побрел по Якиманке вперед, к Полянке и к мостам. Чтобы в голове заглохло, стал петь песню — на испанском.

Tú, el aire que respiro yo
Y la luz de la luna en el mar
La garganta que ansío mojar
Que temo ahogar de amor

Спросил себя: ну что, поступил красиво? Ответил себе: нет, как мудак.

В ушах звенело. Знобило еще.

Курить хотелось дико.

* * *

Перешел мост — и попал опять на «Красный Октябрь». Все дороги сюда и так вели; но Илья сейчас специально шел. Знал, куда.

Завернул налево — к клубу Icon. Тот был заранее заклеен афишами каких-то американских звезд, которых еще только на Новый год в Москву везли. Новый год был недостижим.

За углом начинался тот заводской переулочек.

У дверей агентства стояла некрасивая девушка Гуля. Куталась в плащ, курила. Илью узнала сразу.

— Можно мне тоже?

— Ну как, получилось с паспортом? — Она достала ему из элегантной, как перламутровая шкатулочка, пачки тонкую сигаретку с платиновым ободком.

— Получилось.

— Вернулись тур оформлять? — она улыбнулась ему.

— Хочу еще подумать, — сказал Илья. — А то как-то я зациклился на этой Колумбии, может, зря? Что у вас еще есть?

Они докурили, перебрались в тепло.

— Вот, глядите, — Илья выложил паспорт на стол. — На пять лет. За два дня сделали. Вообще.

Она открыла паспорт на странице с фоткой. Прочитала его имя.

— Очень приятно. Поздравляю!

Пощелкала мышкой, пошелестела каталогами.

— Так. Ну давайте еще разок. Ищем без визы. Из популярных направлений, конечно, Таиланд. Бывали уже?

— Нет.

Прибой в плазме набегал белой пеной на белый песок, пальмы шевелили своими листьями, похожими на пропеллерные лопасти. Небо было такой синевы, что в него хотелось нырнуть. Илья смотрел в экран, смотрел и слушал.

— На самом деле там масса еще всего интересного, кроме ледибоев. Русский человек обычно рвется в Паттайю, по местам боевой славы, но острова там просто нереальной красоты. Как в фильме «Аватар» буквально, из воды — зеленые такие глыбы поднимаются. Есть необитаемые, с дикими пляжами, белым песком, туда молодые французы ездят, австралийцы, живут коммунами, устраивают рейвы на трое суток, просто обалденно. Ну и на моторке можно проплыть, местные возят, к заброшенным буддистским храмам в лесах.

Илья за минуту целую жизнь там прожил, на этих зеленых тайских островах, молодую и загорелую, серферскую и мопедную, с юными кудрявыми парижанами: может быть, амур-а-труа.

А Гуля манила его дальше уже:

— Ну или, кстати, Марокко. В Марокко ездили?

— Нет. Я никуда еще не ездил, если так-то.

— Ой, я в прошлом году была, полный восторг. Сама страна — просто фантастика, пейзажи — космос, люди радушные, и там океан настоящий, буйный — для серфинга самое то. И такие белые городки на фоне синего моря... Эс-Сувейра там какая-нибудь. Ну а Марракеш! Огромный старинный город, касба, ну, крепость арабская, улочки узенькие, как в «Сказках тысячи и одной ночи», базары, и сады фруктовые, пироги с сахарной пудрой и голубятиной, и поместье Ива Сен-Лорана, но это вам, наверное, не интересно...

— Интересно.

— У него не было детей, и он всю жизнь держал бульдогов. Причем все псы приходились друг другу сыновьями. И всех их звали Мужикь — то есть мужик. Мужик Первый, Мужик Второй, Мужик Третий, как короли. И в этом саду у них фамильный склеп, жутко трогательно. Династия.

— Ага, — сказал Илья.

— Ой, а Израиль, кстати, рассматриваете?

— Конечно, — сказал Илья. — Почему нет?

— Израиль вообще ван лав! Крошечная такая страна, вся размером с Московскую область, даже меньше, а на самом деле — целый мир. Тель-Авив — это ночная жизнь круглые сутки, всякие клубы-бары-дискотеки, кухня такая, что язык можно проглотить — все эти их хумусы, соленья-маринады, мясо — с ума сойти! Рыбная тоже вся история просто анрил. Люди очень модные, культурный движ серьезный, адреналин и гормоны, жизнь бурлит! А сорок минут — и ты в Иерусалиме. Весь город построен из одного вида камня, из белого песчаника, ему три тысячи лет, и там — и Храм Гроба Господня, и Аль-Акса, и купол над Краеугольным камнем мироздания, и Голгофа — все на пятаке в несколько квадратных километров, энергетика бешеная! Идешь и чувствуешь себя букашкой, мотыльком на один день. Ой, прям весной, наверное, опять рвану туда. Ну и два моря: Красное в Эйлате — для скуба-дайверов просто рай, а в каком-нибудь Ашдоде — обычный пляжный отдых. Сейчас там, правда, не позагораешь особо — хорошо если плюс двадцать. Но! Есть Куба! Про Кубу рассказывать?

— Рассказывать.

Рассказывать про Гавану с ее старинными американскими авто, с барами, в которых креолки и мулатки ночь напролет бедность затанцовывают, с нелегальными рыбалками на меч-рыбу и браконьерскими шашлыками в тайных бухтах; рассказывать про Рио и жизнь в студенческом хостеле на Ипанеме: до обеда пляжный волейбол, после заката кайпиринья в кокосовой скорлупе и самба прямо на улице; рассказывать про сплавы на плотах по Амазонке, про немецкие колонии Флорианополиса, про построенную Нимайером среди джунглей столицу, город Бразилиа, в форме птицы с распростертыми крыльями. Про Перу рассказывать и про пешее восхождение к древней столице империи инков. Про Гонконг, про Мальдивы, про Южную Корею, про Черногорию. Рассказывай, не останавливайся.

— Ну так что решаем?

— Мне еще подумать надо. Благодарю.

Встал, застегнулся, вышел.

Девушка Гуля поворошила еще проспекты на столе, под одним нашла бордовую книжечку: загранпаспорт на имя Горенова Ильи Сергеевича. Выбежала крикнуть его, а он испарился.

* * *

Стучали колеса электрички, мелькали фонарные столбы, Москва за окном расплавилась и потекла, чтобы отлиться через полчаса Лобней. Москва не держала Илью, не отговаривала. Хочешь до́хнуть — ну до́хни. Москва Илье была мачехой, Москве на Илью было насрать. А Лобня — как мать: ждала.

Ты злишься?

Мне не на что отпеть тебя и не на что похоронить. Я еду к тебе с пустыми карманами. Агенты ритуальных услуг требовали от меня поступить по-христиански, но мне не на что. Я теперь не знаю, что они сделают с тобой и что — со мной. Ты не простишь меня? Ты всегда говорила мне, что слова ничего не стоят, что всем моим «прости» — ноль цена, слова просто звук, значение имеют только дела. Но я везу тебе одни слова.

Ты злишься.

Когда я был совсем пацаном, знаешь, мы с Серегой и Саньком полезли на стройку. Они сказали мне, что в котловане рабочие забыли строительные патроны, и мне выпало за ними спускаться. Я спустился и потом не мог выбраться обратно. В тот день я впервые понял, что могу умереть. Я никогда не рассказывал тебе об этом, ма, потому что боялся, что ты еще долго не будешь со мной разговаривать, как после той истории с котом.

Стены котлована казались отлогими, и я карабкался вверх, чтобы меня не затянуло в воронку. Но песок проходит сквозь мои пальцы, стена оползает вниз, и меня тащит в чью-то пасть, которая вместо дна, хотя я ползу к небу. Кто меня тянет в смерть, это ведь не ты, ма? Ты ведь хотела, чтобы я жил, говорила, что я еще все смогу начать заново!

Я мог сделать по-другому. Мог оставить фиолетовые деньги себе и похоронить тебя по-царски. Тебя отпевал бы самый голосистый поп Лобни, тебе достался бы красивый и тихий участок, они поставили бы там мраморный памятник, и летом над кованой скамеечкой всегда была бы тень от липы или березы. Я бы заплатил им за сто лет вперед, и никто бы тебя не тревожил. Я не стал бы считать денег, но мне самому все равно хватило бы еще на сто лет в Новом Свете.

Но это не ты на дне воронки, ма.

Ты не сердитый дух в нашей квартире, не захлопнувшаяся дверь, не эхо в переходе, это просто я по тебе соскучился. Ты умерла, тебя нет. Тебе все равно, где тебя закопают. Ты не можешь ничего запретить мне, не можешь ни за что меня отругать. Мне одиноко от этой свободы, мне тоскливо без твоей брани. Но все, что ты можешь сделать мне, — не разговаривать со мной.

Она мне просто очень нравится, эта Нина, понимаешь? И ей надо жить, жить за двоих, ей очень нужно в две тысячи семнадцатый и дальше.

Я тоже пытался пробраться туда обманом. У меня почти получилось. Но расклад вышел такой, что или она — или мы с тобой.

Хотел бы я, чтобы можно было спасти и тебя, и ее, я бы хотел и себя спасти, и Петю, но можно было только одного кого-то, и я выбрал ее. Пусть бы только она отошла от края котлована подальше, а мне уже плевать. Я расцепляю пальцы, пускай песок волочит меня вниз. Живые к живым, мертвые к мертвым.

Я мог сделать по-другому. Я мог бы сегодня заночевать в самолете, а завтра проснуться в Новом Свете. Все было в моих руках. А на самом деле я никуда не убежал бы, даже если бы улетел, я никогда не смог бы закончить этот разговор с тобой, даже если бы отпел тебя, я думал, что убивать не страшно, а оказывается, убивая других, убиваешь и себя: нерв, живой корень мертвишь в себе этим мышьяком, и существуешь дальше, как мертвый зуб.

И все равно мне очень хотелось еще побыть, я мухлевал как мог и изворачивался до последнего. Но теперь все как-то становится на свои места. Меня помаленьку отпускает, ма. И я больше не побегу.

Ты прокляни меня, если хочешь, что я так с тобой поступаю.

Я всегда не так боялся порки, как того, что ты со мной перестанешь разговаривать.

* * *

— Забирать пришли?

— Я... Хотел еще раз посмотреть.

— А что тут смотреть-то? У вас срок уже подходит, ладно еще неделя пустая. Потом пени пойдут. Вик, поди открой ему. А то глядите — придется ее как бомжа, а за счет города не разгуляешься!

Вика провела его через облупленные кабинеты в холодильное помещение, громыхнула замком, отодвинула створу, зажгла свет: одна лампочка накаливания только зажглась, а ртутная колба капризничала. Илья помедлил на пороге: не знал, как на мать взглянуть, боялся прощаться.

Пересек.

За эти дни одних мертвецов разобрали, других прибыло, каталки перещелкивали, как пятнашки, с места на место, и мать вот тоже переместили к другой стене.

Она лежала теперь одна, прямо напротив входа. Теплый свет от старой спиральной лампочки падал ей на лицо и отогревал его, смягчал, румянил. Губы, которые в прошлый раз показались ему поджатыми, отсюда виделись спокойными и как будто даже чуть-чуть улыбались. Лицом она была обращена прямо к Илье.

Он постоял, потом наклонился к ней, прикоснулся губами ко лбу.

Сердце разжало. Все прояснилось.

— Пока, ма. Я домой.

* * *

Микроавтобус с черными окнами все стоял у дома, даже переполз поближе к его подъезду — и не спал. Илья прошел мимо, не прячась. Погладил домофонные кнопки, распахнул пошире дверь. Взошел по ступеням, не торопясь, вглядываясь, внюхиваясь.

Открыл, разделся, помыл руки, поставил щи греться. Оставалось как раз на тарелку. За неделю они не прокисли, наоборот — настоялись. Включил телик, стал смотреть новости: канал «Лайф», Дениса Сергеевича любимый.

— «В Москве совершено убийство сотрудника правоохранительных органов. Тело майора полиции с колотыми ранами было сегодня обнаружено рабочими на территории «Трехгорной мануфактуры». Следствие отрабатывает несколько версий...»

Убавил громкость. Стал хлебать.

И тут из телевизора на него посмотрел Петя Хазин. Цветное смешливое фото, кадр жизни из Инстаграм. Илья поперхнулся коркой: думал, я больше никогда не увижу тебя, Хазин, раз твоего телефона у меня больше нету. А ты вот.

Потом Петя погас, а вместо него стали показывать, как корреспондентка с красным поролоновым микрофоном стучится в железную дверь. Ей открывают — пожилая женщина с седыми, еще вьющимися волосами, с темными глазами как два колодца, растерянная, и сразу пытается дверь пересилить, но оператор уже поймал ее в объектив, уже доит горе.

Внизу экрана титр: «Светлана Хазина, мать убитого». Шепчет что-то. Вот как она выглядела. Илья закрутил звук в ноль, чтобы она вообще беззвучно шевелила губами.

Потом вышел высокий человек с лошадиным лицом, с гнедой шевелюрой — его перекосило, он ударил наотмашь по камере, дернул жену внутрь, хлопнул дверью.

— Простите, — попросил Илья, но телевизор в ту сторону не работал.

Снова стали показывать цветного улыбчивого Петю неподвижного.

Под окном протарахтело, заглохло. Загавкали голоса.

Заверещал домофон.

Илья выглянул в окно. У подъезда стояла «канарейка», сине-белый «уазик», у входа сгрудились сизые бушлаты.

К домофону подходить не стал.

Достал пистолет из кухонного ящика, осмотрел. «Макаров» был тяжеленький и упругий. Патроны тусклые, тупоголовые. Маленькие. Болванчики. Смерть литая.

Снял с предохранителя.

Прошел в ванную, позвал таракана, присел на краешек и посмотрел на пистолет. Как правильно стрелять? В висок или в рот?

В американском кино в рот себе стреляют, а в нашем — в висок. Но вот Кутузову пуля попала в висок — и он выжил, только ослеп. А выживать больше не было сил.

Домофон все продолжал надрываться, пилил нервы.

Ну а что делать, ма? Не запрещай мне, не надо. Все равно не встретимся, ты же видишь, сколько на мне.

— Полиция! — заорали с улицы. — Одиннадцатая квартира, открывай! Живо открывай, слышишь?!

Господи, заебали-то вы как! Илья пнул дверь ванной, влетел в кухню, рывком распахнул окно:

— Идите на хуй все! На хуй!

И шмальнул из «макарова» в воздух. Грянуло, дало по ушам. Нелетающие помоечные голуби взмыли в небо.

Опустился на стул.

Менты под домом попритихли. Шторы парусами развевались. Залетали с улицы снежинки.

Илья сунул ствол себе в рот. Пахло железом и маслом, на языке кислило.

Ну, привет. Сердце разбежалось.

Большой палец вжал — щелкнуло и заклинило. Вот ведь говно делают. Еще раз вдавил — зря. Не стреляет.

— Ладно.

Горел и перегорел.

Положил «макаров» в раковину. Доел щи, мякишем собрал последний сок. Спасибо, мам. Помыл посуду. Лилось пенным на дурацкий пистолет. Убрал посуду в шкаф.

Накрывала после бессонной ночи усталость как ватное одеяло. Чай так и не купил — чем взбодриться? Жалко было сейчас уснуть. Перебрался в свою комнату.

Пробежал пальцами по книжным корешкам. Сел за стол: там белым кверху лежал бумажный лист.

Илья перевернул — его студенческий неоконченный рисунок, иллюстрация к «Превращению»: наполовину человек, наполовину насекомое. Поискал карандаш, сел дорисовывать. Придумалось как.

Выходило херово. Слишком сильно давил на грифель, руки плохо слушались, получалось жирно и неточно. Это тебе, бляха, не тюремную стенгазету лепить.

Но Илья не сдавался: доводил картинку до ума, сколько времени хватило.

Когда выламывали дверь, вставать не стал.

* * *

— По указанному адресу проживал ранее судимый гражданин Горюнов, недавно вернувшийся из мест лишения свободы. При попытке задержания оказал сопротивление, открыл огонь на поражение по сотрудникам полиции. На подмогу прибыли специально подготовленные бойцы Росгвардии. В ходе штурма квартиры преступник был уничтожен. Среди сотрудников правоохранительных органов потерь нет.

— Спасибо, Александр Антонович. Это был пресс-секретарь Росгвардии по Москве и Московской области Александр Антонович Поляков. Напомним, что сегодня бойцы Росгвардии ликвидировали в Лобне опасного преступника, который, вероятно, стоит за убийством полицейского в Москве. А теперь к другим новостям.

Телевизор продолжал работать, когда Илью, истыканного гранатными осколками, выносили из квартиры, завернув в простынь. Было немного похоже на святого Себастьяна.

Пришлось хоронить и его, и мать за муниципальный счет. Похоронили порознь, в могилы воткнули палки с табличками: Горюнова, Горюнов. Там они и торчали, пока не пришло время все это дело уплотнить.

Застряли Горюновы в две тысячи шестнадцатом, а мир поехал дальше.

У Нины родилась дочка. Есть люди, от которых что-то остается, а есть люди, от которых не остается ничего.

Литературно-художественное издание
әдеби-көркем басылым

Бестселлеры Дмитрия Глуховского

Дмитрий Алексеевич Глуховский

Текст

Роман

Редакционно-издательская группа
«Жанровая литература»

Зав. группой *М. Сергеева*
Руководитель направления *А. Клемешов*
Выпускающий редактор *Ю. Степанова*
Корректор *Н. Лин*
Компьютерная верстка *Ю. Анищенко*

Подписано в печать 27.12.2019. Формат 70×90/16.
Печать офсетная. Бумага офсетная. Гарнитура Minion Pro.
Усл. печ. л. 23,4. Тираж 7000 экз. Заказ № 7975.

Произведено в Российской Федерации
Изготовлено в 2020 г.

Изготовитель: ООО «Издательство АСТ»
129085, Российская Федерация, г. Москва, Звездный бульвар, д. 21, стр. 1,
комн. 705, пом. I, этаж 7
Наш электронный адрес: WWW.AST.RU

Общероссийский классификатор продукции ОК-034-2014 (КПЕС 2008);
58.11.1 — книги, брошюры печатные

«Баспа Аста» деген ООО
129085, г. Мәскеу, Жұлдызды гүлзар, д. 21, 1 құрылым, 705 бөлме, пом. 1, 7-қабат
Біздің электрондық мекенжайымыз : www.ast.ru
Интернет-магазин: www.book24.kz Интернет-дүкен: www.book24.kz
Импортер в Республику Казахстан и Представитель по приему претензий в
Республике Казахстан — ТОО РДЦ Алматы, г. Алматы.
Қазақстан Республикасына импорттаушы және Қазақстан Республикасында наразылықтарды
қабылдау бойынша өкіл — «РДЦ-Алматы» ЖШС, Алматы
қ.,Домбровский көш., 3«а», Б литері офис 1. Тел.: 8(727) 2 51 59 90,91 ,
факс: 8 (727) 251 59 92 ішкі 107; E-mail: RDC-Almaty@eksmo.kz, www.book24.kz Тауар белгісі:
«АСТ» Өндірілген жылы: 2020
Өнімнің жарамдылық; мерзімі шектелмеген.

Отпечатано в филиале «Тульская типография» ООО «УК» «ИРМА».
300026, Россия, г. Тула, пр. Ленина, 109.